한국무협소설사

●

한국무협소설사

1판 1쇄 인쇄 | 2008년 2월 15일
1판 1쇄 발행 | 2008년 2월 20일

지은이 | 이진원
펴낸이 | 서채윤
펴낸곳 | 채륜

본문디자인 | 김영이 design 🄾₂(ahha02@hanmail.net)
표지디자인 | 이홍주 (crea1@hanmail.net)

등록 | 2007년 6월 25일(제7-830호)
주소 | 서울특별시 동대문구 장안동 153-22
전화 | 02-6080-8778
팩스 | 02-6080-0707
이메일 | chaeryunbook@naver.com

ISBN 978-89-960140-0-3   03810

채륜은 우리 곁, 좋은 친구 같은 책을 만들겠습니다.

한국무협소설사

이진원 지음

도서출판 채륜

일러두기

　1. 이 책에 수록된 무협소설의 저자는 발표 당시 원본에 기록된 저자명을 사용한 것이다. 1970년대 이후 창작된 한국 창작무협소설 중 '대표필명제'에 의해 실제 저자와 발표 저자가 다른 경우가 많이 보이는데, 현재 무협소설계에 확실히 밝혀져 있는 경우를 제외하고는 실제 저자를 고증하기가 어렵기 때문에 원전에 기록된 저자를 그 무협소설의 저자로 보았다. 이에 따른 여러 가지 문제점은 꾸준히 연구가 진행되면서 자연히 해결되리라고 본다.

　2. 이 책은 무협소설사 연구 분야의 개척자인 전형준·좌백 및 검궁인·사마달 등의 관련 글들의 도움을 많이 받았음을 밝히며 이 자리를 통해 그들의 업적에 경의를 표한다. 무협소설 번역목록은 <중국무협소설동호회>의 자료 및 용산곡인님께서 제공한 자료를 사용하였다.

　3. 이 책에는 많은 인터넷 자료가 인용되어 있으나 어떤 자료는 사이트 폐쇄 등의 이유로 출전을 제대로 밝히지 못한 자료가 일부 있을 수 있다. 이에 대해 독자들의 많은 이해를 부탁드린다. 이후 꾸준히 자료를 보충하여 부족한 부분을 메우도록 노력할 것이다.

무협소설은 나의 일부였다. 초등학교 시절 만화에 빠져 시간가는 줄 몰랐지만, 대학교 때가 되자 무협지와 함께 하는 시간이 많아졌다. 만화와 무협지는 어느 순간엔가 나의 일부가 되어 있었다. 고등학교 시절에 『영웅문』을 알게 되었고, 『영웅문』의 여파로 복간되어 나온 서점용 와룡생 무협소설의 세계에 깊이 매료되었다. 와룡생 무협소설에 대한 관심은 1980년대 왕성하게 발표된 창작 무협소설에까지 확대되었고, 시험기간에도 무협소설과 함께 할 때가 많았다.

　나의 독특한 시험 준비 방법은 무협소설로 나 자신에게 상을 주는 것이었다. 시험 볼 교과서의 한 장, 한 장을 독파하면, 그만큼 분량의 무협소설을 읽는 것이다. 이렇게 감질나게 보는 무협소설은 나름대로 재미와 흥미를 주었다.

　어느 날인가는 오랫동안 한 방을 쓴 룸메이트에게 무협소설을 쓴다고 공언하고, 무협소설 초반부를 집필한 적이 있었으나, 문학적 소질이 없는 나로서는 그를 완성할 수 없었고, 창피하게 느껴졌던 필자의 무협소설 도입부는 쓰레기통으로 사라졌다. 그리고는 다시 무협지를 쓴다는 말을 하지 않았다.

　대학을 다니던 시절 종로는 나에게 아주 매력적인 곳이었다. 종로에 가면, 만화와 무협소설을 할인해서 사거나, 중고 만화와 무협지는 대본소(돈을 받고 책을 빌려주는 곳)에서 빌리는 값으로 구입할 수도 있었기 때문이었다. 물어물어 찾아갔던 종로에서의 만화와 무협지 사냥은 필자를 만화와 무협소설을 수집하여 모으는 컬렉터로 만들었다. 당시 우리서점에서 구했던, 『팔만사천검법』, 『낙성추혼』 등의 대본소 무협소설은 80년대부터 지금까지 이사를 다니면서도 항상 들고 다닌다. 무협소설을 모으면서, 와룡생 무협소설 열성 팬들을 만나면, 항상 이야기 꽃을 피웠다. 『표화령』 원본이 어떻고, 『야적』이 어떻고, 당시 종로와 청계천에서 만났던 무협소설 애호가들의 기억은 지금도 소중하다.

1990년대 후반 필자는 중국으로 유학을 가게 된다. 드문드문 알고 있던 무협소설에 대한 지식은 무협소설의 본산 격인 중국에서도 가끔 대화의 소재가 되었다. 80년대 이후 김용의 무협소설이 중국에 소개되어 인기를 끌게 되었고, 와룡생을 비롯하여 대만, 홍콩의 무협소설 작가들의 작품이 가감 없이 그대로 소개되던 중국에서 마음껏 무협소설을 접할 수 있었다. 한어를 배우면서 알게 된 선생님들과 이야기를 할 때 무협소설에 대한 이야기로 즐거운 시간을 가질 수 있었다. 필자의 중급 한어를 지도해준 선생님이 침을 튀기며 김용의 무협소설을 이야기하던 모습이 떠오른다.

무협소설을 읽는 것은 나에게 한어 공부와 같은 의미였다. 무협소설을 한 손에 쥐고 북경도서관이나 중국예술연구원 음악연구소 등에 전공과 관련된 자료를 구하러 다녔다. 북경에서 전공 자료를 복사하거나 구입하기 위해서는 많은 시간을 길에서 허비하거나 복사를 기다리면서 낭비하게 되었는데, 나는 주로 그러한 시간을 이용해서 무협소설을 읽었다. 와룡생 무협소설 전집을 구해 읽으면서, 왜 와룡생의 이름을 도용한 무협소설이 많은가, 또 운중악은 어떤 사람인가 등등의 의문을 가지고, 이에 답을 찾기 위해 노력하기도 하였으나, 그것은 한 때였다.

원하던 공부를 마치고, 다시 서울로 돌아와 여러 가지 일들을 하면서,

무협소설을 다시 되돌아볼 시간이 없었다. 헌책방을 다니면서, 전공 서적을 구하는 틈틈이 예전에 보았던 무협소설이 보이면 기뻐하며 다시 한 권, 두 권 모으다 보니, 다시 무협소설에 대한 관심이 생겼다. 하지만 1990년대 후반 새롭게 등장한 무협소설 작가들의 작품은 그래도 접하기가 어려웠다. 선뜻 무협소설을 읽게 되지 않았다. 그러다가 <와룡생 무협>, <진산의 삼라만상>, <좌백의 한국무협사> 등에 소개된 관련 글을 인터넷을 통해 읽으면서, 필자가 읽어왔던 무협소설을 되돌아보고 싶은 생각이 들었다. 당시 필자는 『한국영화음악사 연구』의 집필을 완성한 상태였기 때문에, 전공과 다른 무엇인가를 통해 머리를 정리하고 싶은 생각이 들었고, 바로 우리나라 무협소설의 역사를 한번 정리해 보자는 마음을 굳히게 되었다.

그리고 다시 상자 속의 무협소설을 꺼내기 시작했다. 하나하나 무협소설을 꺼내서 정리하면서, 금강·박영창·사마달·검궁인 등 1980년대 한국 창작 무협소설을 발표하였던 무협소설 작가들의 글들을 다시 읽을 수 있었고, 좌백, 진산과 같은 신무협 작가들의 멋진 문장을 접할 수 있었다. 그리고 와사객을 비롯한 수많은 네티즌들이 올려놓은 무협소설에 대한 평론 혹은 소개의 글을 읽고, 갈무리하면서, 필자가 알고 있는 무협소설에 대한 지식이 정말 보잘 것 없음을 알게 되었고, 선배들의 글을 가급적 인용하면서, 나름대로 본인이 알고 있는 무협소설에 대한 지식을 정리해 나가기 시작했다. 이것이 이 책을 집필하게 된 동기이다.

이 책을 내면서, 중요하게 생각했던 것은 현재 무협소설을 접하는 사람들은 기존에 김광주, 와룡생 등을 거치면서 발전해온 한국 무협소설계의 참 모습을 알 수 없을 것이라 생각했고, 가급적 필자가 수집한 도판 자료를 함께 사용해서 시각적인 즐거움을 줄 수 있도록 해야 한다는 것이었다. 각 시대별 대표적인 무협소설을 상자 속에서 찾아내지 못했을 때는 다시 그 무협소설을 구하기 위해서 몇 달 동안 찾아다니면서, 다시 옛날 무협소설을 구하러 다녔을 때를 되돌아보기도 하였다.

무협소설의 역사를 정리한다고 주변 사람들에게 말하면, "참 별나다"라는 말을 많이 들었다. 그러나 대중문학연구회의 『무협소설이란 무엇인가』라든지, 전형준의 『무협소설의 문화적 의미』 등의 전문서적들이 이미 출간되었다고 하고, 이 책은 이들 책을 참고하여 작성되는 것이라 말하면, 대중문학의 하나로 무협소설도 연구되어야 한다는 긍정적인 말씀을 해주는 분들도 많이 있었다. 21세기가 문화콘텐츠의 시대라는 것을 많은 사람들이 공감하는 것이기 때문에 문화콘텐츠로서 무협소설의 중요성을 강조해 주시는 분도 있었다.

21세기는 20세기까지 우리가 잃어버린 우리의 서사를 찾는 시대라고 본다. 잃어버린 우리의 판타지를 찾아내는 것이 우리에게 던져진 과제의 하나라고 생각한다. 21세기에 들어 공상과학 소설, 추리소설, 공포, 괴기, 판타지, 애정 등등의 여러 복합장르가 모이는 집합소가 우리가 지금 접하고 있는 우리의 무협소설이다. 무협소설 애호가들이 항상 같은 마음으로 생각하는 것처럼, 우리가 보고 행복할 수 있는 21세기 무협소설은 계속해서 출판될 것이다.

마지막으로 이 원고가 나올 수 있도록 많은 조언을 해준 부모님, 아내와 우리 가족, 그리고 많은 자료와 응원으로 힘을 주신 <중국무협소설동호회> 회원님께 깊은 감사를 드린다. 아울러 이 책을 새로운 무협소설을 창조하고 소비하는 우리 모두에게 바친다.

2007년 12월 31일
금석산방琴石山房에서
이 진 원

한국 무협소설을 보는 새로운 시각

흔히들 무협소설武俠小說은 중국의 것으로 생각한다. 한국의 무협소설
이 중국 무협소설의 영향을 많이 받은 것도 사실이고, 전체 한국의 무협
소설들 속에서 대다수의 한국 무협소설이 중국의 무협소설과 다른 특별
한 문학적 내용를 가지고 있지 않다고 판단되기 때문에 한국의 무협소
설을 중국의 아류로 보는 시각이 존재하는 것은 납득할 만하다고 하더
라도, 이러한 견해는 다시 한번 검토할 필요가 있다고 하겠다.

일반적으로 무협소설을 논하는 이들은 그 내용에 무武 · 협俠 · 기奇 ·
정情이 보이는 소설을 무협소설이라 할 수 있다고 한다. 중국의 독특한
무협문화가 있기에 근대적인 무협소설은 그곳에서 그 틀을 갖출 수 있
었다. 그리고 무협소설을 연구하는 학자들은 현대적 관점에서 무武 · 협
俠 · 기奇 · 정情을 포함하는 옛 문헌 속의 이야기를 빌어 무협소설의 시
작을 알리고 있다.

양수중梁守中은 『무협소설화고금武俠小說話古今』에서 중국 무협소설의 기원을 당대의 전기소설에서 찾고 있다. 그리고 홍콩의 유명한 무협소설가 김용이 무협소설의 기원을 「규염객전虬髯客傳」에 두고 있는 것처럼 중국 당대에 등장한 소설 속에 이미 현대의 무협소설과 같은 무협의 이야기가 녹아있는 것으로 보았다.

당대의 전기소설을 시작으로 해서, 송나라 사람의 화본 및 필기 중에도 무협 이야기가 있으며, 이것이 명대의 장, 단편 백화 무협소설 및 청대 협의 공안소설을 거쳐 근대의 무협소설로 면면히 그 맥을 이어왔다고 한다. 이것이 바로 중국 무협소설이 걸어온 길이다. 중국은 우리의 일제강점기에 해당하는 시기 즉 민국시대에 현대적인 무협이 시작되었는데, 우리의 무협소설은 이러한 현대적인 중국의 무협소설을 모방하여 정착하였다고 보는 것이 한국 무협소설을 바라보는 일반적인 시각이라 할 수 있다.[1]

바로 김광주金光州가 대만의 작가 위지문尉遲文[2]의 『검해고홍劍海孤鴻』을 『경향신문』에 번역·연재하기 시작한 것을 우리나라의 무협의 효시로 보고 있는 것인데, 이러한 견해에 대해서 『홍길동전』이나 『임꺽정전林巨正傳』과 같은 소설을 무협으로 보아야 한다는 의견을 내놓는 이도 있지만, 대체적으로 김광주의 무협 발표를 한국 무협소설의 시작으로 보는 형편이다.

김광주의 『정협지情俠誌』는 50쪽이 안 되는 원작 『검해고홍』을 장편에 해당하는 길이의 작품으로 확대한 것으로, 번역이라기보다는 창작에 가

---

1 량셔우쭝 저, 김영수·안동준 역, 『강호를 건너 무협의 숲을 거닐다』(서울: 김영사, 2004) 참조.
2 '위지문'을 '울지문'으로 읽어야 한다고 전형준은 말한다.

깝다는 평을 들었으며, 한국인에 의한 무협소설 창작의 시작으로 보기도 한다. 그러나 김광주의 작품을 한국 무협소설의 시작으로 보는 것은 중국 내에서 무협소설의 기원을 당대의 전기소설로 보는 것과 비교하여 볼 때 그 균형이 맞지 않다고 할 수 있다.

어떤 중국학자들은 사마천司馬遷의 『사기史記』에 보이는 자객열전이나 유협열전에서 무협소설의 흔적을 찾아볼 수 있다고 한다. 『사기』는 사서 史書로 구분되며, 이를 소설이라 하기에는 무리가 있다. 그렇지만 무협소설의 형성에 영향을 주었던 이야기의 하나로 자객열전이나 유협열전의 이야기들을 들 수는 있다.

그렇다면 우리나라에도 무·협이 김광주의 『정협지』에 처음 등장하는 것은 아닐 것이다. 그리고 중국의 영향을 받았다고 하더라도 유사 이래 무·협의 교류가 없었다고 볼 수도 없다. 그렇다면 어떻게 한국의 무협소설의 역사를 서술해야 하는가.

우리의 『홍길동전洪吉童傳』을 살펴보자. 『홍길동전』은 영웅소설로 분류되곤 한다. 영웅소설이란 허구적인 영웅의 생애를 다룬 소설로서, 『홍길동전』은 고주몽高朱蒙이나 석탈해昔脫解와 같은 영웅의 신화와 거의 같은 구조를 가진다고 한다. 뒤에서 더 자세히 서술하겠지만 이미 홍길동전의 영웅소설로서의 연구는 많이 진행된 바 있다.

『홍길동전』에는 도교적인 둔갑법遁甲法·축지법縮地法·분신법分身法· 승운법乘雲法 등 다양한 도술이 나타나고 있다. 이재수李在秀는 홍길동전을 중국 명대의 『수호전水滸傳』·『삼국지연의三國志演義』·『서유기西遊記』 등의 영향을 받은 작품이라 국문학계에서 화소話素 분석 연구 등을 통해 밝힌 바 있다. 허균의 『홍길동전』을 논한 여러 문집에서도 허균이 『홍길동전』을 지은 것은 중국의 『수호전』을 참조하여 지은 것이라 할 정도로 허균이 중국의 소설을 많이 탐독하였을 것이라 추정할 수 있는데, 도술은 『서유기西遊記』와, 도적의 의적義賊 행위는 『수호전水滸傳』과, 분신법으로 팔도감영에 방을 붙이고 초인草人을 만들어 속이는 것은 『삼국지연의三國志演義』 68회의 좌자左慈의 분신법에서 조조曹操를 회롱하는 것과 그 맥이 닿아 있다고 한다.

이를 통해서 보더라도 한국 무협소설의 효시를 김광주의 작품으로 보는 것은 무리가 있다. 그러므로 무협소설에 대한 기원 논의를 조선시대, 아니면 그 이전 시대의 문헌 속에서 찾아야 하지 않을까 한다. 무와 협, 그리고 기와 정이 모두 존재하는 소설로서 우리는 한국 무협소설의 기원을 비정할 수 있을 것이다.

그렇다면, 김광주가 『정협지』를 출간한 시점인 1960년대 이전은 시기적으로 한국전쟁 이후가 되므로, 해방 이후 해방공간 내에서, 그리고 해방 이전 일제강점기에 발표된 무협소설을 찾아보고, 더 나아가서 조선시대에 발간된 한문 및 한글소설 중에서 무협소설과 맥이 닿아있는 소설들을 정리하며, 그 이전 시대의 문집 및 사서에서 등장하는 무·협 이야기들을 정리할 필요성이 있는 것이다.

본문에서 더 구체적으로 한국 무협소설과 한국적 무협소설 등에 대한 논의를 진행하겠지만, 이 자리에서도 필자의 무협소설에 대한 생각을 밝힐 필요가 있다. 이를 논의하기 위해서는 먼저 시대별 한국 무협소설의 특징을 이해하여야 한다.

조선시대 이전의 소설 중에서, 영웅소설이나 군담소설 계열의 한글, 한문소설은 현대적인 무협소설이 태동하기 위한 맹아에 해당된다. 이러한 소설이 있었기에 자연스럽게 현대적인 소설로 이전하면서, 기·정·무·협을 담아낸 무협소설이 등장할 수 있었다. 그리고 일제강점기에 들어서면, 당시 중국에서 유행하던 무협소설의 영향과는 상관없이 대중, 통속 소설로서 『대도전大盜傳』, 『임꺽정전』 등이 등장한다. 이들은 중국의 근현대 무협소설의 영향을 받지 않고 나타난 것으로 이해되며, 역사소설로서도 구분할 수 있는 한국식 역사무예소설이라 이름할 수 있겠다.

더욱이 『대도전』은 본격적인 한국적 무협소설로 이해가 가능하다. 그리고 이 책에서 발굴한 1930년대 「중국외파무협전」과 같은 신문 연재소설이 중국의 고사를 이용하여 창작한 첫 번째, 무협소설이 된다고 볼 수 있다. 이것이 단편소설이긴 하지만 중국의 무술을 사용하여 창작한 것이라는 점이 주목할 만한 점이다. 이후 이것은 바로 중국을 배경으로 하고, 중국의 무술을 사용하고, 중국인들이 등장하는 중국식 창작 무협소설이라 할 수 있다. 이후 김광주는 중국 무협소설의 번역을 담당하며, 번안을 통해 한국의 중국식 창작 무협소설의 길을 열어놓게 된다. 물론 『대도전』이나 『임꺽정전』 계통의 역사무예소설 계통의 작품들이 중국 무협소설에서 영향을 받아 새로운 형태의 무협소설로 탄생되기도 한다.

그러므로 한국 무협소설에는 조선시대 이전의 한글, 한문 소설의 전통을 이어받아 창작된 역사무예소설歷史武藝小說(이는 한국적 무협소설이라 할 수 있다)과 중국 무협소설을 모방하여 창작한 중국식 창작 무협소설이 있으며, 그 모두 한국 무협소설로 인정을 해야 할 것으로 보인다. 작품의 수량은 후자가 월등히 많지만, 21세기 한국적 무협소설을 꾸준히 창작한다면, 보다 한국적인 무협소설의 탄생을 기대할 수 있을 것이다.

1부

한국
무협소설의
맹아

『사기』의 자객열전·유협열전과
『삼국사기』·『삼국유사』의 영웅전

　　『무협소설화고금武俠小說話古今』에서 양수중梁守中은 당대唐代 전기소설傳奇小說에 앞서 이미 무武와 협俠이 등장하였음을 말하고 있다. 그에 따르면 당대 이전 선진시대 제자백가서에 '협俠'을 이야기하거나 '검劍'을 이야기했다는 기록이 있으나 이야기 속에 단편적으로 거론된 것일 뿐 소설은 아니었다고 한다. 『열자列子』에는 비위飛衛와 기창紀昌이라는 스승과 제자 두 사람이 활쏘기 기예를 겨루는 고사가 기록되어 있는데, 무예를 서로 비교하는 단편적인 우화일 뿐 협이라 불리는 단계에는 이르지 못했으며, 한나라 때에 이르러 사마천의 『사기史記』 중 '유협열전遊俠列傳'[1]이나 '자객열전刺客列傳'에는 주가朱家, 곽해郭解, 전제專諸, 섭정攝政 등과 같

---

1 游俠五人으로 朱家, 田仲, 劇孟, 王孟, 郭解을 들 수 있다. 『史記』「游侯傳」에는 "以余所聞漢興有云云之徒雖時扞當世之文罔然其私義廉潔退讓有足稱者"로 유협을 말하고 있다.

은 유협자객이 묘사되어 있다. 양수중은 이들의 이야기가 비록 무협소설과 유사한 점을 보이기는 하나, 결코 소설이라 칭할 수 없다고 보고 있다.[2]

위의 지적과 같이 『사기』의 자객열전이나 유협열전은 결코 소설이 아니기 때문에 이를 직접적인 현대적인 무협소설의 무와 협과 비교하는 것은 무리가 있다. 하지만 오랜 전통을 가진 중국의 무협소설의 기본이 되는 무·협을 내부적으로 포함하고 있기 때문에 우리는 이를 주목하는 것이다.

우리나라에서 무협이라는 말이 등장하는 기록을 1623년의 인조반정 이후 집권한 서인들이 편찬한 『선조수정실록宣祖修正實錄』에서 찾아볼 수 있다. 『선조수정실록』 24권, 23년 4월 1일(임신)의 「역당을 발고 체포한 고부 군수 정염에게 당상의 품계를 내리다」라는 기사를 보면, '무협'이라는 말이 등장한다. 원문에는 "好武任俠(호무임협)"이라 되어 있다.

> 성희는 본시 미친 중이었고 임지는 임제(林悌)의 아들이었는데 임제는 시를 잘한다는 명성을 지녔고 무협(武俠)을 좋아하여 호걸이라 자처하였다. 벼슬은 정랑(正郞)이었다. 협기를 부리고 멋대로 행동하여 이들 모두가 사람들에게 의심을 살 만하였기 때문에 용남 등이 계모를 꾸며 날조해서 모함할 수 있었던 것이다. 임지는 스스로 변명하였으나 사면받지 못하였다. 그것은 상이 임제의 문고(文稿)에 조항우부(弔項羽賦)가 있었는데 문장 내용이 거리낌없이 호탕한 것을 보고 몹시 혐오하였기 때문이다. 성희는 실지로 정여립과 서로 알고 지내는 사이였기 때문에 옥사를 꾸밀 수 있었던 것이다. 성희는 승도(僧徒)들을 끌어댔는데 대부분 자기와 감정

---

2 량셔우쭝 저, 김영수·안동준 역, 「무협소설의 어제와 오늘」, 『강호를 건너 무협의 숲을 거닐다』(김영사, 2004), 14~15쪽.

이 있었던 사람들로서 향산(香山)의 승통(僧統) 휴정(休靜)도 체포되어 국문을 당하였다. 그러나 휴정에게는 저서가 있었는데 문장이 단아하고 대부분 임금을 축복하는 내용이었으므로 상은 즉시 석방시키도록 하고 어서(御書)인 당시 절구(唐詩絶句)와 묵죽(墨竹) 한 장을 하사하여 위로하고서 돌아가게 하였다.[3]

유협에 대한 기사도 보이는데, 조선왕조실록에서 제일 먼저 보이는 기사는 『세조실록世祖實錄』 35권, 11년 3월 26일(계유)의 「전 행 상호군 김신민이 관견을 모아 상언을 올리다」라는 기사이다.

첫째는 명분(名分)을 정하는 일입니다. 공자(孔子)가 계역(繫易)에서 이르기를, "하늘은 높고 땅은 낮으니 건괘(乾卦)와 곤괘(坤卦)가 정(定)하여지고, 낮은 것과 높은 것이 베풀어지니 귀(貴)한 것과 천(賤)한 것이 자리잡힌다." 하였으니, 진실로 상하(上下)의 명분(名分)은 삼가지 않을 수 없는 것입니다. 옛적에 가태부(賈太傅)는 서인(庶人)에게 크게 탄식하여 황제가 따랐고, 창우후(倡優后)가 꾸미던 때에 도부(悼夫)가 그 조짐을 삼가지 않아서 사치하고 참람함이 절도가 없었습니다. 신이 다시 이를 생각해보건대 명(名)은 어지럽힐 수 없으니, 어지러우면 즉 참람하고, 분(分)은 지나칠 수가 없으니, 지나치면 즉 참월합니다. 이제 시정(市井)의 무뢰(無賴)한 무리와 유협(游俠)·불량(不良)한 무리들이 농업에 종사하지 않고, 저자에 앉아서 생계를 도모하되 오로지 시기를 틈타서 사

---

3 熙本狂僧. 地, 悌之子. 悌有詩名, 而好武任俠, 以豪傑自處. 官至正郎. 輕俠縱遊, 皆爲人所疑, 故用男等生謀捏誣, 而地雖自辨, 上見悌文稿, 有≪弔項羽賦≫, 詞語縱誕, 甚惡之, 地以此不免. 熙實與汝立相知, 故得以成獄. 熙授引僧徒, 多用嫌隙, 香山僧統休靜, 亦被逮就鞠. 靜有自著書, 雅辭多祝釐君上, 上卽命放釋, 賜御書唐詩絶句及墨竹一紙, 慰諭以還之. 원문 및 번역은 국사편찬위원회 <http://sillok.history.go.kr>에서 인용한 것이다. 아래 인용문도 모두 국사편찬위원회 사이트를 인용하였으므로 따로 각주를 달지 않았다.

리(射利)하니, 재물이 누거만(累巨萬)이며, 포백(布帛)이 화려한 집에 기둥같이 쌓였으며, 미속(米粟)은 높이 창고에 쌓였으며 호화스러운 사치만을 서로 숭상하여, 날로 황음 방사(荒淫放肆)하고, 살찐 말을 타고 가벼운 비단옷을 입으며 다투어 길을 달리면서 조신(朝臣)과 같은 무리들을 능멸하며, 평민(平民) 보기를 견양(犬羊)과 같이 하니, 염폐(廉陛)가 등급을 잃고, 등위(等威)가 분별이 없으며, 장복(章服)의 물채(物采)가 혼합되어 변별할 수 없으니, 주황색(朱黃色)의 치자띠와 같은 것을 참람되게 의방하여 감히 두르고 자색(紫色)의 석의는 양반 자제(兩班子弟)가 입는 것인데 부러워하여 드러내어 입으며, 입망(入網)하는 갓[笠]과 협금(夾金)한 신[靴]에 이르기까지 입지 않는 것이 없으니, 사치하고 참람함의 극진함이 무엇을 꺼려서 감행하지 않겠습니까? 이제부터는 금제(禁制)를 엄격하게 세워, 서인(庶人)은 이 금법을 범하지 못하게 하고, 감히 범하는 자가 있으면 헌사(憲司)에서 법으로써 통렬히 다스리게 하여 명분(名分)을 정하고 풍속을 바루소서.[4]

『성종실록成宗實錄』172권, 15년 11월 21일 「급제 채수가 서감원의 상소와 자신과 무관함을 상소하여 대신들과 진위를 논의하다」에도 유협에 대한 기사가 보인다.

상소 끝에 어서(御書)로 쓰기를, "지금 그대의 글에 나의 의심스러움

---

4 一日定名分. 孔子『繫易』曰, "天尊地卑, 乾坤定矣, 卑高以陳, 貴賤位矣", 誠以上下名分, 不可不謹也. 昔賈太傅, 太息於庶人帝服, 倡優后飾之日, 悼夫不謹其漸, 而奢僭之無節也. 臣復思之, 名不可亂, 亂則濫, 分不可踰, 踰則僭. 今也市井無賴之徒, 游俠不良之輩, 不事農業, 坐肆謀生, 專以乘時射利, 財累巨萬, 布帛柱華屋, 米粟積高廩, 豪侈相尙, 日肆荒淫, 乘肥衣輕, 爭馳於路, 蔑朝臣若等夷, 視平民如犬羊, 廉陛之失級, 而等威之無別, 章服物采, 混不能辨, 朱黃色有似梔子帶也, 則僭擬而敢帶, 紫色褐衣, 兩班子弟所服也, 則歆羨而顯服, 以至入網之笠, 夾金之靴, 無所不着, 奢僭之極, 何所憚而不敢? 自今嚴立禁制, 庶人毋得犯此禁, 敢有犯者, 憲司痛繩以法, 以定名分, 以正風俗.

이 조금 풀린다. 그러나 내가 전에 그대를 어떤 선비로 대접하였으며 그대도 나를 어떤 임금으로 섬겼는가? 맡기고 의심하지 아니한 것은 믿기 때문이고 뽑아 쓰기를 차례대로 하지 아니한 것은 현명하기 때문이다. 그런데 그대가 무슨 마음을 가지고 기환(奇患)을 빚어내어 무씨(武氏)의 주(周)나라를 다시 오늘날에 생기게 하는가? 그리고 또 그대의 글을 보니, 그대가 소자첨(蘇子瞻)이 되면 나는 어떤 임금이 되며, 그대가 두보(杜甫)나 굴원(屈原)이 되면 나는 어떤 임금이 되겠는가 대저 선비[儒]로 이름하는 것이 하나만이 아니다. 유협자(游俠者)도 선비이고 문사자(文史者)도 선비이며 광달자(曠達者)도 선비이고 지수자(智數者)도 선비이며 장구자(章句者)도 선비이고 사공자(事功者)도 선비이며 도덕자(道德者)도 선비이다. 그대는 항상 어떤 선비로 자처하느냐?" 하였다.[5]

『효종실록孝宗實錄』 6권, 2년 6월 6일의 「부사과 민정중이 왕도·외직·임용·언로의 확대·기강 확립에 대해 아뢰다」에서도 유협이 보인다.

옛날 전국 시대의 유협(游俠), 서한(西漢)의 순리(循吏), 삼국(三國)의 장사(將士), 이당(李唐)의 문재(文才)는 어찌 천운에 의해 어느 한 시대에 우연하게 배출된 것이었겠습니까. 각기 그 시대의 숭상한 것에 따라 사람들이 다 스스로 힘을 다한 것일 뿐입니다. 임금은 풍화(風化)를 좌우

---

5 御書疏尾曰: 今爾之疏, 少釋予疑. 然予曩以爾爲何士待之, 爾亦以予爲何主, 而事之耶? 所以任之不疑者, 信也; 擢之不次者, 賢也. 而爾將何心釀成奇患, 使武氏之周, 復生於今日歟? 且以爾疏觀之, 爾爲子瞻, 我爲何主, 爾爲杜甫·屈原, 我爲何君? 夫儒之名者, 非一. 游俠者儒也, 文史者儒也, 曠達者儒也, 智數者儒也, 章句者儒也, 事功者儒也, 道德者儒也. 爾常以何儒, 自處耶? 仍傳于政院曰: "其以此意問之." 政院啓曰: "以罪人例, 鞫之庭下乎? 抑召而問之乎?" 傳曰: "召而問之." 蔡壽來政院書啓曰: 臣以賤品, 特蒙擢拔以謂: '旣逢聖上, 當盡其所蘊,' 故凡有所懷, 無不盡言, 而智慮淺短, 錯斜妄陳, 罪當萬死, 聖恩如天, 得保今日. 臣言杜甫·屈原者, 只言臣戀闕之情耳, 豈敢以二臣自比乎? 臣言子瞻事者, 凡人臣作罪, 臣下不可營救, 坎元之庇護, 臣固知無益, 故臣欲明不與坎元符同耳, 豈敢以子瞻自比乎?

할 만한 권한을 잡고 있으니, 하고 싶은 것이 있으면 무엇을 이루지 못하겠습니까. 오직 취사와 배양을 어떻게 하느냐에 달려 있을 뿐입니다. 그러므로 재주가 있는 사람은 어지러운 세상을 만나면 장수 노릇을 잘하고 태평한 세상을 만나면 재상 노릇을 잘하는 등 자신이 만난 경우에 따라 적응하지 못하는 바가 없지만, 만약 때를 만나지 못하면 그저 평범한 사람에 불과한 것입니다. 예를 들어 선조조(宣祖朝)의 인재로 말한다면 이항복(李恒福)·이덕형(李德馨)·이원익(李元翼)·유성룡(柳成龍)과 같은 신하들은 평소에 문장가로 이름났을 뿐이니, 이들로써 위급한 난리를 안정시키고 중흥의 공을 세울 수 있다고 말하는 자가 있으면 온 나라 사람이 모두 그렇지 않다고 여기다가 그들이 큰 공로를 세운 다음에야 비로소 그 재주와 공이 한(漢)나라의 등우(鄧禹)와 마원(馬援)에게 뒤지지 않는다는 것을 알았습니다. 이순신(李舜臣)의 경우는 본디 미관 말직이었고 권율(權慄)은 명망이 없었으니, 혹시 때를 만나지 못하고 하급 관직에서 늙어 죽었더라면 사람들은 그들이 뛰어난 재주를 지닌 줄을 몰라 오늘날 그 이름이 소멸된 지 오래되었을 것입니다. 지금 세상에 또 얼마나 많은 권율과 이순신 같은 인재가 늙어 죽어가고 있는지 어찌 알겠습니까. 신의 생각에는 비록 그 재주를 지녔더라도 관직으로 시험해 보지 않으면 또한 그런 사람을 얻을 수 없다고 봅니다.[6]

이처럼 『조선왕조실록朝鮮王朝實錄』에는 무협, 유협의 무리들에 대한 논

---

6 昔戰國之游俠、西漢之循吏、三國之將士、李唐之文才, 豈天運之適然萃出於一代哉? 各隨時世之所尙, 人皆自效耳. 人君操風化之權, 凡所欲爲, 何者不成? 惟在取舍培養之如何耳. 故人之有才者, 逢亂世則善將, 逢治世則善相, 隨其所遇, 無所不可, 苟不逢時, 只是尋常. 若以宣祖朝人才言之, 有若李恒福、李德馨、李元翼、柳成龍等諸臣, 平時只是文章名華而已, 有以此人輩, 可以定板蕩之亂, 樹中興之業爲言者, 國人皆以爲不然, 及其立大勳勞, 然後始知其才烈不減於漢之鄧、馬也. 至於李舜臣, 本是微末, 權慄素無名望, 苟不逢時, 老死下職, 則人莫知其抱不世之才, 而至今泯滅久矣. 當今之世, 又安知其老死幾許權、李之才乎? 臣又以爲, 雖有其才, 不試以職, 亦不可以得之矣.

작품	작자	출전	유협의 신분 및 직업	유협이 칭송을 받은 원인
「張福先傳」	李鈺(1760~1812)	『潭庭叢書』	평양감영의 아전	국고로 빈민구휼
「林俊元傳」	鄭來僑(1681~1757)	『浣巖集』	내수사 아전	빈민 구휼
「金好古齊洛瑞傳」	미상	『閭巷見聞錄』	패거리 우두머리	신의를 지킴
「金萬最傳」	申昉(1685~1736)	『屯菴集』권7	악소패 패거리 두목	불의한 자를 혼냄
「張五福傳」	趙熙龍(1789~1866)	『壺山外記』	경아전	기개와 民雄
「千興喆傳」	趙熙龍	『壺山外記』	겸인	신의를 지킴
「廣文者傳」	朴趾源(1737~1805)	『燕岩集』권8	거지 → 약국점원	빈민 구휼
「權兼山傳」	金允植	『雲養集』권7	매매중계인	불의한 관원에 맞섬
「李忠伯傳」	蔡濟恭(1720~1799)	『樊巖集』권55	屠狗者	호방한 행동
「乾坤囊」	趙秀三(1762~1849)	『秋齊集』권7	갓 만드는 이	빈민구휼과 호방함
「金五興傳」	趙秀三	『秋齊集』권7	뱃사공	의로운 행동

의가 기록되어 있다. 모두 좋은 의미로 사용된 것은 아니지만, 마지막 기록에서는 유협의 본질을 잘 이해하고 있음도 확인할 수 있다.

유협에 대해 김정일은 「유협전 연구」에서 조선 후기에 나타난 유협전의 구조와 의미 및 사상을 파악하기도 하였다. 그가 참고한 유협전은 이 책에서 논의할 무협소설과 거리가 있기는 하지만, 사마천이 『사기』에서 언급한 바 신의와 용맹, 그리고 겸손의 덕목을 지닌 유협이 조선 후기

유협전에 잘 나타나고 있으므로 여기에서 참고하고자 한다. 앞 도표에 제시한 작품들은 김정일의 논문에서 그대로 인용한 것이다.[7]

김정일은 위 논문에서 시장경제의 발전과 정오전 부정축재 구조가 유협의 형성 구조를 만들었으며, 계층 간의 갈등 구조가 유협의 활동 구조로, 국가 권력 부재가 유협의 활동 배경 구조가 됨을 논의하였다. 그리고 유협전에 나타난 사상으로 신의사상과 저항사상을 들었다. 이처럼 유협전을 통해서 무협소설의 근간이 되는 의와 협이 조선 후기에 문학에 잘 드러나고 있음을 확인할 수 있었다.

한시에서도 협객, 유협과 관련된 작품을 많이 찾아볼 수 있다. 여러 협객 및 유협과 관련된 한시 중에서도 정두경鄭斗卿(1597~1673)[8]의 작품은 그 양적인 면에서 주목할 만하다. 남은경의 「정두경 협객시의 내용과 의미」에서 살펴볼 수 있듯이, 정두경은 여타 시인에 비해 많은 협객시를 창작했고, 시인의 기질적 특성이 협객의 그것과 상통하는 점이 있었다고 한다. 그는 협객행 7수, 협객편 2수, 협객가 1수로 그 명칭에 협객이라는 말이 들어간 시만 해도 10편에 달하는 한시를 창작했다. 정두경은 사마천의 『사기』를 수천 번이나 읽을 정도로 『사기』에 심취하여 향가와 같은 인물이 나오는 자객열전을 소재로 한 한시를 남기기도 하였다.[9]

---

7 김정일, 「游俠傳 硏究」, 『국어국문학』 16호(동아대학교 국어국문학과, 1997), 29~51쪽.
8 조선 중기 문신·학자. 자는 군평(君平), 호는 동명(東溟). 본관은 온양(溫陽). 이항복(李恒福)의 문인으로, 1629년(인조 7) 별시문과에 장원한 뒤 부수찬·정언 등을 지냈고, 청(淸)나라가 강해지자 「완급론(緩急論)」을 지어 무비(武備)가 시급히 이루어져야 함을 강조하였다. 1636년 병자호란 때 「어적십난(禦敵十難)」을 상소했으나 뜻을 이루지 못했으며, 「법편(法篇)」, 「징편(懲篇)」 등 2편의 풍시(諷詩)를 지었다. 1650년(효종 1) 교리(校理)로서 임금이 지켜야 할 도리를 27편의 풍시로 지어 올려 호피(虎皮)를 하사받았고, 1656년 「칠조소(七條疏)」와 「원리설(原理說)」을 지어 올렸다. 1669년(현종 10) 홍문관제학에서 공조참판 겸 승문원제조에 임명되었으나 노환으로 사양하였다. 시문과 서예에 뛰어났다. 이조판서·대제학에 추증되었다. 저서로 『동명집』(26권)이 있다.

정두경이 남긴 시중에서 협객적 인물이 등장하는 한시로 <협객편俠客篇> 2수, <협객행俠客行> 7수, <자객가刺客歌>, <연가행燕歌行>, <영사詠史>, <장안삼십운長安三十韻>, <소년행少年行> 등이다. <협객행>에서는 자객으로서의 협객 모습을 그려내고 있고, <장안삼십운>에서는 유협으로서의 협객의 모습을 보여준다. 이 시에서 정두경은 사마천의 유협열전에 등장하는 인물인 곽해와 주가를 등장시키고 있기도 하다.

擊筑悲歌易水濱(격축비가역수빈)	축을 타고 슬픈 노래 부르는 곳은 이수 물가이니
不知肝膽與誰親(불지간담여수친)	어느 누구와 속마음을 털어놓고 지내야 될꼬
長安俠客如相見(장안협객여상견)	장안의 협객과 만약 만나게 되면
莫道燕丹是主人(막도연단시주인)	연태자 단이 주인이라고 말하지 말라[10]

幽州胡馬客(유주호마객)	유주의 호마를 탄 나그네
匕首碧於水(비수벽어수)	물빛보다 더 새파란 비수를 지니고 있네
荊卿西入咸陽時(형경서입함양시)	형경이 서쪽으로 함양에 들어갈 때
待之何人此子是(대지하인차자시)	누군가를 기다렸으니 바로 이 사람이었네
惜哉不與俱(석재불여구)	애석히도 함께 가지 못하였으니
藏名屠狗家(장명도구가)	백정의 집에 몸을 숨겼다오

---

9 남은경, 「정두경(鄭斗卿) 협객시(俠客詩)의 내용과 의미」, 『韓國漢文學硏究』 15호(한국한문학회, 1992), 283~309쪽. 아래 문단 이후 소개된 한시도 모두 위 논문에서 인용한 것이다.

10 『東溟先生集』 卷之二 俠客行 七首 중 1(권2, 七絶). 이하 시는 다음과 같다. "邯鄲交結賣漿徒. 來往叢臺醉酒壚. 每向客中誇趙國. 武靈胡服破東胡. / 避仇千里劍如霜. 夜上高樓望故鄕. 本是咸陽市南住. 今爲吳客事吳王. / 玉勒金鞍白鼻騧. 相逢相揖問君家. 御溝流水門前過. 馳道春風送落花. / 黃金買醉酒家胡. 辟易朱門傑點奴. 酒罷更將蘇合彈. 鳳城西畔落飛烏. / 登樓倚劍望妖氛. 瀚海蒼茫生黑雲. 欲謁君王論大事. 乘軺先見衛將軍. / 亡命藏身廣柳車. 朝廷購賞百金餘. 匈奴十萬雲中入. 擊鼓朧朧下赦書."

空對燕山秋月色(공대연산추월색) 부질없이 연산의 가을 달을 대하고는
時時吹笛落梅花(時時吹笛落梅花) 때때로 적을 부니 매화가 떨어지는구나[11]

玉勒誰家子(옥륵수가자) 옥으로 된 말고삐 어느 집 자제인가
靑樓自有夫(청루자유부) 청루에는 한 장부 있구나
橫行一劍在(횡행일검재) 칼 하나 옆에 차고 횡행하면서
散盡百金無(산진백금무) 백금을 모두 흩뜨려 써 한푼도 남지 않았네
郭解偏通俠(곽해편통협) 곽해는 특히 협객으로 통했고
朱家不好儒(주가불호유) 주가는 유가들을 좋아하지 않았네

盛衰俱已矣(성쇠구이의) 성하고 쇠하는 것 모두 지나가버렸으니
今古一嗚呼(금고일오호) 지금과 옛날 한가지로 한탄스럽네
擾擾風塵裏(요요풍진리) 휘몰아치는 시절의 풍진 속에서
紛紛名利徒(분분명리도) 이리 저리 명리를 쫓아다니는 무리들 있네[12]

　　이러한 정두경 협객시들에서는 예론禮論에 함몰된 문양한 유가儒家들에 대한 비판이나, 병자호란 이후 왕자를 인질로 한 중국의 무모한 요구에 분개하며, 왕자 구출의 의지를 담아내고 있기도 하고, 절의적節義的 행동의 적극적인 성취를 강조하는 동시에 갑중검匣中劍의 비장과 숨은 인재에의 찬양을 담아내고 있다고 한다. 이처럼 조선시대 전반을 걸쳐 창작된 협객시는 민중들의 협의 정신을 잘 반영한 작품으로 볼 수 있겠다.
　　조선시대 이전의 자료는 안자산安自山이 집필한 『조선무사영웅전朝鮮武

---

11 『東溟先生集』 卷之十 七言古詩 七十三首 俠客篇二首.
12 『東溟先生集』 卷之六 五言排律 十六首 長安三十韻.

士英雄傳』을 통해서 살펴볼 수 있을 것이다. 일찍이 안자산은 일제강점기 『조선무사영웅전』을 통하여 민족정신을 고취하고자 노력하며, 영웅의 관점으로 협객과 유협의 기록을 정리한 바 있다. 『조선무사영웅전』은 모두 3장으로 구성되었는데, 제1장은 무사도와 그 원류이고, 제2장은 무예고武藝考이며, 제3장은 무사 미담으로 되어 있다.[13]

안자산이 적고 있는 무사도의 원류는 다음과 같다. 안자산은 『고금주古今注』, 『신이경神異經』, 『후한서後漢書』 등의 문헌에 기록된 내용들을 통해 고대 무사의 모습과 성정을 추측할 수 있다고 하고, 그 성품이 강용하여 다른 사람에게 불굴하는 성품이 있고, 모검矛劍 같은 무기를 항시 몸에 지녔으니, 이것이 그의 본색이라 지적하고 있다.

이것은 『고금주』에는 "君子國在其北衣冠帶劍食獸使二文虎在傍其人好讓"이라 하고, 『신이경』[14]에는 "東方有人焉 男皆縞帶 女皆采衣 恒恭座 而不相犯相譽 而不相毀見 人有患投死救之 倉卒見之如痴 名曰善人"으로 되어 있으

안자산의 『조선무사영웅전』(위)과 저자 안확의 모습

---

13 安自山, 『朝鮮武士英雄傳』 정음문고 13(正音社京, 1974). 이하 『조선무사영웅전』 인용은 본 정음문고본을 참조하였음.

14 『신이경』은 중국 한(漢)나라 무제(武帝) 때의 사람(字는 만청)인 동방삭(東方朔. B. C. 154~B. C. 93)이 지은 책이라 한다. 벼슬이 금마문시중(金馬門侍中)에 이르고, 해학·

며, 『후한서』에는 "沃沮人性强勇便言持矛步戰"이라는 기록이 있음을 밝히고, 우리의 고대 무사 모습을 설명한 것이다.

우리가 주목할 것은 『조선무사영웅전』 제3장에 보이는 무사 미담부분이다. 안자산은 삼국시대 무사의 미담을 『삼국사기』에서 발췌하여 소개하고 있다. 그는 "삼국사기에 적혀있는 열전의 인명은 모두 87인인데 그 중에서 문사 19인, 효자·효녀 3인, 열녀 2인, 서화가 3인, 도합 27인을 제외하고 그 나머지 60인은 전부 무사다. 이것을 살펴보면 삼국시대의 주인은 무사라는 것을 알 수 있는바 삼국시대 천 년 동안은 오로지 무사의 지배에서 운전된 것이다"라고 하여 『삼국사기』에 소개되어 있는 무사에 대하여 논하고 있다.

그가 소개한 삼국시대 무사 미담은 고주몽, 해명, 밀우와 유우, 온달과 평원공주, 소문, 계백, 도미부인, 계론 부자, 가실과 설처자, 검군, 비녕자 부자와 합절, 김흠운의 충직, 관창 부자, 김유신, 장보고와 정연, 궁예와 왕건 등이 있다.

고려시대의 미담에 대해서는 "『고려사』 92권부터 131권까지 기록되어 있는 인물 열전은 그 수가 107인이 되는데, 그 중에 무사 출신은 2백인이 됨을 산출할 수 있다. 그 2백인 중에는 조포의 행색을 나타내어 역절사천의 불명예를 끼친 자도 있으며, 도략이 장하고 충의에 헌신한 진정의 무사도 있다. 전자는 북방 소문 계통의 무사라 할 것이오, 후자는 남방 화랑 계통의 무사라 할 수 있다. 남방계의 무사는 그 선억덕행이

방술(方術)·기행(奇行)·풍자로 유명한 무제의 측신(側臣)이었다. 문사(文辭)에 특히 뛰어났으며 『답객난(答客難)』, 『비유선생론(非有先生論)』 등의 저서가 유명하다. 『신이경(神異經)』, 『십주기(十洲記)』의 저자로 알려져 왔으나, 황당한 내용의 문집 『신이경』은 위(魏)나라 때 진경(晉頃)이 지었다고 한다. 서왕모(西王母)의 복숭아를 훔쳐 먹어 장수하였다는 속설이 전해지므로 '삼천갑자(三千甲子) 동방삭'이라고 일컫는다.

가히 백세의 모범됨이 많으나, 북방계의 무사는 그 수가 57인에 불과하고도 행색이 모두 과도한 교태사정에 흐른 일이 많아서 부정한 편으로 돌리지 아니랄 수 없다. 그러나 성인의 행동에도 약점이 있는 것처럼 조강한 무사의 자취에도 오히려 심상히 버리지 못할 언행이 없지 아니하였다"라고 적고 북계와 남계를 나누어 무사 미담을 소개하고 있다.

북계의 무사로는 강조, 최충헌을 소개하고 있고, 남계의 무사로는 유금필, 양규와 김숙흥, 김지대, 김경손과 12무사, 원충갑, 최무선을 소개하고 있으며, 양계 무사의 각축으로 왕규와 왕식렴, 묘청과 김부식, 정중부와 경대승, 최영과 이태조를 들고 있다. 여기에 특이하게 무사적 여자로 현문혁의 부인, 정문감의 부처, 안부인, 김언경 부인, 권금 부인을 들고 있기도 하다.

조선시대의 무사 미담으로 무사 대신과 무적 문사, 명장과 모범무사, 무사의 이적, 무사적 여자의 네 항목으로 나누어 많은 무사들을 정리·소개하고 있음은 주목할 만하다.

『조선무사영웅전』을 지은 안자산은 항일기의 국학자로서, 훈민정음의 악리樂理 기원설을 제시한 바 있다. 그는 민족문화의 장점 발견이 곧 독립의 길이라는 신념으로 국학연구에 몰두하였으며 고구려 문학·시조·향가·미술사 등에 관한 연구 활동을 펼친 바 있는 학자이기도 하다. 그의 국학은 그 연구방법상에 있어서도 주목할 점이 많다고 한다. 주저主著인 『조선문학사』와 『조선문명사』는 근대문학사와 근대사학사에 있어 최초로 통사체계를 마련하고 의미 있는 시대구분의 기준을 제시한 저술로 평가된다. 과학적 객관성을 바탕으로 3·1 운동으로 고양된 민족적 주체의 확립을 이론적으로 해명하려는 노력을 사회진화론적 인식체계 속에서 펼쳐냄으로써 매우 독특한 국학 연구방법론상의 성취를 보여주었다는 평가를 받고 있다. 안자산의 『조선무사영웅전』도 그만의 독창적인 연

차상찬(車上瓚)의 「조선협객전」(삼국편)

구결과로 매우 주목할 만한 연구성과였다고 판단된다.

안자산의 『조선무사영웅전』에서 볼 수 있듯이 사마천의 『사기』와 같이 실제 인물의 영웅담을 기록한 문헌을 우리나라에서도 많이 찾아볼 수 있다. 삼국시대, 통일신라시대, 고려시대, 조선시대, 대한제국기를 거쳐 오늘날에 이르기까지 한민족이 가꾸어온 역사의 맥락 속에서 무·협·기·정은 자라고 있었던 것이다.

『조선무사영웅전』이 발표되기 이전에 여러 잡지에는 고전이나 설화 등에서 소재를 차용하여 전기 형식을 띤 글들이 발표되기도 하였다. 이들은 무협소설이라 하기에는 너무 일화 소개 정도에만 그치고 있지만, 안자산의 『조선무사영웅전』이 역사 사실에 의거해서 서술된 것에 비해 설화 등 보다 픽션적인 내용을 가미하였기 때문에 대중들의 읽을거리의 하나로서 자리를 잡았다.

1936년부터 차상찬車上瓚이 『조광朝光』에 발표한 「조선협객전朝鮮俠客傳」 및 1939년 신정언申鼎言이 『여성女性』에 발표한 「검객계양공주기劍客桂陽公主記」 등이 이에 속한다.[15]

---

15 車上瓚, 「朝鮮俠客傳其一. 三國篇: 魏將을 刺殺한 高句麗의 紐由」, 『朝光』(경성: 朝鮮日報社出版部), 1936년 11월호, 2권 11호; 車上瓚, 「朝鮮俠客傳: 新羅義俠劍君」, 『朝光』(경성: 朝鮮日報社出版部), 1936년 12월호, 2권 12호; 翠雲生, 「朝鮮俠客傳(3) 列女際厚를求한 新羅義俠兒金閼, 高麗의怪俠仁傑, 鄭圃隱의錄事金慶祚」, 『朝光』(경성: 朝鮮日報社出版部), 1937년 1월호, 3권 1호; 申鼎言, 「劍客桂陽公主記」, 『女性』(경성: 朝鮮日報社出版部,

해방 이후 『조선무사영웅전』과 성격은 다르지만 벽해碧海 함돈익咸敦益이 출간한 『조선영웅명인전朝鮮英雄名人傳』도 주목할 만하다. 이 책은 학생들의 대중독본으로 쓰인 것이긴 하지만, 우리나라의 명인들을 정리하고, 발표된 서적들을 참고하여 명장들의 행적을 전기체로 풀어써 내려간 것이다.[16]

성돈익의 『조선영웅명인전』 표지

이상으로부터 우리 민족은 본격적인 무협소설이 등장하기 이전과 이후 모두 무와 협의 정신을 지키며 생활하였음을 알 수 있다. 우리의 정사로 기록되고 있는 『삼국사기』 등의 사서, 『고려사』, 『조선왕조실록』을 비롯하여, 조선시대 문집에 기록된 무협, 유협에 대한 시와 문장 속에서 우리는 그 정신을 확인할 수 있었고, 이것이 자연스럽게 소설 속에서 무·협을 받아들일 수 있었던 근본이 되었다고 볼 수 있다. 그리고 1930년대 이후 대중 독물에 이러한 기록들이 읽을거리로 자리를 잡았음도 확인할 수 있었다.

1939), 4권 7호.
16 咸敦益, 『朝鮮英雄名人傳』(新朝鮮文化社, 1947).

2

「규염객전」 및 「설인귀전」과
중국 무협소설

　앞서 중국 무협소설의 대가 김용이 중국 무협소설의 비조로 당대唐代 「규염객전虯髯客傳」이라는 소설을 지목하였다고 언급하였는데, 이는 무협 소설계에서는 이미 잘 알려진 이야기이다. 2001년 한겨레 인터넷판에 기 고한 치칭푸 중국 중앙민족대 교수는 한국과 중국의 문화교류 중의 일 례로 연개소문을 들고, 현재 중국 내 여러 가지 문헌 및 전승 예술 속에 서 연개소문의 흔적을 발견할 수 있음을 지적한 바 있으며, 중국 당대소 설 속의 규염객이 바로 연개소문임을 지적한 바 있다.[1] 이후 여러 매체 에서 연개소문과 규염객의 관계에 대하여 활발한 논의가 진행되고 있다.

---

1 치칭푸 중국 중앙민족대 교수, 「연개소문 중국의 문화 속 끈질긴 생명력, 고구려 명장 '연개소문' 다시보는 한—중 문화교류 ③ 연개소문」, <인터넷 한겨레 한민족네트워 크>(2002년 11월 2일 편집기사).

여기서 흥미로운 점은 연개소문의 이야기를 다루고 있는 규염객전이 중국 무협소설의 비조라고 하는 점이다. 양수중의 『무협소설화고금』에 「규염객전」과 중국 무협소설의 기원 문제를 다루고 있는 부분을 아래에 그대로 인용해 본다.[2]

두광정의 <규염객전>은 이러한 무협전기 중에서도 중요한 작품이다. 작품의 무대는 수나라 말년 천하가 크게 어지러워져 군웅이 다투어 일어났던 시기를 묘사하고 있다. 협객 규염객은 훗날 당나라 태종이 된 이세민의 뛰어난 인물됨을 보고는 크게 감복하여 '진정한 천자'라고 탄식하고는, 그와 천하를 다투기를 그만두고 해외로 나가 하나의 왕국-부여국을 열었다는 것이 대강의 줄거리다. 이야기 속의 세 주인공, 규염객과 홍불 그리고 이정은 개성이 뚜렷한 협의인물로 후세에 '풍진삼협'으로 일컬어졌다. 이 고사에는 무협소설에 흔히 등장하는 무술 대결 장면이 그려져 있지 않지만, 전편에 협기가 종횡으로 흘러넘치고 필치가 생동하여 현대 무협소설의 길을 열어 놓았다. 신파 무협소설의 대가인 김용이 이 이야기에 대해, "역사적 배경이 있으면서도 전적으로 역사에 의지하지 않았다. 젊은 남녀의 연애가 있고, 남자는 호걸이며 여자는 방년 18, 9세의 미인이며, 심야의 변장 도주가 있고, 권력 있는 자의 추적과 체포도 있으며, 작은 객잔의 투숙과 기이한 만남이 있는가 하면, 첫 눈에 지기를 만난 듯 의기투합하는 장면도 있고, 원수를 10년 동안 찾아다니다 마침내 그 원수의 심장과 간을 먹어 치우는 사나이 규염객이 있다. 또 신비하면서도 식견이 높은 도인이 나오고, 술집에서의 약속된 만남과 골목 속 작은 집에서의 은밀한 모의가 있다. 풍부한 재물과 비분강개도 있다. 신기가 맑고 득의만만한 청

---

2 안동준·김영수 옮김, 『무림백과』(서지원, 1993), 『무협소설화고금』(양수중 평론집, 1990, 홍콩)을 번역한 것이다.

넌영웅이 있으며, 제왕과 산하도 있다. 노새와 말, 비수와 사람 머리가 있다. 장기나 바둑, 흥에 넘치는 음악도 있다. 천여 척의 배와 10만 병사의 큰 전투도 있고, 병법의 전수도 있다.……"라고 말한 바와 같이, 묘사된 모든 내용들이 당대 무협소설 중에서 수시로 볼 수 있는 것이었다. 김용이 <규염객전>을 두고 중국 무협소설의 비조라고 말한 것은 매우 옳은 견해다.[3]

연개소문의 이야기는 1993년 북한의 학자 신구현에 의해서 정리 연구된 바 있다. 신구현은 「연개소문과 그에 대한 설화 연구」를 통해서 『삼국사기』, 『삼국유사』 등의 우리 사서와 중국의 소설 및 설화에 등장하는 여러 가지 판본에 등장하는 연개소문의 이야기를 역사와 연결하고자 노력하였다.[4]

「규염객전」에는 김용이 언급한 바와 같이 기와 정, 무와 협이 모두 나타난다. 그러므로 명실상부한 중국 무협소설의 비조로 볼 수 있을 것이다. 위에서 소개한 「규염객전」은 뛰어난 도사道士로서 많은 저술을 남긴 당대唐代 두광정杜光庭(850~933)이 쓴 것으로 『태평광기太平廣記』의 제193편으로 소개된 것이다. 이에 좀 더 이야기가 첨가된 장설張說의 작품도 있다고 남아있다 한다.

「규염객전」은 642년에 있었던 정변을 실제적인 생활바탕으로 하고 있는 설화를 부연하고 윤색하여 창작된 화본이라 평가되고 있다. 「규염객전」에 등장하는 이정李靖과 문황은 실제로는 연개소문의 적수였다. 문황

---

3 양수중, 『무림백과』(서울: 서지원, 1993), 260쪽에는 '김용이 극찬한 「규염객전」을 양우생의 '무'와 '협'의 관점으로 본다면 「규염객전」은 협은 있되, 무는 없는 무협소설이 될 뿐이다'라는 평이 보인다.
4 신구현, 「연개소문과 그에 대한 설화 연구」, 『조선고전문학연구1』(평양: 문학예술종합출판사, 1993).

은 연개소문 정변을 계기로 적대시하고 고구려 내정에 간섭하여, 침략전쟁을 일으킨 당사자였으며, 그의 고구려 침입은 참패로 끝났고, 이정은 당태종의 중신의 한사람으로 연개소문 정변 이전에 이미 당태종의 뜻을 충실히 받들어 남서로 오나라와 토곡혼을 평정하고 북으로 돌궐을 정복한 장군이었다.

이러한 연개소문에 대한 사실은 중국 내에 「규염객전」이라는 소설로 중국 내에 전승되어 이후 그와 관련된 많은 작품이 나오게 된다. 특히 연개소문과 당 태종과의 전투는 이후 연개소문과 설인귀 간의 전투라는 허구성을 띤 문학작품으로 정착하게 된다. 설인귀는 당 태종이 645년 고구려를 공격할 당시 직속상관인 장사귀를 구해 공을 세우고, 연개소문 사망이후 2년 뒤 당 고종 668년 신라와 연합해 고구려 평양성을 함락시킨 실존 인물이기 때문에 중국 민간에서 이를 확대하여 고구려 연개소문과 싸워 궁지에 몰린 당 태종을 구하는 영웅적인 인물로 묘사하고 있는 것이다.

이러한 설인귀의 왜곡된 행적은 시대에 따라 조금씩 다르게 문학 작품으로 형상화되었다고 한다. 이러한 작품 모두 당 태종의 치욕스러운 패배에 대한 보상 심리를 바탕에 깔고 있다고 판단된다.

「다시보는 한−중 문화교류 ③ 연개소문」에는 시대별 문학작품에 나타나 있는 설인귀의 인물 형상에 대하여 간략히 정리한 바 있다. "남송 또는 원 초에 작성돼 현재 영국 옥스퍼드大學에 소장돼 있는 『설인귀정료사략薛仁貴征遼事略』에는 연개소문이 설인귀에게 생포돼 참수당하는 것으로 나타난다. 연개소문은 '실패한 맞수'지만 '용맹스런 장군'의 모습으로도 묘사돼 눈길을 끈다. 명·청의 전기인 『설인귀과해정동백포기薛仁貴跨海征東白袍記』에서 연개소문은 당 태종을 '소진왕'으로 낮춰 부른 뒤 '너의 강산이 아무리 넓다 해도 400개 주에 불과하다. 내가 단지 일개 부대로도 너의 땅을 피바다로 만들 수 있다'고 호령하고 있다. 이 책에는 당 태종이 연개소문에 쫓겨 진흙구덩이에 빠져 곤경에 처하는 장면이 나온 다. '조상님이여, 나 이세민을 가엾게 봐주소서. 말을 아무리 때려도 진 흙구덩이에서 빠져나갈 수가 없으니, 내가 황제인 것도 아무 소용이 없 구나. 너무나 상심하여 두 눈에 눈물이 흐르니, 누가 나를 구해준다면 당나라 땅의 절반을 주겠다. 만약 나를 믿지 못한다면 내가 너의 신하가 되겠노라.' 이는 무능하고 겁에 질린 황제의 모습을 통해 중국 인민들이 부패한 통치계급에 대해 신랄한 풍자를 가한 것으로 해석된다. 설인귀− 연개소문 이야기는 시대에 따라 주제가 보태지는데 『설인귀정료사략』에 는 상관인 장사귀가 공로를 가로채는 간웅으로 나타나고, 설인귀의 부인 유영춘은 가난 등으로 고통을 겪다가 남편이 금의환향해 부귀를 누리는 것으로 그려진다."[5]

1967년 상해가정현명선성왕묘上海市嘉定縣城東公社宣姓墓에서 출토된 『신 간전상당설인귀과해정료고사辟仁貴跨海征遼故事』에는 연개소문과 설인귀의 전투장면이 생동감 있게 묘사되어 있다는데, 이 자료에서 칼을 든 이가 연개소문, 활을 쏘는 이가 설인귀이며 지켜보는 사람은 당 태종이라 한 다.[6]

---

5 하성봉, 「다시보는 한−중 문화교류 ③ 연개소문」, 『한겨레』(서울: 한겨레신문사, 2001), 7월 8일자(일) 기사 및 치칭푸 중국 중앙민족대 교수, 「연개소문 중국의 문화 속 끈질긴 생명력, 고구려 명장 '연개소문' 다시보는 한−중 문화교류 ③ 연개소문」, <인터넷 한겨 레 한민족네트워크>(2002년 11월 2일 편집기사) 참조.

6 1967年, 在上海市嘉定縣城東公社宣姓墓中, 出土了明成化年間(1465~1487年) 北京永順書 堂刊刻的南戱戱文『新編劉知遠還鄕白兔記』, 同時出土的還有『新刊全相唐薛仁貴征遼故事』, 『新編包龍圖斷白骨精案』, 『新刊全相說唱張文貴傳』等說唱詞話十種. 詞話是宋、金時頗爲 流行的一种說唱藝術, 有說有唱, 間有詞曲, 元雜劇就是在此基础上發展起來的歌舞劇. 所 以這批詞話本的揷圖, 也可以視爲中國古代戱曲版畫史的重要組成部分. 此次出土的本子共 十二冊, 其中除『新編全相說唱花關索出身傳』爲上圖下文外, 余皆爲整版圖, 凡八十六幅.

세창서관 딱지본 『백포소장 설인귀전』 및 중국 『설정산정서』 표지

　　중국의 『설인귀전薛仁貴傳』은 18세기 중엽 혹은 그 직후 우리나라에 번역 작품으로 들어온 것으로 보인다. 우리나라에 들어온 『설인귀전』은 『설인귀정동薛仁貴征東』, 『설정산정서』 등인데, 전자는 『백포소장설인귀전白袍少將薛仁貴傳』으로, 후자는 『서정기西征記』, 『설정산실기薛丁山實記』, 『번리화정서전樊梨花征西傳』 등으로 번역되었다.[7] 이 소설은 우리나라의 고전소설

其中以刻印于成化七年(1471年)的『新編說唱全相石郎駙馬傳』, 『薛仁貴跨海征遼故事』爲最早, 梓行于成化十四年(1478年)的『花關索出身傳』爲晚出, 另有數种因无牌記, 具体年代難以判斷.
7 내용을 보면 "당(唐)나라 태종 때 용문현에 사는 설영과 그 아내 반씨 사이에서 태어난

중 영웅소설에 속하는 『유충렬전』, 『장익성전』 등에, 그 속편인 『서정기』, 『설정산실기』, 『번리화정서전』 등은 여걸소설인 『홍계월전』, 『옥루몽』 등에 영향을 끼쳤다고 전해진다.[8]

『삼국사기』 등의 우리나라 사서에 수록된 연개소문에 대한 기록을 찾아보면 그를 흉폭한 장군이라 서술하고 있는데, 이는 중국사관에 의해 중국의 기록을 참조하여 기록된 것으로 이해된다. 신채호는 『조선상고사朝鮮上古史』에서 연개소문을 "4천년 역사에서 첫째로 꼽을 수 있는 영웅"이라 평가한 바 있으며, 최근에 연개소문에 대한 재평가가 이루어지고 있다.[9] 이와 같은 맥락 하에서 신구현은 「규염객전」과 비견할 만한 우리의 설화 작품을 찾아 이를 상호 비교하였다. 바로 「갓쉰둥전」이 그것이다. 그 내용은 다음과 같다.

> 연국혜라는 명관이 나이 쉰이 되도록 아이가 없어 하늘에 빌어 아이를 낳고, 이름을 갓쉰둥이라 한다. 자라면서 비범하고 재기가 출중함이 나타났는데, 어느 날 지나가던 한 도사가 "아깝도다"라는 말을 하고 지나간다. 이 말을 들은 연국혜는 도사를 뒤따라가서 그 까닭을 물으니 아이의 목숨이 짧아 다가올 부귀와 공명을 누릴 수 없을 것이라 하고, 열 다섯 해 동안 멀리 내버리면 액땜을 할 수 있을 것이라 말한다. 이

설인귀는 부모가 죽은 뒤 무예를 익히며 위급한 사람들을 구해주느라 가산을 탕진한다. 그 후 방랑을 거쳐 의젓한 무인(武人)으로 성장, 마침내 동정(東征)에 참여하여 태종을 구출한다는 내용으로 전개된다." 『한국민족문화대백과사전』 참조.

8 국립중앙도서관에 소장되어 있는 딱지본 「설인귀전」은 다음과 같다. 朴健會편, 『백포소장 설인귀전』(朝鮮書館, 1915); 朴健會편, 『백포소장 설인귀전』(新舊書林, 1917); 『백포소장 설인귀전』(新舊書林, 1916), 하편; 『백포소장 설인귀전』(新舊書林, 1917), 상편; 池松旭편, 『백포소장 설인귀전』(新舊書林, 1921); 池松旭 편, 『백포소장 설인귀전』(新舊書林, 1923), 상편; 『백포소장 설인귀전』(德興書林, 1934), 상편.

9 신채호 저, 이만열 역주, 『(註釋) 朝鮮上古史 (上·下)』(서울: 단재신채호선생 기념사업회, 1986) 참조.

에 연국혜는 갓쉰둥을 멀리 원주 땅에서 버린다.

원주에는 류씨성의 부자가 살고 있었는데, 꿈에 앞 내에서 황룡이 승천하는 것을 보고, 아침에 일어나 그곳에 가보니 등에 갓쉰둥이라 새겨진 어린아이를 발견하게 된다. 자랄수록 용모가 청수하고 재주가 출중한 갓쉰둥의 내력을 알지 못한 관계로 그를 천인으로 대하고 종으로 부렸다. 그러던 중 갓쉰둥이 산에 나무하러 갔다가 청아한 퉁소소리를 듣고, 따라가 보니 어느 노인이 퉁소를 불고 있었다. 그 노인은 갓쉰둥에게 이제 큰 공을 세울 수 있도록 배워야 한다고 하며 그 후로 갓쉰둥을 가르치게 된다. 갓쉰둥의 지게는 신기하게도 매일 나무가 가득 차 있었고, 배움에 집중할 수 있어, 노인으로부터 검술, 도술을 배우게 된다.

어느 날 류씨 부자의 세 딸과 함께 꽃구경을 나갔는데, 첫째 딸 문히, 둘째 딸 경히에게 모욕을 당하나, 셋째 딸 영히의 착한 마음에 마음을 주게 된다. 아름다운 셋째 딸 영히에게 자신의 내력을 모두 말하고, 서로 사랑을 확인하게 된다.

갓쉰둥에게 영히는 가슴에 담긴 포부를 알고 싶다고 말하니, 갓쉰둥은 "달딸이 우리나라를 침범하여 괴롭히나 우리는 달딸을 쳐 물리칠 뿐이고 달딸에 쳐들어가서 화근을 영영 뽑아치우지 못하고 있는 것이 한스럽소"라고 대답하고, 노인에게 검술과 병술을 배운 이야기를 해주었다. 영히는 그런 갓쉰둥에게 달딸에 들어가서 그 나라의 허실을 알아야 한다고 말해주었다.

갓쉰둥은 영히와 굳은 약속을 하고 몰래 류씨 부자 집을 나와 달아났고, 영히는 금가락지와 은수저로 노자를 주었다. 그 후 달딸로 들어간 갓쉰둥은 이름을 돌쇠로 바꾸고 달딸왕의 종이 된다. 이후 달딸의 허실을 파악하였으나, 달딸왕 둘째 아들에게 들키어 붙잡히게 된다. 위험한 처지에서 묘책을 내 공주가 돌보는 새초롱을 깨어 새매들을 날려 보내고, 공주와 만남을 꾀하게 된다. 여기서 갓쉰둥은 공주에게 "하늘이 달딸을 망치자고 나를 낳았다면 그대 오라버니가 나를 죽이려 해도 나는 죽지 않을 것이고, 또 나를 죽일지라도 나같은 사람이 또 나올 것이다. 그대 오라버니한테 니렇게 잡히여 죽게 된 몸이 어찌 달딸을 망친단 말이냐. 그대 만일 나를 놔주면 나는 저 매들과 같이 훨훨 날아다니면서 나무아미타불을 외워 그대를 애호해달라고 바랄뿐 다른 마음은 없다."라고 하여, 풀려나게 된다. 갓쉰동은 성문을 벗어나 집을 떠난 지 열다섯해 만에 귀가하게 되었다. 한 편 달딸왕의 둘째 아들은 갓쉰동을 공주가 놓아준 것을 알고 대노하여 공주의 목을 베고 군사를 내몰아 갓쉰동을 추적한다.[10]

이 설화는 「규염객전」과는 다르게 연개소문의 성장기를 다루고 있다. 이 설화를 살펴보면, 검술 즉 무술과 병법, 진법을 배우는 연개소문의 모습이 그려져 있으며, 그 탄생의 특이함과 어린 시절의 고통의 모습이 잘 형상화되어 있다. 그리고 기정이 있어 류씨 부자의 셋째 딸과의 사랑, 그리고 달딸왕의 공주와의 미묘한 애정 등의 현대 무협소설이 가지고 있는 기·정·무·협의 모든 면을 말해주고 있다.

이상을 정리하여 본다면 중국 무협소설의 비조로 볼 수 있는 「규염객전」에서 그 주인공인 규염객이 바로 연개소문이며, 그의 이야기가 중국 무협소설의 원조격인 당대 소설의 기본 고사를 제공하고 있음을 알 수 있었다. 또한 연개소문과 연관된 「설인귀전」이 중국 내에서 계속 소설화되었고, 18세기 이후 우리나라에도 번역 소개되어 소설로 남아 있음도 알 수 있었다. 더 나아가 연개소문의 이야기는 설화로 남아 기·정·무·협을 포함하는 이야기로 기록되었음까지도 알 수 있었다.

---

10 신구현, 「연개소문과 그에 대한 설화 연구」, 『조선고전문학연구1』(평양: 문학예술종합출판사, 1993), 42~67쪽.

3

문집 속의
전傳과 무협소설

1·2장에 걸쳐 중국의 무협소설의 기원으로 평가받는 사마천의 『사기』, 그리고 「규염객전」을 한국의 무협소설의 역사를 새롭게 조명하는 시각으로 살펴보았다. 이러한 시도는 바로 한국 무협소설의 기원을 찾고자 하는 노력과 관련이 되어 있다.

조선시대에 들어오면서 소설이 발표되기 시작하는데, 여러 문집 속에 등장하는 전傳[1]들 중에는 현대적인 개념의 무협소설과 유사한 구성을 하

---

1 전이란 한문 문체의 하나로서 어떤 사람의 평생 사적을 기록하여 후세에 전하는 것이다. 사마천(司馬遷)이 『사기(史記)』에 열전을 지은 것이 전의 시초이며, 이후에는 전의 체제를 빌어 정사(正史) 이외에 인물들의 전기까지 나오게 되었다. 사전(史傳)·가전(家傳)·탁전(托傳)·소전(小傳)·별전(別傳)·외전(外傳) 등 여러 가지로 분류할 수 있다. 사전이란 정사의 열전이고, 가전이란 개인 집안에서 전할 목적으로 지어진 것이며, 탁전이란 자서전의 일종으로 다른 사람이나 물건에 빗대어 자신의 모습이나 행적을 적은 것이다. 소전이란 간단히 적은 전기를 말하며, 별전 또는 외전은 본전과는 별도로 당사자에게

고 있는 것들도 찾아볼 수 있다. 최근에 발간된 고전소설 연구자료총서 1『고전소설 줄거리 집성 1·2』를 통해 검토한 결과 아래와 같이 세 가지 전을 찾아낼 수 있었다.[2] 전이라 함은 객관적인 기록으로 소설로 보기에는 무리가 있으나 위『고전소설 줄거리 집성 1·2』에서 이들을 수록하고 있는 것과 마찬가지로 소설의 한 형태로의 이해도 가능하리라 생각한다.

먼저「검객모소전劍客某小傳」을 살펴본다.「검객모소전」은 유한준兪漢雋 (1732~1811, 영조 8~순조 11)의『저암집著庵集』에 수록된 것으로 다음과 같은 줄거리를 갖는다.

검객 모의 아버지는 사인이었는데 그만 어떤 사람에게 살해되었다. 마침 그 고을 현령이 살해한 자를 잡아 원수를 갚아 주었다. 이후 검객 모는 사방을 떠돌며 검술을 배웠다. 임진왜란이 일어나자 나라에서는 아홉 명의 날랜 검사를 뽑아 왜적과 싸우게 했다. 풍신수길은 조선이 검사로써 싸우고자 한다는 말을 듣고 일본의 검사를 보내 이에 응하였다. 조선인 검사 여덟 명은 특이한 검술을 지닌 일본인 검사를 당하지 못하고 모두 목숨을 잃었다. 그러나 검객 모는 힘겹게 일본인 검사를 이길 수 있었다. 그 후 검객 모는 어떤 재상의 문하에 탁신하고 있었는데, 어느 날 중이 부중으로 들어오더니 재상을 찔러 죽이고자 했다. 검객 모는 얼른 그 중을 죽이고 재상을 구했다. 그 중은 옛날 검객 모의 아버지를 죽인자의 아들이었는데, 지금의 재상이 당시 현령으로서 자

일어났던 일들 중 한두 가지에 중점을 두어 기술하는 것이다. 전은 객관성을 갖고 이루어져야 했으나『사기』의「백이열전(伯夷列傳)」이나 유종원(柳宗元)의『종수곽탁타전』처럼 작자의 사상과 주관성이 개입된 것들도 있다.

2 조희웅 편, 고전소설 연구자료총서 1『고전소설 줄거리 집성 1·2』(서울: 집문당, 2002). 아래 전들은 모두 본 집성 속에서 인용한 것이며, 각주 자료는 집성에서 인용한 자료이다.

기 아버지를 처형했기에 복수하고자 나타났던 것이다. 며칠 후 죽은 중의 제자가 찾아와 검객 모에게 칼로써 싸우기를 청했다. 둘은 공중에서 한참 동안 싸웠는데, 제자라는 이는 결국 검객 모의 칼에 목숨을 잃었다. 검객 모는 재상에게 말하기를, 자기가 문하를 떠나지 않고 오랫동안 머물러 있었던 것은 구은을 갚고자 해서였는데 이제 갚았으니 떠나겠다고 했다. 재상이 의아해서 무슨 구은이냐고 묻자, 검객 모는 예전의 일을 말하며, 자기가 아무개의 아들이라고 했다. 그 후 재상은 사람을 시켜 검객 모를 찾게 했지만 이미 그 행방을 알 수 없었다.[3]

「검객모소전」의 저자 유한준은 조선 후기 학자로 자는 만청·여성汝成, 호는 저암著庵·창애蒼厓이며, 본관은 기계杞溪였다. 남유용南有容의 문인으로 1768년 영조 44 진사시에 합격, 김포군수·형조참의 등을 지냈다고 하며, 송시열宋時烈을 추앙하여 『송자대전宋子大全』을 늘 곁에 두고 지냈다는 유학자이다.

유한준의 『검객모소전』은 검객 모의 이야기를 다루고 있다. 검객 모의 부친의 사망, 그리고 이의 원수를 갚아준 현령, 그리고 검술을 배우고 임진왜란에서 공훈을 세움, 자객으로부터 자신의 원수를 갚아준 현령을 구하는 보은, 묘연한 행적 등이 현대 무협소설에서 나타나는 여러 가지 소설적 요소를 구비하고 있다.

변종운卞種運(1790~1866)이 지은 『소재시초歗齋詩抄』에 수록된 「각저소년전角觝少年傳」도 주목할 만한 전이다. 이 작품은 씨름을 통해 불의를 극복하는 소년의 모습을 형상화한 고대소설로 보아도 무리가 없으며, 각저소년을 통해 교훈을 주고 있기도 하다. 이야기 줄거리를 소개한다.

3 朴熙秉, 「朝鮮後期 傳의 小說的 性向研究」(서울: 서울대학교 대학원 박사학위 논문, 1993), 158~159쪽.

곽운이라는 자는 자신의 용력을 자부하는 유협적인 인물이었다. 하루는 길을 가다가 완악하게 생긴 한 중이 객점의 문밖에 방자하게 앉아 있는 것을 보게 되었다. 괴력을 지닌 이 중은 주민들에게 무단을 행사하고 있었다. 중은 씨름을 몹시 좋아했지만 세상에는 그의 상대가 될 만한 사람이 없었다. 중이 술을 마시고 있을 때, 마침 한 소년이 소에 자기 처를 태우고는 객점으로 들어섰다. 소년은 몹시 섬약한 모습이었다. 그 처는 소에서 내려 방으로 들어갔는데, 대단한 미인이었다. 이에 중은 소년더러 자기가 가진 재물을 다 줄터이니 처를 자기한테 달라고 했다. 중은 일방적으로 자기의 재산을 영도하더니 곧장 소년의 처가 들어간 방으로 들어가려 했다. 소년은 잠시 자기 처와 이별할 시간을 달라고 했다. 그러면서 혼자 탄식하기를, 매일 밤 우리 부부가 방에서 씨름놀이를 했는데, 이제 다시는 할 수 없겠구나하고 했다. 이 말을 듣자 중은 소년에게 자기하고 한번 씨름을 해 보자고 했다. 소년은 씨름에 내기가 없으면 재미가 없으니, 내기 씨름을 하자고 제의했다. 그리하여 중이 자기를 이기면 아무 것도 받지 않고 처를 주고, 자기가 중을 이기면 처를 데리고 떠나는 것으로 족하다는 조건으로 내기를 걸었다. 객점의 앞에 작은 언덕이 있었는데, 씨름장으로 삼을만했다. 둘은 이곳으로 올라갔다. 마을 사람들도 따라 올라갔다. 소년은 신기에 가까운 씨름기술로 중을 근처의 똥통으로 날려버렸다. 똥통이 몹시 깊었으므로 중은 그 속에서 헤어나지 못하고 그만 죽고 말았다. 소년은 중이 소유하고 있던 마을 사람들의 빚문서를 모두 태워 버린 다음, 다시 그 처를 소에 태우고는 조용히 마을을 떠났다. 이 일을 목도한 곽운은 집으로 돌아온 이후 다시는 용력을 뽐내지 않고 얌전한 사람이 되었다.[4]

---

4 朴熙秉,「朝鮮後期 傳의 小說的 性向研究」(서울: 서울대학교 대학원 박사학위 논문, 1993), 171~172쪽.

위 전이 수록되어 있는 『소재시초蘇齋詩抄』는 조선 후기의 문인 변종운
卞鍾運의 시문집이다. 1950년 손자 춘식春植이 편집·간행하였지만, 그가
1790년에서 1866년 동안 생존하였기 때문에 18세기의 기록임은 확실하
다. 이 「각저소년전」에서는 유협적인 인물로 곽운이 등장하고, 그가 겪
은 일화를 소개하는 내용으로 되어 있다. 부인을 소에 태우고 온 소년에
게 시비를 거는 중이 등장하고, 수를 써서 그를 물리치고, 협을 행하는
소년을 등장시키고 있는데, 각저라는 무술을 등장시킨다.

위 줄거리는 이 각저를 씨름이라 하고 있지만, 오늘날과 같은 씨름은
아닌 것으로 보인다. 안자산의 『조선무사영웅전』에 의하면, 각저는 유술
柔術에 들어간다. 이 유술을 권박이라고도 하고, 각저 또는 상박이라고도
하여 서로 뒤섞은 명칭으로 기록하였으나, 후일에는 기술의 발달로 인하
여 씨름과는 이허里許가 다르게 되니 씨름은 오직 육박으로써 각투에 불
가한 것이요, 유술은 인체 근육의 혈맥을 박동하여 죽이기도 하고 어지
럽게도 하며, 또는 벙어리가 되게도 하는 3법이 있다는 설명이 보인다.
위 줄거리에 "신기에 가까운 씨름기술"이라고 된 부분을 고려한다면 오
늘날의 씨름이 아니라 유술에 가까운 것으로 볼 수 있다.

이보다 조금 빠른 시기의 문집인 『석북문집石北文集』 권16에는 「검승전
劍僧傳」이 보인다. 『석북문집』은 신광수申光洙(1712~1775, 숙종 38~영조 51)의
저술인데, 그는 조선 후기 문인으로, 자는 성연聖淵, 호는 석북石北·오악
산인五嶽山人이라 한 학자이다. 남인 출신으로 초기 벼슬길이 열리지 않
아 시작詩作에만 전념하였고, 서·화에도 뛰어나 문명을 떨쳤다. 음보蔭補
로 참봉이 되고 1764년에 의금부도사로 탐라耽羅에 가서 그곳의 풍토·
산천·조수鳥獸·항해상황 등을 적어 『부해록浮海錄』을 쓰기도 하였다.
1772년 기로정시耆老庭試에 장원을 하여 돈녕부도정이 되고, 청렴한 선비
임이 알려져 영조로부터 집과 노비를 하사받았다. 1775년 승지에까지 올

랐다.

신광수는 『석북집』에서 임진왜란 때 일본에서 건너온 무사에 대한 이야기를 「검승전」이라 전하고 있다.

임진왜란이 끝난 50년 후 오대산에 있는 절에서 독서하는 선비가 있었다. 그 절에 여든 된 노승이 같이 있으면서, 글 읽는 소리 듣기를 좋아하므로 서로 친숙하게 지냈다. 어느 날 그 노승은 돌아가신 스승의 제사를 지내겠다더니 밤에 우는 소리가 매우 구슬펐다. 다음날 아침 그 선비가 노승에게 불가에서는 제사를 지낼 때 울지 않는다고 하는데, 어찌 슬피 우느냐 하였더니 노승은 한숨을 쉬며 자신은 왜인으로서 임진왜란 때 왜장 청정이 선발한 3000명의 검객 가운데 한 사람으로서 건너왔는데, 함경북도 육진까지 들어갔다가 한 사람의 검객을 만나 싸우다가 자신과 다른 한 사람만 남고 모두 죽음을 당하고, 남은 두사람은 순종하기로 약속하고 죽음을 면한 후 그 검객을 따라 8도의 명산을 돌아다니며 검술을 배웠지만, 십수년 동안 스승은 성명을 알려주지 않았다. 어느 날 암자에서 나가다가 같이 가던 한 사람이 들메끈을 매고 있는 스승의 목을 베어 들고, "이 놈은 우리의 원수다. 오늘 비로소 원수를 갚았으니 이제 우리는 일본으로 돌아가는 것이 어떻겠는가?" 하며 소승에게 물었다. 소승은 곧 칼을 뽑아 그의 목을 베었다. 그는 3000명 중에 둘만 남았다가 그 한 사람마저 죽이고 자신만 홀로 남았기 때문에 죽고자 하였으나 죽지 못하고 이 산으로 들어와 중이 되었는데 이제 팔십이 되었으니 명년에는 스승의 제사를 지낸다는 기약이 없기 때문에 울었다고 하더니, 다음날 자취를 감추었다.

임진왜란 때 조선을 치기 위해서 들어온 3000명의 왜인 무사 중에 한 사람으로서, 전투에 패한 왜군 무사로서 절에 의탁하여 말년을 보낸 노검객의 이야기를 기록한 위의 「검승전」은 일본 무술 및 불교 무술에 대한 흔적을 느낄 수 있는 기록으로 그 자체가 매우 중요하지만 이 또한 무술에서의 패배, 무술의 연공 과정, 복수, 최후 등이 잘 형상화되어 있는 작품으로도 이해할 수 있다.

홍대용의 『담헌서湛軒書』 내집內集 4권卷四 보유補遺에는 「보령소년사保寧少年事」, 즉, 보령소년의 이야기가 수록되어 있다. 민족문화추진회의 번역 전문을 그대로 전제하면 다음과 같다. 이 「보령소년사」에는 유모가 보령에서 만난 기인의 이야기를 홍대용이 기록한 것으로 기러기 털을 깔아 놓고 움직임 없이 달릴 수 있는 보법步法이 나타난다. 이러한 보법은 현대 무협소설에 등장하는 풀 위를 나는 듯이 달리는 초상비草上飛와 같은 무공을 생각하게 한다.

유모(柳某)란 자는 천성이 순박하여 함부로 말하지 않는 자다. 일찍이 그가 보령(保寧) 땅에 가다가 날이 저물어 길을 잃게 되었다. 얼마 동안 수십 리쯤 들어가니 푸른 절벽이 깎아지른 듯하고 골짜구니는 깊숙한데 산길은 풀이 우거져서 갈 바를 모르게 되었다. 할 수 없이 말에 내려서 방황하는데 갑자기 언덕 위에서 사람 소리가 나는 것을 듣고는 덩굴을 잡고 올라갔다. 두어 칸 초가집이 있는데 소나무와 대가 우거져 있고, 그 중간에 한 소년이 초립(草笠)에다 남포(藍袍) 차림으로 섰는데 얼굴모습이 준수하였다. 그는 문에 기대어 서서 무언가 생각하듯 허공을 응시하다가 손님이 오는 것을 보고 바삐 마루에 내려와 영접하는데 범절이 매우 공손하였다. 유(柳)는 마음으로 이상하게 여겨 말을 거니 그 말솜씨가 유창할 뿐 아니라, 풍도(風度)도 보통에 뛰어났다. 조금 후에 저녁 식사를 내왔는데 수륙의 진미(珍味)가 가득하였다.

"산중에서 이런 진미를 어떻게 얻었는가?"라고 물으니, 소년은 웃기만 하고 대답하지 않으므로, 유는 더욱 놀래고 이상스럽게 여겼다. 밤이 깊어지자 누가 부르는 소리가 들리는데 멀리서부터 차츰 가까워졌다. 소년은 말하기를, "손님은 조금 기다려 주시오. 내가 어떤 사람과 약속이 있으니, 잠깐 만나고 오겠습니다." 하고, 드디어 소매를 떨치고 나는 듯이 가버렸다. 유가 창틈으로 엿보니, 소년을 부르던 자 또한 소년인데 두 사람은 의관(衣冠) 또한 같아서 구별이 없었다. 서로 손을 끌고 가는데 높은 언덕과 험한 벌판을 평지처럼 달려가는 것이었다. 유는 어떻게 놀랬는지 잠을 이루지 못하다가 갑자기 벽장문을 보니 자물쇠가 잠그어지지 않았다. 곧 열어 보니 뒤 시렁에 묵은 서책들이 있는데 모두 병법(兵法)에 대한 것이었다. 또 기러기 털[雁毛]이 두어 상자 있었고 벽 위에는 한 흑장의(黑長衣)가 걸렸을 뿐, 다른 것은 없었다. 유는 더욱 의심하고 괴이하게 생각하였다.

　얼마 후에 소년이 돌아왔는데 얼굴빛을 변하면서 말하기를, "내가 처음에는 자네를 좋은 사람으로 여겼는데, 어찌해서 내가 없는 틈을 타서 남의 서책을 훔쳐보았느냐? 자네가 나를 속일 셈인가?"하였다. 유는 속일 수 없음을 알고 곧 사과한 다음 또 묻기를, "그대는 반드시 세상을 피하는 이인(異人)이다. 병서(兵書)는 진실로 그대가 읽는다 할지라도 흑의(黑衣)와 기러기 털[雁毛]은 장차 무엇에 쓰려는가?"라고 하니, 소년은 대답하기를, "나는 이미 자네가 말이 헤픈 자가 아니라는 것을 알았다. 내가 조금 시험해 보일 터이니 구경하라."하고, 드디어 기러기 털[雁毛]을 꺼내서 방안에 흩은 다음, 흑의를 입고 몇 바퀴를 질주하며 돌았으나 기러기털은 한 개도 움직이지 않았으니, 대개 그는 달리는데 익숙했기 때문이었다. 유는 아주 기이하게 여기고 이어 그가 소년과 함께 갔던 내용을 물어 보니, 소년은 대답하기를, "아까 왔던 소년의 원수가 고성(固城) 지방에 있는데 그 사람됨이 사나울 뿐더러 또 있는 곳을 몰랐다가 오늘밤에야 마침 집에 있다는 소문을 들은 까닭에 함께 가서 죽였다."하였다. 유는 속으로 '보령에서 고성까지는 거의 천리가 되는데 잠깐 동안에 갔다 오다니 나는 새도 그만큼 빠를 수 없다.'고 생각하고 탄복을 하였다. 그와 더불어 아침까지 이야기하다가 드디어 작별했는데, 소년은 신신 당부하기를, "자네가 만약 나의 말을 세상에

퍼뜨린다면 나는 반드시 자네의 일족을 다 없애버릴 것이니, 자네는 조심하라." 하였다. 유는 그렇게 하마고 하고 길가에 풀을 맺아 그곳을 표시하였다가 한 달쯤 뒤에 다시 찾아갔으나 끝내 만나지 못했다. 그러나 두려워서 평생토록 감히 말을 못하다가 죽음에 임해서야 그의 아들에게 말하기를, "내가 지금 죽으니 이인(異人)은 끝내 세상에 전해질 수 없다."하였다. 유씨는 죽고 세상엔 그 이야기가 전해져 모두들 이상하게 여겼다.

아아! 소년이야말로 이인(異人)이라 할 수 있다. 부(富)와 귀(貴)는 사람마다의 욕망이거늘 그같은 재주로서 홀로 초연히 심산궁곡에 몸을 숨겼도다. 만약 부귀(富貴)를 뜬구름 같이 생각지 않는 자라면 어찌 능히 저럴 수 있으랴? 부자(夫子)께서 이른바, '남이 알아 주지 않아도 노여워하지 않는다.'는 그런 자가 아닌가? 그러나 칼로 사람을 찔러 죽인 섭정(聶政)은 주 선생(朱先生)에게 도둑이라는 꾸지람을 당했던 것이다. 소년은 또한 섭정 같은 협객(俠客) 따위라 할 수 있겠는가? 아니면 나이 젊고 의기(義氣) 있는 그로서 또한 어쩔 수 없는 바가 있었기 때문인가? 만약 글을 오래 읽어 날카로운 혈기를 없애버렸더라면 다시 이런 짓을 하지 않았을지 누가 알겠는가? 이러한 자야말로 도(道)를 품고 숨어 살면서 때를 기다리는 자일 터인데, 때를 만나지 못하고 죽음이 애석하다. 암혈(巖穴)에 숨은 선비로서 이와 같은 자의 수가 세상에 어찌 적겠는가? 문왕(文王)이 있은 다음이라야 태공(太公)이 있고, 소열(昭烈)이 있은 다음이라야 제갈(諸葛)이 있는 법인데 문왕과 소열이 없는 세상인데도 '세상에 태공도 제갈도 없다'고 말하는 자 또한 허망한 사람일진저.[5]

5 민족문화추진회 역, 『고전국역총서 담헌서(湛軒書) Ⅰ~Ⅴ』(서울: 민족문화추진회, 1974), 내집 4권(內集 卷四) 보유(補遺) 참조. 필자는 <http://www.minchu.or.kr>의 번역 자료를 그대로 인용하였다.

조선 후기 학자 안석경安錫儆(1718~1774)의 산문집인 『삽교만록雪橋漫錄』
에는 여성을 주인공으로 한 한문단편 「검녀劍女」가 실려 있다. 이명학은
「한문단편에 나타난 여성형상－＜검녀＞·＜길녀＞를 중심으로」에서 검
녀에 나타난 여성상을 분석했다. 아래는 위 논문에 수록된 「검녀」의 줄
거리이다.

> 소응천(蘇凝天)은 삼남(三南)에서 명성이 높아 모두 그를 기사(奇士)로
> 여겼다. 어느 날 한 여자가 찾아와 소실이 되기를 자청한다. 그로부터
> 몇 년이 지난 어느 날 그녀는 자신의 과거를 자백했다. 그녀는 모씨 댁
> 의 종이었는데 주인댁 딸과 나이가 같아 시중을 들며 함께 자랐다. 아
> 홉 살이 되던 해 그 댁이 권세가에게 멸문을 당하게 되어 겨우 주인댁
> 딸과 그녀만이 목숨을 부지하고 피신을 하게 되었다. 그 뒤 두 사람은
> 남장을 하고서 검객을 찾아 칼쓰는 법을 익혀 상당한 경지에 이르게
> 되었다. 드디어 권세가의 집에 가서 칼을 휘둘러 원수를 갚는다. 그러
> 나 주인댁 딸은 선산에 복수한 것을 고하고는 자결을 하였다. 그녀는
> 남장을 하고 다니면서 천하의 고명한 선비에게 몸을 맡기기로 작정하
> 여 소응천에서 온 것이었다. 그런데 몇 년을 같이 지내보니 그는 단지
> 잡술에 능할 뿐 자신이 기대했던 모습과는 너무 다른 인물이었다. 그
> 녀는 그 앞에서 칼춤을 보이고는 따끔한 충고를 남긴 채 떠나간다.[6]

위 「검녀」가 소개된 『삽교만록』은 1786년(정조 10) 동생 석임錫任이 편
집, 간행한 것이라고 한다. 「검녀」의 내용은 안석경이 단옹 민백순(1711~
1774)이 호남사람에게 들은 이야기를 제보해 준 형식으로 되어 있다고

---

6 이명학, 「한문단편(漢文短篇)에 나타난 여성형상－＜검녀＞·＜길녀＞를 중심으로」, 『韓國
漢文學硏究』(한국한문학회, 1985), 8호, 67~88쪽.

하니, 호남지방에서 있었던 실제 이야기를 바탕으로 만들어진 것이 아닌가 추정된다고 한다. 이 작품에는 무협소설에 자주 등장하는 복수를 모티브로 사용하고 있으며, 남장여인이 등장한다. 소응천에게 의탁한 후에도 그를 거부하고 떠나는 여성을 그리고 있는 것으로 보아 현대 무협소설에서도 나오기 힘든 이야기로 생각된다.

이처럼 전에서는 현대 무협소설을 구성하는 거의 대부분의 문학적 요소가 나타나고 있다. 다만 전이 가지는 객관적 기술에 따른 소설성의 부족이 문제가 되기는 하지만, 보고 들은 이야기를 가지고, 정리하여 기록한 전은 분명 본격적인 현대 한국 무협소설이 등장하기 이전의 추형雛形의 하나로서 삼을 만하다고 볼 수 있다.

4

『사각전』:
무협소설로의 조선후기 소설

韓國武俠小說史

일반적으로 우리나라 최초의 한문소설로『금오신화』를 든다.[1] 이를 창작한 김시습金時習(1435~1493)은 15세기에 활동했던 문인이므로, 15세기 이후 본격적인 소설 창작 및 발표가 계속되었음을 알 수 있다.

이러한 우리의 소설 중에서도 무협소설과 관련되어 있는 소설로 군담소설을 들을 수 있다. 군담소설軍談小說의 사전적 정의를 살펴보면, "주인공이 전쟁을 통하여 영웅적 활약을 전개하는 이야기를 흥미의 중심으로

---

1 최근 매월당(梅月堂) 김시습(金時習, 1434~1493)의『금오신화』(金鰲新話) 판본 중에서 가장 오래된 임진왜란 이전 판본이 중국에서 발견되었다는 소식이 있는데, 최용철에 따르면 1592년 임진왜란 이전에 조선에서 목판으로 찍은 것이 확실하다고 한다.『금오신화』이후 조선시대에는 많은 소설이 등장하였는데, 그 중에서도 군담소설과 영웅소설은 우리가 주목하여 볼 만하다. 崔溶澈, 張本義, 「『金鰲神話』朝鮮刊本의 發掘과 板本에 관한 考察」,『民族文化研究』(서울: 고려대학교 민족문화연구소, 1999), 359~382쪽 참조.

하는 고전소설. 작품의 소재를 어디에서 취하였는가에 따라 창작군담소설·역사군담소설·번역군담소설로 나뉜다"라고 되어 있다. 이러한 군담소설 중에서 역사군담소설이나 번역군담소설은 이미 앞서 살펴본 「설인귀전」과 같은 성격을 가지며, 창작군담소설이 한국 무협소설의 역사적 흐름 속에서 매우 중요하다.

"창작군담소설은 충신과 간신의 대결로 정쟁에서 몰락했던 가문이 주인공의 영웅적 활약으로 국가에 큰 공을 세우면서 부흥한다는 내용을 담고 있으며, 비현실적인 도술전으로 전쟁의 양상이 기술되고 표면적으로는 전통적 유교윤리가 강조되면서도 이면에는 충忠이나 열烈에 대한 전통윤리로부터의 일탈이 심하다는 점에서 정치적 변혁에 관심이 많았던 평민층이 향유하던 작품으로 추정된다"고 한다.

이러한 창작군담소설로는 『소대성전蘇大成傳』·『장풍운전張灃雲傳』·『장백전張伯傳』·『황운전黃雲傳』·『유충렬전劉忠烈傳』·『조웅전趙雄傳』·『이대봉전李大鳳傳』·『현수문전玄壽文傳』·『남정팔난기南征八難記』·『정수정전鄭秀貞傳』·『홍계월전洪桂月傳』·『김진옥전金振玉傳』·『곽해룡전郭海龍傳』·『유문성전柳文成傳』·『권익중전權益重傳』 등 수십 종이 있는데 작자와 연대가 밝혀져 있지 않다고 한다.[2] 이렇게 많은 창작군담소설 중에서 『사각전謝角傳』은 어떤 군담소설보다 독특한 성격을 가지고 있는 작품으로 평가된다. 아래 『한국민족문화대백과사전』에 수록된 사각전의 줄거리를 인용한다.

원나라 시절 형남땅에 승상벼슬을 지낸 사휘라는 사람이 자식 없음

---

[2] 이상 군담소설에 대한 내용은 徐大錫, 『군담소설의 구조와 의미』(서울: 이화여자대학교 출판부, 1985)을 참조하였음.

을 한탄하다가 이구산에 들어가서 신령께 정성을 드린다. 그 뒤 그의 부인은 각성(角星)이 품에 드는 꿈을 꾸고 각을 낳는다.

사각은 성장하여 청운산에 은거하는 도사를 따라가 병서를 공부한다. 공부를 마치고 도사로부터 갑주와 보검 및 책 3권을 얻어 가지고 하산한 사각은 청운도사의 지시대로 하늘이 맺어 준 연분인 허처사의 딸과 혼약을 맺는다. 이후 다시 청주땅 유승상의 딸 벽도와도 혼약을 맺는다.

사각은 고향에 돌아와 병서를 공부하다가 어느날 꿈에 청운도사가 나타나 지시를 내려 중원으로 출발한다. 그는 도중에 용마(龍馬)를 얻고 청의동자에게서 안장을 얻은 뒤 이 동자의 안내로 바다를 건너서 중원으로 들어간다.

이때 중원에서는 변방의 제왕들이 북호·서융과 더불어 반란을 일으킨다. 이에 천자는 반적을 물리칠 인재를 뽑고자 과거를 보이는데, 사각이 문·무 양과에 장원급제한다. 사각은 도원수가 되어 대군을 이끌고 호왕의 군사를 맞이해 싸워 크게 이긴다.

호왕은 환술에 능한 교룡과 구미호를 선봉으로 삼고 사각에게 다시 도전하나, 사각은 도사가 준 노백검과 벽력도로 이들을 물리친다. 호왕은 다시 남만에 구원병을 청하여 사각과 싸우지만 사각은 도술로써 이들을 크게 무찔러 항복시킨다. 반적을 토멸한 사각은 회군하여 황제로부터 초왕의 작록을 받는다.

사각은 허소저와 유소저를 부인으로 맞아 부귀한 삶을 살다가 70세에 두 부인과 함께 승천한다. 사각의 아들 8형제는 모두 문과와 무과에 장원급제하고, 딸 3자매는 모두 왕비가 된다. 이때 호왕과 서번왕의 후예들이 다시 반란을 일으켜 기병한다.[3]

---

3 金起東, 『李朝時代小說의 研究』(서울: 成文閣, 1974); 東國大學校韓國學研究所編, 『謝角傳』(서울: 亞細亞文化社, 1976), 活字本古典小說全集 제3권, 영인본. 정신문화대백과 사전 재인용. 아래 분단도 본 자료를 활용하였음.

『사각전』은 일명 『사객전史客傳』이라 하는 고전소설로 다음과 같은 점에서 다른 군담소설과는 차이가 있다. 그것은 바로 주인공이 신비하게 출생하고, 도사에게 술법을 배우고, 도사의 지시와 협조로 천정배필과 혼약을 하고, 외적을 격퇴하는 전형적인 군담소설이나 주보呪寶의 활용이 다른 군담소설에 두드러지게 비해 많이 나타난다는 점이다. 청운도사로부터 신비한 힘을 부리는 서책과, 타면 용이 되는 철장을 받고, 또한 적장 월섬은 사람의 혼을 빼는 조화환이란 무기를 사용하기도 한다. 이러한 주보 사용은 현대 무협소설에서 매우 중요한 요소로 등장하고 있는 것이다.

『권익중전』에서도 이소저가 아들 선동에게 주는 주보 중에 저절로 적을 무찌르는 자용검과, 구름을 마음대로 흩고 모으는 풍운선부채, 올라타면 나는 용이 되어 공중을 왕래하는 비룡장지팡이 등이 나타나는 것을 보면 몇몇 고전소설에서 나타나는 특색으로 볼 수 있는 주보의 활용이 현대 무협소설에까지 그 맥이 닿아있음을 알 수 있다.

전형적인 현대 무협소설의 필수요소 중의 하나인 무武는 흥미를 유발하기 위하여 일반적인 능력으로서의 무가 아니라 초인적인 능력의 무로 무장되어 있음을 상기할 필요가 있다. 여러 문파의 고수들이 무공을 펼치기 위하여 사용하는 무기는 독자들의 상상을 초월할 만큼 위력있는 무기로서 『사각전』에서 등장하는 주보 정도의 위력을 발휘할 수 있다. 이러한 점들을 고려할 때 『사각전』은 현대 한국 무협소설이 등장하게 되는 배경을 제공하는 조선후기 소설로서 볼 수 있다.

『사각전』 일제강점기 딱지본

『사각전』은 위의 사진에서도 볼 수 있듯이 『가인기우佳人奇遇』라는 일제강점기 딱지본으로도 발간되었다. 사각전은 대창서원·보급서관 판으로 남아 있는데 『고전소설 줄거리집성 1』에 수록된 줄거리를 아래 전제하여 본다.

중국 명나라 때 청주 형남 땅에 사후라는 재상이 있었다. 일찍이 소년 등과하여 벼슬이 이부상서에 올라 조야에 명망이 높았다. 그러던 중 충신이 죽고 소인이 집권하여 조정이 어지러워지자 벼슬을 하직하고 고향에 돌아와 밭갈기와 낚시로 세월을 보내고 있었다. 나이 사십이 넘자 슬하에 혈육이 없음을 한탄하는 마음이 생겨 부인과 함께 득남의 묘안을 상의하였다. 그 후 성화산 상상봉에 제단을 모으고 발원하고 돌아오던 날 부인 민씨가 꿈을 하나 얻었다. 하늘에서 상제께 득좌한 각성이 민씨의 몸을 빌려 인간으로 태어나게 되었다는 태몽을 꾼 것이다. 민씨가 열 달 만에 옥동자를 낳으니 선녀와 선관이 내려와 아기의 배필을 일러주고 청정(天定)을 어기지 말라 일렀다. 옥골 선풍의 외모를 지닌 아기 이름을 각이라 하고 상서 부부는 귀하게 키웠다. 각이 오륙 세 되어 시서백가에 무불통지하니, 지나치게 비범함을 염려하던 중, 하루는 청운산으로부터 한 도사가 찾아와 각을 자신에게 맡겨 재주를 가르쳐 후일 천하를 평정하게 함이 하늘의 뜻이라고 말하였다. 상서 부부는 천명을 거역치 못하여 각을 출가시켰다. 각이 청운산에서 6년을 수련하니 문장 필법과 검창 제술이 당할 자가 없었다. 그러자 도사는 각을 불러 대명천지가 도적떼로 하여 분분하니 장부의 뜻을 펼칠 때가 되었다고 말해 주었다. 그리고 요술 갑옷과 창점을 주고 옥갑경, 풍운경, 해수경을 주며 전쟁에 나가 위급할 때 주문을 외우면 신장 위졸이 풍운을 앞세우고 육지가 변하여 바다가 되고 사해 용왕이 수졸을 데리고 구해줄 것이라 일렀다. 또 짚으면 지팡이요 치면 철퇴요 베면 칼이 되고 찌르면 창이 되며 타면 용이 되는 철창을 무기로 주었다. 사각을 떠나보내며 도사는 편지 두 장을 주었다. 형남으로 돌아가는 길에 인산과 양주에 들러 두 사람의 가인을 만나 부부의 연을 맺을 것을 부탁하고, 이 또한 하늘의 뜻이라고 말하였다. 스승의 분부대로 사각은 인산 허처사의 딸 허소자와 인연을 맺고 하루만에 이별하여 양주로 향하였다. 양주 유승상의 딸 유소저와 두 번째 부부연을 맺은 각은 사흘 후에 아쉬운 작별을 하고 형남 땅 부모에게로 돌아왔다. 6세에 출가하여 6년 만에 집으로 돌아와 부모와 해후한 사각은 스승의 분부를 잊고 무심히 세월을 보냈다. 그러던 중 하루는 홀연 스승이 나타나 시각을 지체함을 크게 꾸짖었다. 그 길로 사각은 뜻을 펴기 위해 중원 땅으로 향하였다. 한편 조정에서는 천자가 정사를 돌보지 아니하고 주야로 주색에 빠져 있다가 북방 호적에게 변방 오십 주를 빼앗기고도 대적할 장수가 없자 황급히 과거를 실시하여 명장을 뽑아 호적에 대적코자 하였다. 이 때 사각이 과거에 응하여 문무 양과에서 장원급제하였다. 이 부상서 겸 대원수를 제수받은 사각은 대병을 이끌고 전쟁에 나가게 되었다. 적진에 신출귀몰하는 명장들이 무수한 가운데 일진일퇴의 전쟁을 계속하던 중 연 이어 세 번의 승리를 하자 사각의 진영은 잠시 긴장을 늦추게 되었다. 이 틈을 이용하여 적진의 여명장 월섬이 사각의 진영을 기습하였다. 패전의 위기에 처하여 작신을 비롯한 군장 제졸이 포로가 되자 사각은 이를 탄식하며 자결을 감행하려 하였다. 이 때 청운도사가 나타나 그의 의지가 약함을 크게 꾸짖고 월섬을 퇴치할 비법을 알려 주었다. 스승의 도움으로 기사회생한 사각은 신비한 무기와 도술로써 대승을 거두고 돌아왔다. 천자는 승리를 치하하고 사각을 초왕에 봉장하고 그의 부친은 제왕에 봉하였다. 또한 몽사를 이야기하고 공주와 천정배필임을 이야기 하였다. 이로서 세 번째 부인을 맞이한 사각은 초왕이 되어 부모 친척 3부인과 더불어 화평한 세월을 보냈다. 얼마 후 이번에는 남만이 강성해져서 중원을 침략하였다. 변방 심여 성을 빼앗긴 조정은 천하 명장을 모아 대적하였으나 그 형세를 감당치 못하자 사각을 천자께 추천하였다. 이렇게 해서 재출전한 사각은 다시 한번 대승을 거두고 금의환향하여 더욱 천자의 신뢰를 얻게 되었다. 적장을 사로잡은 사각은 천자께 청하여 그를 본국으로 돌려보내는 은혜를 베풀었다. 부귀영화를 누리는 중에 부모와 사별하게 되자, 사각은 천자께 아뢰고 세 부인과 함께 남화산으로 떠났다. 남화산은 산악이 웅장하고 기화요초 난만하며 난봉공작과 비취앵무가 송림 간에 왕래하는 신성동부였다. 속세를 떠나 별유천지에서 3자 2녀를 두고 3왕비와 더불어 행복하게 살아가던 사각은 세월의 흐름을 느끼지 못하였다. 하루는 왕비들과 함께 강선루에 올라 풍경을 구경하는데 홀연 공중으로부터 선관 선녀가 내려와 속세의 인연이 다하였음을 고하였다. 자녀들이 지켜보는 가운데 사각은 세부인과 함께 승천하고, 그 후로도 사각

의 가문에는 공후장상이 끊일 날이 없었다.[4]

　『사각전』에 또 하나 주목할 것은 주인공 사각이 천정에 의해서 3명의 부인을 얻는 점이다. 현대 무협소설이 대중소설로서 인기를 얻는 하나의 요소가 바로 정情이다. 정이라는 것을 담천은 "인간의 희로애락을 말한다"[5]하고 언급한 바 있지만, 보다 보편화된 의미로는 무협소설의 흥미요소의 하나인 연戀으로서 바꾸어 볼 수도 있다. 연에 대해서는 정동보의 「무협소설 개관」에서 "협은 연인이다"라는 말로 함축한 바 있다. 그는 "신파 무협소설에서 혼인이나 연애를 자유롭게 하는 것은, 물론 현대적 관념의 소산이다. 설사 일부 작사들이 고대 복장을 입히고, 전통 규범의 방해를 받게 할지라도, 그들의 정신기질 및 이야기의 결말은 이미 현대인의 자유로운 선택이고, 사랑하는 사람끼리 가정을 이루게 한다. 적지 않은 작품의 주인공들의 첫 번째 임무는 연애이고, 나머지 사업 등은 연애의 배경이나 연애가 이루어지는 데 갈등을 일으키는 역할을 한다"고 지적한다.[6] 『사각전』이 『가인기우』로 발간된 것도 이러한 연애와 관련된 대중 독자들의 흥미가 출판 사업에 매우 중요한 요소임을 말해주는 것이 된다.

　『가인기우』의 줄거리에 등장하는 도인이 사각의 미래를 점치고 무술 등을 가르치는 것도 매우 무협소설적인 요소이다. 중국 무협소설인 고룡古龍의 『절대쌍교絶代雙驕』에서 주인공인 소어아가 악인곡에서 여러 사람

---

4 조희웅 편, 고전소설 연구자료총서 1 『고전소설 줄거리 집성 1 · 2』(서울: 집문당, 2002).
5 김재국, 「디지털 시대의 한국 창작 무협소설에 대한 고찰」, 『무협소설이란 무엇인가 대중문학 ⑥』(서울: 예림기획, 2001), 예림 문예학신서, 16, 169쪽 참조. 인터넷에서 발표한 담천의 글을 참고한 것임.
6 정동보, 「무협소설 개관」, 『무협소설이란 무엇인가 대중문학 ⑥』(서울: 예림기획, 2001), 예림 문예학신서, 27쪽.

의 스승들에게 무술을 배우는 것도 목적이 있기 때문이다. 후에 닥쳐올 국가적 환난에 대처하기 위하여 사각은 여러 가지 무술과 술법을 배운 것이다.

『가인기우』는 사각이라는 주인공의 영웅적인 삶을 표현한 것으로 영웅소설로 분류할 수도 있을 것이다. 영웅소설에서 영웅이란 개인적인 차원이 아니라 집단이나 국가의 이익과 행복을 성취한 이를 의미한다. 그러므로 사각이 명의 명장으로서 외적을 물리친 행위는 영웅의 행위로 볼 수 있고 영웅소설로 분류할 수 있는 것이다. 현대 초기 무협소설에서는 이러한 영웅소설의 전형을 많이 따르고 있다.

일반적으로 영웅은 신화의 영웅을 예로 들을 때 "① 고귀한 혈통, ② 비정상적 출생, ③ 시련기아, ④ 구출자에 의하여 양육됨, ⑤ 투쟁으로 위업을 이룸, ⑥ 고향으로의 개선과 고귀한 지위의 획득, ⑦ 신비한 죽음"으로 요약할 수 있다고 한다.[7] 한국 초기 무협소설의 경우에는 국가나 민족 등의 다수가 아니라 무림이라는 또 다른 질서 체제 속의 영웅으로 주인공이 묘사되고 있으므로 조선후기 영웅소설의 전형을 많이 닮아 있음을 느낀다.

---

7 조동일, 『한국소설의 이론』(서울: 지식산업사, 1977); 서대석, 『군담소설의 구조와 의미』 서울: 이화여자대학교 출판부, 1985) 참조.

5

『홍길동전』과 『전우치전』

『홍길동전洪吉童傳』은 우리나라 최초의 한글소설로 평가되고 있다. 이 평가에 대한 의문이 끊임없이 제기되고, 이에 대한 연구가 계속되고 있을 지라도 당분간 『홍길동전』을 한국 최고의 한글소설로 보는 견해가 대부분 받아들여지고 있다.

이런 『홍길동전』을 무협소설에 관심을 가진 이들은 일찍이 이러한 관심을 가지고 무협소설과의 연관성을 꾸준히 살펴보았다. 이치수는 「중국무협소설의 번역 현황과 그 영향」에서 중국 무협소설이 한국에서 성행할 수 있었던 배경의 하나로 한국 의적소설의 전통을 들었다. 그의 주장을 들어보자.

중국 무협소설이 한국에 전해져서 성행하기 이전에 한국에는 의적소설이라 불리는 소설들이 오랫동안 대중들의 사랑을 받아왔다. 즉『홍길

영창서점 한글 번역본 『수호지』 권3 표지

동전』이나 『임꺽정』 같은 것이 여기에 속하는 것으로서, 놀라운 무술로 탐관오리를 징벌하고 불쌍한 서민을 돕는 내용의 이런 소설들은 언제나 독자들의 환영을 받았다. 이런 소설적 전통 속에서 역시 뛰어난 무술로(武) 의협적인 행동을 하는(협) 검객들의 이야기(소설), 즉 중국 무협소설은 한국의 독자에게도 큰 문화적 거부감 없이 수용될 수 있었다. 특히 광활한 대륙에서 많은 정사(正邪)의 인물들이 펼치는 통쾌한 무술 이야기는 독자들을 강하게 사로잡기에 충분하였다.[1]

　　이치수의 견해에서 덧붙여 생각할 것은 의적소설의 전통이라 할 수 있는 『홍길동전』도 중국의 『수호전』과 같은 소설의 영향하에서 창작된 것이라는 점이다. 중국의 의적소설의 전통이 한국의 의적소설 창작 전통에 영향을 주었다는 점은 동일 한자문화권에서 충분히 있을 수 있는 일이다. 또한 당시의 중국 의협소설이라는 것도 현대 중국 무협소설로 이어지는 선행적 형태의 소설로 볼 수 있다.

　　어찌되었든 『홍길동전』은 한국 현대 무협소설로 이어지는 한국 무협소설사에서 등장하는 중요한 작품이라 할 수 있는 것이다. 이식李植이 지은 『택당집澤堂集』에는 『홍길동전』이 중국의 『수호전』을 참고로 하여 작성된 것이라는 증언을 볼 수 있다.

---

1 대중문학연구회 편, 『무협소설이란 무엇인가』(서울: 예림기획, 2001).

세상에 전해지는 말에 의하면, 『수호전(水滸傳)』을 지은 사람의 집안이 3대(代) 동안 농아(聾啞)가 되어 그 응보(應報)를 받았는데, 그 이유는 도적들이 바로 그 책을 높이 떠받들었기 때문이라고 한다. 그런데 허균(許筠)과 박엽(朴燁) 등은 그 책을 너무도 좋아한 나머지 적장(賊將)의 별명을 하나씩 차지하고서 서로 그 이름을 부르며 장난을 쳤다고 한다. 그런가 하면 허균은 또 『수호전』을 본떠서 『홍길동전(洪吉童傳)』을 짓기까지 하였는데, 그의 무리인 서양갑(徐羊甲)과 심우영(沈友英) 등이 소설 속의 행동을 직접 행동으로 옮기다가 한 마을이 쑥밭으로 변하였고, 허균 자신도 반란을 도모하다가 복주(伏誅)되기에 이르렀으니, 이것은 농아보다도 더 심한 응보를 받은 것이라고 하겠다.[2]

위 기록에 의하면 『홍길동전』은 허균이 지은 것이다. 하지만 이러한 기록이 있지만 그 작가에 대한 의문은 끊이지 않는다. 일찍이 허균이 『홍길동전』을 짓기에는 부족한 소인이라는 주장이 제기되기도 하였고, 현전하는 『홍길동전』은 허균 작이 아니라는 주장 또한 만만치 않다. 또한 허균의 『홍길동전』은 한글로 지어진 것인가, 한문으로 지어진 것인가 하는 의문들도 계속되었다.

『홍길동전』은 의적소설로 분류되어 연구되고 있기도 하며, 영웅소설로 분류하여 분석되기도 하였다. 『홍길동전』의 구성을 이해하기 위해 아래 줄거리를 제시하여 보았다.

홍길동은 조선 세종 때 서울에 사는 홍판서의 시비 춘섬의 소생인 서자다. 홍판서가 용꿈을 꾸어 길몽이기에 본부인을 가까이하려 하였

---

2 민족문화추진회, 『고전국역총서 택당집(澤堂集)』(서울: 민족문화추진회, 1996), 택당선생별집(澤堂先生別集) 제15권 잡저(雜著) 산록(散錄) 참조.

으나, 응하지 않으므로 춘섬과 관계를 하여 길동을 낳았다. 길동은 어려서부터 도술을 익히고 장차 훌륭하게 될 기상을 보였으나, 천생인 탓으로 아버지를 아버지라 부르지 못하고, 형을 형이라 부르지 못하는 한을 품는다. 가족들은 길동의 비범한 재주가 장래에 화근이 될까 두려워하여 자객을 시켜 길동을 없애려 한다. 길동은 위기에서 벗어나 집을 나와서 방랑의 길을 떠난다. 그러다가 도적의 소굴에 들어가 힘을 겨루어 두목이 된다. 먼저 기이한 계책으로 해인사의 보물을 탈취하고 활빈당이라 자처하며 기계와 도술로써 팔도지방 수령들의 재물을 탈취하여 빈민에게 나누어주고 백성의 재물은 추호도 다치지 않는다. 길동은 함경도 감영의 불의의 재물을 탈취하면서 "아무 날 전곡을 도적한 자는 활빈당 행수 홍길동"이라는 방을 붙여둔다. 함경감사가 도적을 잡는 데 실패하자 조정에 징계를 올려 좌우 포청으로 하여금 홍길동이라는 대적을 잡으라고 한다. 팔도가 다같이 장계를 올리는데 도적의 이름이 홍길동이요, 도적당한 날짜가 한날 한시였다. 국왕이 길동을 잡으라는 체포명령을 전국에 내렸으나 길동의 도술을 당해낼 수 없어서 홍판서를 회유하고 길동의 형 인형도 가세하여 길동의 소원을 들어주기로 하고 병조판서를 제수, 회유하기로 한다. 길동은 서울에 올라와 병조판서가 된다. 그 뒤 길동은 고국을 떠나 남경으로 가다가 산수가 수려한 율도국을 발견, 요괴를 퇴치하여 볼모로 잡혔던 미녀를 구하고 율도국 왕이 된다. 마침 아버지의 부음을 듣고 고국으로 돌아와 삼년상을 치른뒤 율도국으로 돌아가 나라를 잘 다스린다.

위 줄거리를 보면 『홍길동전』의 영웅소설적 구조를 이해할 수 있다. 홍판서의 아들로 태어났다는 것은 길동이 고귀한 혈통을 가진다는 것이고, 시비 춘섬에게서 서자로 난 것은 비정상적인 태생임을 말해준다. 길동의 재주가 비상하고 총명함은 그에게서 영웅이 될 수 있음을 보여준다. 자객에 의해서 죽을 위기를 넘기는 것 또한 영웅이 거쳐야 할 당연한 길이다. 여러 가지 위기를 극복하고 마침내 율도국의 왕이 된 것은 바로 길동이 영웅이 된 것임을 의미하는 것이다.

『홍길동전』에서 보이는 무협소설성은 길동이 기연을 만나 무술을 연마하고, 의협을 행한다는 것에서 잘 나타나고 있다. 현대 중국 무협에서 등장하는 방파 및 문파의 개념과 같이 홍길동이 활빈당을 만든 것도 녹림에 뛰어든 홍길동의 행위를 말해주는 것이므로 새로운 방파를 길동이 개척한 것이 된다.

길동이 사용하는 둔갑술, 축지법, 분신법 등은 무림 고수의 초절정 무술과도 관련되어 있다. 길동이 사용하는 도교적인 환술이란 그 정도에 있어 오늘날 무협소설과 비교해도 손색이 없다. 이러한 점들이 『홍길동전』을 한국 무협소설사 맹아기의 빛나는 추형으로 이해해도 되는 증거라 하겠다.

이 작품을 썼다는 허균에 대해서 살펴보자. 허균許筠(1569~1618, 선조 2~광해군 10)의 본관은 양천陽川, 자는 단보端甫, 호는 교산蛟山·학산鶴山·성소惺所·백월거사白月居士이다. 그의 부친은 서경덕徐敬德의 문인으로서 학자·문장가로 이름이 높았던 동지중추부사同知中樞府事 엽曄이며, 어머니는 후취인 강릉김씨江陵金氏로서 예조판서 광철光轍의 딸이다.

허균은 이병기가 『국문학전사』에 언급하였듯이, 비록 명문 문인 허엽의 아들로서 경박하다는 평은 들었으나, 시폐를 통탄하던 탁월한 문인으로 평가되고 있다.[3] 그의 문재는 글공부를 5세에 부터 시작하여, 9세에 이미 시를 지을 수 있었다는 것으로부터 타고났다고 볼 수 있으며, 유성룡柳成龍에게 나아가 학문의 심오함을 배웠다. 그의 시는 삼당시인三唐詩人

---

3 이병기·백철, 『國文學全史』(서울: 新丘文化社, 1967).

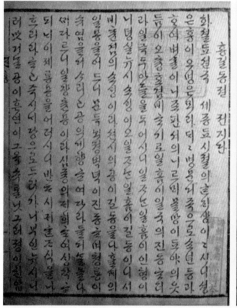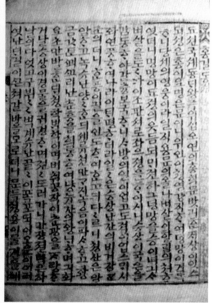

여러 판본의 『홍길동전』(국립중앙도서관 소장본)

의 하나인 이달李達에게 배웠다고 한다.

이러한 허균은 정치적인 면에서 많은 시련을 겪었다. 26세 때인 1594년(선조 27)에 정시문과庭試文科에 을과로 급제하고 설서說書를 지내고, 1597년에 문과 중시重試에 장원하여 이듬해에 황해도 도사都事가 되었으나, 서울의 기생을 끌어들여 가까이하였다는 탄핵을 받고 여섯 달 만에 파직되었으며, 1604년 수안군수遂安郡守로 부임하였다가 불교를 믿는다는 탄핵을 받아 또 다시 벼슬길에서 물러나왔다. 1610년에는 전시殿試의 시관으로 있으면서 조카와 사위를 합격시켰다는 탄핵을 받아 전라도 함열咸悅로 유배되었다. 1618년 8월 남대문에 격문을 붙인 사건이 일어났고, 허균의 심복 현응민玄應旻이 붙였다는 것이 탄로 나자 허균은 그의 동료들과 함께 저자거리에서 능지처참을 당하여 생을 마감하게 된다.

　허균의 문집을 살펴보면, 관론官論·정론政論·병론兵論·유재론遺才論 등
에서 민본사상과 국방정책, 신분계급의 타파 및 인재등용, 그리고 붕당배
척의 이론을 전개하고 있다고 한다. 이런 허균의 사상이 모두 『홍길동
전』에 나타나지는 않지만 그가 1614년, 15년에 걸쳐 중국을 다녀오며
접했던 중국의 문화와 함께 『홍길동전』을 저술하는데 중요한 기초가
되었다고 볼 수 있다. 허균이 중국으로부터 수입하여 가지고 들어온 책
에는 「설인귀전」이 포함되어 있는 『태평광기太平廣記』도 있었음을 유의
할 필요가 있다.

　『홍길동전』은 판각본·필사본·활자본 등 여러 판본이 전해온다. 판
각본으로 경판본과 안성판본, 완판본이 있는데, 경판으로는 야동본(30
장)·한남서림본(24장)·어청교본(23장)·송동본(21장) 4종이 있으며, 안성판
으로는 23장본·19장본 2종이 있다. 이 외에 완판 36장본이 있다고 한다.
필사본으로는 89장본과 86장본, 52장본, 21장본이 있으며, 한문 필사본으
로는 『위도왕전韋島王傳』이 유일하다고 한다. 또 활자본으로는 회동서
관·덕흥서림 등에서 간행한 것이 여럿 보인다.

　『홍길동전』의 의미는 조선시대 봉건 사회의 문제점을 비판하였다는데
있다. 적서차별의 부당함을 주장하고, 탐관오리의 부패를 고발하고, 율
도국이라는 이상향을 제시한 것은 당시 사회로서는 놀라운 일이었다. 그
리고 이로부터 당시 고전소설의 한계를 과감히 뛰어넘었다는 평가를 받
게 되었다.

　이러한 『홍길동전』의 아류 작품으로 『전우치전田禹治傳』이 있다. 일설
에 따르면 『홍길동전』을 지은 허균이 『전우치전』을 지었다고 하지만,
작가에 대한 것은 현재 정확히 밝혀진 바 없다. 허균 창작설의 기저에
는 전우치라는 인물의 도술 행각을 그리고 있고, 당시 부패한 사회를

풍자하는 등 『홍길동전』과 흡사한 면이 많이 보이기 때문이다. 때문에 이를 군담소설, 영웅소설, 도술소설 등으로 분류한다. 아래 줄거리를 살펴보자.

　　조선 초 송경(송도)의 숭인문 안에 전우치라는 신묘한 재주를 가진 선비가 있었다. 자신의 자취를 잘 감추는 특기를 가진 자였다. 이 때, 남방에는 해적들이 횡행하는 데다 흉년이 계속되어 비참했다. 전우치는 공중으로부터 조정에 나타나, 하늘에서 태화궁을 지으려 황금 들보를 하나씩 구하니 만들어 달라고 하여 이를 가지고 가 빈민을 구제한다. 뒷날 속임을 당한 국왕이 대노하여 전우치를 엄벌하려고 전국에다 체포령을 내렸다. 전우치는 자기를 잡으러 온 포도청 병사들을 도술로써 물리친다. 그러나 국왕의 명을 어길 수 없어 병 속에 들어가 국왕 앞에 나타나니 전우치를 죽이려고 여러 방법을 썼으나 실패했다. 그리하여 정중히 나타나면 죄를 사하고 벼슬을 주겠다고 했으나 전우치는 나타나지 않았다.

　　전우치는 주로 구름을 타고 사방으로 다니며 더욱 어진 일을 행하였다. 가다가 억울한 사람마다 그 소원을 풀어 주고 원한도 풀어 주었다. 어느 날은 한자경이란 자가 부친상을 당하여 장사 지낼 여력이 없고, 노모를 봉양할 길이 없어 슬피 우는지라. 전우치가 족자 하나를 주고 잘 사용하라 했건만, 그가 너무 욕심을 내어 화를 당하였다.

　　뒤늦게 조정에 들어가 선전관이 된 전우치는 자기를 얕보는 사람은 도술로써 굻려 주었다. 함경도 가달산 도적의 괴수 엄준을 잡아오니 왕이 크게 기뻐하기도 하였다. 이때 서호지방의 역모들을 잡아다가 문초하니 전우치를 시기하는 간신들이 그들을 매수하여 거짓으로 전우치의 음모라고 하게 하였다. 왕이 격노하여 전우치를 극형에 처하라고 했다. 전우치는 소원을 말해 왕 앞에서 그린 그림의 말을 타고 도망쳐 버렸다.

도망쳐 나온 전우치는 자신이 가지고 있는 족자 속의 미인을 불러 술과 안주를 가지고 오게 해서 재생들을 대접하기도 했다. 그 중에 족자를 사고자 하는 사람이 있어 고가로 팔았는데, 그는 그 족자를 가지고 재미를 보려다가 도리어 봉변을 당하였다.

　　전우치는 서화담이 도학이 높다는 말을 듣고 찾아갔다. 그는 화담의 도술에 걸려 곤욕을 당하고는 화담의 제자가 되었다. 이후 그는 태백산으로 들어가 계속 선도를 닦았다.

　　장량수張良守는 『한국의적소설사韓國義賊小說史』에서 『전우치전』을 한국 최초의 본격 의적 소설로 평가하고 있지만 『전우치전』의 도입 전반부와 그 이후 주인공의 면모와 액션이 너무 다르게 바뀌어가고 있는데다 소설로서의 작품성이 미흡한 상태에 있어 이를 본격적인 의적소설로 보기에는 미흡한 면이 있다고 지적하고 있다.[4]

---

4 이러한 이유로 든 것이 바로 '영웅의 왜소화' 그리고, '미흡한 소설로서의 작품성'이다. 張良守, 『韓國義賊小說史』(서울: 文藝出版社, 1991).

2부

일제 강점기의
한국 무협소설

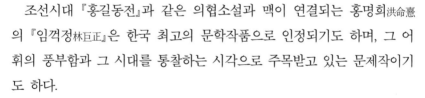

6

벽초 홍명희의
『임꺽정전』

조선시대 『홍길동전』과 같은 의협소설과 맥이 연결되는 홍명희洪命憙
의 『임꺽정林巨正』은 한국 최고의 문학작품으로 인정되기도 하며, 그 어
휘의 풍부함과 그 시대를 통찰하는 시각으로 주목받고 있는 문제작이기
도 하다.

『임꺽정』을 무협소설의 하나로 보는 데는 이견이 많을 것이다. 이를
대하 역사소설로 구분하지만 필자는 『임꺽정』도 그 내용 구성에 있어 충
분히 무협소설로 볼 수 있는 여지가 있다고 생각한다. 『임꺽정』의 소설
형태가 『홍길동전』과 같은 전의 형식을 차용하고 있는 것도 그렇고, 『임
꺽정』이 6명의 산적과 함께 의형제를 맺고, 황해도 산적 소굴 청석골에
서 의적으로 활동하는 내용 또한 그렇다. 그리고 임꺽정은 괴력을 소유
하였으면서, 무술을 안다.

『임꺽정』은 1928년부터 1939년까지 1,120여 회에 걸쳐 『조선일보』에

연재된 신문 연재소설이다. 「임꺽정전林巨正傳」이란 제목으로 1928년 11월 21일부터 1939년 3월 11일까지 조선일보에 연재되었고, 1940년에는 『조광』 10월에도 발표되었으나 완성되지 못했다. 이후 1939년부터 1940년에 걸쳐 4권으로 나온 조선일보사본에는 「의형제편」과 「화적편」(조광사 발행)이 소개되었고, 이후 1948년 을유문화사에서 조선일보사본을 6권으로 분책하여 출간하기도 하였다. 『임꺽정』이 독자들에게 제대로 알려진 것은 1985년 사계절출판사가 「봉단편」부터 「화적편」까지 모두를 9권으로 출간한 이후이다.

이 소설을 지은 홍명희가 월북한 후 남하하지 못하자 홍명희의 소설 『임꺽정』은 금서가 되었고, 1985년에서야 다시 남한에서 빛을 본 것이다. 이 글의 작가 홍명희가 1957년 70세에 북한의 제2차 내각 6인의 부수상 중 한사람으로 재임되고, 1961년 74세에 조국평화통일위원회 위원장을 역임한 사실로 보아도 그의 『임꺽정전』이 금서가 된 사실은 충분히 공감할 수 있다.

홍명희는 1888년 충북 괴산에서 태어났다. 아버지 홍범식이 1910년 일제의 한국 병단에 항거하여 사망하자, 중국, 남양 등지를 7년 동안 유랑하며, 신학문과 신사조를 접하였다고 한다. 괴산에서 3·1 운동이 일어나자 이를 주도하였고, 1923년에는 신사상연구회 화요회를 조직·활동하였으며, 1924년 『동아일보』 편집국장, 1925년 『시대일보』 사장을 역임하고, 1927년 항일민족 협동전선인 <신간회>의 창립과 활동에 주도적인 역할을 하다가 1929년 민중대회 사건으로 1년 6개월 옥고를 치렀다. 옥고를 치르는 동안에도 여러 사람들이 요구하는 『임꺽정』을 집필한 것은 유명한 일화로 전해진다.

신재성은 기존 역사소설과 달리 계급의식과의 연관성을 가지고 있는 면에서, 그리고 조선정조를 구현하고자 일관되게 노력한 점 등에서 『임꺽정』을 '풍속의 재구'라는 틀 속에서 살펴보기도 하였고, 강영주는 "지나간 시대를 현대의 전사로서 진실되게 묘사하려는 사실주의적 역사소설의 유형에 속한다. 뿐만 아니라 이 작품은 식민지 시대 역사소설의 주류가 봉건 지배층 내부의 시각에서 역사를 파악하는 왕조사 중심의 역사소설인데 반해, 민중의 동향을 통해 역사를 파악하려는 민중사 중심의 역사소설이라는 점에도 독특한 의의를 지니고 있다"라고 하여 그 의의를 파악하고 있다.[1]

그러면 『임꺽정』의 대강의 줄거리를 살펴보자.

임꺽정은 경기도 양주골 백정인 임돌이의 아들로 태어났다. 원래 이름은 '놈'인데, 부모를 걱정시킨다고 '걱정'이라고 하던 것이 '꺽정'으로 되었다. 꺽정은 열 살 때 갖바치의 아들과 결혼한 누이를 따라 서울로 와서 갖바치와 같이 살면서 그에게 글을 배운다. 양주팔은 본래 학식이 높은 데다 묘향산에 가서 도인 이천년에게 천문 지리와 음양 술수를 배우고 와서는 세상의 이치를 깨닫고 학문에 두루 통달하여 당대의 명망 높은 조광조 등과 교유한다. 꺽정이는 글공부에는 흥미를 느끼지 못하고 검술을 익힌다. 이 때 박유복과 이봉학은 임꺽정과 의형제가 된다. 갖바치는 기묘사화를 보고 나서 혼란스런 정국을 예견하고 임꺽정을 데리고 전국을 유랑한다. 꺽정은 곳곳에서 백성들의 고난에 찬 삶의 모습들을 접하게 되며 백두산에 가서 황천왕동이 남매를 만나고 황천왕동이의 누이 운총과 결혼하여 양주로 돌아와 아들 백손을 낳고 평범하게 산다. 그러나 임꺽정은 서른 다섯 살이 되자 여러 도적과 합세하여 봉산 황주 도적이 되며, 38세 때, 6명의 산적 두령과 함께 의형제 결의를 맺는다. 그들은 황해도 산적들의 소굴인 청석골을 차지해서 도적질을 하면서 평산에서 관군과 접전해서 승리한다. 그러는 가운데 한양 나

1 林煐澤·姜玲珠編, 『碧初 洪命憙「林巨正」의 재조명』(서울: 사계절, 1988).

『조선일보』연재「임꺽정전」

들이를 갔다가 여러 첩을 맞이하여 방탕하게 지낸다. 그러다 다시 청석
골로 돌아왔는데, 부하와 부인이 관군에게 잡히는 위기를 당한다. 전옥
을 파괴하고 부하와 부인을 구출한 꺽정은 위험을 느끼고 소굴을 여러
군데로 분산시킨다. 그 해 관군과의 접전을 벌인 평산 싸움에서 관군이
패하고 임꺽정이 승리한다. 이것이 이 작품의 마지막 대단원으로, 임꺽
정이 잡혀 처형되는 생애의 마지막 모습은 나오지 않는다.

『임꺽정』은 모두 5편으로 구성되었는데,「봉단편」·「피장편」·「양반
편」·「의형제편」·「화적편」이 그것이다.「봉단편」·「피장편」·「양반편」
은『임꺽정』이 활동하던 시기에 대한 이해가 중심이 된다. 왜 화적패가
출몰하는 지에 대한 조선시대의 상황을 섬세하게 묘사하고 있다. 또한
임꺽정과 관련된 여러 인물들을 하나 하나 소개되는 구조로 소설은 진
행된다. 의형제편에서는 이들이 특정한 계기를 통해 마침내 의형제가 되
어 청석골에서 조직을 이루는지가 그려진다. 그리고 마지막으로「화적
편」에서는 그 후 이 집단이 벌이는 일련의 활동상이 그려져 있다.

홍명희가 이러한『임꺽정』을 구성하면서 사용한 자료로 18, 19세기에

융성했던 야담野談과 민간풍속・전래설화・민간속담 등이 있다.『벽초 홍명희「임꺽정」의 재조명』에는 부록으로『임꺽정』에 사용된 여러 가지 야담野談과 민간풍속・전래설화・민간속담 등이 소개되어 있어 이들과『임꺽정』과의 관계를 확인해 볼 수 있다.[2]

풍부한 민족적 정서를 담고 있는『임꺽정』을 무협소설의 관점에서 살펴볼 필요가 있다.「봉단편」에서는 학식 있는 백정으로 나오는 양주팔이 이장곤의 청으로 상경하여 묘향산 구경을 갔다가 그곳에서 도인 이천년을 만나 천문지리와 음양 술수를 전수받는 장면이 나온다.「피장편」에서는 누이를 따라 상경한 임꺽정이 한 동네에 사는 이봉학・박유복과 함께 갖바치에게서 글을 배우면서 이들과 의형제를 맺는데, 이중에서 이봉학은 활쏘기에 비상한 재능을 발휘하게 되고, 박유복은 창던지기의 명수가 되고, 임꺽정은 검술을 배워 뛰어난 검객이 되는 부분이 나온다. 이렇게 음양 술수와 무예에 대한 내용이 임꺽정에는 풍부하게 나타나고 있는 것이다. 바로 이것을 임꺽정을 한국적 무협소설인 무예소설의 하나로 구분할 수 있는 첫째 이유가 된다.

「의형제편」에서는 박유복이, 곽오주, 길막봉이, 황천왕동이, 배돌석이, 이봉학이, 서림, 결의의 8장으로 되어 있는데, 의형제를 맺은 인물들이 어떻게 의형제를 맺게 되었는가 그 두서가 서술되어 있다. 이러한 구조는 현대 무협소설에 주인공이 여러 명의 조력자들과 함께 임무를 완성하는데 각 조력자들의 인물에 대하여 자세히 묘사하는 소설적 기법과 아주 흡사하다. 이러한 인물 묘사에 이어 이들이 함께 하나의 방파를 이루고 한 목적을 위해 노력하는 모습 또한 유사하다. 이것이『임꺽정』이

---

2 林熒澤・姜玲珠編,『碧初 洪命熹「林巨正」의 재조명』(1988).

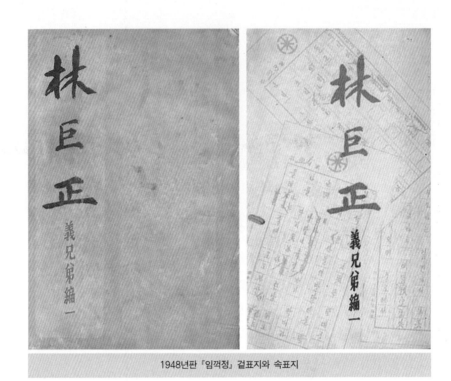
1948년판 『임꺽정』 겉표지와 속표지

현대 무협소설의 요소를 가지고 있다고 볼 수 있는 두 번째 이유이다.
　그리고 「화적편」에서는 화적패를 이룬 청석골 임꺽정패가 관군과 대
항하는 내용을 담고 있다. 홍명희 스스로가 밝힌 『임꺽정』에서는 임꺽정
이 백정 계급의 단합을 통해 반봉건 투쟁을 시도하고 의적 활동을 벌인
것으로 보았으며, 이것이 『임꺽정』을 불합리한 봉건 사회의 모순을 과감
히 극복하기 위해 벌이는 민중들의 투쟁의식을 표현한 의·협이 존재하
는 소설이라 할 수 있는 것이다. 이것이 바로 『임꺽정』을 협이 존재하는
역사소설로 볼 수 있게 해준다. 그리고 이것을 『임꺽정』을 현대 무협소
설과 같은 선상에 놓을 수 있는 세 번째 이유라고 할 수 있겠다.

7

윤백남의
『대도전』의 등장

일제강점기가 되어도 조선시대의 전기소설로 군담소설, 영웅소설, 의적소설의 전통은 사라지지 않았다. 이러한 전통에 소설적 과장이 추가되어 발표된 작품으로 윤백남尹白南의 『대도전大盜傳』이 있다.

『대도전』은 최초의 한국 대중소설이라는 평가를 받는다. 그렇다고 해서 모든 국문학자들의 평가가 이렇게 후한 것은 아니다. 장량수는 『대도전』 주인공인 무룡이 의적 흉내를 내고 있으나 성격적 파탄을 보여주는 폭력적 인물일 뿐이라고 하여 그 의적소설로서의 의미를 평가절하하고 있으며, 조동일은 "물 불 가리지 않는 복수심이라는 원색적이며 이기적인 충동을 윤리의 척도로 삼는" 통속소설로 보았다.[1]

---

1 張良守, 「의적을 가장한 통속 복수극 <대도전>」, 『韓國義賊小說史』(서울: 文藝出版社, 1991), 252~264쪽.

재판 『대도전』 표지에 실린 윤백남의 사진

하지만 『대도전』이 가지는 여러 가지 내용 구성은 오늘날 현대 한국 무협소설의 직접적인 연관성을 가진다는 점에서 높은 점수를 줄 수 있을 것이다. 2005년에 대도전을 모티브로 하여 새롭게 창작된 윤정민의 『대도전』 소개의 글에서 윤백남의 『대도전』이 본격적인 무협소설의 단초를 마련했다는 평가를 하고 있다.[2] 『대도전』은 『동아일보』 신문연재소설로 전편이 1930년 1월 16일에서 3월 24일까지, 후편이 1931년 1월 1일에서 7월 13일까지 연재되었다.

이 소설의 작가 윤백남은 소설가·극작가·언론인·영화감독으로 활동한 예술인이었다. 그는 1905년 와세다대학[早稻田大學(조도전대학)] 고등예과를 거쳐 정경과에 진학하였으나 도중에 도쿄[東京(동경)]고등상업학교로 전학하여 졸업하였다. 귀국 후 1911년부터 보성전문학교 강사로 일하였으며, 1913년에는 『매일신보』 편집국장이 되었다. 1916년 반도문예사를 창립하여 월간지 『예원』을 창간하는 한편, 이기세李基世 등과 함께 극단 <예성좌藝星座>를 조직하였다. 1917년 백남白南 프로덕션을 만들어 여러 편의 영화를 제작·감독하여 영화계의 선구자적인 역할을 하였다.

---

2 "『대도전』을 우리말로 풀면 큰 도둑 이야기이다. 우리나라 최초의 현대 대중소설 작품이며 소재가 특이하다는 점에서 우선 눈길을 끈다. 주인공 무룡이 악한 부자 혹은 특권층의 재물을 빼앗아 하층민을 돕는 통쾌한 모습에서 1930년대 가난에 찌들고, 인간 평등을 원하는 독자들은 대리만족을 느꼈을 것이다. 이 작품은 본격적인 무협소설의 단초를 제공했다고도 할 수 있다." 『대도전』(브레인하우스, 2005) 참조.

1919년에는 『동아일보』에 입사하여 『수호지』를 번역·연재하였고, 이때 한국 최초의 대중소설 『대도전』을 발표하였다. 소설에 이어 희곡 「국경」, 「운명」을 발표하였고, 1922년 민중극단을 조직해서 자신의 희곡 「등대지기」, 「기연」 등과 번안극을 공연하면서 신극운동을 전개하였다. 1934년 만주滿州에 건너가 「낙조의 노래」, 「미수」 등을 썼고, 광복 후 귀국하여 1953년 서라벌예술대학장을 지냈다. 1954년 초대 예술원 회원이 되었다. 그 밖의 작품에 『항우項羽』, 『일대기』, 『흑두건』, 『봉화』 등이 있다고 한다.[3] 그럼 아래 대강의 줄거리를 인용하여 보자.

뛰어난 힘과 지혜를 타고난 무룡은 중국 이황산의 마적 두목 맹학의 촉망을 한몸에 받고 있다. 그는 또 두목의 딸 난영과 사랑하는 사이로 장래에 그녀와 맺어져 그 산채의 주인이 될 예정으로 있다. 그러던 어느 날 그의 아버지인 줄 알았던 권노인이 죽음에 앞서 무룡의 지난날에 대한 이야기를 들려준다. 곧 무룡은 고려의 고관 기주의 아들로 그 아버지는 공민왕이 역모죄로 죽이려 하자 원으로 피신하던 중 맹학의 습격을 받아 죽고 그 어머니 역시 맹학에게 욕을 당하지 않으려 스스로 목숨을 버렸다는 것이다. 권노인이 죽은 뒤 무룡은 맹학과 복수의 일전을 벌여 그를 죽게 한 다음 공민왕에의 원수를 갚기 위해 고려로 향한다. 무룡은 고난을 딛고 위기를 넘기 끝에 우홍빈 노인을 만나 그에게서 갖가지 비술을 배운다. 고려에 잠입해 의적이 되어 억강부약의 활약을 벌이던 무룡은 나라를 어지럽히는 신돈을 처단하고 단신 궁궐에 뛰어들어 공민왕을 죽인다. 원수를 갚음으로써 평생의 한을 푼 그는 끝까지 그를 따르는 난영과 부하들을 거느리고 다시 이황산으로 향한다.

---

3 『한국민족문화대백과사전』 윤백남항 참조.

1954년판 『대도전』 표지

박종홍의 「일제강점기 한국역사소설연구」에서는 다음과 같이 『대도전』을 평가하고 있다. 첫째, 대중문학에 대한 긍정적인 입장에서 정사에 얽매이지 않는 상상력으로 새로운 역사소설로서의 좌표를 제시했다. 둘째, 작가의 역사적 주관성과 창작의 자유, 신문소설의 특징으로 대중을 의식하여 재미있게 구성하여 독자의 흥미를 유발하였다. 셋째, 하층민의 성격을 지닌 '중도적 인물'의 설정을 통하여 '역사적 인물'만의 역사가 아닌 하층민중의 역사를 담아낸 점이다. 무룡과 같은 가공의 인물을 통해서 평범한 민중을 대변하고 있으며 민중의 지도자적 인물로 형상화하고 있는 것이다. 이런 점에서 볼 때 윤백남은 역사의 주체가 사회의 상층인 소수 양반에 있지 않고 하층인 다수 민중에 있음을 인식하고 있으며, 이들의 성장하는 민권의식을 중시하고 있는 것이다.[4]

그러나 "의적을 가장한 통속 복수극"이라 『대도전』을 칭한 장량수는 미화된 사원의 살상, 영웅으로의 분장, 찾을 수 없는 역사의식 등으로 『대도전』을 맹렬히 비판하였다. 이것은 박종홍의 주장과는 차별된다. 박종홍은 1900년대에 두드러지는 역사문학의 한 작품으로 『대도전』을 접

4 박종홍, 「日帝强占期 韓國歷史小說研究」(慶北大學校 大學院 박사학위 논문, 1991) 참조.

근한 것이다.

『대도전』을 무협소설로 볼 수 있는 것은 전체 작품을 통해서 그 서사적 구조가 현대 무협소설에서 가장 많은 주제로 등장하고 있는 복수가 주요한 소재로 쓰여 이루어진 것을 먼저 들 수 있다. 이 복수는 애정과 얽힌 복수로 그 사건의 복잡성을 함께 읽을 수 있다. 아버지로 알고 지내던 권노인으로부터 들은 충격적인 소식은 바로 자신이 사랑하는 난영의 아버지가 자신의 부모를 살해한 원수라는 것이다. 여기에 『대도전』이 현대 무협소설의 단초로 볼 수 있는 복수의 설정이 나타나는 것이다.

무룡은 복수의 완성을 위해 고려로 향하고, 고려의 공민왕을 살해하기 이전에 우홍빈이라는 기인을 만나 갖가지 비술을 익힌다. 이 또한 현대 무협소설이 가지는 기연을 만남으로 해석할 수 있다. 그가 비술을 익히지 않았으면, 신돈을 처치할 수도, 공민왕을 죽이고 원수를 갚을 수도 없었을 것이다.

『대도전』이 『동아일보』에 연재되었을 때는 일제의 강제적인 합병이 이루어지고 나서 20여 년에 가까운 시기이기 때문에 당시 한민족들은 일제강점기하에서 어려운 시기에 있었다. 비록 역사의 사실의 허구를 가미하여 대중 통속소설을 지향하며 이 소설이 발표되었지만, 그 속에는 침체되었던 민족정신을 불러일으키기에 충분하였다고 생각된다. 문화정책기의 조선인들의 삶 속에서 통렬한 복수를 하는 무룡의 존재는 많은 관심을 유도하였을 것으로 짐작된다.

그러므로 필자는 『대도전』을 우리나라 최초의 본격적인 한국적 무협소설로 보아야 하지 않을까 생각한다. 『대도전』보다 앞서 발표된 『임꺽정전』이 한국적 역사무예소설로서의 형태를 가지고 있지만 무협소설보다는 역사소설에 더 많은 비중을 들 수 있고, 『대도전』의 경우 무협소설의 전형적인 복수라는 주제를 가지고 후일 수많은 무협소설 주인공의 이름이 되는 '무룡'이라는 등장인물을 등장시키는 등 그 공이 만만치 않기 때문이다.

윤백남은 『대도전』 이외에도 많은 역사소설을 남겼다. 이충희의 「윤백남의 역사소설연구─초기 작품을 중심으로」에서는 윤백남의 역사소설에 담긴 문학관을 신문소설관으로 보았으며, 그것은 처음부터 대중문학에 대한 긍정적인 견해를 가지고, 소설을 통해 독자들에게 후식과 유회와 수면과 영양을 주는 문학의 쾌락성을 주장하고, 여기에다 독자들에게 희망과 암시를 주는 문학의 교훈성을 복합한 대중문학적인 태도를 견지했다고 분석하고 있다.[5] 이러한 윤백남의 문학관이 담긴 작품으로 『대도전』과 함께 비교해서 살펴볼 수 있는 소설이 바로 『흑두건黑頭巾』이다.

『흑두건』은 윤백남의 『동아일보』에 『대도전』, 『해조곡』, 『봉화』를 연재한 이후 연재를 시작한 네 번째 발표 장편 역사소설이라 한다. 임난 이후 피폐해진 이 나라의 광해군의 세자 책봉을 둘러싸고, 당쟁이 계속되는 선조 말부터 인조반정이 일어나는 이조 중기의 소용돌이를 역사적 배경으로 하고 있다 한다.

이충희는 『흑두건』의 특징을 다음과 같이 보고 있다. 첫째, 인물 구성에 특이성이 있다. 『흑두건』에는 주인공이 한 사람이 아니라 군상으로 등장하고 있다. 소설의 전반부에서는 억울하게 죽은 주인의 원수를 갚으려는 춘삼이가 주인공인 듯하다가, 그 역할은 무륜당의 소굴을 일망타진하는 것으로 끝나고, 다음에는 박응서가 주인공인 것 같이 하다가, 정작 주인공은 박치의로 소설을 중간부부터 등장한다고 한다. 또한 그가 중심적인 역할을 담당하는 것이 아니라 사건의 전부를 결말짓는 위인이 아

---

5 이충희, 「윤백남의 역사소설연구」(충남대학교 교육대학원, 1985), 23쪽.

닌 조력자로서 활동하고 있음도 주목할 만하다. 둘째, 대부분의 역사소설과 달리 유명인물을 다루지 않고 허구의 인물인 은순, 칠복, 춘삼, 박응서, 서양림, 박치의, 난향, 난정 등의 인물을 통해 서민 계층의 생활상을 묘사하고 당대 권력구조의 모순을 폭로한다. 셋째, 『대도전』의 인물의 묘사에 비교하여 볼 때 주인공 흑두건 박치의에 관한 묘사를 보면 『대도전』의 무룡처럼 다소 신출귀몰한 면은 있으나, 그와 같이 도술로 무장했다거나, 사건의 전개에 아주 기이한 부분이 나타나지 않는 점이 두드러진다.[6]

위에서 지적한 바와 같이 『흑두건』은 기존 역사소설과 차이가 있으며, 그것이 더욱 대중소설로서 『흑두건』을 바라볼 수 있음을 말해준다. 아래 『흑두건』 1장 '조령의 봄' 일부를 제시한다.

> 박응서는 한거름 한거름 뒤로 물러서며 달려들기만 하면 발ㅅ길로 배창자를 거더차기도 하고 그 뽀죽한 돌로 면상을 뒤어박기도 할뜻이 어른다. (…중략…) 그 순간에 앞에선 장가는 탄환같이 달려들어 단도로 응서의 가슴을 견양하여 찔렀다. 그러나 응서가 날내게 피하는 바람에 겨우 그의 오른편 팔을 찔러 피가 흘러나렸다.

위 인용문에서 보면, 『흑두건』은 박진감 넘치는 격투 장면이 그를 한국적 무협소설의 한 예로 볼 수 있게 해준다.

윤백남은 원명이 『팔호기설』인 장편소설 『대호전』도 썼다. 서울 세창서관에서 발행한 『장편소설 대호전』 전편 마지막 부분에 "독자여러분에게"라는 알림 광고가 있는데, 다음과 같다.

---

6 이충희, 「윤백남의 역사소설연구」(충남대학교 교육대학원, 1985), 43~55쪽.

기(奇)씨의 후예 자룡의 활약과 누루하찌의 건국 그리고 추금강의 딸 매랑의 운명은 다시 어떻게 전개되려는가? 전편의 취미진진은 말할 것도 없거니와 이들의 궁금한 해결은 하편을 읽지 않고는 도저히 풀지못할 것이다. 자룡의 성사와 누르하찌 그리고 꽃같이 아름다운 매랑과의 삼각관계는 하편에서 전부 해결되나니 이 궁금한 문제를 하편에 들어가서 독자앞에 해결하고자 하는 작자의 무궁무진한 수수께기를 들어보기로 하자.[7]

『대호전』은 『조선일보』에서 1945년 연재한 것이다. 위 인용문에서 보면, 중국의 마지막 왕조을 세운 여진족 출신의 누루하치가 등장하며, 누루하치와 기씨의 후예 자룡, 그리고 매랑과의 삼각관계가 나타나는 역사소설로 『대도전』, 『흑두건』과 함께 윤백남이 구현한 한국적 무협소설로 볼 수 있지 않을까 한다.

『흑두건』 표지

---

7 윤백남, 『대호전 상권』(서울: 세창서관, 1961), 광고 참조.

8

『동아일보』 및
기타 연재 무협소설 소개

『동아일보』에 운백남의 『대도전』이 연재된 이후 1934년 2월 2일부터 3월 1일까지 이규봉李圭鳳[1]의 「무술원조武術原祖 중국외파무협전中國外派武俠傳」이 연재되었다. 이 작품 첫 회를 보면 이규봉 작이라 되어 있지 않고, 이규봉 술述이라 되어있는 것이 흥미롭다. 이 작품의 머리말을 그대로 인용한다.

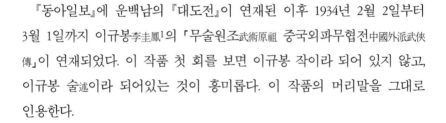

공자는 힘에 대하여 말 한 일이 없었고 맹자는 화살을 맨드는 사람
을 어질지 않은 사람이라 말 하엿다. 그러나 공자로서 우주의 유지하
여 옴과 인류사회의 소장성쇠가 전혀 힘이 라는 것에 달림을 몰랐으

---

1 『중앙일보』 1932년 4월 17일자 2면 5단 "중앙청년회관에 중국어강습회" 기사를 보면 이규봉이 중앙청년회관에서 중국어 강습회를 개최하는 것을 알 수 있다. 이 기사에 따르면 이규봉은 중국인 소학교에서 수십 년간 훈도로 있었던 사람으로 보인다.

랴? 마는 다만 공자의 생각은 힘만을 숭상하다가는 나종의 폐단이 도덕인의를 등지는 폭력행위가 생기여서 왼 세상이 악화가 될가 념려함이 아닌가? 또는 맹자도 화살의 이로움이 국가를 통치하는데 절대로 필요치 않은 것이라고 생각하엿으랴? 마는 다만 군국주의가 팽창한 열국 그때에 천지의 지정한 큰 도를 깨달은 자기로서는 엇잿던 살인하는 이기를 맨드는 그 마음조차 말살을 시키지 않아서는 참무인도함이 더욱 생길가 념려한것이 아닐가? 그러나 공자나 맹자는 세상 사람더러 병으로 끌끌하드래도 약도 먹지 말하함은 아니겟고 남에게 무고히 때림을 당하야 부모의 유체를 상하지경에 이르러도 넙죽이 받고만 잇으라함은 아니겟다. 예수교의 신자로는 예수의 말에 의지하야 남이 이쪽 뺨을 때리거던 저쪽뺨을 내밀고 잇서야 된다 할는지 모르겟으나 이는 강패한 성질을 버리고 항상 도의 마음으로 참으라는 비유인줄로 일반이 해석할지 누구나 실제에 아모에게 이러한 행동을 취할는지 의문이다. 율곡선생의 말은 약한 것은 강하게 맨들수가 없겟다 하엿으나 율곡은 평생에 자신이 병으로 골곰함을 고치지 못함을 늘 한탄하고 인정하던 어른이다. 율곡이 젊엇을때에 금강산 속에게 삭발하야 중이 되여서 육근이 청정하엿고 사대가 공허하야 천지간에 신비한 도를 깨달은 뒤애는 대자대비한 불심이 국가 장래에 생령이 도탄에 들것을 알고는 구원을 안할 수 없어 공자의 철함천하하던 뜻을 이어 맹자의 겸선천하를 효직하엿다. 그런데 조선 그때에는 불문의 수양방면으로 참선하는 법은 들어 왓으는 체육방면으로 연무하는 법은 들어오지 않엇으므로 율곡같은 성현으로 한평생 골골함을 한탄하고 말게되엿다. 그러나 중국의 불가에서는 참선을 하거나 불경을 연구하는 여가에 육신을 잘 운동함으로 팔구십을 살아도 감기 곱불 한번도 들지 않고 두팔은 천근을 무겁다 아니하며 두다리는 천만리를 멀다 아니 여기어 날래기는 제비와 같고 단단하기는 쇠ㅅ덩어리와 같아야 아모리 높고 높은데라도 올라 가지 못함이 없으며 다니는데는 발자최가 없어가 소리가 나지 아니하며 화살과 칼날이 와서 치드라도 조금도 상한 흔적이 없으며 발이나 손으로 바위를 눌르면 자죽이 박히며 심지어 손가락으로 공중을 향하여 치켜들면 앞에 잇는 사람이 닷지도 않엇지만 즉살하지 않으면 중상을 당하게 하므로 혼자서 능히 천명이나 만명을 대적할수 잇게된다. 이러한 무술을 불문에서 제자에게 가르치게 된 동기는 육체가 쇠약하고는 마음을 밝히여서 영성을 보아낼수가 없다함이엿다. 그런데 사람의 품성은 사욕이 주장할 때가 많으므로 이러한 기술을 배와가지고는 솟아나는 혈기를 사욕대로 부리매 하지못할 악업을 골고로 다하게 되어 불조가 이 무술을 창설한 본의에 위반되는 일을 행함이 많앗다. 그러나 불문속에서 무예가 고강한이로서는 이러케 악한 일을 지음이 적엇고 도리어 이러한 악도를 제어하야 개인의 환란위급을 구원하고 겸하야 대중의 생명재산을 보호하야 자비한 선심으로 창생을 건지는 부처의 본뜻을 이룬일도 많엇다. 필자가 이에 독자 여러분 앞에 이 중국 외파무협이라는 전기를 소개하려함은 중국 무협의 외파인 소림사의 문도 들이 어렵고 괴로움을 참고 자기의 신체를 튼튼하게 한뒤에는 폭력 밑에서 신음하는 민중을 구원하여 내던 기기묘묘한 이야기를 계속하야 대강 쓰려고 한다. 이를 쓰기전에 먼저 이 소림문도의 악업을 지엇던 것을 인증하야 성현의 경계하는 것을 느낌이 적지 않엇다. 그러나 우주의 창조와 인류사회의 소장소퇴가 힘으로 됨을 아는 이때에 유술 격금 역기를 권장하는 이때에 더구나 자기가 무고히 남에게 ○○○○ ○○○○는 이를 ○○하는 정당방어를 법률로 허여를 이때에 잇서서 누구나 만힐 ○몸이 쇠약하고는 자체의 건강과 수명을 유지할 수가 없을지며 따라서 이 힘약한 세대에 외계의 폭력이 혹시 제몸에 침범될지라도 정당방위를 하여 낼수가 없으면 어찌될가? 그러므로 필자가 처음으로 쓰는 졸필임을 무릅쓰고 독자 제위에게 많은 취미와 유익이 잇기를 바란다.

위 머리말에서 이규봉은 자력으로 스스로를 보호하고, 건강을 유지하며, 불의에 대항할 수 있는 중국 외파 유술을 소개하고자 한다는 뜻을

『동아일보』 연재 「중국외파무협전」

밝혔다. 그의 머리말을 통해서 알 수 있는 것은 국내에 본격적으로 중국의 무술에 대한 기원을 소재로 한 소설이 발표되지 않았다는 점이다.

머리말 1회 이후 2회부터 6회까지는 달마조사達摩祖師가 무술을 중국에 전한 내용을 소설로 쓴 「무술의 원류」가 연재되었고, 7회부터 24회까지는 무림승의 이야기인 「서무공」이 연재되었다.

먼저 「무술의 원류」를 살펴보자. 「무술의 원류」의 1회에서 이규봉은 자신이 지난날 중국 전당호錢塘湖 즉, 오늘의 절강성, 항주성 내에 있는 서호에서 수만 명의 인파가 참관하는 가운데 국술대회國術大會를 보았던 일을 회상한다. 이러한 국술대회는 장개석 정부가 무술을 국술로 고치고 이를 장려하기 위하여 국고금 20만 원을 지원하여 열린 것이다. 그는 이러한 무술을 배움에 있어 십팔수 주먹질하는 법을 배운 후로 감기 한번 걸리지 않았다는 이경림李景林의 말을 인용하여 필요성을 언급하며, 중국 무술이 내파와 외파가 있으며 내파는 송시의 장삼풍이 창안한 것으로 무당파라 하고, 외파는 소림파라고 부르는 것으로 달마선사가 기원이라 하고 그 기원은 인도에 있다고 한다. 소림파 무술은 처음에 주먹질과 다릿짓 몇 가지만 하나 차차 전신에 기운을 들여 물신물신하게 하거나 딴딴하게도 하여 날카로운 연장이 들어와도 몸을 상하지 않게 하는 것이라 하고 있다. "이 소설에 근거한 원서의 작자 수송壽松이란 중의 말에"라는 문장을 통해서 이규봉은 수송이 지은 소림무술과 관련한 책을 읽고 이 글을 썼음을 밝히고 있으며, 그 책의 서문인 듯한 내용의 글을 소개하고 있다.

"나는 현대사람이니 어찌 수천 년 동안에 전대 스님의 사적을 자세히 알수잇으랴마는 다만 우리 절속에서 이왕부터 기사하는 스님이 잇어서 그의 책임은 절가온데 큰 일을 기록하야 문서궤속에다 넣어두어 나라의 역사를 보관하듯이 대대로 이러 하엿으므로 후대 사람이 능히 전대 사적을 알게 되엇다. 그러나 이는 그리 자세치 않고 매양 스승이 제자들을 가르칠적마다 자기가 친히 보고 들은 것을 그사람 갱도를 보아 연설하므로 대대 전하여 와서 지금 절가온데 중들이 전대 일에 대하야 능히 요온히 알게된 것이다. 그러나 이런 것은 다만 제 절만에서만 알고 잇을 뿐이오 밖알 사람들은 결코 알지 못하엿든 것이다. 그러므로 내가 역대의 기사된 문적을 상고하고 우리스님 밀혜선사密慧禪

師)의 구술한 것을 모아 책한벌을 맨들어서 세상사람으로 하여금 소림
사 역대 무술의 사적을 깜맣게 모리지 않게 하려고 함이다."

위에 따르면 이규봉이 수송이 기록한 소림사의 역사를 기록한 책을
입수 이를 저본으로 하여 「무술원조 중국외파무협전」을 연재하였음을
알 수 있다. 「무림의 원류」는 전체 3회 그리고 「무술의 원류」 2회부터
본격적으로 이야기가 시작된다. 이 「무림의 원류」의 줄거리를 아래에 소
개하여 보았다.

소림사는 지금 하남땅 소실산 속의 고찰이다. 때는 양무제때인데, 중
국에서 불교가 성하다는 소식을 들은 달마대사가 인도에서 바다를 건
너 중국으로 들어와 중국 백성에게 전도하고 하였다. 바다를 건너 광
주 땅으로, 다시 금릉을 거처 양무제를 만나보았으나 소문과는 다르므
로 인도를 가려다가 명산대천을 주유하게 되는데, 현재 하남성 등봉현
에 이르러 소실산을 바라보니 그 모습이 연화대와 흡사했다. 달마는
놀라 그 곳으로 가보니 소림사가 있음을 보고, 그것이 부처님이 지시
한 것이겠거니 하고 그곳에 들어가 면벽하며 온갖이치를 깨닫게 된다.
도통한 이후로 단에서 설법하며 지냈으나, 소림사의 스님들이 스스로
의 육신을 가벼이 여기고 영성을 깨닫지 못하는 양을 보고 그들에게
몸을 튼튼히 하는 법을 지도하게 된다. 이것이 바로 십팔수 주먹질하
는 것으로 선천나한권이라는 것이다. 그러나 이 법은 스스로의 몸을
달련시키고자 한 것일 뿐이었다. 어느 때에 소실산 속에 사나운 범 한
마리가 사람들에게 상해를 끼친 것이 말이 아니었다. 이러한 소문을
들은 달마선사는 악축을 없애고자 칼을 들고 단신으로 가서 그 범을
찾았다. 다른 스님들은 이를 매우 걱정하였으나, 달마선사는 호통을 치
며 집채만한 범을 왼손으로 머리를 제압하여 버렸다. 많은 제자들이
이 장면을 보고 놀란 가슴을 진정시키고 절로 돌아가니 이미 선사는

그 범을 말처럼 타고 이미 절로 돌아온 후였다. 그는 자기가 면벽하던 바위 아래에 범을 단단히 메어두고 그 옆에서 불법을 강연하였다. 그후 달마선사는 범을 놓아 소림사를 순찰하게 하였다고 한다. 이후 제자들은 더욱 십팔수 주먹질하는 법 수련에 더욱 열심히 정진하였다. 그후 달마는 소림사에서 나와 인도로 돌아갔고, 소림사의 권법은 더욱 성하게 되어 소림사에는 연무 소리가 끊이지 않았다. 이런 소문이 나니 외부에서 힘 꽤나 쓰는 사람들이 들어와 무술을 배우게 되었는데, 한두마디 경계의 약속을 하고 무술을 가르쳤으나, 다시 외부에서 궤외의 행동을 하게 되어 문제가 발생했다. 당시 소림사 주지로 있던 각원선사는 이를 걱정하였다. 이로부터 속인에게 함부로 무술을 전하지 않고, 열조목 계명을 세워 경계하게 하였다고 한다.

다음 이야기는 「서무공徐武公」으로 7회에 시작되어 24회 연재까지 진행된 것이다. 그 줄거리를 살펴본다. 서무공은 소림사의 승 담종이고, 담종이 이세민을 도와 천하통일하는 데 세운 공에 대한 이야기이다.

　육조 말 천하가 어지러우매 수나라 문제가 일어나 천하를 통일한 후 소림사를 척호사라고 치고 백곡 근처의 땅을 주었다. 얼마 지나 양제는 저의 부친 문제를 죽이고, 황음에 빠지니 백성들의 원망은 끝이 없었다. 더구나 마수모라는 강도는 어린아이를 삶아 먹기를 좋아하였다고 하니 전국은 난리통이었다. 그러므로 영웅호걸들은 수양제가 운하를 개통하고 용배를 만들어 꽃구경을 다니는 틈을 노려 그를 죽이고자 기회를 엿보았다. 이를 눈치 챈 양제는 조서를 내려 근왕병을 부르려 하였으나 시기는 지났다. 그 때 호종 대신인 우문화급(宇文化及)은 본래 양제를 위하여 문제를 죽인 자이므로 특별히 허국공으로 하고, 그 아들 우문성도로 하여 보기무적 대장군을 삼았었는데, 화급이란 자는 이익만 있으면 인군 죽이기를 예사로 알던 포악한 자였다. 우문화급은 다시 이를 기회로 양제를 죽이고, 표면상 양호로 하여금 황제가 되게 하였으나 다시 그를 죽이고, 스스로 허제(許帝)가 되었다. 이러한 고로 사방의 영웅들이 허제를 치고자 하였다. 낙양유수 왕세충은 정제라 하고, 이밀은 위왕이라 하고, 무건덕은 하명왕이라 자칭하고 일어나니, 태원유수 이연도 다른 이에 응해 당제라 하고 세상에 나게 된다. 이중 왕세충과 이연의 군사가 많았다. 이밀이 먼저 우문화급과 전투를 벌이고, 승리하자 왕세충과 싸움을 벌였으나 패하고 태원으로 도망갔다. 이 싸움 이후 정나라의 세력이 강하게 되었는데, 당제 이연이 강적이므로 수하의 단강을 시켜 군사 5만을 보내 태원으로 토죄하게 하였다. 이연에게는 소년 영걸인 아들 이세민이 있어 단강과 서로 겨루었으나 승부가 나지 않자, 왕세충은 전국의 군사를 이끌고 와서 몇 달에 걸쳐 이세민을 공격하여도 정복할 수 없자 다시 철군한다. 그러나 이세민의 걱정은 날로 더해갔고, 회의를 열어도 답을 낼 수 없었다. 이때 어떤 중 한사람이 이세민을 찾아왔는데, 그는 담종이라는 하남 소실산 소림사에 있는 중으로 다니다가 당나라 임금이 덕이 많아 장래에 천하를 통일하시게 되었다고 생각하여 찾아본 것이라 하였다. 진왕은 이말을 들으니 하늘이 보낸 도사나 신인을 본 것 같아 크게 기뻐하였다. 그는 이미 인심을 잃은 왕세충을 인의로운 군사들로 치도록 하고, 스스로 왕세충을 사로 잡겠다고 한다.

　　담종과 왕세충의 맹장 모남의 싸움이 시작되었다.[2] 모남도 담종의 적수가 되지 못했다. 당 진중의 정지절은 적장과 도채쓰는 법을 비교할량으로 담종에게 자기가 다음날 나가 싸우겠다고 담종에게 부탁하였다. 다음 날 지절이 모남과 싸웠으나 불리하게 되자 다시 담종이 나가 그를 도와 그를 물리친다. 성으로 도망한 모남을 포위한 담종, 그러나

---

2 연재 순서가 문제가 있어, 정오가 16회에 실려 있다. 이 기사에 의하면 제8회 다음에는 제11회와 제12회 중간(모남은 …… 짚앵이로 막엇다)까지를 읽고 다음 다시 9회부터 제10회까지 읽고 다시 제13회 중간(단강은 팔이……)로부터 이어 보아야 한다고 한다.

몇 일 동안 담종은 공격하지 않고 성안 군사들이 잠든 틈을 타 공격한다. 담종과 지절은 성을 정복하고 백성을 안심시킨다. 왕세충은 단강으로 하여금 군사를 거느리고 맹진을 구하도록 하는데, 맹진에 이르러 당병과 만나게 된다. 여러 번의 싸움 끝에 단강과 담종이 붙게 되었다.

계속된 단강과 담종의 싸움, 결국 단강을 붙잡게 된다. 왕세충은 이 소식을 듣고 기절하였고, 깨어난 후 이원선이란 문신을 시켜 항종하는 표문을 지어 당진으로 보내어 화친하기를 청했다. 그러나 항종의 표문을 받아들이지 않고, 다시 공격하여 왕세충의 성을 포위한다. 담종은 몰래 성에 잠입하여 왕세충을 잡는다.

왕세충을 죽인 후에 진왕은 인재를 아끼는 바 단강을 불러 복종하도록 하였으나, 기회를 틈타 진강을 공격하려다 실패, 스스로 목숨을 끊는다. 논공시 진왕도 담종의 공이 가장 크므로 국사에 봉하였는데, 담종은 고사하고 이후의 일을 진왕에게 미루고 산에 들어가 도를 닦고자 한다는 뜻을 밝히고 소실산으로 돌아간다. 진왕은 당고조에게 이러한 사실을 고하고, 옥토 4백묘와 집 한 채를 주어 소림사의 재산으로 하였다. 그러므로 후세 사람들이 담종을 서무공이라 일컫게 되었다. 불문에 귀의한 사람이 살계를 열어 왕세충을 죽이게 된 것은 이유가 있었다. 본래 담종은 낙양사람으로 서측현의 아들이었다. 가보로 내려오는 백옥사자를 왕세충이 관세를 잡은 후 탐하게 되고, 측현을 불러 강제로 뺏으려 했다. 옥에 측현을 가두고, 부인을 핍박하여 사자를 가져왔으나, 한 마리만 가져왔다하여, 옥에서 측현이 사망하게 되고, 부인도 세상을 떠나, 담종 혼자서만 세상에 남아 복수를 꿈꾸게 된다. 이때 술집에서 기인한 인연으로 소림사 승 지은(智隱)을 만나게 되고, 무술을 익혀 결국 복수하게 된 것이다.

위 소설 「서무공」에는 다양한 무술 동작의 사용이 눈에 띤다. 아래 인용을 보면 서무공 담종이 뇌침벽목이라는 기법으로 담강을 공격하는 장면이 있고, 왕세충을 제압하는데 점혈법을 사용하고 있음도 알 수 있다. 이외에도 금종조, 철포삼, 독문장법과 같이 현대 무협소설에 등장하는 무공들이 사용되고 있다.

"그러나 담강이 어찌 그런 법을 모르랴? 얼른 보고 몸을 죽크려 말 뱃댁이 속으로 들어가 피하고 뒤미처 튀여나와서 두발을 속어 뛰어 전신이 반공으로 솟고 두 손으로 짚앵이를 휘둘러 대갈이를 쩌개내리니 이것도 짚앵이 법 중에 살수인 뇌침벽목이다."

"그런데 왕세충은 잠든 것도 같고, 취한 것도 같은데 정신만 못차리니 이 무슨 까닭이오?" 진왕은 의심이 나서 물은 것이다. "소승이 점혈법을 써서 그 혈관을 막은 까닭이오니 다시 살려 놓겠습니다."

"전신을 고양이처럼 날신 날신하게 하는 것과 쇠꼬창이처럼 빳빳하게 하는 것, 금종조라 하는 것 ― 머리를 쇠두겁 쓴 것과 같이 칼날이 뮈개 하는 것과 철포삼이라는 것 ― 전신이 쇠옷을 입은 것처럼 시석이 와서 상치못하게 하는 것과 맨주먹으로 칼날쥐은 사람을 당해내는 공수입백인(空手入白刃) 법까지 다 배워 여러 동학 중에 가장 뛰어 낫엇다. 그때가서는 지은이 담종의 전심하야 배움을 기특히 여겨서 소림사 안에서 극비밀로 남에게 잘전하지 않는 독문장법이라는 것―몸을 공중으로 솟아 적의 머리를 깨트려내는 독한 법까지 가르쳐 주엇든 것이다."

서무공이 기연을 얻는 장면도 흥미롭다. 서무공이 지은이라는 소림사 승려에게서 무공을 전수받는 것도 기연이라는 무협소설의 중요한 요소를 부각하여 당태종의 위업 달성에 기여하게 되는 단서가 되는 것이다. 이런 의미에서 「무술원조 중국외파무협전」은 중국의 소림사를 소재로 하여 작성된 한국 최초의 현대적인 창작 무협소설이라 해도 틀림이 없을 것이다. 다만 그 내용이 제목에서 말해주듯 중국 외파 무술의 큰 지류인 소림파의 무술 연원과 에피소드를 상세히 소개한 것에 불과하다고 그 의미를 축소할 수는 있더라도, 현재 중국 무협소설의 반 번안인 『정협지』를 본격적인 창작 무협의 기원으로 찾는 것과 비교하여 더 합리적인 대안이 될 수 있으리라 생각된다. 그러므로 「무술원조 중국외파무협전」은 한국 최초의 중국식 창작 무협소설이라 할 수 있다.

3부

해방 이후
한국 무협소설 및
중국 무협소설의 번역

9

김광주의 번역 무협:
『정협지』·『비호』 등

1. 『정협지』

김광주金光洲의 『정협지情俠誌』는 한국의 현대 무협소설의 역사의 시작
으로 지금까지도 널리 알려져 있지만, 앞서 여러 논의를 통해 김광주 이
전의 무협소설에 대해 검토한 바 있듯이, 한국 무협소설의 시작점으로
보기에는 무리가 많다. 그렇다고 하더라도 그의 무협소설에 대한 기여도
가 떨어지는 것은 아니다. 그는 현대적인 무협소설이 한국에 정착할 수
있게 된 큰 동기를 부여한 무협소설가이기 때문이다.

박영창은 중국 번역 무협의 시대를 김광주시대, 와룡생시대, 김용시대
로 구분한 바 있다. 그가 소개하는 김광주시대를 그대로 인용해 본다.

1961년 『경향신문』에 연재된 『정협지』는 국내에 최초로 번역 소개된

『정협지』 초판 표지 그림

중국무협소설이었다. 위지문의 『검해고홍』을 번안한 이 소설은 한국인
의 정서와 맞아 떨어져 호평을 받았고, 곧 이어서 김광주 선생은 『비
호』, 『사자후』, 『하늘도 놀라고 땅도 흔들리고』 등을 신문에 번역, 연재
하여 무협소설을 국내에 정착시키는 데 공헌하게 된다. 재미있는 것은
김광주 선생이 번안한 책들 가운데는 와룡생의 작품이 없었다는 점이
다. 『정협지』 등의 신문 연재 소설이 서점용 책자로 출판된 것은 물론
이다. 이 무렵, 무협소설의 영향을 받아 한국인이 창작한 무협소설이
신문에 연재되기 시작하는데, 고구려, 신라, 백제가 시대적 배경으로
나오고 김유신 등의 역사적 인물이 등장하며, 일본의 사무라이 소설의
냄새를 풍기는 『뇌검』이 신문에 연재되다가 책으로 출판되고, 『서울신
문』에는 고려 공민왕 때 홍건적과 왜구가 창궐하는 시대에 애국심에

불타는 여자 검객 비연이 등장하는 『낭자검』이 연재되기도 하는데, 『낭자검』은 방기환 선생이 썼다.[1] 『정협지』가 일단 서점에 많이 판매되자 드디어 와룡생의 대표작들, 예를 들면 『군협지』, 『비룡』, 『무유지』, 『천애기』, 『야적』 등이 번역되어 출판되면서 국내에 무협소설 독자층이 확고하게 자리 잡게 된다.[2]

인터넷을 통해 한국무협의 역사를 알리고 있는 좌백도 김광주에 대해 다음과 같이 설명하고 있다. 그는 한국 무협소설사에서 '번안과 번역의 시대'를 설정하고 다음과 같이 말하고 있다.

한국에 무협소설이 처음 소개된 것은 1961년 대만작가 위지문(尉遲文)의 『검해고홍(劍海孤鴻)』을 고 김광주(金光洲, 1910~1973)가 『정협지(情俠誌)』라는 제목으로 번안·연재하면서부터였다. 김광주는 그것으로 그치지 않고 1966년 동아일보에 심기운(沈綺雲)의 『천궐비(天闕碑)』를 『비호(飛虎)』로 번안·연재했고, 중앙일보에 반하루주의 『독보무림』을 『하늘도 놀라고 땅도 흔들리고』로 번안·연재했다. 김광주 무협의 특징은 순수 창작이 없고 하나같이 중국 무협을 원작으로 스토리와 내용에 대폭적인 수정과 추가를 해서 원작을 능가하는 작품을 만들어냈다는 점이다. 『정협지』는 60년대에 출간된 것 말고도 80년대에 범양사에서, 90년대에 참샘에서 재간되었다. 『비호』는 94년 청목출판사에서 재간되었으며, 2002년 생각의 나무에서도 다시 펴냈다. 『하늘도 놀라고 땅도 흔들리고』는 93년 세계출판사에서 『협의도(俠義道)』라는 제목으로 재간되었다.

---

1 다음과 같이 단행본으로 발간되었다. 방기환, 『小說 李芳實』(서울 : 咸安李氏忠烈公追慕記念事業會, 출판년도 미상).
2 박영창, 「한국에서의 번역무협의 역사」, <http://www.newmurim.net> 및 박영창, 「중국 무협지 번역의 역사」, <http://joongmoo.com/trans.htm> 인용.

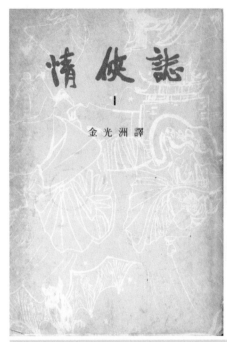

여러 가지 판본의 『정협지』 표지들

　이러한 평가처럼 김광주의 『정협지』는 무협소설 대중화에 많은 기여를 했다. 그것은 신문에 연재되면서부터 열렬한 호응을 얻은 바가 있으며, 기존의 소설과는 사뭇 다른 이야기 전개가 독자들을 매료시켰기 때문이다. 기존의 한국 무협소설이라 할 수 있는 소설들이 가지는 전형성을 가지고 있으면서도, 보다 강한 흡인력을 가지게 하는 『정협지』의 힘, 바로 그것이 무협소설이 가지는 매력으로 우리가 살펴보아야 할 대상인 것이다.

　한명환은 「무협소설의 환상성 고찰─김광주 『정협지』 화소 분석을 중심으로」라는 논문을 통해 무협소설에 등장하는 환상성이라는 중요한 요소를

여러 가지 판본의 『정협지』 표지들

분석하여 보았다. 한명환이 정리한 『정협지』의 줄거리는 다음과 같다.

1. 소년 노영탄은 태어날 때 난리 통에 부모가 역모로 몰려 죽었다. 2. 노영탄은 자신을 키워준 노복의 유언에 따라 형을 찾아 나선다. 3. 노영탄은 달밤에 숭양파의 무예를 훔쳐보다가 들켜, 악중악에게 감옥형이 보는 앞에서 놀림을 당하고, 치욕감에 자살을 기도한다. 4. 뒤쫓아 온 감옥형이 노영탄을 구한다. 5. 노영탄은 남해 어부 상관학을 스승으로 무술뿐만 아니라 시, 서화, 바둑 등을 배운다. 6. 노영탄은 무예 수업 5년 만에 스승에게서 보검금서를 하사 받고 살육으로 어수선한 무림을 바로잡기 위해 속세로 나간다. 7. 한편, 회양방주 금모사왕은 20년

전 숭양파에게 불구가 된 데 대한 복수를 하고 숭양비법을 차지할 욕심으로 중원의 고수들을 모아 들인다. 8. 노영탄은 회양방 본거지로 가던 중 감옥형과 닮은 회양파 옛 방주의 딸 연자심을 만나게 되고 그녀의 호감을 사게된다. 9. 연자심은 금모사왕의 아들 팔조독경 오백평에게 추행 당할 뻔한 순간, 노영탄에게 구원된다. 10. 같은 곳에서 연자심을 감옥형으로 오인한 악중악은 연자심을 구해내고 연자심은 악중악과 노영탄을 혼동한다. 11. 노영탄은 회양보에 갇힌 감옥형을 구해내고 연자심과의 사이에서 갈등한다. 12. 앵무주에 양진영 대표 고수들이 모두 모여 숭양비급과 포로가 된 오백평, 회양파 깃발을 빼앗기 위한 조건부 무술대회가 시작된다. 이때 감옥형은 아버지를 살해한 자가 바로 풍풍임을 알게 되자 복수심에 불타오른다. 13. 감옥형은 풍풍과 대결하지만, 되려 호색한 풍풍으로부터 가슴을 공격당하는 치욕을 당한다. 14. 감옥형이 자살 직전 악청용의 구원을 받고 제자가 된다. 15. 숭양파에 밀린 금모사왕 부자는 치열한 공방전을 틈타 앵무주를 폭파하고 달아나지만 노영탄이 이를 수습하여 모두를 구한다. 16. 노영탄은 홍택호 바닥 동굴 벽에 그려진 숭양비급의 일부를 해독, 습득한다. 17. 숭양파는 중양절에 벽송관에서 새로운 영도할 제자를 선출하고 숭양비급을 공개하려고 한 순간 숭양비급을 악중악이 훔쳐간 것을 알게 된다. 18. 노영탄은 천목산에서 악중악을 물리치고 연자심을 데려온다. 19. 노영탄에게 앙심을 품은 악중악은 황산에서 숭양비급을 연구하며 복수를 다짐한다. 20. 노영탄과 연자심의 사랑이 무르익어 간다. 21. 회양파가 숭양비급을 빼앗기 위해 악중악을 쫓자, 노영탄은 악중악 행세를 하며 이를 물리친다. 22. 노영탄과 연자심은 회양파의 함정에 빠지고 위기에 처한 순간 스승인 남해어부의 도움을 받는다. 23. 노영탄과 연자심이 보물을 찾아 응유산으로 가던 중 사람을 해치는 바다 괴물 '원영'의 소문을 듣게되는데 거대한 구렁이와 싸우다 지친 원영을 퇴치한다. 24. 노영탄은 보물과 구렁이 몸에서 두 알의 광채 나는 구슬을 얻어 연자심과 함께 응유산에서 일년을 보낸다. 25. 노영탄은 회양파가 흑지상인을 중심으로 다시 결집하여 세력을 키운다는 것과 신룡검이 중원을 휩쓸고 다닌다는 소문을 듣는다. 26. 신룡검이 나타나 연자심을 구한다. 27. 신룡검에게 억류되었던 연자심은 감욱형의 도움을 받고 구조되고 둘은 의자매가 된다. 28. 연자심과 감욱형은 악중악과 노영탄의 대결을 막고자 금사보로 향한다. 29. 금사보에서 회양방과 숭양파의 대결이 이틀째 계속되지만 승부가 나지 않는다. 30. 노영탄은 금사보에서 신룡검을 기다리지만 신룡검은 나타나지 않는다. 31. 노영탄의 옥패가 악중악의 칼 끝에 떨어지자 둘은 서로 형제임을 비로소 깨닫는다. 32. 흑지상인은 잘못을 시인하고 은거할 것을 맹세하고 떠나자, 노영탄-연자심, 악중악-감욱형, 쌍관학-도우부인은 짝을 지어 떠난다.[3]

위 서사 속에 담겨있는 내용을 보면 부모가 살해당해 어려서부터 유랑한 노영탄이 무예를 익혀 복수를 하러 떠나고, 그 과정 속에서 사랑을 하게 되고, 좌절을 겪으며, 악당을 소탕하고 대업을 완성한 후 은거하는 전형적인 무협소설의 스토리 라인을 그리고 있다. 때문에 무협소설에 익숙해진 오늘날의 관점에서 보면 노영탄의 이러한 영웅적 이야기는 크게 매력을 발산하지는 않는다. 그러나 이러한 종류의 이야기가 1961년 6월 15일 『경향신문』에 처음 연재되자 사람들은 기존 소설과는 다른 느낌의 매력에 빠져들게 된 것이다.

이 『정협지』는 「시장 측면에서 본 한국 무협소설의 역사」의 육홍타가 언급하기를 김광주가 50쪽 남짓한 짧은 작품을 『경향신문』에 810회나 연재했을 만큼 분량이 늘어났다고 한 것으로 미루어 보아,[4] 위지문의 『검해

---

3 한명환, 「무협소설의 환상성 고찰-김광주 『정협지』 화소 분석을 중심으로」, 『현대소설연구』(한국현대소설학회, 2000), 12호, 65~87쪽.
4 육홍타, 「시장 측면에서 본 한국 무협소설의 역사」, 『무협소설이란 무엇인가』(서울: 예림기획, 2001).

고흥』을 줄거리만 남겨두고 새로 쓴 번안 무협소설로 보는 것이 옳다. 그러므로 비록 중국의 무협소설 이야기지만 한국 독자들이 빠져들 정도로 흡인력을 가진 무협소설로 재탄생된 것이다. 『정협지』의 폭발적인 인기는 최근까지도 『정협지』가 꾸준히 간행되고 있는 것으로 확인할 수 있다. 연재 도중인 1962년에 신태양사에서 첫 권이 출간되어 전 3권으로 마무리된 『정협지』는 이후로도 계속 재간행 된다.

김광주는 시인이자 소설가인데, 정래동과 함께 근대 중국문학을 한국에 알리는데 역할을 담당했다고 한다. 1933년에 중국 상해上海로 건너가서 남양의학대학을 중퇴하였고, 그곳에서 1945년까지 체류한다. 해방 이후 한때 백범 김구金九를 돕기도 했으며, 1947년 잡지 『문화시보』・『예술조선』을 창간하는 데 관계했고, 경향신문사 문화부장으로 있으면서 작품을 계속 발표했다. 이러한 그의 이력에서 볼 수 있듯이 중국 문화에 깊은 조예가 있었던 김광주는 1961년 위지홍의 『검해고흥』을 『경향신문』에 『정협지』로 번안 연재하기 시작한 것이다.

한명환의 위 논문에서 『정협지』는 다음과 같이 환상성을 내포하고 있다고 한다. 먼저 그는 『정협지』가 나름대로 '성장적 환상을 경험'하게 한다고 한다. 아래 그의 글을 인용해본다.

무협소설은 환상문학이 아니므로 크게 보아 일반 문학이 갖는 환상성과 관련된다고 볼 수 있다. 그러나 무협소설에 나타나는 환상적 옛날이야기의 구성과 비현실성은 문학의 본질적 의미의 환상성과는 거리가 멀다. 그 뿐 아니라 무협소설의 환상성은 '현실과의 대립을 해체'한 환상성이 아닌 '현실에 대한 대립적 자질'로 존재하는 환상성이다. 이러한 무협소설의 환상성은 현실과 환상 사이의 경계를 해체하지 않음으로써 환상이 현실의 대척점에 있음을 오히려 분명히 한다.

위의 그의 주장에서 볼 수 있듯이 '현실에 대한 대립적 자질'이 존재하는 환상이다. 또한 그가 분석한 『정협지』의 의존화소들로부터 옛 이야기의 의존화소들과 환유적 관계를 형성하므로 그 모방적 환상성이 발휘되고 있다고 한다. 그리고 이러한 『정협지』에 보이는 자유화소들이 욕망의 은유적 기표로서 작용하기도 한다고 한다. 『정협지』에 등장하는 자유화소들은 '과장적 경이 및 이국적 경이의 화소들'로서 '원영과 구렁이', '검정매 묵우', '등장인물들의 별칭과 비유어들'이 될 수 있다. 그리고 '상투적 경이의 화소들'로서 '마법의 반지-숭양비급', '무예 비술-건곤혼원장, 삼첩장', 그리고 다양한 '악역들의 외모' 및 '무기 및 비약' 등이 있다.

그리고 그는 최종적으로 『정협지』를 통해서 "동양정신이 갖는 민중적 의리와 그 실천력이 지배하는 상상력의 세계는 황당하나 그 환상성의 기초는 의외로 건강할 수 있다."는 결론을 내리고 있다.

2. 『비호』

『비호飛虎』는 김광주가 1966년 『동아일보』에 심기운沈綺雲의 『천궐비天闕碑』를 『비호』로 번안·연재한 무협소설이다. 『정협지』 성공 이후 그의 주가는 올라갔을 것이고, 『동아일보』에서 후속작으로 『비호』를 연재한 것이다.

현재 유명 소설가로 활동하고 있는 그의 아들 김훈 작가의 인터뷰를 통해서 당시 김광주가 『비호』를 연재하던 상황을 엿볼 수 있다.

기(기자): 아버지(金光洲)에 대한 추억은?

김(김훈): 그 분은 김구 선생 밑에 있던 청년이었어요. 아버지는 상해에 가서 남경의대를 다니다가 중퇴하고 김구 선생 밑으로 들어가셨지요. 중국말을 잘해서 김구 선생을 위해 정보번 역을 했어요. 해방이 되고 김구 선생과 같이 들어왔거든요. 아버지는 그 분 밑에서 나라 만들기에 동참하실 정치적인 야심이 있었던 거죠. 그런데 어느 날 갑자기 그 분이 안두희(安斗熙) 총에 맞아 돌아가시니까, 아버지 앞길도 막힌거죠. 그때 그 분 밑에 있던 수많은 청년들이 좌절했는데, 아버지도 그 중의 하나였어요.

기: 그런 그의 선친이 어떻게 소설가로 변신했을까?

김: 그 후에 아버지가 「비호」, 「정협지」 같은 무협소설을 많이 쓰셨지요. 그분(아버지)이 상해에 서도 문학수업을 꾸준히 하셨다는 겁니다. 혼자서 공부하셨대요. 동아일보에 「비호」를 연재하셨지요.

기: 그럼 형편이 괜찮았겠군요?

김: 아이, 거지였죠. 정말 가난하게 살았어요. 우리가 어렸을 때도 아버지가 연재소설을 쓰셨는데, 우리 어머니 말에 따르면 고료라는 게 없었고, 1년간 연재소설을 쓰면 신문사 사장이 쌀 한 가마를 보냈대요. 리어카에다 쌀가마를 싣고 왔는데, 쌀가마에는 사장 명함이 꽂혀 있었대요.

기: 그래 온 식구가 어떻게 살았어요?

김: 어떻게 산지 모르지요. 기적같이 살았어요. 지금도 굶은 기억이 나요. 아버지는 평생 무협소설을 쓰셨는데, 그래도 그걸로 우리가 겨우 먹고 살았어요.

기: 아버지 글을 많이 읽었겠네요.

김: 그럼요. 무협지 대필도 했는데요. 아버지가 암에 걸려 5년을 앓다가 돌아가셨는데, 우리는 아버지의 무협지를 팔지 않으면 굶어야 할 입장이었어요. 그래서 아버지가 누워서 소설을 불러 주시는 거죠. 그럼 난 받아쓰는 거요. 그때 동아일보에 연재할 땐데, 문화부 기자가

집에 와서 기다렸다가 원고를 받아갔어요. 내가 받아 쓴 걸 읽어 드리면, 「거기 점찍어. 거기 줄 바꿔」 이러셨지요. 내가 고등학교 다닐 때였어요. 그때 나한텐 문장수업이 좀 됐을 겁니다.

기 : 오늘 그가 주목받는 소설가가 된 건 다 내력이 있는 일이다.

김 : 지금도 아버지 소설 인세를 좀 받지 않아요?

기 : 아니죠, 그땐 판권이 없었어요. 출판사에 다 그냥 팔아버렸어요.[5]

위 인터뷰 기사를 살펴보면, 김광주는 『동아일보』에 『비호』를 연재할 때 암 투병 중이었으며, 그의 아들 김훈이 구술로 받아 적어 연재를 지속했음을 알 수 있다. 또한 무협소설 번역·번안 출판이 재정적으로 가정에 많은 도움을 주지 못했던 당시를 볼 수 있다. 이렇게 어려운 상황 속에서 『비호』는 1968년 동화출판공사에서 단행본으로 출판된다.[6]

『비호』 초판에 실린 "역자로서"의 글을 보면 당시 그가 병에 걸려 어려운 처지였음을 알 수 있다. 위 김훈 작가의 인터뷰 기사와도 상통하는 모습을 보여준다.

어떤 종합 병원의 내과의박 한분이 청진기를 나의 가슴에 대고 하던 말이 생각난다. 그는 신문에 연재되고 있는 「비호」의 열렬한 애독자라고 했다. 내가 누구라는 것을 알기 때문에 환자의 비위를 맞추어 주려고 마음에도 없는 소리를 한 것은 아니었다. 하루에도 수십명의 환자에게 시달리고 나서 집에 돌아가면 머리가 띵하고 어지러운데, 「비호」를 읽는 순간만은 그 흥미진진함에 복잡한 머리를 식힐 수 있다는 것이다. 어찌 의사뿐이겠는가? 복잡한 사회생활이 한결같이 강요하고 있는 신경전

5 「오효진의 인간탐험」, 『월간조선』(조선일보사, 2002), 2월호 참조.
6 김광주 역, 『飛虎』(동아출판공사, 1968), 5권.

비호 초판 표지

과 구역질나는 현실을 소화해야 하는 우리에게 정과 사를 통쾌하게 갈라놓는 무협소설은 속이 후련하지 않을 수 없다. 물론 이것은 일종의 현실도피를 위한 독서이리라. 그리고 이런 것을 쓰는 사람 역시 현실 도피의 문필업자일 것이다. 그러나 이것을 문제로 삼자면 오늘날 우리 주변에서 신문지상에 연재되고 있는 소위 역사소설이나 역사물이니 또는 실록소설 따위의 독자나 그 작가들도 그 범주를 벗어날 수 없는 게 아닐까? 까다로운 이야기는 그만두자. 우리들의 식성만도 그렇지 않은가. 우리의 밥상이 고추장, 간장만으로 이루어질 수는 없다. 아침, 저녁을 매일 같이 한두 가지 반찬만으로 견딜 수는 없는 노릇이다. 때로는 냉면도 때로는 매운탕도 생각나는 것이 인간이다. 그러나 소설이란 이것과는 전혀 다른 것이라고 고집을 부리는 사람이 있다. 인간의 밥상이란 언제나

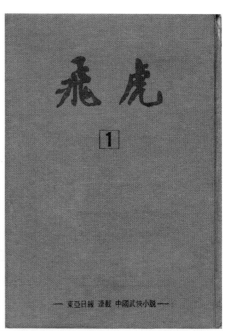

비호 초판 표지

반드시 칠첩반상이어야 하고, 고추장, 간장이 항시 밥상 어느 위치에 몇 각도로 놓여야만 그것이 정통파의 밥상이요. 정통파의 소설이라는 공식을 한사코 고집하는 사람들 말이다. 가소로운 일. 인생의 정통파란 어떤 장소나 어떤 위치나 어떤 파를 계승했다는 데에 있는 게 아니고, 하나의 인간이 어떻게 정을 위해서 싸우면서 살아가느냐는 데에 있는 게 아닐까? 이런 의미에서 무협소설이 황당무계하고 허무맹랑하면서도 인간생활의 정, 사, 선, 악, 은, 원의 관계를 통쾌하게 표현하는 특이한 영역을 가지고 있어서 나는 무척 좋아하며, 죽도록 꼭같은 밥상만을 고집하는 따분한 사람들에게 때로는 인생을 배우는 좋은 청량제가 될 수 있을 것으로 믿는다. 신문에 연재하는 동안 열렬하게 애독해주신 독자들에게 감사하며, 비호는 자유중국 작가 심기운원저『천궐비』전10집을 족본으

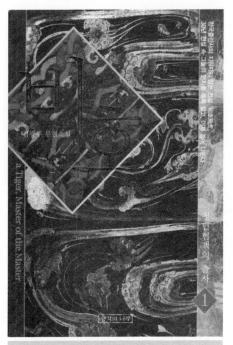
『비호』의 재판(생각의 나무)

로 삼고 역출했음을 밝히는 바이다.[7]

위 『비호』의 1권 "역자로서"의 글 속에서 김광주는 당시 그의 건강이 내과 진료를 받아야 할 정도라는 것, 그리고 무협소설의 역할과 의미에 대해서 장황하게 사람들의 식성과 비교하여 논의하고 있다. 김광주 사망이 이 『비호』 단행본 출간 이후 5년 후라는 것도 김훈의 기억과 일치한다.

야설록夜雪綠은 「한국무협소설의 역사-그 덕과 성」에서 앞서 언급한 『정협지』와 『비호』에 대해서 다음과 같이 말하고 있다. "중국의 민간소설이 우리나라에 처음 소개된 것은 아무래도 김광주 선생이 1961년 경향신문에 연재한 『정협지情俠誌』로 봐야 할 것 같다. 이것은 중국작가 위지문의 『검해고홍劍海孤鴻』을 번안한 것으로, 연이어 『비호』, 『사자후』, 『하늘도 놀라고 땅도 흔들리고』 등의 번역 무협 연작이 김광주 선생에 의해 소개되었다. 당시 『비호』는 군납까지 되어 재정 압박에 시달리고 있던 동아출판사의 도산 위기를 구해 내는 기적을 만들어 내기도 했고, 연이어 방기환方基煥 선생의 『낭자검娘子劍』을 비롯하여 이후 『뇌검雷劍』, 『천풍』 등의 한국인을 주인공으로 한 무협소설들이 신문지상에 발표되는

7 김광주 역, 「역자로서」, 『飛虎』(동아출판공사, 1968), 5권.

계기를 만든다."[8]

『비호』는 야설록이 지적한 것과 같이 중국의 무협소설을 그대로 번역·번안 발표한 것으로 끝난 것이 아니라, 한국인을 주인공으로 한『낭자검』,『뇌검』,『천풍』 등의 소설이 신문에 연재되도록 한 중요한 자극제가 되었다.

『비호』는 2002년 생각의나무라는 출판사에서 다시 복간되었다. 출판사가 광고하는 출판평에는 "이 작품 비호는 냉운헌冷雲軒이라는 냉철하면서도 의협심에 불타는 청년협객이 자신의 은사를 죽인 흉수 정령우사靜靈羽士 구청소瞿淸紹를 징벌하기 위해 벌이는 대장정의 기록이다. 그 과정에서 내로라하는 무림의 고수들과 신기에 가까운 무예로 쟁패를 벌이면서 권선징악勸善懲惡, 억강부약抑强扶弱의 메시지를 전한다. 또한 무림의 저잣거리에서 만난 많은 여자에게 유혹을 당하기도 하고, 몇몇 여인들과는 애틋하면서도 절절한 사랑을 나누기도 한다. 무와 협 그리고 사랑이 장대한 스케일 속에 절묘하게 혼효된 이 이야기는 독자들에게 거대 서사 장르로서의 소설을 읽는 재미를 만끽하게 할 것이다."라는 말로『비호』를 소개하고 있다. 아래 출판사에서 소개하는『비호』의 줄거리를 살펴보자.

일찍 부모를 여읜 냉운헌은 낙양 거리에서 가숙하며 사람들로부터 괴롭힘을 당하고 천대를 받던 중 무림 최고의 고수 위천궐로부터 구원받아 그가 가지고 있는 신기의 무예를 전수받게 된다. 하지만 위천궐

---

8 야설록,「한국무협소설의 역사─그 德과 誠」, <http://joongmoo.com/wasa> <중국무협 와룡생 사랑> 사이트를 인용함.

1980년대 재판된 『비호』 표지9

은 역시 당대의 고수 정령우사 구청소와의 결투에서 숨을 거두고, 신기의 보검인 반룡검까지 빼앗긴다. 냉운헌은 스승의 묘 앞에 보은비를 세우고 원수가 살고 있다는 태행산을 찾아 떠난다. 오직 복수에 대한 일념으로 그의 가슴은 뜨겁게 끓어오른다. 그는 그 보은의 긴 도정에서. 번 영감을 만나고 그의 딸 번숙분과 사랑에 빠진다. 냉운헌은 황제의 보물을 위탁해 관리하고 있던 번 영감이 보물을 일단의 도적에게 탈취 당해 위난에 처해 있다는 사실을 알고, 그 보물을 찾기 위해 다시 길을 떠난다. 그 와중에 은사 위천궐을 살해한 흉수가 구청소라는 사실을 알게 되고 복수의 의지를 뼈에 새긴다. 하지만 그의 도정은 결코 쉽지가 않다. 분양진인(汾陽眞人) 최송태(崔松泰)와의 결투에서 치명적인 부상을 당하기도 한다. 가까스로 서요신의 도움으로 생명을 건진 냉운헌은 백의 여인 양약영의 유혹에 넘어가 독을 묻힌 향기에 취하여 다시 한번 위기일발의 순간에 처하게 된다. 그 순간 바람같이 나타난 능랑검객 설유욱의 도움으로 목숨을 구하고 그와 우의를 맺고서 낙양까지 의기투합하여 동행하게 된다. 그 길에 공동사매를 비롯한 무림고수들의 알 수 없는 추격은 계속되고, 마침내 스승의 묘 앞에 도착하여 스승의 딸 매시럽을 만나게 된다. 원수를 갚기 위해 길을 떠난 냉운헌과 천하 보물을 찾아 동행에 나선 설유욱은 호분동맹의 맹주 원삼청과 결탁한 외팔 마귀할멈의 갖가지 흉계에 맞닥뜨리게 된다. 여러 차례의 급습을 기지와 절대 무공으로 격파한 두 사람은 무사히 한수 강변에 도착해 장강을 건너려 하지만, 방심한 사이 그들이 탄 배는 적의 계략으로 침몰하고 만다. 구사일생으로 살아난 냉운헌은 비취보의 젊은 보주 문랑추의 천금같은 도움으로 몸을 추스르지만, 적들의 내습은 끊임없고. 한편 설유욱은 천하 보물에 한 발 다가서는데……. (이후 후략).[10]

---

9 김광주 역, 『비호』(청목출판사, 1984), 4권.
10 김광주 역, 『비호』(생각의나무, 2002), 6권.

3. 기타 김광주의 번역 작품

『정협지』와 『비호』 이외에도 김광주는 많은 중국 무협소설을 번역 소
개하였다. 그가 번역한 무협소설을 도표로 제시하여 본다.

김광주 번역 무협소설 목록

출판일	역서명	역자	출판사	원저자	원서명
1962	정협지	김광주	신태양사	위지문	검해고홍
1967	흑룡전	김광주	민중서관	좌대장	고검음
1968	비호	김광주	동화사	심기운	천궐비
1969	풍운검	김광주	상서각	고여풍	고불심등
1969	사자후	김광주	동화출판공사	반하루주	독보무림
1972	하늘도 놀라고 땅도 흔들리고	김광주	회문사	중화	용봉상린
1973	풍운검	김광주	대흥출판사	화봉	고불심등

먼저 김광주가 편역한 『흑룡전黑龍傳』은 원작이 『고검음古劍吟』으로, 좌
대장左大藏이 쓴 것이다. 1967년 민중서관에서 초판본이 나왔다.[11] 이 작
품을 번역 발간할 때 뉴욕에 체류하고 있는 좌대장에게 연락하여 서문
을 받는 등 매우 신경 쓴 모습을 보여준다. 좌대장은 김광주와 대학에서
친구로서 학업을 같이 했었던 동창이라 한다. 신문학을 공부한 좌대장은

---

11 김광주 편역, 『黑龍傳』(민중서관, 1967), 3권.

김광주 번역 좌대장 『흑룡전』 표지

대학 3학년 때부터 무협소설을 창작했고, 대학 졸업 후 미국의 대학에서 박사학위를 공부하기 위해 도미하였는데, 『흑룡전』이 발표되었을 당시에도 미국에 거주하고 있었으며, 당시 나이 30세에 불과한 청년이었다. 김광주의 『흑룡전』은 좌대장의 『고검음』의 주인공인 흑묵룡에서 따온 것으로 보인다. 흑묵룡은 표객의 하류무사로 대막에 갔다가 징기스칸이 남긴 보물 쟁탈전에 휩쓸린 주인공으로 기인을 만나 무공을 배우고 고수가 되어 악인들과 일전을 벌인다는 내용의 무협소설이다.

　『하늘도 놀라고 땅도 흔들리고』는 93년 세계출판사에서 『협의도侠義道』라는 제목으로 재간된 무협소설이다. 중화의 『용봉상린龍鳳祥麟』을 우리나

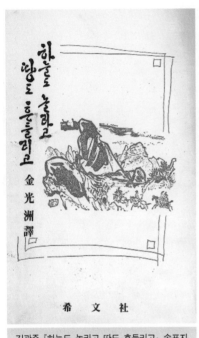

김광주 『하늘도 놀라고 땅도 흔들리고』 속표지

라 『중앙일보』에서 3년에 걸쳐 연재한 후 1972년 희문사에서 발간한 것으로 연재 당시 많은 인기를 끌었다고 한다.

위 도판에서 볼 수 있듯이 『호유기豪遊記』와 『풍운검風雲劍』은 모두 고여풍古如風의 『고불심등古佛心燈』을 번역한 것이라고 한다. 김광주 『호유기』의 번역자 서문을 보면 다음과 같다.

이 <호유기>의 이야기는 자유중국 고여풍저 <고불심등>(대만 진선미출판사판)에서 가져온 것이다. 외국 작품을 옮겨놓는데 엄격한 의미에서 <완역>이란 말을 붙일 수 있느냐는 것도 문제지만, 이 책을 특히 <편>으로 했다는 점을 밝혀두고자 한다. 그것은 원작의 줄거리를 쳐 버렸다거나 가미했다거나 그런 의미가 아니고, 전서 22집으로 된 방대한 분량에서 한국서적의 제약된 조건 때문에 번장한 설명의 중복을 군데군데 피했고, 지루한 회화체를 간결하게 손질한 데 불과하지만 <편>이라기에는 너무나 많은 의역이 불가피했다는 이유뿐이다.[12]

이처럼, 『호유기』는 김광주가 우리나라 사정에 맞게 편역한 것임을 알 수 있다. 또 『사자후獅子吼』는 반하루주伴霞樓主 원작의 『독보무림獨步武林』을 번역한 것으로 다음과 같이 김광주의 「역자의 말」을 인용해 본다.

12 김광주 편역, 『호유기』(서울: 삼신서적, 1968), 권1.

『사자후』 및 『호유기』의 표지

나는 무협소설에서 우리가 느끼는 신선감과 쾌미는 반문명적이라는 데에 있다. 그러므로 우주과학시대에 있어서의 무협소설은 초과학적이고 환상적인 세계에서 우리를 매료하고 있는 것이다. 나는 『사자후』에서 무협소설의 새로운 경지를 보았다. 그것은 우리가 하나의 부움으로 대하는 무협소설의 아류에서 걸리기 쉬운 식상을 이 『사자후』가 말끔히 씻어 주기 때문이다. 또한 이 『사자후』는 다른 무협소설에서 볼 수 없는 추리적 흥미를 일으켜 줄 뿐만 아니라 무술의 경지에 있어서도 검술이나 장풍의 수법에서 탈피한 신기의 새로운 세계를 보여주고 있는 것이다. 내가 처음으로 이 땅에 중국 무협소설을 소개한 동기는 신문소설의 특성을 고려한 나머지 독자들에게 흠뻑 부어 줄 흥미를 위해서였다. 그러나 오늘에 와서 많은 독자를 가진 이 중국 무협소설을 나는 자의든 아니든 독자들에게 소개할 의무를 지게 되었고, 따라서 나는 한 편, 한 편의 소설을 무책임하게 읽힐 수 없다는 생각을 하고 있다. 그런 의미에서도 『사자후』는 량으로 대하소설이거니와 나로서도 총력을 경주하여 번역한 작품이다. 나는 이 『사자후』에서 무협소설의 한계를 느낄 만큼 다양한 전개를 보았고, 이미 신역에 달한 무술의 전능을 감지했다. 이 『사자후』가 연재될 때 줄기찬 성원을 해준 『국제신보』 독자들에게 끝까지 연재치 못했음을 사과하며 아울러 전편 탈고하여 간행함으로써 그 보답을 대하는 것이다. 끝으로 『사자후』는 자유중국 반하루주 원작 『독보무림』의 역출이었음을 밝혀 둔다.[13]

『사자후』는 김광주가 위 "역자의 말"에서 칭찬한 것처럼, 독자들에게 많은 성원을 받은 작품으로 같은 제목으로 이후 재간된 바 있다. 반하루주는 1927년 안휘성에서 태어난 대만 무협소설 작가로서 1950년대 후반에 무협소설을 창작하기 시작하였는데, 『촉산검협전』을 쓴 환주루주還珠樓主 식의 기환선협奇幻仙俠 이야기를 주로 하여 우내팔황 기인인사에 대한 무협소설을 발표하였다고 한다.

이상 소개한 김광주 번역 혹은 편역 무협소설은 중국의 현대 무협소설을 우리나라 사람의 입맛에 잘 맞도록 소개하여, 무협소설이라는 장르를 대중들에게 깊게 인식시킨 중요한 공로가 있다고 생각한다. 당시 무협소설은 월부 판매 등의 방법을 동원해서 대중들에게 보급되었는데, 오늘날까지도 김광주의 『정협지』와 『비호』가 꾸준히 재판 출간되는 것을 보면 충격이 대단하였다고 할 수 있다. 김광주의 중국 무협소설 번역의 성공은 또 다른 중국어권 작가들의 무협소설의 번역의 신호탄이 되었다.

---

13 김광주 편역, 『獅子吼』(동화출판공사, 1969), 권1 참조.

10

와룡생 무협소설의 등장

김광주의 중국 무협소설의 번안·번역 출판은 한국 무협소설의 혁신적인 출발을 가져왔을 뿐만 아니라 보다 흥미진진한 중국의 무협소설의 번역 붐도 동시에 가져왔다. 당시 번역된 무협소설 중의 독보적인 위치를 차지한 무협소설이 바로 와룡생臥龍生의 『군협지群俠誌』였다.

와룡생에 대해서는 좌백의 「대만무협소설 약사」에서 찾아볼 수 있다. 위 글에서 좌백은 1992년에 대만 만성萬盛출판유한공사에서 출간한 『대만 무협소설 구대문파 대표작』 시리즈의 권두에 붙은 총편서를 번역하여 전제하였는데, 그 글은 대만의 저명한 무협소설 평론 대가라고 하는 섭홍생葉洪生이 발표한 것이다.

"와룡생-본명은 우학정(牛鶴亭). 1957년 군에서 제대하자 곧 처녀작 『풍진협은』, 『경홍일검진강호(驚虹一劍震江湖)』로 무림에 우뚝서서 각 방

면의 주목을 끌었다. 1960년 전후 잇달아 『비연경룡』, 『옥차맹』을 발표
하여 크게 이름을 떨쳐 대만에서 초기에 가장 명성을 날린 무협작가가
되어 '무협의 태두(泰斗)', '전통파(傳統派)'의 대표작가가 되었다. 와룡생
의 소설은 전통적인 맛이 매우 농후하며 환주루주, 정증인, 주정목을
모방한 곳이 적지 않다. 문필이 통속적이고 유창하며 구성이 기이하고
남녀 영웅들의 '다각적인 연애'에 뛰어나서 읽는 사람들을 황홀한 경지
로 이끌어 간다. 초기 작품 가운데 『철적신검(鐵笛神劍)』, 『천향표』, 『무
명소(無名簫)』, 『소수겁』 및 『강설현상(絳雪玄霜)』, 『천검절도(天劍絶刀)』
등의 책은 기습과 정공이 서로 돌고 도는 사건 전개에 뛰어난 것들이
다. '무림구대문파'와 '강호대일통'을 처음으로 제창하여 동년배 작가
들에게 넓고 깊은 영향을 미쳤는데 이것은 쟁론할 필요가 없는 사실이
다."[1]

중국에서도 와룡생의 무협소설은 큰 인기를 끌어서 최근 태백문예출
판사太白文藝出版社에서 『와룡생진품집臥龍生眞品集』이 시리즈로 발간되기도
하였다. 위 시리즈에서도 와룡생을 소개하고 있는데, 섭홍생의 위 소개
에 더 추가할 것으로 다음과 같은 것이 있다.

그가 1930년생으로 하남 남양현 진평전에서 태어나서 어린 시절 와룡
서원에서 학습하였고, 이것이 계기가 되어 문학을 전공한 후에 필명을
와룡생이라 하였다는 것이다. 그리고 그는 모두 39편의 무협소설을 발표
하였는데, 1997년 불행히도 와룡생은 병환으로 작고하였다. 당시 『신민
만보』에 연재를 하던 『몽환지도夢幻之刀』가 그의 마지막 작품이 되었다.

---

1 좌백, 「중국무협사(4)−발자취를 좇아서: 대만무협약사」, <나만의무협커뮤니티 IMUR
IM>에 번역소개된 섭홍생의 글 참조.

그리고 태백문예출판사는 당시 1995년 발표되었던 『와룡생진품집』에 포함되지 않았던 15부의 작품을 모아 정리하여 『와룡생진품집외집臥龍生眞品集外集』을 발간하기도 한다.

우리나라는 남북 분단 이후 정치적 여건 때문에 중국 본토와의 교류는 할 수 없었다. 그러므로 자유중국, 즉 대만과의 교류를 통해 중국 문화 교류를 진행하였는데, 와룡생 작품의 수입·번역도 이와 같은 맥락에서 이해할 수 있다. 이렇게 수입된 와룡생의 『군협지』 파워는 놀라웠다. 전문적인 무협소설 번역가 및 작가로 활동한 박영창은 「중국 무협소설 번역의 역사」에서 '와룡생 시대'를 설정하고 그 시대를 다음과 같이 증언하고 있다.

> "우학정은 와룡생의 본명이다. 그의 대표작은 뭐니뭐니해도 『군협지』(원제 옥차맹)이다. 사실 와룡생은 김용보다는 작품 활동을 늦게 했지만, 김용의 무협소설이 이적표현물로 치부되어 금서로 되어 있던 대만에서는 한때 최고의 무협소설 작가로 부상했던 적도 있었다. 무협소설의 정석이라도 해도 좋을 정도의 스토리는 정통 무협의 대표작가로서의 그의 위상을 정립하기에 부족함이 없었다고 할 것이다. 국내에 소개된 와룡생의 작품은 폭발적인 인기를 끌었다. 무협소설의 특성상 많은 양의 작품을 모두 사서 읽는 것은 경제적인 부담도 크고, 한번 읽고 버리는 소설이므로 만화방용으로 탈바꿈하는 것은 시간문제였다. 국내에서 최초로 만화방용으로 제작된 무협지는 『침사곡』과 『정검지』라고 할수 있다. 『정검지』는 사마령의 『쾌검현정기』를, 『침사곡』은 상관정의 『고검영안』을 번역한 것이다. 사마령의 작품은 『정검지』 외에도 『검기천환록』, 『혈전검』(원제 검해응양), 『검신』(원제 관낙풍운록), 『검웅』(원제 검신전) 등이 있었고, 와룡생의 작품으로 소개되었다."[2]

와룡생 진본 무협 목록 및 국내 번역판 자료

原作名	年代	台版	主人公	備注	國內 出版名	
					初刊(세로본)	再刊(가로본)
飛燕驚龍	1959	春秋	양몽환, 심하림, 주약란, 조소접	港版名『仙鶴神針』	비룡(1968)	비룡문, 비연, 귀원비급 (김용)
鐵笛神劍	1959	眞善美	부옥기, 공소완		의협지(1967)	
玉釵盟	1960	春秋	서원평, 소차차, 정령		군협지(1966), 소년군협지, 비호지, 정무문	군웅지, 군협지
天香飈	1961	春秋	호백령, 곡한향	後半部 易容 代筆	웅검지(1969)	
無名簫	1961	眞善美	상관기, 연설교		무명소(1968)	무명소
絳雪玄霜	1963	春秋	방조남, 매강설, 진현상		무유지(1967)	군웅문, 무유대전
素手劫	1963	眞善美	임무심	後半部 易容 代筆	야적(1968)	천룡기, 야적 절대영웅,
天涯俠侶	1963	眞善美	임한청, 백석향, 이중혜, 서문옥상	眞善美出版的二書合一	천애기(1968)	천애기
天馬霜衣	1963	國版分				
天劍絶刀	1964	眞善美	좌소백		무림천하(1969), 천검절도	생사교, 좌소백, 천검절도
金劍雕翎	1964	春秋	소령, 악소채, 백리빙	春秋出版的二書合一	금검지(20권) (1971)	원본금검지(12권)
嶽小釵	1964	國版分				대풍(15권)
風雨燕歸來	1965	春秋	양몽환, 심하림, 주약란, 조소접	『飛燕驚龍』後傳	비연(1969)	비룡검, 금검지
雙鳳旗	1965	南琪	용가인, 강옥봉, 강연하		쌍봉기(1969)	금봉문, 쌍봉기
還情劍	1967	眞善美	이한추	『七絶劍』續集。	환정검	

2 박영창, 「중국 무협지 번역의 역사」, <http://joongmoo.com/trans.htm> 인용. 초기에 사마령·상관정 등 작품은 본명으로 출품되었다.

飄花令	1967	春秋	양봉음, 모용운생, 곽설군		표화령(1971)	무유지
指劍爲媒	1968	春秋	석승선	大部分字文瑤璣代筆		
翠袖玉環	1969	春秋	강효봉, 남가봉	『十二魔令』	취수옥환	충의문(1994)
標旗	1969	春秋	철몽추, 남소월		표기(1974), 팔진검	대황하(김용)
飛鈴	1972	春秋	백천평		무당검파 (1976)[3]	
天龍甲	1978	春秋	장선기			잠행기(1990)
七絶劍	–	眞善美	이한추(李寒秋)	"眞善美"重出江湖時再版的續集 『還情劍』, 第一版有待考證。	환정검(?)	

위 인용문에서 볼 수 있듯이, 당시 유명한 중국계 무협소설 작가들의 작품을 와룡생의 이름을 도용하여 발간할 만큼 와룡생의 명성은 높아만 갔다. 이러한 상황은 박영창이 위에서 지적한 것과 같이 무협소설이 만화방으로 진입하게 되는 계기가 된다. 위에 와룡생이 발표한 작품 목록에 국내에서 번역된 작품을 정리한 표를 제시한다. 이 표는 중국 인터넷 사이트에 게재된 자료를 <중국무협소설동호회> 사이트에서 보충하여 제시한 것을 인용한 것이다.[4]

위 표에서 볼 수 있듯이 와룡생 무협지는 많은 수가 번역되었다. 그러나 대부분 1970년대 이전에 와룡생의 진본 무협지가 번역되었을 뿐이다.

---

3 와룡생 저, 선우인 역, 『武當劍派』(서울: 충청출판사, 1979). 이 자료는 와룡강의 다음카페 와룡소 <http://cafe.daum.net/waryonggang>에 옥소의 글로 발표된 「[중국무협] 와룡생 진품하나…… 무당검파→비령(飛鈴)」을 참조한 것임.
4 본 자료는 舊雨樓·至尊武俠(중국권 무협소설): <http://www.oldrain.com/wuxia/wols/wols.html>에 소개되어 있는 자료에 한국에서 번역 발간 자료 연구 결과를 합친 것이다.

1970년대 이후에는 번역된 것이 거의 없는 것이 주목된다. 아래에 와룡생 무협소설 중 일부의 내용을 살펴보도록 한다.

1. 『군협지』

『군협지』는 대만의 "春秋(춘추)" 출판사에서 『옥차맹玉叉盟』이라는 이름으로 1960년 출간된 와룡생의 무협소설이다. 원래 이 소설은 대만 『중앙일보中央日報』에 1959년 연재하기 시작한 작품이다. 우리나라에서 『군협지』의 상품성은 대단해서 그 이름을 바꾸거나, 소년용으로 현재까지도 꾸준히 재출간되고 있다. 대만 무협소설 전문가인 섭홍생은 「壯士魂與烈夫血－論臥龍生『天香飆』之悲劇結構」라는 논문에서 『비연경룡』이 대만 무협소설사에서 몇 가지 중요한 의미를 지니고 있다고 한다. 아래 글을 살펴보자.

> 와룡생은 환주루주(還珠樓主) 등이 만들어낸 구 무협소설을 한층 발전시켰는데, 첫째로 신금이수(神禽異獸), 영단묘약(靈丹妙藥), 현공절예(玄功絶藝), 기문진법(奇門陣法) 방면을 크게 개발하였으며, 둘째로 정증인(鄭證因)의 방회조직(幇會組織), 풍진괴걸(風塵怪杰), 독문병기(獨門兵器)와 왕도려(王度廬)의 비극협정(悲劇俠情), 그리고 주정목(朱貞木)의 기궤(奇詭)한 국면전개 및 여러 여인들이 주인공을 흠모하는 이야기 전개 등등을 성공적으로 잘 조화시켜, 전통풍주(傳統風味)와 신시기 무협소설(新時期 武俠小說)을 결합시킨 무협정종(武林正宗)을 완성시켰다. 셋째, 무학비급으로 인한 풍파로 시작해 정사대회전으로 결말을 장식함으로써(『비연경룡』, 『강설현상』 등) 60년대 대만무협의 보편적 양식을 개척하였고, 마지막으로, 무협소설의 줄거리는 반드시 무림존망의 위급한 사건에 영향을 받아야

하며, 무림이란 곳은 복잡한 방파와 조직이 합쳐져 생겨난 것이며 각방과 각파의 과거는 은원에 물들어져 있어 이것으로 인하여 사건이 발생한다는 것인데, 이러한 이야기를 풀어가면서 그는 '무림구대문파(武林九大門派)'라는 전형적인 구도를 만들었고, 이것은 국내의 무협소설에도 커다란 영향을 끼치게 되었다. 무협에서 흔히 볼 수 있는 이러한 공식 대부분은 와룡생이 만들어 냈으니 그가 무협소설에 끼친 영향은 이루 말할 수 없을 것이다. 80년대를 즈음하여 시작된 국내의 창작 무협소설에서는 이러한 '와룡생의 규칙'과 '고룡의 재치'를 적절히 받아들여 새로운 작품들이 나오게 되었는데, 이러한 면에서는 금강(金剛)과 야설록(夜雪綠)을 꼽을 수 있겠다.[5]

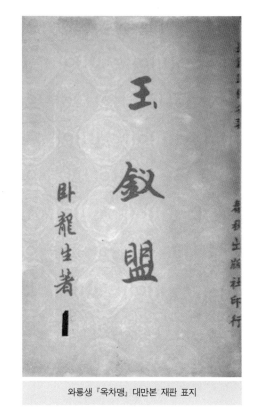

와룡생 『옥차맹』 대만본 재판 표지

본격적으로 와룡생의 『군협지』를 살펴보도록 한다. 『군협지』는 "복수를 위해 소림사의 담을 넘어 당대 최고의 고수인 '해공대사'의 진전을 얻은 서원평과 천하제일의 지혜를 가진 '자의소녀', 그리고 '고독지묘'의 비

5 섭홍생, 「壯士魂與烈夫血－論臥龍生『天香飆』之悲劇結構」 참조 이 글은 김정렬, 「정통(正統) 무협(武俠)과 와룡생(臥龍生)」(<중국무협소설동호회> 인용)에 소개된 글이나, 필자가 확인한 바에 의하면 섭홍생의 위 글을 참조하여 작성된 것으로 보인다.

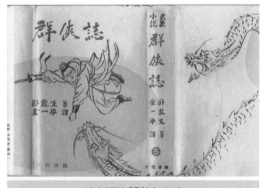

삼신서적판 『군협지』 표지

밀을 담은 이야기"이다. 『군협지』가 많은 사랑을 받았다는 것은 『군협지』가 십여 차례 재출간된 사실을 보면 알 수 있을 것이다.[6]

2002년까지 군협지가 계속적으로 번역되었는데, 1966년 김일평金一平에 의해서 번역된 후, 1967년의 『비호지飛虎誌』로 천세욱千世旭이 새로 번역 소개하기도 하였다. 최근의 『군협지』도 현대적인 어투를 도입하고, 새롭게 번역하여 낸 것으로 무협소설계에서 『군협지』를 어떻게 평가하고 있는지를 느낄 수 있는 점이다.

와룡생 『군협지』의 줄거리를 살펴본다.

서원평은 깊은 밤 소림사에 잠입한다. 소림사의 달마역근경을 훔쳐서 신공을 배워서, 신주일군 역천행이 부모를 죽이고, 사부를 살해한 원수를 갚기 위해서다. 그곳에서 서원평은 소림사 내에 감금되어 있던 혜공대사를 만나고, 혜공대사에게 달마역근경의 구결과 필생의 공력을

---

6 金一平 역, 『群俠誌』(民衆書館, 1966), 5권; 천세욱 역, 『飛虎誌』(불이출판사, 1967), 3권; 김일평 역, 『群俠誌』(삼신서적, 1967); 『소년군협지』(문정출판사, 1968), 10권; 『群俠誌』(대호출판문화사), 8권; 『群雄誌』(서정출판사, 1970); 『群雄誌』(명지사, 1971); 『精武門』(인창서관, 1974), 4권; 『群俠誌』(오행각, 1974); 『群俠誌』(민중서관, 1977); 『群俠誌』(삼신서적, 1977); 『群俠誌』(범양사, 1981); 진유성 역, 『群雄誌』(영한문화사, 1986); 『群雄誌』(덕성문화사, 1992); 민병권 역, 『群俠誌』(예문각, 1993), 5권; 이영호 역, 『群俠誌』(비전21, 1997), 8권; 『群俠誌』(E-BOOK 바로북, 2000), 8권; 이선순 역, 『群俠誌』(생각의나무, 2002), 10권 등이 발간되었다.

전수받고, 또한 중대한 비밀이 감춰져 있는 참정검을 받는 기연을 만나게 된다.

서원평이 산에서 내려온지 오래지 않아, 참정검을 담고 있던 갑을 김노이에게 탈취당한다. 서원평은 참정검을 찾는 도중에 계속해서 무림고수들을 만난다. 원래 예전에 강호의 명성을 떨치던 남해기수의 전인이 다시 강호에 나타나고, 군웅들은 남해문하기서를 노리고 낙양으로 낙양으로 모여들었다. 하지만 남해기수의 딸 소차차의 경세재모, 남해문인의 절정의 무공 때문에 시종 얻어낼 수는 없었다.

천세욱 번역의 『비호지』 표지

서원평과 소차차는 여러 번 만나면서 서로 호감을 갖게 된다. 그러나 그 신상에 부모와 사부의 원수를 간직하고 있기 때문에, 기서를 탈취하는 싸움 속으로 빠져들지 않고, 조용한 곳을 찾아가서 달마역근경 안의 무공을 익히고자 하였으나, 결과적으로는 거꾸로 비밀기관이 포진되어 있는 고독지묘에 들어가게 되고 많은 위험에 직면하게 되었다.

이때 김노이는 서원평에게서 빼앗은 참정검갑 안의 그림이 지시하는 바를 풀어내어 전설속의 기문이보가 숨겨져 있는 고독지묘에 발을 들여놓게 된다. 다른 무림고수들도 각자 생각을 가지고 고독지묘에 들어갔으나, 겨우 목숨만 건지고 고독지묘로부터 탈출하게 되나, 참정검갑은 역천행의 수중에 들어간다.

역천행은 각 문파 고수들에게 자신의 일이 폭로되자, 자신을 보호하기 위하여 참정검갑의 비밀을 핑계로 하여 소차차와 합작을 하는 동시

1996년 당시 와룡생의 모습

에, 남해문파에 대항한다는 명분을 가지고, 중원의 각 문파에 자신의 전 혐의를 부정하고, 이들을 이끌고 고독지묘로 들어가야 한다고 하는데, 이는 묘 속의 비밀기관을 빌려 문파 무인들을 살해하고 무림 수령이 되고자 하는 목적이 있기 때문이다.

서원평은 또 다른 기연을 얻고서 무공을 대성한 후 고독지묘로 다시 들어가, 역천행과 생사일전을 벌이고자 한다. 군웅들이 묘 속에서 악전고투하며 살펴보니 바로 역천행이 자신들을 속인 것이라는 알게 된다. 원래 이 묘는 남해기수가 만든 것으로 고의로 소문을 내어 강호의 명리를 탐하는 사람들을 유인하고자 했던 것이며, 동시에 혜공대사와 남해기수 사이의 일단의 은원관계를 해결하고자 했던 것이다.

정세는 바뀌어, 남해문인과 강호 군웅들과 대치하는 형세가 되었다. 서원평은 강호 군웅들의 생명을 위해 역천행을 주살할 기회를 잃어버리고, 남해기수와 격투를 벌이나, 소차차와의 인연을 생각하고, 결국 남해기수의 손에 사망한다. 소차차는 비분강개하여 가전으로 내려오는 한옥차를 묻고, 부부됨을 맹세하고서 스스로 석문을 닫고, 영원히 서원평과 함께하기 위해 묘안으로 들어간다.[7]

『군협지』의 원제가 『옥차맹』인 것은 바로 주인공 자의소녀 소차차가 서원평의 무덤에 한옥차寒玉釵를 함께 묻으며 맹세한 데서 따온 것이다.

7 본 『옥차맹』의 소개는 美格騰 好讀網站 <http://www.megaton.com.tw/>에 소개되어 있는 자료를 번역한 것이다.

『군협지』에서는 서원평과 소차차의 애정 묘사가 매우 뛰어나며, 와룡생 특유의 여주인공 묘사가 매우 두드러지는 작품으로 평가할 수 있다. 사랑을 이루지 못하고, 결국 무덤 안으로 들어가는 소차차의 모습은 중국 민간 고사 전기 중의 하나인 「양산백梁山伯과 축영대祝英臺」의 고사와 흡사하다. 중국 육조대의 이야기로 남녀 간의 사랑을 이룰 수 없어, 먼저 세상을 떠난 양산백의 뒤를 따라 무덤으로 들어간 축영대가 한 쌍의 나비가 되어 날아가는 아름다운 이야기 속의 사랑과 많이 닮아 있다.

『소년군협지』 표지

또 주목할 만한 것은 『군협지』의 서원평이 절정의 무공으로 배운 것이 소림사의 달마역근경 속의 무공이다. 와룡생의 이러한 무림 구대문파의 설법은 이후 한국 무협소설 속에서 거의 모두 채용되어 정사 대결 구도에서 구대문파의 위치를 확립시키는 중요한 작용을 하였다고 볼 수 있다.

『소년군협지』 등장의 의미도 다시 살펴볼 수 있는데, 비록 제목이 『소년군협지』이지만 1980년대 대본소 무협소설로 대망출판사에서 낸 일련의 가로쓰기 판형의 무협소설보다 훨씬 빠른 1968년에 가로쓰기 무협소설을 시도하였다는 점이 특이하며, 소년들의 이해를 돕기 위해 권순일 화백의 다양한 삽화를 넣어 보다 입체적인 구성을 하였다는 점도 주목할 만하다.

2. 『비연경룡』

『비연경룡飛燕驚龍』은 원래 대만의 『대화만보大華晚報』에 연재된 와룡생의 무협소설이다. 대만에서는 1959년 춘추春秋출판사에서 원제목으로 출판되었지만, 우리나라에서는 1968년 『비룡飛龍』이라는 제목으로 왕일천王日天이 번역하여 경지사耕智社에서 펴냈다. 주인공 양몽환을 비롯하여 심하림, 주약란, 조소접, 이요홍, 도옥, 이창란이 만들어내는 복잡한 이야기인 이 무협소설도 『군협지』만큼이나 많은 사랑을 받았으며, 여러 번 다시 복간되었다.[8]

앞서 소개한 『군협지』는 와룡생의 다섯 번째 무협소설이 되며, 『비연경룡』은 세 번째 무협소설이 된다. 이 소설에 앞서 발표된 2편의 무협소설은 와룡생을 알렸지만 진정으로 와룡생이 대만 무협소설의 태두로 우뚝 서게 된 것은 바로 이 『비연경룡』이 중요한 역할을 하였다.

> 곤륜파 제자 채방옹이 몸에 장진도를 지니고 있어, 천남쌍살에게 추살당하는 사건이 일어나게 되는데, 이는 당시 구대문파가 서로 수위를 다투는 것과 무림기서 『귀원비급』의 유래와 얽혀 발생한 것이었다. 각 문파는 서로 무림에서 태두가 되기 위하여 『귀원비급』을 찾는다. 일양자는 장진도를 얻고서 바로 장진도에 기록된 것과 같이 팔창산에서 『귀

---

8 王日天 역, 『飛龍』(耕智社, 1968), 5권; 王日天 역, 『飛龍』(鄕友社, 1973), 5권; 王日天 역, 『飛龍』(日鐘閣, 1979), 6권; 『飛龍門』(아카데미, 1987), 6권; 金庸著, 이경원 역, 『歸元秘級』 (도서출판 상원, 1995), 8권.

『비연경룡』의 번역판 『비룡』 표지

원비급』을 찾는 것과 동시에 제자 양몽환에게 시켜 심하림을 고향으로 돌아가게 하여 재난을 피하게 한다. 그러나 이때 각 문파는 고수를 파견하고, 강호의 초망들과 새롭게 일어선 천룡방에서 이러한 소식을 듣고 이에 참가하니 양몽환은 비급을 탈취하는 소용돌이 속에 빠져들게 된다. 천룡방 방주의 딸 이창란, 팔창산 중의 신비여인 주약난이 앞뒤로 양몽환을 사랑하게 되고, 여기에 사매인 심하림까지 애정을 가지니 양몽환은 어쩔 줄 몰라한다.

일양자는 팔창산에서 순조롭게 『귀원비급』을 찾고, 무림 고수들은 이를 탈취할려고 하니, 비급을 얻었지만 다시 잃어버리고, 사매 혜진자는 이로 인해 중독이 된다. 결국 비급은 대각사 악승의 수중에 들어간

다. 주약란은 양몽환과의 인연으로 여러 차례 곤륜파를 도와 위험에서 빠져나올 수 있도록 돕지만, 결국 대각사 악승과의 싸움에서 상처를 입게 되는데, 양몽환은 그녀를 호송하여 괄창산에서 요양하도록 한다.

양몽환은 이전에 기련산에서 구도하는 중에 이창란의 문도 도옥을 알게 된다. 도옥은 심하림이 자신과 애정이 멀어진 것을 양몽환 때문이라 생각하고, 질투한다. 이때 양몽환이 기연을 얻어 무공에 진전이 생기고, 도옥은 양몽환을 제거하고자 결심한다. 양몽환은 이미 반년 동안 곤륜산에 돌아오지 않았다. 그는 원래 주약란과 헤어진 후 길 위에서 이요홍을 구해주다가 아미파와 충돌이 일어난 것이다. 이요홍은 천룡방 중 고수를 인솔하고 와서 그를 도왔으나, 양몽환은 이미 몸에 중상을 입게 된 것이다. 당시 도옥은 그 기회를 이용하여 독수를 가해 더 큰 상처를 입혔고, 주약란도 그를 구할 수 없을 처지로 만들어 놓는다.

주약란은 양몽환을 구하기 위해 천룡방과 각대 문파가 서로 탈취하고자 하는 만년화귀를 다투는 싸움 속으로 들어간다. 어렵게 만년화귀를 잡았으나 사부 조해평이 이를 탈취해간다. 이에 주약란은 괄창산에 가서 사부에게 부탁한다. 그 가운데에서 우연히 자신의 신세와 『귀원비급』이 어떻게 되었는지를 알게 된다. 바로 『귀원비급』의 진본은 이미 조해평이 얻었으며, 지금은 그의 딸 조소접의 수중에 있다는 것이다. 당시 조소접은 자신의 신세 문제로 이미 괄창산으로 찾아오고, 『귀원비급』의 전문을 이해하여 이를 가지고 양몽환의 상세를 치료한다. 군웅들이 그녀의 수중에 『귀원비급』이 있다는 것을 알고는 다시 괄창산으로 모여 다시 한번 싸움을 벌인다. 도옥은 양몽환을 해하지 못하자, 도리어 사매 이요홍을 실신시키고, 팔을 자르지만, 자신도 『귀원비급』을 따라서 낭떠러지 아래로 떨어져, 종적을 알 수 없게 된다. 천룡방과 각대 문파의 싸움으로 서로 원수를 지게 되고, 이로서 비검의 약속을 하고 헤어진다.

『비연경룡』 번역본 『비연』 케이스 표지

주약란은 비록 깊이 양몽환을 사랑하지만, 다시 복잡한 사랑의 굴레에 빠져들기를 거부하고, 조소접을 도와 양몽환이 『귀원비급』 상의 무공을 익힐 수 있도록 도와준다. 무공을 익힌 양몽환은 무림대회에서 용맹을 발휘하고, 천룡방과 구대문파간의 분쟁을 해결한다. 그리고 심하림, 이요홍 등과 연을 맺는 것으로 대단원의 막을 맺는다.[9]

위 『비연경룡』의 이야기 전개는 남녀 간의 애정을 절묘하게 묘사해내고 있으며, 적절히 배치된 기연 등이 대만 독자들의 사랑을 받기에 충분하다고 생각된다. 『귀원비급』이라는 무림기서가 풍파를 일으키는 전개

9 본 『비연경룡』의 소개는 美格騰 好讀網站 <http://www.megaton.com.tw/>에 소개되어 있는 자료를 번역한 것이다.

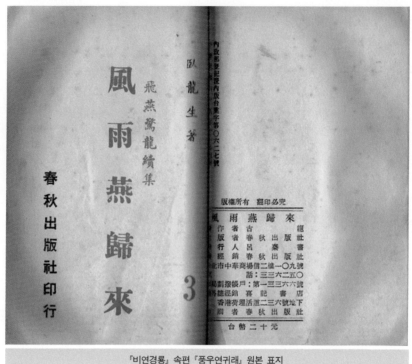

『비연경룡』 속편 『풍우연귀래』 원본 표지

라든지, 앞서도 서술하였지만 구대문파 간의 쟁투 등등이 후일 무협소설 소재에 많은 영향을 미친 작품이라 평가된다.

　『비연경룡』의 속편으로 『풍우연귀래風雨燕歸來』가 1965년 발간되었는데, 우리나라에서는 1967년 『비룡』을 번역했던 왕일천王日天이 경지사에서 『비연』이라는 제목으로 출간한다. 1987년 『비연飛燕』은 다시 『비룡검飛龍劍』이라 하여 재간된다. 주약란의 공격을 받아 『귀원비급』을 품에 안고 절벽으로 떨어졌던 도옥이 다시 돌아오면서 소용돌이에 휘말리는 강호를 그렸다.

中國武俠文學의 一大凱歌!

雄劍誌

臥龍生 著／朴鍾健 訳

中國武俠小說의 第一人者 臥龍生의 快著！
七俗的인 句수한 文章의 名手, 情劍誌의 足着가
얽어대는 奇情, 義俠, 冒險의 世界.

와룡생 『천향표』 번역본 『웅검지』 표지

　와룡생 이후 등장한 수많은 한국 무협소설 중에서도 무림비급의 쟁투, 구대문파 간의 쟁투가 거의 등장하는 이야기 소재가 된 것을 보면 와룡생 『비연경룡』이 한국 무협소설에도 많은 영향을 끼쳤음을 확인할 수 있다. 그의 작품속에 등장하는 주인공 이름이 작고한 무협만화의 대가 이재학의 작품, 『촉산객』·『검신검귀』 등에 차용된 것을 보면, 한국 무협소설뿐만 아니라 무협만화에도 깊은 영향을 주었다. 홍콩에서는 『비연경룡』이라는 제목이 아니라 『선학신침仙鶴神針』으로 공개되었는데, 우리나라에 여주인공 주약란에 매염방이 주연한 <선학신침>이라는 영화로 다시 알려지기도 했다.

3. 『웅검지』

　　『웅검지雄劍誌』는 와룡생이 1961년 춘추출판사에서 출간한 무협소설로 박종건朴鍾健 역으로 1969년 한진출판사에서 펴냈다. 원 제목은 『천향표天香颿』로 대만의 『공론보公論報』에 연재한 것이라 한다. 웹사이트 <와룡생 사랑>에서는 다음과 같이 『웅검지』를 소개하고 있다. "천향표는 무협기서武俠奇書라 할 수 있으며 그 전의 무협과 크게 다르다. 특히 후반부가 빛난다. 전반부는 냉면염라冷面閻羅 호백령胡柏齡이 사邪를 버리고 정正으로 돌아선 후, 절세무공을 발휘해 천하 녹림맹주綠林盟主가 된다. 후반부는 호백령의 첩인 곡한향谷寒香이 장부를 잃은 충격에 성정性情이 크게 변해 복수를 맹세하면서 전개된다."[10]

　　위 설명과 같이 『웅검지』는 전반부와 후반부의 작가가 다른데 전반부는 와룡생이 썼지만 후반부는 역용易容이 대필한 것이다. 『웅검지』의 줄거리는 다음과 같다.

　　　　강북 육성의 녹림도의 총표파자 냉면염라 호백령은 처음에는 사람을 마구 죽이는 흑도인물이었으나 후에 온순하고 선량한 아내 곡한향과 결혼한 이후, 부인의 영향으로 강호를 떠나 마음을 바로 잡고 호인으로 거듭난다.

　　　　이후 일부 녹림인물들이 긍산(恆山)에서 무림대회를 열어 맹주를 선출하고, 무림 각대 문파와 대항한다는 소리를 듣고, 녹림을 개혁하기로 결심하고 이에 참가를 한다. 이 과정에서 의자 백령을 구하고, 동시에 기물 '문심자(問心子)'를 얻게 된다. 이후 그는 긍산의 무림대회에서 기

---

　10 와룡생 사랑 <http://www.joongmoo.com> 참조.

예를 펼쳐 군웅들을 압도, 종일호(鍾一豪), 여역락(余亦樂) 2인과 연합하여 무림대회를 연 라부일수 곽원가 및 영남이기 수혼수 파천의 등을 물리쳤을 뿐만 아니라, 그들의 음모를 파혜쳐 녹림맹주의 자리에 오른다. 그는 녹림 중에서 명성을 얻고, 미종곡에 총부를 건립하여, 이후 흑백양도(黑白兩道)의 분쟁을 종식시키기 위해, 녹림(綠林)인들에게 사대계률(四大戒律)을 제정하여 악행을 하지 않도록 하게 한다. 하지만 정파인사들과의 오해로 의형인 신편비준 만효광이 무당 자양도장에 의해 살해당한다.

좋은 일이 오래가지 않듯이 일부 흑도인들은 그의 처분에 불만을 가지게 되고, 정파 인물들도 그를 이해하지 못한 이들이 있었다. 여기에 풍추(酆秋), 귀노수한, 인마오독, 독화성전 등 노마두들이 그의 이름을 빌려 낙안곡에 정파인사들을 불러놓고 일망타진하려는 계획을 세운다. 호백령이 이를 알게 된 이후 그 속에 잠입하여 마지막에 노마두들의 음모를 밝혀내지만, 그 자신은 소림, 무당들의 정파인사에 의해 살해당한다.

호백령의 사망 이후 그의 자리는 다른 사람이 차지해 버린다. 처 곡한향이 이런 처기에 당하자, 하늘에 남편의 복수를 다짐하는데, 이로부터 온유하며 선량한 사람이 변하여 수단을 가리지 않고 복수를 결심하는 다른 사람으로 변하게 된다. 그녀는 홍화공주로 청하며, 아름답지만 잔혹한 성격을 가진 인물로 탈바꿈한다. 동시에 무공을 배워 살부의 원수를 갚기 위해 노력한다. 이후 절동의 천태만화궁에 포로로 잡히게 되고, 이로부터 독안괴인 동공상을 만나게 되자, 그녀는 거짓으로 그에게 결혼하겠다고 하고, 그의 도움으로 짧은 시간 동안 고수가 된다. 무공 성취 이후 그녀는 동공상을 살패하고 다시 강호로 나선다.

곡한향은 다시 미종곡으로 돌아와 이수이기를 물리치고, 녹림맹주의 자리를 다시 탈취한다. 그리고 아울러 흑풍협으로 가서 음수일마가 연단한 독약 '향심로(向心露)'을 빼앗아 이로 흑도의 고수를 조정하려고 한다. 음수일마과의 싸움에서 그를 제압하지는 못하였지만, '향심로'를 얻게 된다. 다시 돌아오는 과정에서 '문심자'를 탈취해 갔던 천지노괴 방사충(龐土沖)을 만나게 되고, 다시 무림 정파인물들과 충돌한다. 이 과정에서 이들을 물리치고, 무당파의 백양도장을 사로잡는다. 하지만 다시 미종곡이 풍추에 의해서 점거당하자, 거짓으로 연석을 만들어, 성공적으로 풍추를 사로잡는다.

그 후 곡한향은 문심자가 바로 선배 무림 고수인 삼묘서생이 남긴 유물임을 알게 되고, 만약 그 안에 담겨있는 비밀을 찾아낸다면 삼묘서생의 보물을 얻게 될 것임도 알게 된다. 삼묘서생은 무공이 아주 높을뿐더러 잡학에도 아주 능통하였다. 복수를 위해 소림사 천각대사에게 한서도(寒犀刀)를 빌려 문심자를 연 후 다시 천태만화궁에서 삼묘서생의 유물을 찾아낸다. 이 과정에서 귀노수한, 인마오독, 독화성전의 음해를 당했지만, 그는 극적으로 위험을 탈출하여 묘수서생의 문심재 진입에 성공한다 .그곳에서 그녀는 친히 160여 세가 넘은 삼묘서생을 만났을 뿐더러 그에게 무공을 전수받기도 한다. 그리하여 더욱 강한 무공 고수가 되는데, 삼묘서생에게 곡한향은 그의 무공을 배우고 평생 4명의 사람만 살해하겠다는 약속을 한다.

곡한향은 이후 여러 사람의 도움으로 곤란한 처지에서 벗어난다. 이 때 천태산에는 이미 많은 정파 및 녹림의 인물들이 모여, 서로 일촉즉발의 전투 직전에 당면하고 있었다. 곡한향은 여기서 삼묘서생과의 약속을 위해 흑도의 노마두 및 정파 고수들을 서로 싸우게 하여 다치거나 상하게 한다. 곡한향은 무당파의 자양과 금양도장을 살해하였으나, 잘못하여 기명 사부인 천명대사를 살해한다. 전투의 마지막에 결국 곡한향 스스로 자살을 택하고, 이로서 4명을 살해하겠다는 약속을 지킨다.[11]

---

11 본 『천향표』의 소개는 美格騰 好讀網站 <http://www.megaton.com.tw/>에 소개되어 있는 자료를 번역한 것이다.

위에서 제시한 『웅검지』의 내용을 보면 전반부에서는 호백령이 녹림맹주가 되고, 사망하는 부분까지, 그리고 후반부에서는 호백령의 처 곡한향이 살부원수를 갚는 내용까지가 묘사된다. 중국 대만의 무협소설 중에는 이와같이 전후반을 서로 다른 필자가 집필하는 경우가 종종 보인다. 와룡생의 다른 무협소설에서도 이러한 경우가 보인다. 후반부를 집필한 역용의 본명은 노작림盧作霖으로 1940년 호북에서 태어났다. 그는 정대 중문과를 졸업하고, 1965년 역용을 필명으로 『왕자지검王子之劍』을 출판하면서, 무협소설계에 입문하였는데, 그 문장이 김용과 비견될 수 있을 만큼 높은 수준이라 하나, 남긴 작품이 극히 적다고 한다. 전하는 바에 따르면, 1961년 역용이 대학 4학년 때 와룡생이 바로 왕성한 창작활동을 보이고 있을 시기, 역용에게 부탁하여 그 대략적인 내용을 전하여, 소설을 완성하게 하였다고 한다. 섭홍생은 위 문장에서 와룡생과 역용의 결합이 대필작가들이 참여한 무협소설의 격이 비교적 높지 않은 것과는 달리 매우 성공적인 결합이었음을 언급하고 있다.

『웅검지』는 후반부 내용에서 주인공이 남성에서 여성으로 전이되는 매우 독특한 구조를 하고 있음도 주목할 만하다. 와룡생 무협소설에서 남성보다 여성이 보다 지혜롭고, 현명한 능력을 지니고 있는 것과 맥이 상통한다.

4. 『금검지』

1971년 박광일朴光壹의 번역으로 출판된 『금검지金劍誌』는 와룡생臥龍生의 『금검조령金劍雕翎』 및 『악소채岳小釵』를 함께 번역하여 한질로 구성한 것이다. 『금검지』도 많은 사랑을 받은 와룡생의 무협소설로서 여러 번

와룡생 『금검조령』 원본 표지

출간되었다.[12]

『금검지』는 순박한 소년 소령이 어려운 고비를 겪고 일대 협객이 되는 과정을 그린 소설이다. 와룡생 무협소설 중에서 가장 장편으로 기록되고 있는 『금검지』의 줄거리를 살펴본다.

소령은 선천적으로 삼음절맥증(三陰絶脈症)을 앓고 있었다. 그는 우연한 기회에 중상을 입은 악운고(岳云姑)를 구하게 되는데, 악운고는 그의 마음이 선량한 것을 알고, 소령에게 내공심법을 전한다. 후일 악소채(岳小釵)는 모친을 찾아다니다 소령을 만나게 되고, 그에게 감사함을 표한다. 그러나 악운고는 상처로 인해 세상을 떠나게 되고, 소령과 악소채는 함께 악운고의 유구를 고향으로 운송한다. 어렵고 힘든 여정 속에서 두 사람은 서로에게 순수한 사랑을 느낀다. 이후 적들의 암습을 받고 대항하는 중에 서로 헤어진다. 악소채와 소령이 헤어진 후 모든 공력을 들여 무공을 연마한다. 소령은 난폭한 유금령(柳金鈴)에게 구원을 받지만, 끊임없이 괴롭힘을 당하게 되고, 나중에는 유금령에 의해 실수로 절벽에서 떨어진다. 소령은 화가 복이 되어, 우거곡(寓居谷) 아래에 있던 삼성(三皇)이 그를

---

12 朴光壹 역, 『金劍誌』(향우사, 1971), 20卷; 朴光壹 역, 『金劍誌』(도서출판 홍문, 1980), 20卷; 박광일 역, 『大風』(향지사, 1987), 15권; 박광일 역, 『大風』(성도문화사, 1989), 15권; 임영진 역, 『원본금검지』(한아름, 1993), 12권.

번역소설 『금검지』[13]와 『대풍』의 표지

제자로 받아들이는 기연을 얻는다.

6년 후 소령은 다시 강호로 나선다. 강호 물정에 밝지 못한 소령은 길을 잘못들어, 주조룡(周兆龍)에 의해 백화산장(百花山庄)으로 들어가 심목풍(沈木風)과 결배(結拜)하게 되는데, 이로 백화산장의 삼장주(三庄主)가 된다. 심목풍은 사마풍이 무당파에 의해서 용모가 훼손된 후 이름을 바꾼 것으로, 무력으로 중인들을 정복하여 천하를 손에 넣으려고 한다. 그는 이를 위해서 모든 악독한 수단을 모두 동원하는데, 이러한 그의 행동이 정파 인사들의 반대에 부딪치게 된다. 악소채가 소령의 소식을 듣고 그를 찾아 나서는데, 공교롭게도 원수 심목풍을 만나고, 백성들을 위해 해를 제거하고, 정의를 실현하겠다고 맹세한다. 총명하고 활발한

와룡생 이름을 사용한 무협소설의 예: 이랑의 『소사신』 계열 3부작

백리빙(百里冰)은 소령을 보고 첫눈에 반하여, 여러 차례 소령이 위기에 있을 때 나타나 그를 위해 자신의 생명까지 아까워하지 않으며, 그를 돕는다. 그러나 그녀는 소령 신변의 여자들에게 강한 적의를 품는다. 이로서 적지 않은 문제가 발생한다.

　백운산장 소년 장주 주장준(主張俊)은 악소채의 동문사형인데, 악소채에 대한 연정을 한번도 감히 밖으로 내보인적이 없었는데, 표제(表弟)인 남옥당(藍玉棠)에게 이용당하여 큰 화를 입을 뻔 한다. 그 또한 소령에 대해 적의를 가진다. 후에 악소채, 백리빙 등 사람들의 도움 아래에서 소령은 자신의 인품과 무덕으로 중인들의 존경을 받아 무림맹주 자리에 오른다. 그는 악소채, 백리빙 등의 사람들과 함께, 심목풍을 두령으로 하는 사악한 방파와 금궁내에서 지혜와 용기를 다투는데, 결국 소령은 금궁에 갇히게 된다. 금궁에서 소령은 장방과 알게 되고, 장방

---

13 <중국무협소설동호회> 로穎님의 소장 자료 중 <중무 관련사진>란에 올려져 있는 자료이다.

은 일진 절기를 소령에게 전수하여 소령의 공력은 크게 증가한다.

　정파 인사들이 소령이 이미 금궁에서 사망한 것으로 알고, 회의를 개최하여 추도하고자 하였는데, 심목풍이 기회를 잡아 급습한다. 이 위기의 순간 소령이 출현하여 심목풍을 무찌른다. 장준은 소령의 도움으로 금궁으로 들어가 부친 장방을 만난다. 장방은 자신의 절예를 아들에게 전수하였으나, 집으로 돌아가는 것을 거절하니, 장준의 비상함은 그칠 줄 몰랐다.

　마지막으로 정의와 사악한 무리의 대전 중에서 심목풍은 소령에 의해 패배 당한다. 악소채는 소령의 도움으로 끝내 복수를 한다. 소령은 계속해서 정의의 기치아래 천하 창생의 행복을 위해 노력한다.[14]

　와룡생 무협소설의 특징으로 들 수 있는 것이 바로 이와 같은 남녀 간의 애정 묘사에 있으며, 특히 여성의 심리 묘사에 탁월하다는 평을 받고 있다. 『금검지』에서 보이는 소령과 악소채의 감정교류 등이 대표적인 예라 할 수 있다.

　앞의 와룡생 무협소설 표에서 볼 수 있듯이 와룡생 무협은 우리나라에 꾸준히 번역되어 사랑을 받았음을 알 수 있다. 하지만 와룡생의 1970년대 이후 무협소설의 번역은 거의 없다고 해도 과언이 아니다. 그것은 대본소용으로 제작되어 현재 실물조차 찾아볼 수 없게 된 탓도 있지만, 뒤에서 더 언급하겠지만 와룡생의 작품이 아닌 것을 그의 이름을 도용하여 발표한 국내 무협소설 출판사들의 책임이 더 크다. 와룡생은 1960년대부터 1980년대까지 꾸준히 무협소설을 발표했지만 우리나라의 독자

---

14 본 『금검지』의 줄거리는 최근 중국에서 인기리에 방영된 드라마 <금검조령>의 줄거리를 인용한 것이다. 아래 중국 인터넷 사이트를 참조하였음. <http://www.hnetv.com/2004movie/tv/215jjdl/jq.htm>.

들은 그가 소설을 발표하는 기간보다 더 앞서서 그의 소설을 기다린 것이다.

5. 기타 와룡생 무협소설

1) 『의협지義俠誌』

와룡생 『의협지』 박스디자인

와룡생臥龍生의 『철적신검鐵笛神劍』은 1959년 대만 진선미眞善美출판사에서 발간된 것인데 원래 대만의 『상해일보上海日報』에 연재된 것이라 한다. 우리나라에서는 1967년 김수국金修國 역으로 유문출판사有文出版社에서 『의협지』로 발간되었다. 이를 필두로 1968년 희문사希文社에서 이상기李相基 역으로 다시 출간되었고, 그 다음해 1969년 원제목으로 바꾸어 송문宋文 역으로 인문사仁文社에서 다시 낸 바 있다. 유문출판사판 『의협지』의 역자 서문을 인용해 본다.

이 소설은 첫째 와룡생의 다른 작품들에 비해서 가장 짧은 소설이다. 따라서 작자는 다른 장편의 무협소설들 속에서 보인 중언 부언의 지루함과 플로트의 산만을 제거하고 진박감이 넘치는 무협기담의 백미를 이 소설 속에 담고 있다. 전 무예계를 자기 손아귀에 넣으려는 절세미녀 모유향과 불심도주 애정무, 살부지수를 찾아 해매는 복수의 화신 부옥기, 부혜 남매, 무예계 당대 제일인자인 천우서생, 황산삼우의 후계자 나을진, 정심도고, 천하명의 육천림, 군협지에도 나오는 소림사의

와룡생 『의협지』 표지

장문 굉인대사, 수십년만에 무예계의 안위를 위해서 속세에 나온 굉보
대사……. 기타 등등 인물들이 무예계의 기보인 삼부보록인 영사보록,
신용보록, 비호보록을 찾아 헤매면서 얽히고설킨 인과관계를 차분 차
분히 풀어 헤친 와룡생의 솜씨는 과연 대가답다. 이 소설이『향항일보』
연재시에 가장 많은 호평과 절찬을 받은 이유도 여기에 있는 것이다.[15]

2) 『무명소』

와룡생의 『무명소無名簫』는 1961년 대만의 진선미출판사에서 발간되기

---

15 와룡생 원작, 김수국 역편, 「역자서문」, 『義俠誌』(유문출판사, 1967), 3권.

시작하였다. 원래 『대화만보大華晚報』에서 1961년도에 발표되기 시작해서 1964년 종료된 무협소설이라 한다. 우리나라에서는 유문출판사有文出版社 판으로 1969년 김수국金修國 역으로 발간되었고, 강호康湖 역으로 1993년, 금강金剛 역으로 1999년에 재 발간되었다.

그 줄거리를 잠시 살펴보자.

중원 18만 리를 장악하려는 청색도포를 입고 얼굴에 인피가면을 둘러 쓴

와룡생 『무명소』 합정본(위). 초판(아래) 표지

와룡생 『무명소』 재판 번역본 표지들

곤룡왕은 무공과 지략이 뛰어나, 중원을 장악하고자 흉계를 꾸민다. 주인공 상관기는 그의 사제 원효와 함께 강호의 영웅들과 손잡고 이에 대항한다. 그러나 함께 싸우던 지략사 제갈량을 닮은 신재 당선의 죽음으로 그 싸움은 혼란 속에 빠지는데, 당선은 죽으면서도 곤룡왕을 죽음으로 빠지게 하는 비상한 술법을 남긴다. 이에 곤룡왕의 의녀였던 연설교와 함께 상관기와 원효는 다시 곤룡왕에게 대항한다. 당선의 무덤 속으로 들어간 곤룡왕은 중상을 입고, 무덤에서 나오지만 중원고수들의 협공으로 결국 죽음을 맞이하게 된다.

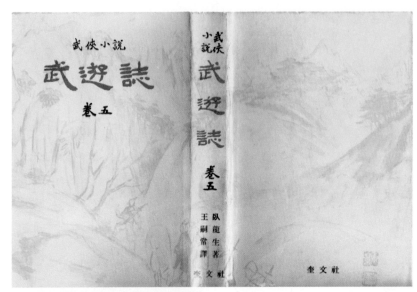

와룡생 『무유지』와 『소설 군웅지』, 『무유대전』 표지

3) 『무유지』

『무유지武遊誌』는 대만 『성주일보星洲日報』에 연재하던 「강설현상絳雪玄霜」을 1963년 대만의 춘추출판사에서 출간한 것을 번역한 것이다. 대만의 『강설현상』도 우리나라에서 상당히 많이 재판된 무협소설의 하나이다.[16] 다음 『무유지』 서문을 인용하여 살펴보자.

> 이 소설의 주인공 '方兆南'은 義와 勇과 技를 지닌 稀代의 行動人이다. 저녁노을이 붉게 물들은 大平原 저쪽으로 말을 달리며 사라지는 저 西部活劇의 주인공들이 보여주는 그 멋과도 좀더 다른 것을 지니고 있다. 이 소설의 주인공은 非情 一邊倒의 武術人이 아니라, 破邪顯正을 위해, 江湖鎭撫를 위해, 때로는 눈물마저 아끼지 않는 東洋人다운 俠氣를 지닌 武功人이다. 이 주인공을 둘러싼 수많은 當代 武藝人들과 紅脣佳人들이 자아내는 變幻莫測한 一大 파노라마는 읽는 사람으로 하여금 어느덧 別天地에 노닐게 하며 그 속에서 義와 勇과 信이 보여주는 痛快感을 滿喫토록 하는 것이다.[17]

『무유지』는 무림최고의 기인 '혈왕 나현'의 '혈지도'를 둘러싼 무림의 분쟁 속에서 명악악주가 꾸민 흉계, 즉 소림파를 비롯한 무림정파의 고수를 불러들여 몰살하는 계획을 나현의 무공과 소림사의 무공을 익힌 방조남이 명악파의 꼭두각시가 된 무림의 고수들과 소림사에서 혈전을

---

16 王嗣常 역, 『武遊誌』(奎文社, 1967), 5卷; 王嗣常 역, 『武遊誌』(대한출판사, 1968), 5卷; 王嗣常 역, 『武遊誌』(奎文社, 1977); 장충 역, 『群雄門』(영한문화사, 1986); 장충 역, 『群雄門』(웅지, 1987), 4권; 王嗣常 역, 『群雄門』(국태원, 1993), 8권; 강호 역, 『武遊大典』(독서당, 1993), 7권.
17 와룡생 저, 왕사상 역, 「서문」, 『武遊誌』(규문사, 1967).

벌여 격퇴한다는 이야기 구성을 하고 있다.

4) 『야적』

『야적夜笛』은 1963년 대만 진선미출판사의 와룡생 『소수겁』을 1968년 규문사奎文社에서 왕사상 번역으로 출간한 것이다. 초판은 『공론보公論報』에서 197집으로 연재되었다고 한다. 우리나라에서는 1987년에 카나리아에서 다시 『천룡기天龍記』라는 제목으로 재출간되었는데, 당시에도 좋은 반응을 얻었다.

번역본 초판 역자 왕사상에 따르면 『소수겁』은 와룡생의 무협소설 집필 12주년을 기념하기 위해서 집필된 것이라 한다. 이에 따르면 와룡생이 무협소설을 1951년에 처음 집필한 것으로 되어 있으나 첫 작품이 1957년에 나온 것으로 보아 잘못된 설명인 것 같다. 『야적』은 추리무협 기법을 도입하여 많은 흥미를 유발하였다. 후반부를 『천향표』의 대필작가 역용이 마무리하였다고 한다. 내용을 간략하게 살펴본다.

『야적』의 한국 출판본 초판 삽화

중원사군자는 매년 고산 정상에서 모임을 갖고, 새로운 무공에 대해서 토론한다. 그러나 금년에 네 명이 정상에 갔지만 소식이 단절된다. 이를 이상히 여긴 제자들이 산에 오르자,

와룡생 『야적』 재판 『천룡기』, 『야적』의 표지

사부가 산정상에 정좌하고 있지만 모두 사망한 이후였다. 사망 원인을 조사하기 위해 남궁세가를 찾은 무림고수들은 수정경과 옥오공을 빌려 사인을 밝혔는데, 모두 중독되어 사망하였다는 것이다. 남궁세가의 사람들은 사대째 주인이 살해당하거나 행방불명이 되어 과부들만 살고 있었고, 이 한을 풀기 위한 남궁가 노부인이 파놓은 함정에 빠져 무림고수들은 죽지도 살지도 않은 산송장이 되어 관속으로 들어가게 된다.

임무심(林無心)은 이 비밀을 밝히기 위해 노력한다. 이에 남궁세가의 노부인은 공포의 숨겨둔 무기인 '난고'라는 여인을 피리로 조종하여 임무심을 무력화한다. 임무심은 4대 과부인 전수령을 설득하여 함께 자신의 사부에게 도움을 청하기 위해 사곡(死谷)으로 간다. 결국 남궁부인은 천심신노장 아래에 무공을 잃고 검에 찔려 사망한다.[18]

와룡생 『천룡갑』의 대륙판 및 한국판 표지

5) 『천룡갑』

와룡생의 1978년 작 무협소설이다. 국내에서는 박영창의 번역으로 1990년 와룡생 협의추리소설 『소설 잠행기小說 潛行記』로 발간되었다. 1977 년에서 1980년까지 대만 『중앙일보中央日報』에서 『천룡갑天龍甲』으로 발표 된 이 무협소설은 『옥녀천룡갑玉女天龍甲』이라고도 하는데, 장선기와 활인총의 결투를 그 줄거리로 하고 있다. 천룡갑天龍甲이라는 기물이 등장하

---

18 본 『소수겁』의 소개는 美格騰 好讀網站 <http://www.megaton.com.tw/>에 소개되어 있는 자료 및 <중국무협소설동호회> 옥소님 정리 <中武 작품정보> 중 『소수겁』 내용을 참조하여 정리하였음.

와룡생의 『쌍봉기』 초판 표지와 번역본 『쌍봉기』, 『금봉문』(아래) 표지

고, 와룡생 특유의 강인한 여성 묘사
가 두드러지는 수작이다. 와룡생의
작품 중에서 1970년대 작품으로 『비
룡』 즉, 『무당검파』 및 『취수옥환翠袖
玉環』과 함께 번역되었다.

6) 『쌍봉기』

『쌍봉기雙鳳旗』는 1965년 대만의 남
기南琪출판사에서 발간한 와룡생의 무

협소설이다. 1965년에서 1968년까지 『대만신문臺灣新聞』에서 오랫동안 연재된 장편 무협소설이다. 우리나라에서는 1969년 향우사에서 송문의 번역으로 출간되었다. 『쌍봉기』도 다른 와룡생의 무협소설과 같이 최근까지도 계속적으로 재간되어 많은 사랑을 받고 있다.[19] 1987년 영한문화사에서 진유성陳有成의 번역으로 출간될 때 『금봉문金鳳門』이라는 소설 속의 문파 이름을 제목으로 한 것을 제외하고는 모두 『쌍봉기』라는 원명을 사용했다. 아래 줄거리를 제시한다.

> 원표국(遠鏢局) 총표두 왕자방(王子方)은 장안성에서 암표를 잃어버리고, 조가보(趙家堡) 주인인 조천소(趙天霄)에게 도움을 청한다. 조천소는 두명의 결의 형제를 불러와 백마보(白馬堡) 소주인 전문수(田文秀)와 함께 계획을 의논한다. 용가아(容哥兒)는 모친의 명을 받고, 협조를 하는데, 이는 왕자방 당년의 구명지은을 갚기 위한 것이다. 조사를 진행하는 중에 명기 수영영(水盈盈)이 그들을 향하여, 무림 중의 신비 방파인 만상문(萬上門)이 암표를 탈취하였다는 정보를 준다. 수영영의 진정한 신분은 무림 중에서 일시를 풍미하는 금봉문(金鳳門)의 강이소저(江二小姐)로, 한번의 의외의 사건이후 다른 사람의 제어를 받아, 성격 분열이 일어난다. 비녀인 홍행은 수영영의 발병 후에 그녀의 모습으로 분장하여, 용가아, 개방방주 황심봉과 함께 수영영을 제어하는 삼공주와 만난다. 삼공주 양구매(楊九妹)는 무극노인(無極老人)의 의녀로, 암중에 수영영을 치료한다. 수영영은 신지를 회복한 후 책을 남기고 떠난다. 용가아와 황심봉은 수영영의 가서를 지니고 금봉곡에 이르러 가서를 강부

<hr>

19 송문의 「쌍봉기 서문」에 보면, 『쌍봉기』는 와룡생이 무협에 뜻을 두면서부터 구상을 한 작품이라고 하며, 1964년부터 『대만일보』에 4년이라는 긴 세월 동안 연재하였다고 한다. 그러나 『대만일보』는 『대만신문』의 오류로 보이며, 1964년도 1965년이 되어야 할 것으로 보인다. 와룡생 저, 송문 역, 『雙鳳旗』(향우사, 1969), 8권.

인에게 전해준다. 강부인은 그들을 관대하게 대하고, 아울러 명검을 주기까지 한다. 두사람은 금봉곡 중에서 또 얼굴에 병색이 가득하지만 총명한 강대고낭(江大姑娘) 강연하(江煙霞)를 만난다. 돌아오는 중에 용가아는 인연으로 만상문주를 만나고, 뒤에 삼공주 양구매의 수종으로 분장하여 무극노인도 만나는데, 무극노인의 수하인 칠대마검과 삼위공주와 앞뒤로 만상문주를 추적한다.

만상문주와 자청 일천군주라는 무극노인이 서로 만난 후 상대방의 신분을 알아차린다. 원래 만상문주는 일세를 풍미하였던 등옥룡(鄧玉龍)의 처 유약선(兪若仙)이고, 일천군주는 등옥룡의 많은 여인 중의 한사람 백낭자(白娘子)였다. 백낭자는 원본 일천군주가 중상을 입고 사망하자, 그의 명호를 계승하여, 독약을 사용하여 수하들을 제어함과 동시에, 각 대 문파에 독을 써, 무림인들이 해독을 할 수밖에 없도록 만들었다. 그후 그녀는 구명대회를 열어, 중독된 무림 인사들에게 해독약을 나누어 주어 전체 무림을 제어하려고 했던 것이다. 등부인은 백낭자 입으로 동옥룡은 금봉문의 강부인이 살해한 것이라는 사실을 듣는데, 그 이유는 등옥룡이 금봉문의 남주인에게 상처를 입혔기 때문이라 하고, 일천군주의 자리를 백낭자에게 주려고 했던 이가 바로 금봉문의 남주인(男主人)이었다. 용가아는 가슴 깊이 의심을 품고, 집으로 돌아갔는데, 등부인 유약선이 따라 오리라고는 생각지 못했다. 용부인은 용가아과 비녀 옥매에게 유약선과 함께 구명대회를 저지하도록 하고, 그들을 나중에 따라 간다. 용부인과 옥매는 구명대회에 들어가 조사하려고 하는데, 백낭자가 일천군주의 화신의 하나임을 알아낸다. 그리고 강연하, 용부인도 앞 뒤로 일천 군주의 화신으로 변했다. 이전에 알던 조천소, 전문수, 황심봉 등도 모두 독물의 제어를 받던 꼭두각시였고, 진정한 일천군주 뒤에 있던 주모자는 진원표국의 총표두 왕자방이었다. 금봉문의 두명의 여인은 해약을 구하고, 무림인사들이 생명의 위협을 받는 것을 없애기 위하여, 여러 곤란한 상황을 겪으며, 불구가 되지만, 이로부터 전 무림인의 존경을 받게 된다. 그들은 무림 중의 각대 문파의 무공요

결로 두 장의 깃발을 만들여 강연하와 수영영에게 각기 나누어 보관하게 하는데, 이를 쌍봉기라 하고, 그들 두 자매의 숭고한 지위를 상징하게 한다고 한다.

7)『취수옥환』

『취수옥환翠袖玉環』은 1971년 대만 춘추출판사에서 출간하기 시작한 와룡생 무협소설이다. 『대만일보』에서 1971년부터 연재하기 시작하였고, 잡지『무예武藝』에서도 연재되었다고 한다. 우리나라에서는『충의문』이라는 제목으로 비교적 늦게 1994년 동광출판사에서 발간되었다. 위 도표에서 세로본『취수옥환』이 발간된 것으로 되어 있으나, 필자가 확인하지는 못하였다. 와룡생 무협소설 열풍이 가신 뒤에 발간이 되어 그리 많은 독자들의 사랑을 받지는 못한 것으로 기억된다. 아래「와룡생 사랑」에 소개된『취수옥환』에 대한 감상평을 요약하여 줄거리를 제시하여 본다.

20년 간 협의도를 걸어 온 강동세가의 남천의가 환갑잔치에서 정사 양도의 고수들이 절세의 무술비급 금정단서와 천마령을 내 놓으라고 핍박을 하자, 초청받은 고수들에게 독을 써서 굴복을 시킨 후 강호제패를 기도한다. 그는 천도교를 조직하여 무당, 소림을 공격한다. 남천의의 외동딸 남가봉을 짝사랑하는 강효봉은 남소저를 보러왔다가 사건에 휘말려서 독수를 당하고, 소어추혼 방수매와 함께 남부를 탈출한다. 그들은 우연히 반세기, 설이랑 부부를 만나서 간신히 해독을 하고, 둘이서 의남매를 맺은 후 정대문파의 세력규합에 나선다. 처음에 반룡곡의 대회 때만 해도 정대문파 고수들은 인의대협의 시커먼 속셈을 믿지 못하고 반신반의하지만, 맹수의 발톱을 드러낸 남천의가 무당과 소림을 공격하자 정대문파인물들은 그제 서야 천도교의 강대한 세력을 맞아서 당황하게 된다.

이 사이에 남가봉의 약혼자 고문초는 사망하고, 강효봉은 인피가면을 쓰고 잠시 고문초의 행세를 하다가 남가봉의 사랑을 쉽게 얻는다. 이후 남소저는 남천의의 딸이 아니고, 남천의가 금정단서와 천마령의 필사본을 넘겨준 남부인을 암살한 것을 알게 된다. 복수에 눈이 어두워진 남소저는 남부인의 유서에 따라서 무산파를 접수하고, 강효봉을 잠시 냉대한다. 결국 남소저가 비급을 얻게 된다.

남천의가 십절독진으로 소림등 정파연합을 완전히 무너뜨리게 될 무렵 남부인이 그를 상대하려고 만들어 낸 일종의 강시격인 십이금차가 나타난다. 그러나 남부인의 수하인 옥랑군

와룡생 『취수옥환』의 번역본 『충의문』 표지

위강은 그녀가 죽었다는 걸 알자 강호제패의 야욕을 드러내고, 남가봉이 자신에게 몸을 바쳐야 십이금차를 지휘하여 남천의를 제거하겠다고 한다. 우여곡절 끝에 여주인공의 처녀성을 보호하려고, 엉뚱하게 소어추혼 방수매가 옥랑군 위강에게 순결한 몸을 바치고 나서 위강은 십이금차로 남천의를 상대하게 된다. 날로 무공이 고강해진 강효봉은 조왕호연소가 구해온 화리내단을 먹고, 홍사장을 연성하여 십이금차를 제어할 수 있게 되고 또 남부인의 유물인 취수옥환으로 십이금차를 몰아가서 생매장을 시킨다. 남천의와 위강은 악인답게 비참한 최후를 맞이한다.[20]

8) 『천애기』

1964년 대만 진선미출판사에서 와룡생의 『천애협려天涯俠侶』 및 『천마상의天馬霜衣』 두 작품을 합하여 발간한 무협소설이다. 우리나라에서는 1968년 김수국이 유문출판사에서 『천애기天涯記』라는 제목으로 발간하였는데, 1993년 권혁철이 국일문화사에서 다시 번역 출간하였다. 주인공 간의 애정 묘사가 매우 두드러지는 작품으로 와룡생 작품의 백미로 거론되기도 한다. <와룡생 사랑>에 제시된 대강의 줄거리를 인용한다.

> 매화문의 서문봉이 독검 백상과 함께 선현기서(先賢奇書)를 발견한 후 비급을 독차지하려다 독검 백상을 위시한 열여덟명의 고수들의 협공을 받아 죽고 20년이 지난 후 그의 딸 서문옥상이 나타나 복수를 하기 위하여 강호에 혈겁을 일으키는 것이 줄거리이다.
> 하지만 종국엔 검왕의 풍류로 인해 삼선자(三仙子)라고 불리우던 황산세가의 이부인, 풍엽곡(楓葉谷)의 임부인 그리고 백석향의 어머니인 우의도고 사이에서 일어난 치정, 불륜, 배반의 사건으로 드러나면서 사건의 원흉인 검왕이 자결하면서 끝난다.
> 남자 주인공 임한청은 삼선자의 둘째였던 풍엽곡(楓葉谷)의 임부인이 첫째였던 황산세가의 이부인과 검왕의 사랑을 갈취해 낳은 자식으로 드러난다. 여자 주인공인 백석향은 삼선자의 셋째였던 우의도고와 독검 백상과의 사이에서 태어난 것으로 밝혀진다. 혈풍을 몰고 온 서문옥상은 매화주인 서문봉의 부인 심소옥이 검왕과의 불륜으로 낳은 것

---

20 <와룡생 사랑>에 소개된 「[감상] 충의문(취수옥환)」(이태형)의 글을 참조하였음. 이글은 <[취선루]에 2002.09.22 naseanal님께서 올리신 글>이라 제시되어 있다.

와룡생 『천애기』 번역판 표지들[21]

으로 검왕에 의해 드러난다. 그런데 무림맹주 이중혜는 삼선자의 첫째
인 이부인이 황산세가의 이동양에게 시집와 낳은 딸인데 아버지가 누
구인지는 밝혀지지 않고 끝난다.[22]

유문출판사 『천애기』 「서」에 와룡생 무협소설의 특징에 대하여 역자
김수국이 평한 부분이 있어 인용해 본다. 이 평에 의하면 『천애기』는 바
로 와룡생 무협 문학 중 연정담戀情談으로 구분할 수 있을 것이다.

> 와룡생 무협 문학의 성격은 세 가지의 뚜렷한 유형으로 구분할 수 있
> 다. 첫째는 복수담으로써 개인 대 개인의 은원관계가 얼키고 설켜서 원
> 한을 사고, 원수를 갚고 은혜를 입고 입히는 인과응보가 이야기의 줄거
> 리를 이루는 것이다. 대표적 작품이 바로 『의협지』다. 둘째는 징악담으

---

21 앞 두 사진은 모 인터넷 경매에 출품되었던 것을 갈무리한 것이다.
22 <와룡생 사랑>에 소개된 『천애기』 소개의 글 참조

로써 개인 대 개인보다도 전 무림계의 주도권 쟁탈 및 그 안위에 초점을 두고 사건을 전개시키는 것이다. 대표적 작품이 『무명소』이다. 셋째는 연정담으로써 주인공인 '미남청년'을 가운데 두고 개인적인 비밀과 무술의 재간을 지닌 여러 미녀들이 그의 애정을 독점하기 위해서 수단과 방법을 가리지 않게 되는 것이다. 대표적 작품이 『천애기』다. 『천애기』는 자유중국 최대 일간지 『중앙일보』에 연재된 바 있으며 원제는 『천애협려』다.[23]

9) 『표화령』

1967년 와룡생이 춘추출판사에서 발표한 무협소설이다. 1971년 황보승의 번역으로 유문출판사에서 『표화령飄花令』으로 출간되었다. 1982년과 1992년 박우사에서 『무유지武遊誌』라 하여 정종국의 번역으로 다시 출간된다. 이는 앞서 소개한 와룡생 원작 제목인 『무유지』와 제목이 동일하여 혼란을 초래하고 있다.

『표화령』은 주인공 모용운생 부친 모용장청의 사망과 관련되어 강호를 패권을 차지하려는 삼성문과 표화령주인 양봉음 등이 서로 만들어가는 이야기로 되어 있다. 『표화령』에서 가장 뛰어난 인물은 표화령주 양봉음인데 뛰어난 지혜를 가지고 모용운생을 사랑하지만, 무림의 운명을 위해 삼성문의 대성주인 상무쌍과 혼약하고, 결국 모용운생과 이룰 수 없는 사랑을 택한다. 와룡생의 이러한 여성형은 우리나라에서는 번역되지 않지만, 『화봉花鳳』에서 여주인공 화봉의 성격과 연결될 수 있겠다. 주인공 전익을 사랑하지만, 무림을 위해 최가오崔家塢의 주인 최오봉과

---

23 臥龍生 著, 金修國 譯, 「서」, 『天涯記』(유문출판사, 1968).

결혼하게 되는 화봉의 성격과 일맥상통하는 부분
이 있어 보인다.

10) 『표기』

1969년 대만 춘추출판사에서 출간되었다. 우리
나라에서는 1974년 『표기標旗』라 하여 대흥출판사
에서 박종식의 번역으로 출간되었는데, 이후 김
용의 『대황하』라는 제목으로 1994년 이덕옥, 권
혁철 번역으로 발간되었다.[24]

<와룡생 사랑>에 소개된 간략한 줄거리는 다
음과 같다.

> 반룡표기가 나타나면 무림인은 누구나 한걸음
> 양보한다. 과거 표기의 주인이 천하무적이었기 때
> 문이다. 어느 날, 강호에 표기가 다시 나타나고 표
> 기 주인의 제자인 철몽추가 사부를 찾기 위해서
> 표기를 추적한다. 한편, 막대한 보물과 비급의 비
> 밀을 간직한 목양도를 손에 넣기 위해 고수들이
> 서로 충돌하여 무림이 혼란에 빠져든다.[25]

『표화령』 초판 케이스 표지 및 속지

---

24 와룡생 진본 무협소설도 독자들의 평가가 모두 좋은 것만은 아니었다. 1960년대 후반부
터 70년대 초반까지 손수레로 무협소설 대여업을 했던 한 분의 증언에 따르면 표기는
와룡생 작품 중에서 제일 떨어지는 작품이라 많은 사람들에게 실망을 주었다고 증언한
다. 하지만 『표기』를 좋아하는 무협소설 동호인도 많이 있는 만큼 『표기』에 대한 평가
는 단언할 수 없다.
25 <와룡생 사랑> 『표기』 소개 참조.

와룡생『표기』원본 및 번역판『대황하』초판 표지

11)『천검절도』

1964년 대만의 진선미출판사의 작품이다. 원래 대만의『자립만보自立晚報』에 연재하였다고 한다. 1969년 왕사상이 번역하여『무림천하武林天下』라는 제목으로 출간되었다. 왕사상의 번으로 1993년『생사교』로 국일문화사에서, 1994년 국태원에서 원명인『천검절도天劍絶刀』로 발간되었다. 아래 줄거리를 제시한다.

　　백학문의 문주인 좌감백이 무림의 공분을 사서 그 가족들과 함께 구

『무림천하』케이스 표지

대문파 및 온 천하의 적이 되어 수년 동안 쫓기는 것으로 이야기는 시
작된다. 좌감백은 최후의 선택으로 생사교(生死橋)로 향한다. 무림의 전
설적인 고수 건곤일검(乾坤一劍) 희동(姬洞)과 그의 맞수인 환우일도(環宇
一刀) 향오(向傲)만 건넜다는 생사교. 수많은 적들에게 공격을 당하며 생
사교 앞까지 왔지만 결국 가족들이 차례대로 죽는 것을 목격한 좌소백
은 허탈 상태에서 목숨을 걸고 생사교를 건너간다.

절망에서 벗어난 좌소백은 생사교를 건너간 별천지에서 희동과 향
오를 만나서 그들의 절기를 모두 물려 받는다. 이후 희동의 도움으로
좌소백은 다시 생사교를 건너서 중원으로 나온다. 그리고 우연히 만난
황영과 고광과 결의 형제를 맺고 피맺힌 원한에 대해서 깨어 나간다.

무림행을 하던 중 그는 소림의 사계대사 그리고 만량이란 좋은 선배

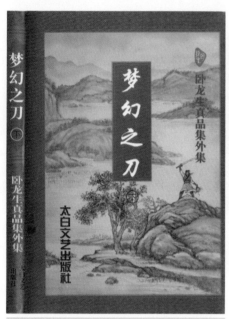

를 만나게 되고 범설군, 범설의란 자매를 만나서 금검맹이란 방파를 조직하여 무림을 정복하려는 정의 노인일당인 성궁신군과 대결해 나간다. 소림사로 향하는 길에서의 우여곡절 그리고 소림사에서 승려들과 대결, 그리고 대의 명분을 세우며, 사대문파의 새로운 장문인이 스승을 해친 성궁신군의 하수인임을 밝히고 성궁신군이 있는 곳으로 찾아가서 마지막 대결을 한다.[26]

와룡생의 유작 『몽환지도』 중국판 표지

12) 와룡생의 유작 『몽환지도』

와룡생의 유작은 『몽환지도梦幻之刀』이다. 와룡생이 심장병으로 사망할 때까지 연재하던 작품인 『몽환지도』는 기존의 작품 중에 사대포두가 등장하고 정소접이 총포두로서 활약하는 『여포두』 속편에 해당하는 작품으로 보아도 무리가 없을 것이다. 우리나라에는 번역되지 않았다.

와룡생은 『여포두』에서 여주지부의 독생여인 정소접이 총포두가 되어 사건을 해결하는 이야기를 썼다. 이야기를 살펴보자. 정소접이 어릴 때 사부를 따라 천산에 올라 10년 동안 무예를 익히고, 사부의 명을 받들어

---

26 <와룡생 사랑>에 소개된 「[강상문] 천검절도」(허혁령)의 글과 와사객의 줄거리 요약을 참고 인용함. 원문은 <취선루>에서 xugening이 2002년 10월 13일 올린 글이라 한다.

다시 여주로 돌아와 아버지를 도와 '옥패기안玉珮奇案'을 해결한다. 구룡 옥패는 백련교 대법사 상기가 빼앗아 간 것으로 상기의 무공은 매우 기이하고 높았으며, 요법을 펼칠 수 있었다. 그를 이길 수 있는 사람은 무림 기협 전장청田長靑이 있는데, 정소접이 자신의 경국지색의 미색을 이용하여 전장청을 출산하게 하고, 그녀를 도와 백련교 비밀 법당을 공격하여 요도들을 자진케 한다. 그리고 대법사 상기를 주살하고, 구룡옥패 안을 해결한 것이다. 이 공로로 그의 부친 정연당程硯堂은 형부상서로 승진하고, 정소접은 총포두가 된다. 정소접은 총포두가 된 후 연이어 '귀비지사'貴妃之死, '옥장청묘'玉掌靑苗 안案 등을 해결한다.

이러한 내용의 『총포두』의 뒤를 이어 와룡생은 『몽환지도』에서 '몽환지도' 안을 해결하는 정소접을 그리고자 했다. 『총포두』나 『몽환지도』 모두 60~70년대의 와룡생의 무협소설과는 다른 구성을 하고 있다. 무공을 익히는 기연이 나오는 것도 아니고, 주인공이 사건의 발생 주체와 전혀 관계없는 포두로서 난제를 해결하는 해결사로 여성을 등장시킨 것이다. 더군다나 『몽환지도』에서는 여주인공의 애정 문제를 다루고는 있지만 그것을 정면으로 부각시키지 않았고 4대포두 중의 두망월과 관심의 교환 정도에서 글을 마무리 한 것도 특이하다. 물론 『몽환지도』가 와룡생에 의해 후반부가 집필되지 않았기 때문에 와룡생의 의도가 어느 정도까지 반영된 것인지는 몰라도 확실히 그의 초기 무협과는 아주 많은 차이점을 보인다.

와룡생은 아직도 그 이름에 존재감이 느껴질 정도로 무협소설계에 비중 있는 작가로 인식되어 오고 있다. 비록 김광주가 현대 중국무협소설을 소개하여 붐을 일으켰다고 하더라도 그를 이어가면서 무협소설 동호인들을 많이 모은 작가가 바로 와룡생이라 할 수 있다. 와룡생 무협소설 중 번역되지 않은 많은 작품들이 남아있다. 현재 한국의 신무협이 발흥

와룡생의 대만 대본소 무협소설 초판본

하여 판타지무협으로 그 장르의 전환이 이루어지고, 정통 중국 무협소설 번역 소개가 거의 이루어지지 않고 있는 실정인데, 보다 고품질의 정통 중국 무협소설과 최신 중국 무협소설의 소개가 동시에 이루어져서 우리나라 창작 무협소설계에 신선한 충격이 되기를 기대해 본다.

11

대본소 무협의 등장 및
70년대 중국 번역무협

韓國武俠小說史

1960년대 이후 무협소설이 인기를 끌면서 번역무협의 꾸준한 생산과
독자수의 증가는 더 많은 무협소설을 보고 싶어 하는 독자들에게 싼 값
에 무협소설을 공급해야 하는 문제를 발생시킨다. 신문에서 연재하는 무
협소설의 양도 독자들의 요구를 다 만족시킬 수 없었다.

이러한 무협소설계의 고민은 당시 만화를 유통하던 만화가게의 유통
방식을 받아들이게 된다. 만화는 이미 만화가게를 통해 충분한 유통망을
가지고 유통되었기 때문에 대본소용 무협소설이 만들어져 공급되어 위
와 같은 고민을 해소할 수 있었다. 박영창은 「중국 무협지 번역의 역사」
에서 대본소 무협과 관련된 증언을 한다.

국내에서 최초로 만화방용으로 제작된 무협지는 『침사곡(浸沙谷)』과
『정검지(情劍誌)』라고 할 수 있다. 『정검지』는 사마령(司馬翎)의 『쾌검현

정기(掛劍懸情記)』를, 『침사곡』은 상관정(上官鼎)의 『고검영안』을 번역한 것이다.[1] 사마령의 작품은 『정검지』 외에도 『검기천환록(劍氣千幻錄)』, 『혈전검(血戰劍)』[원제 『검해응양(劍海鷹揚)』], 『검신』(劍神)[원제 『관락풍운록(關洛風雲錄)』], 『검웅』[원제 『검신전(劍神傳)』] 등이 있었고, 와룡생의 작품으로 소개되었다.[2]

이 증언에 따르자면 『침사곡』과 『정검지』가 대본소 무협소설의 시작인 것이다. 좌백은 「좌백의 무림기행(14) 80년대 한국 무협의 4대천왕」에서 대본소 무협소설에 대해 다음과 같이 언급한 바 있다.

최초의 대본소용 무협소설은 대만작가 상관정(上官鼎)의 『침사곡(浸沙谷)』으로 1972년의 일이었다. 대본소 유통은 제작비가 덜 들고 안정된 수익이 보장되며 다수의 책을 소화할 수 있다는 장점 때문에 대량의 무협소설이 번역되는 요인이 되었다. 그러나 이 시기의 무협소설들은 저자와 내용을 확신할 수 없고, 상당수 번안이었으며, 때로는 편저인 경우도 많았다. 편저라는 것은 이런저런 작품들에서 내용을 발췌해 짜깁기를 한 것을 말한다. 원작이 무엇인지 알 수 없게 되고, 이야기의 구조며 일관성 같은 것은 기대할 수 없게 된다. 거기에 성의 없는 번역과 번역할만한 우수한 작품이 떨어져 버렸기 때문에 독자들이 외면하는 상황이 왔다. 이때부터 창작 무협소설이 나타나기 시작했다.[3]

---

1 실제로 상관정의 『고검영안』은 『침사곡』의 재간명이므로 수정을 요한다. 본 내용은 중국 무협소설동호회의 옥소님이 지적해주신 것이다.
2 박영창, 「한국에서의 번역무협의 역사」, <http://www.newmurim.net> 및 박영창, 「중국 무협지 번역의 역사」, <http://joongmoo.com/trans.htm> 인용.
3 좌백, 「좌백의 武林紀行(14) 80년대 한국 무협의 4대천왕」, <http://www.etnews.co.kr/news>. 전자뉴스 사이트 참조.

1970년 이전 중국 무협소설 번역 현황

출판일	역서명	역자	출판사	원저자	원서명
1962	정협지	김광주	신태양사	위지문	검해고홍
1966	군협지	김일평	민중서관	와룡생	옥차맹
1967	흑룡전	김광주	민중서관	좌대장	고검음
	비호지	천세욱	불일출판사	와룡생	옥차맹
	의협지	김수국	유문출판사	와룡생	철적신검
	무유지	왕사상	규문사	와룡생	강설현상
	정검지	박종건	한진출판사	사마령	쾌검현정기
1968	호유기	김광주	삼신서적	고여풍	고불심등
	백골령[4]	송운산	대한출판사		
	정검지	박종건	인문사	사마령	쾌검현정기
	흑의괴인	사문국	인문사	사마령	
	금혼기	김수국	유문출판공사	사마령	
	침사곡	송문	인문사	상관정	침사곡
	비호	김광주	동화출판공사	심기운	
	무명소	김수국	유문출판사	와룡생	
	비룡	왕일천	경지사	와룡생	비연경룡
	야적	왕사상	규문사	와룡생	
	천애기	김수국	유문출판사	와룡생	천애협려
	의협지	이상기	희문사	와룡생	

사마령 『정검지』 표지

이치수의 「중국무협소설의 번역 현황과 그 영향」은 대본소 무협소설의 등장 시기를 확인해 볼 수 있는 <우리나라에 번역 소개된 중국무협소설 1962~1999> 표를 싣고 있다. 이 표에 의하면 『정검지』가 발간된 것이 1968년이고, 『침사곡』이 발간된 것도 1968년이다. 하지만 <중국무협소설동호회>의 「중무 작품소개」에 따르면 『정협지』는 초간 출판이 1967년이고, 『침사곡』은 1968년에 출간되었다.[5]

그러므로 앞 박영창과 좌백의 인용문에서 언급하는 바 1972년 『침사곡』이 최초의 대본소 무협소설이 되었다고 하는 것은 시간상 오류라고 할 수 있다. 아마도 1967~68년경이 되어야 한다.

1962년 1편, 1966년 1편, 1967년 5편, 1968년 12편이라는 무협소설 번역

---

4 와사객에 따르면 『백골령』은 松雲山 역, 『백골령』(白骨令)(대한출판사, 1969), 전 4卷으로 발간된 것이 정종국역, 와룡생저, 『불야성』(박우사, 1992), 전5권으로 재간된 것으로 보였으나, 1969년의 『백골령』은 원 사마령의 『백골령』이 주인공을 위천리로 하고 있는 것과 다르게 윤정한을 주인공으로 삼고 다른 내용을 담고 있다는 것이 확인되었다고 한다. 1992년 발간된 『불야성』의 주인공은 서천학이라고 한다. 이에 대한 고증이 앞으로 더 필요한 실정이다.

5 이 표는 이치수, 「중국무협소설의 번역 현황과 그 영향」, 『무협소설이란 무엇인가』(서울: 예림기획, 2001)에 수록된 「우리나라에 번역 소개된 중국무협소설(1962~1999)」을 참조하였지만, <중국무협소설동호회>의 옥소님과 무역환인님이 필자의 원고를 수정, 보충하여 주었다.

발간의 증가가 기하급수적인 것으로 보아도 1968년이 무협소설의 유통이 대본소 체제로 변환된 것을 증명해주는 것이라 볼 수 있다. 그렇다면 『정검지』가 1967년 발간되었다고 하더라도 1968년 출간된 『침사곡』이 처음 대본소에 발을 들여놓으며, 큰 인기를 얻었다고 할 수 있겠다. 이에 따라서 이미 발간되어 좋은 평을 받은 『정검지』도 후일 대본소에서 유통되었다고 보는 것이 대본소 입성의 선후를 가리는 것보다 합리적이라 할 수 있겠다.

진선미출판사의 초판 『침사곡』 표지

그렇다면 『침사곡』은 어떤 무협소설인가. 『침사곡』의 원자는 상관정인데, 상관정은 한 사람이 아니다. 섭홍생의 「少年英雄之死―論上官鼎『沈沙谷』之情天恨地」라는 문장에서 상관정에 대한 내용을 살펴볼 수 있다. 상관정은 유조여劉兆黎, 유조현劉兆玄, 유조개劉兆凱 삼형제의 공동 필명이다. 그 의미는 삼형제가 합동으로 삼족정립의 형세로 집필한다는 것이다. 실제로는 유조현이 중심 필자이고, 나머지는 이를 보조하여 글을 내었다고 한다. 유조현은 1943년 호남성 형양에서 태어났다. 그는 대대臺大 화학과를 졸업하고, 캐나다 토론토 대학에서 화학박사를 받은 인재이다. 일찍이 행정원 국가 과학위원회 부주위로 활동하였고, 청화대학 교장을 거쳐 1993년 교통부장을 역임한 바 있다고 한다. 유조현은 일찍이 고등학교 시절에 무협소설과 연을 맺어 고룡이 발표하던 『검독매향劍毒梅香』을 연이어

진선미출판사의 『침사곡』 재판앞뒷면 표지

대필하면서 무협소설계에 입문하였다고 한다. 그가 발표한 『침사곡』의 줄거리를 살펴보자.[6]

복파보의 반도 김인달이 계획을 꾸며 무림 각파가 천하제일을 다투는 성회를 열고, 새북에 위치한 침사곡에 남강 백고주라는 극독을 설치하여, 각파 고수들을 모두 죽이는 것으로 시작된다. 10년 후 전진파 후기 지수 육개가 자신의 신세에 대한 의문을 해결하고자 복파보에 들어가 몰래 조사한다. 그 도중에 보주의 누이 요원(姚畹)을 만나고 사랑에 빠지게 된다. 복파보에는 수백 년 동안 무림인들이 보물로 여기는 '용연향장진도'가 있다고 세상에 알려져 있었다. 그러므로 육개가 복파보를 조사할 때에 여러 명의 보물을 노리는 강호인들을 만나게 된다. 그리고 신용검객 하달, 내력 불명의 한약곡 등과 의형제를 맺는다. 그렇지만 육개는 한약곡이 바로 김인달의 아들이면서, 동시에 그가 천전교주, 사형령주로 강호를 어지럽히고 있는 장본인임에는 꿈에도 생각 못했다.

육개의 사부는 청목진인으로 과거 소림천일대사와 함께 천하제일고수로 불리던 무림고수였다. 그러나 마교오웅과 비무 도중 부상을 입고 무공을 모두 잃어버렸고, 행운인지 모르지

---

6 섭홍생, 「少年英雄之死-論上官鼎『沈沙谷』之情天恨地」, <http://www.knight.tku.edu.tw>에서 인용한 것이다. 이 사이트는 <중국무협소설무협망>인데, <葉洪生武俠評論專區>에 섭홍생의 무협 비평문이 실려있다. 『沈沙谷』의 줄거리도 이 자료를 인용하였다.

만 침사곡의 운명의 사고에서 무사할 수 있었던 것이다. 오웅도 시간이 흘러 백여 세가 되었으나 동심을 아직 간직하고 있었다. 그들은 용연향장진도와 천년인삼을 구해 청목진인의 내상을 치료하고자 하였으며, 그 과정 속에서 장진도로 천년인삼을 싸서 청목 사도에게 전한다. 육개가 행운으로 이 도를 얻어, 능히 몽면을 한 한약곡에 의해 침사곡에 빠졌지만 살아나올 수 있었다.

요원은 대사형 장천행으로부터 원래 부친이 당년에 다른 두 명의 제자를 거두었다는 것을 알았다. 이사형이 육씨성을 가진 이였고, 삼사형이 김씨 성을 가진 사람이었다. 김씨가 요원의 대자(大姉)와

中國武俠文學의 一大凱歌!

況沙谷

卷一 上官鼎 著 / 宋 文 譯

번역본 『침사곡』 표지

사통하여 아이를 낳고, 무고한 이들을 도륙하여, 무림의 공분을 얻게 되었다는 것이다. 19년 전에 장, 육 두 사람이 사부를 대신해서, 문호를 정리했다. 그러나 김씨가 간특하고 윤리를 모르는 자라 이미 그 사실을 알고, 거짓으로 한열곡으로 투신한 것처럼 하여 도망친다. 그 후에 김씨는 사문에 대하여 보복행동을 하게 되고, 육씨 집안에 불을 지른다. 바로 육개가 당시 청목진인이 길을 지나던 중에 구해낸 고아인 것이다. 그리고 요원도 이사형의 딸이라는 것이다.

요원은 천천교주와 사형영주가 바로 육개의 결의 형제인 한약곡이라는 것과 또 마음속으로 생각하던 육개에게 결혼 상대가 있는데, 그가 바로 함께 어려움을 극복해오던 사여명이라는 것을 알게 되고, 크

게 상심한다. 우연히 육개와 다시 만나지만 일시 희비가 교차하면서,
한약곡의 비밀을 알려주지 못한다. 나중에 육개와 한약곡이 침사곡에
서 다시 싸움을 벌이면서, 육개는 진상을 알게 된다. 육개는 크게 놀라
마음을 안정시킬 수 없어 치명적인 검상을 얻는데, 최후의 일격을 가
해 결국 한약곡과 동귀어진하여, 영원히 다시 나올 수 없는 침사곡으
로 빠져 들어간다.

『침사곡』이 국내에서 크게 성공한 것은 아니지만, 그 형식이 대만 무
협작가로서 새로운 작품이었다는 점에서 매우 의미 있는 작품 소개였다
고 생각된다. 섭홍생은 윗글에서 『침사곡』의 무협소설 특징을 세 가지의
장점, 두 가지의 단점, 한 가지의 기이함으로 평했다. 첫째 세 가지 장점
이라는 것은 인성, 정의, 그리고 시 혹은 그림과 같은 어구 및 현대 문예
기교를 사용한 점이고, 두가지 단점이란 이공타공以空打空과 같이 포국
설정에 실패한 것과 삼인작가가 협동으로 작품을 내다보니 상호 문장에
서술이 통일성을 결한 것을 들었다. 하나의 기이함이란 용연향장진도에
고등 수학적 원리삼각법, 기하, 동심원를 도입하였다는 것이다. 또 그는
상관정이 대만 제1의 서사시체敍事詩體 혹은 일구화—句話, 일개사분단—個
詞分段을 사용한 신파무협소설의 선행자라는 것이고, 대만에서 처음으로
전면적으로 이야기와 대사를 분리하여 단락을 형성하였던 작가이며, 또
현대적인 문예 창작 기법 및 시화된 언어를 무협소설에 사용하였던 사
람이라는 점을 강조했다.
　이러한 평가를 받는 『침사곡』이 1961년 대만에서 발표된 것에 비해
우리나라에는 그보다 7년 늦은 1968년에 번역이 되었지만, 80년대 이후
현대적인 추리기법을 도입한 고룡에 비해 빠른 시기에 그와 흡사한 기
법을 사용한 상관정의 무협소설은 후일 무협소설 작가를 지망하는 지망

생들에게 많은 영향을 주었음을 틀림이 없었을 것이다.

1970년대는 대본소 무협이 크게 발달한다. 그러나 이러한 발달 속에는 항상 어두움이 있기 마련인데, 대본소의 특성상 무협소설의 공급에는 좌백이 위 문장에서 지적한 바와 같이 번역 무협소설의 경우 그대로 제대로 번역된 것이 많이 없었고, 대부분 번안이었으며, 그것도 편저인 경우가 많았던 것이다. 편저는 이런저런 작품들에서 내용을 발췌해 편집한 것으로 졸속 작품을 양산하게 된 것이다. 열악한 번역과 졸속한 편집이 가져온 결과가 오히려 한국 창작 무협소설을 양산하게 된 계기가 되는 것은 참 아이러니하다.

중국 무협소설 중에서 또 많이 번역된 작가가 사마령이다. 1968년에는 와룡생의 무협소설 보다 오히려 사마령의 무협소설이 더 많이 번역된 것이 이채롭다.

좌백이 번역한 섭홍생의 글 「홀로 낚시 드리운 강에는 눈만 내리고(獨釣寒江雪)」은 『대만 무협소설 구대문파 대표작 총편서』에 실린 글로서 사마령을 다음과 같이 소개하고 있다.

사마령 — 본명은 오사명(吳思明), 별호는 '오루거사(吳樓居士)', '천심월(天心月)'이다. 그의 소설은 '북파오대가'의 장점을 겸하고 환주루주의 기이한 환상과 신비스럽고 오묘한(奇幻玄妙) 심법(心法)을 따른다. 1958년 처녀작 『관락풍운록』과 『검신전』, 『팔표웅풍(八表雄風)』 삼부작을 출판했는데 문필이 맑고 참신하며 상투적인 법식을 벗어나 현대적인 의미가 들어 있다. 강호 인물들의 각자의 정취를 형상화하였고 특히 추리 기법을 운용하여 이야기의 구성을 배열하는 데 뛰어났다. 마침내 한 권의 책으로 이름을 얻었는데 그 때 나이가 25세를 넘지 않았다.

비교하자면 사마령의 30여 부 작품은 모두 고른 수준이다(아마도 여러 작가들 가운데 거의 유일한 사람일 것이다). 전기의 『관락풍운록』, 『

검기천환록(劍氣千幻錄)』, 『검담금혼기(劍膽琴魂記)』, 『제강쟁웅기(帝疆爭雄記)』, 『성검비상(聖劍飛霜)』, 『견수어룡』 등의 장편은 물론 『학고비(鶴高飛)』, 『금루의(金縷衣)』, 『단장표』, 『백골령(白骨令)』 등의 중편과 후기의 『음마황하(飮馬黃河)』, 『검해응양(劍海鷹揚)』, 『홍분간과』, 『분향논검편(焚香論劍篇)』, 및 『단봉침(丹鳳針)』, 『무도(武道)』, 『연지겁』 등의 책은 각 부마다 볼만하고 저속하거나 상투적이지 않고 저마다 창의적이고 특히 모방하거나 답습하는 것이 없다. 혹시 우연히 실추된 것이 있다 하더라도 티가 옥의 영롱한 광채를 가릴 수 없듯이 결점보다 장점이 많다. (내 생각에 사마령의 창작의 전성기는 1958년에서 1971년까지이다. 그 가운데 1965년을 전, 후기로 나눌 수 있다. 만기의 '천심월'이라는 필명으로 펴낸 『강인(强人)』을 비롯한 책들은 갈수록 수준이 떨어졌다.)

사마령은 박학다재(博學多才)한 사람으로서 정과 욕망을 묘사하고 지혜와 힘을 겨루는 것을 그려내는 데 뛰어났다. 특히 정욕에 불탄 남녀의 심리 변화와 기습과 정공이 돌고 돌며 허와 실이 꼬리를 물고 일어나는 무타예술(武打藝術)을 묘사하는 데 한 때 독보적이었다. 초년에는 정신과 기세로 적을 제압하고 승리를 거두는 무학 원리를 창시하였는데 이것은 거의 '도'에 가까웠다. ―김용, 고룡과 일맥상통하는 '검을 가지지 않고서 검을 이기는(無劍勝有劍)' 논조는 표현은 달라도 같은 효과를 내었으며 심지어 더욱 뛰어난 바가 있었다. 동년배의 유명작가들도 그의 영향을 받고 계발을 받은 사람들이 매우 많았는데 예를 들어 고룡, 상관정, 역용, 소슬 등이 모두 그러한 사람들이며 나머지는 짐작할 수 있을 것이다. 사마령은 약관의 나이에 이름을 날렸다. 대만에서 '초기격협정파'의 작가들 가운데에서 작품이 가장 '종합예술'의 특색을 갖추고 일가(一家)를 이루었으므로 '종예협정파(綜藝俠情派)'의 대표작에 들어갔다.[7]

<중국무협소설동호회>에서는 중국 번역 무협소설을 고증하는 작업

中國奇情武俠小說

劍氣千幻錄

卷三　司馬翎　著
　　　　宋　文　譯

청운사

사마령 『검기천환록』 번역 초판 표지에 소개된 주인공 그림 및 번역된 『검기천환록』

을 해오고 있다. 이를 참고하여 사마령 무협소설 번역을 살펴본다. 먼저 사마령의 『성검비상聖劍飛霜』은 와룡생의 『성검비상聖劍飛霜』과 『황관금패皇冠金牌』로 발간되었다.[8] 또한 와룡생의 이름으로 발간된 『소림대협少林大俠』은 사마령의 『철주운기鐵柱雲旗』로 밝혀졌다.[9] 그리고 와룡생의 『금

---

7 좌백, 「중국무협사(4) – 발자취를 좇아서: 대만무협약사」, <나만의 무협 커뮤니티 IMU RIM>에 섭홍생의 글 "홀로 낚시 드리운 강에는 눈만 내리고(獨釣寒江雪)"가 번역되어 있다.

8 臥龍生 저, 선우인 역, 『성검비상』(聖劍飛霜)(명지사, 1970), 5卷; 臥龍生 저, 선우인 역, 『황관금패』(皇冠金牌) 1부(유정, 1996), 3卷; 『황관금패』(皇冠金牌) 2부(유정, 1996), 4卷.

9 소림대협(少林大俠) 와룡생(臥龍生) 정종국 7卷 박애사 1994. 『철주운기』의 주인공은 조

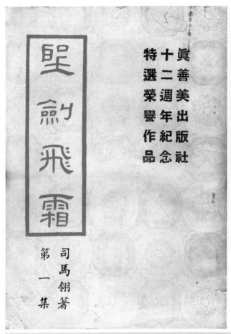

사마령의 『성검비상』과 와룡생 이름으로 발간된 번역판 『황관금패』 표지

루의金縷衣』는 바로 사마령의 동명의 작품을 와룡생의 이름을 빌려낸 것이라 한다.[10]

좌백도 사마령 무협소설의 번역 작품을 그의 「중국무협사 6-사마령[5]」에서 고증한 바 있다. 그에 따르면 『분향논검焚香論劍』은 박영창 번역으로 1994년 태일에서 출간되었고, 이전에 대본소용으로 『혈룡전血龍殿』

악풍(趙岳楓)인데, 발표된 『소림대협』에서는 조악(趙岳)으로 되어 있다고 한다.
10 와사객에 따르면 臥龍生著·金修國譯, 『金縷衣』(有文出版社, 1971), 전4권 및 臥龍生著·金修國譯, 『金縷衣』(예원문화사, 1971), 전4권은 1960년 대만에서 발행된 사마령 『금루의』를 와룡생 이름으로 낸 것이라 한다. 최근 1975년 송문역 한진출판사에서 낸 『무정검』이 사마령의 『금루의』임이 밝혀졌다.

이라는 이름으로 발간된 적이 있다고 하며, 『음마황하飮馬黃河』 또한 70년
대 『마혈魔血』이라는 제목으로 발간된 후 2000년에 뫼에서 『음마황하』라
는 원제목으로 다시 재출간되었다고 한다. 이 책은 1972년 우성출판사에
서 와룡생저, 제갈명諸葛明 역 합본판으로 나온 적도 있다고 한다. 또 다
른 작품인 『검해응양劍海應揚』은 경운출판사에서 1994년 선우옥鮮于玉 번
역의 『중원호협中原豪俠』으로 발간되었다고 한다. 이 외에도 『괘검현정기掛
劍顯情記』가 『정검지情劍誌』[11]로, 『검기천환록劍氣千幻錄』[12]이 『곤륜산맥崑崙山
脈』으로, 그리고 『검담금혼기劍膽琴魂記』는 『금혼기琴魂記』로 발간되었다.
1994년 경운출판사에서 『금혼기』를 『패도覇道』라 출간하였다고 하는데,
주인공의 이름이 모두 바뀌었다고 한다.[13]

이제까지 서술한 내용과 「우리나라에 번역 소개된 중국무협소설
1962~1999」을 참조하여 사마령의 이름으로 번역되거나 다른 작가로 번
역되었지만 사마령의 작품인 번역 무협소설의 서지사항을 다시 표로

---

11 번역자 박종건의 「역자의 말」을 소개한다. "이 소설의 제1권을 끝내고 돌이켜 생각하니
이 소설의 주인공인 환우에 대하여 나 자신이 매혹되고 말았다. 또 화옥미나 오방에게
도 지극한 인간적 호감이 갔다. 결국 환우가 당하는 그 천신만고의 고난은 인간이 태고
로부터 지녀온 인간 본연의 고난, 그것이 환우라는 인간상으로 집약된 것이 아닐까? 그
렇게 본다면 환우나 화옥미나 오방이나 붉은 옷을 입은 계집종이나 모두가 정의의 인간
상이며 아울러 인간들이 영원히 회구하는 완전한 인간상에 이르려는 한 설정된 상징이
아닐까 한다. 어쨌든지 이 책자에서 펼쳐지는 풍운과 파란! 그것은 인간의 상상력이 어
떻게 여기에까지 미칠 수 있으랴 싶은 거창한 규모의 큰 파노라마가 아닐 수 없다. 미녀
화옥미, 그와 상반되는 희세의 추녀 붉은 옷을 입은 계집종의 풍운만장의 활약상은 가
히 독자의 경탄을 불러일으키리라!"

12 역자 송문의 「머리말」에서 소개한 사마령 작품의 특징이다. "그의 원작이 지니는 특색
은 첫째로, 구성이 완벽하고 문체가 빼어나 아류의 소설로서 이에 필적할 만한 작품이
없다고 하겠고, 아울러 묘사의 치밀함과 이야기 전개의 건실한 수법은 완전히 성인이
읽고 즐길 만한 무협물로서 허황된 이야기는 좀체로 찾아 볼 수가 없다. 게다가 전편에
풍기는 정절은 현신처럼 생동하고, 또 인물의 성격이 지극히 훌륭하게 부각되어 극적인
흥분을 돋우어 준다."

13 좌백, 「중국무협사(6)─사마령」, <나만의무협커뮤니티 IMURIM> 참조.

사마령 무협소설 번역 현황

출판일	역서명	역자	출판사	저자	원서명	원저자
1967	정검지	박종건	한진출판사	사마령	패검현정기	사마령
1968	백골령	송설산	대한출판사	사마령	백골령	현재 미상
	정검지	박종건	인문사	사마령	패검현정기	사마령
	흑의괴인	사문국	인문사	사마령		
	금혼기	김수국	유문출판공사	사마령	검담금혼기	사마령
1969	검기천환록	송문	향우사	사마령	검기천환록	사마령
	여협지	송문	인문사	사마령	해천정려	묵여생
	검난여난	선우인	명지사	사마령	설락마제	소일
	검신	김수국	유문출판사	사마령	관락풍운록	사마령
1970	검기천환록	송문	경문사	사마령	검기천환록	사마령
	성검비상	선우인	명지사	와룡생	성검비상	사마령
1971	금루의	김수국	유문출판사	와룡생	금루의	사마령
	마혈	제갈명	신조사	와룡생	음마황하	사마령
1974	여협지	송문	대흥출판사	사마령	해천정려	묵여생
	혈봉침	선우인	한양출판사	사마령	만봉침	사마령
1992	불야성	정종국	박우사	와룡생	백골령	현재 미상
1993	풍운검성	임진휘	경운출판사	사마령	팔표웅풍	사마령
	풍	일주향	한웅	사마령	미상	미상
1994	중원호협	선우인	경운출판사	사마령	검해응양	사마령
	패도	신태현	경운출판사	사마령	검담금혼기	사마령
	분향논검	박여창	태일출판사	사마령	분향논검	사마령
	비정천하	이덕옥	한아름	사마령	미상	미상

	황관금패	선우인	유정	와룡생	성검비상	사마령
	소림기협	정종국	박애사	와룡생	철주운기	사마령
1995	곤륜산맥	박영창	월드코믹	사마령	검기천환록	사마령
2000	음마황하		뫼	사마령	음마황하	사마령

정리하여 본다.

와룡생, 사마령과 함께 번역 무협소설에 자주 등장하는 작가로는 진청운陳靑雲이 있다. 섭홍생이 분류한 대만 무협소설은 사대파四大派가 있는데, 진청운은 귀파鬼派에 속한다. 섭홍생은 귀파를 "책 이름과 내용이 귀鬼에 관한 것이 아니면 마魔에 관한 것으로서 피비린내 나고 살육을 일삼는 것들이다. 대표자는 진청운陳靑雲, 전가田歌 등인데 대만 무협소설 가운데 '극악한 내용濫惡'을 다룬 유파는 모두 이 무리에 속한다"라고 하고 있다.[14]

사마령 『검신』 표지

---

14 좌백, 「중국무협사(4)－발자취를 좇아서: 대만무협약사」, <나만의무협커뮤니티 IMURI M>에 수록된 섭홍생의 글 「홀로 낚시 드리운 강에는 눈만 내리고(獨釣寒江雪)」 참조.

진청운의 대표작『흑유전』초판 및 대륙판 표지

　　『진청운무협전집陳靑雲武俠全集』에 소개된 진청운의 이력을 살펴보자. 진
청운은 '대만 귀파천하제일인'이라는 칭호를 받았던 무협소설 작가이다.
그는 1962년 제갈청운의『탈혼기奪魂旗』에 나오는 백골혈기白骨血旗의 계
시를 받은 후『음용겁音容劫』의 귀금마음鬼琴魔音,『철적진무림鐵笛震武林』의
마적최심魔笛摧心,『검총劍塚』의 굴묘인掘墓人 등을 쓰게 되었다고 한다. 이
로서 그는 중하급 계층 서민들의 열렬한 환영을 받았으며, 대만의 무협
소설 대가 와룡생과 그 판매량을 겨룰 정도가 되었다고 한다. 진청운은
사마외도, 공포혈성恐怖血腥, 음산귀기陰森鬼氣 등을 주로 썼는데, 그 상상
력에 많은 점수를 줄 수 있을 것이다.

진청운의 대표작으로는 『귀보鬼堡』·『잔지령殘肢令』·『추검객醜劍客』 등 이 있다고 한다.

진청운이라는 이름이 대본소에 등장한 것은 와룡생, 사마령보다 훨씬 뒤이다. 「우리나라에 번역 소개된 중국무협소설 1962~1999」를 참조하여 보면, 진청운이 처음 등장하는 시기는 1975년이다. 와룡생 이름을 도용 한 무협소설 속에서 진청운의 무협소설을 아래와 같이 찾아볼 수 있다.

먼저 1992년 한아름에서 와룡생의 『대영웅』으로 나온 것과 1993년 박 우사에서 『혈방』으로 나온 것은 진청운의 『청의수라靑衣修羅』이고, 1975 년 와룡생의 『무림패도武林覇刀』로 나온 것은 진청운의 『잔홍영접기殘虹零 蝶記』이며, 1994년 와룡생의 『혈영문血影門』으로 나온 것은 진청운의 『한 성냉월구寒星冷月仇』라고 한다.

진청운의 이름으로 발간된 무협소설의 경우 다음 표에서 볼 수 있듯 이 1975년, 1976년 2년에 걸쳐서 발간된 것이 대부분임을 알 수 있다. 이 것은 대진출판사, 대호출판문화사 두 출판사가 주축이 되어서 진청운의 작품을 번역한 것임을 알 수 있으며, 이후 1990년대 들어와 몇 작품이 다시 번역 출간되었음도 확인할 수 있다.

진청운의 작품 중 우리나라에서 주목받은 작품은 『잔인전』이다. 이 『잔인전』은 『전인지』로 성문출판사에서 재출간한 바 있는데, 그 내용 은 아래와 같다.[15]

> 무림삼자라고 불리는 무림선배가 신룡문의 옥갑금경을 탈취하려다 봉인된 18천마를 실수로 풀어주며 이야기는 시작된다. 이 일로 일대 검 선 주명숭(朱鳴嵩)의 아들 주창신(朱昶身)은 그 부모와 가족을 잃게 되고,

---

15 陳靑雲 저, 司空英 역, 『傳人誌』(성문, 1993).

진청운 무협소설 번역 현황

출판일	역서명	역자	출판사	저자	원서명	원저자
1975	혈첩망혼	사공영	대진출판사	진청운	미상	미상
	색혼수라	이평길	대진출판사	진청운	미상	미상
	불사서생	사공영	대진출판사	진청운	미상	미상
	용호쌍협	선우인	대진출판사	진청운	미상	미상
	추혼혈령	선우인	대진출판사	진청운	미상	미상
	인검천마	선우인	대진출판사	진청운	미상	미상
	검풍류령	왕일평	대진출판사	진청운	추수부용	모용미
	마돈	왕일평	대진출판사	진청운	미상	미상
	독수불심		대진출판사	진청운	미상	미상
	천인전[16]		대진출판사	진청운	잔인전	진청운
	마장불심	선우인	문화출판사	진청운	마장불심	억문
	무림패도	선우인	신문화사	와룡생	잔홍영접기	진청운
1976	혈세무림	송문	대호출판문화사	진청운	미상	미상
	영웅로	박광일	대호출판문화사	진청운	미상	미상
	천룡무	이평길	대호출판문화사	진청운	지옥홍안	무등초자
	혈장귀영	이평길	대호출판문화사	진청운	미상	미상
	혈마단심	선우인	대호출판문화사	진청운	미상	미상
	연쌍비	송문	대호출판문화사	진청운	미상	미상
	혈맹	박광일	향우사	진청운	미상	미상
	취매곡	사공영	황해출판사	진청운	취매곡	설안
	환패맹	사공영	황해출판사	진청운	미상	미상
	마유전	사공영	황해출판사	진청운	마유전	진청운

	음혼탑	사공영	황해출판사	진청운	미상	미상
	검진중원	사공영	황해출판사	진청운	미상	미상
	검호혈풍	사공영	황해출판사	진청운	미상	미상
	사천당문	선우인	신문화사	와룡생	무명도	동방옥
1992	대영웅		한아름	와룡생	청의수라	진청운
1993	혈방		박우사	와룡생	청의수라	진청운
1994	흑검천하	이덕옥	박애사	진청운	마영향차천	진청운
	용봉천하	이덕옥	박애사	진청운	미상	미상
	백웅묘겁	이덕옥	신원문화사	진청운	흑유전	진청운
	서검춘추	선우인	승일	진청운	미상	미상
	마두	이덕옥	박우사	진청운	현문검협전	설안
	혈영문		신원문화사	와룡생	한성냉월구	진청운
1995	금룡성검	선우인	덕수출판	진청운	미상	미상

그는 단신으로 혈채를 갚기 위해 나선다. 하지만 무림의 절대세력의 습격을 받아 절벽 아래로 떨어지고 신체는 망가지고, 용모는 훼손되어 잔지인이 된다. 그러나 기연을 얻어 기적적으로 생존하게 되고, 함께 대리국 국사인 공공자의 진전을 이어받는다. 이로서 그는 옥갑금경 속에 담긴 독보 절기를 익혀 무림 고수가 된다. 흑도에서는 그를 단검잔인으로 부르게 되었다. 그는 악행을 저지르는 흑보와 18천마와의 죽음의 결투를 벌인다. 결국 마굴인 흑보를 소탕, 흑보주인을 살해하고 동시에 천마를 주살하여 설한을 갚는다. 그러나 애정의 소용돌이 속에서

16 『천인전(賤人傳)』으로 되어 있으나 『잔인전(殘人傳)』이 옳은 표현인 듯싶다.

진청운의 『환패맹』과 『독수불심』 번역판 표지

헤어나지 못해 고통을 겪는다는 이야기로 구성되어 있다.[17]

와룡생의 이름을 도용해서 발간한 무협소설 중에서 주목할 만한 작품으로 『낙성추혼落星追魂』[18]이 있다. 『낙성추혼』은 와룡생의 작품으로 아직도 회자되면서 많은 인기를 얻었던 작품인데, 작가 소슬을 섭홍생이 초기격협정파超技擊俠情派로 분류한 바 있다. 섭홍생에 따르면 이들은 "과거 '북파오대가北派五大家'의 심법心法을 융합하여 한 용광로에서 제련하여 전

---

17 『잔인전』의 주인공의 이름이 번역본에서는 공손찬으로 나온다고 한다.
18 臥龍生, 『落星追魂』(우창출판사, 1993) 참조.

진청운 이름으로 발간된 무협소설 『마영혈장』과 『마두』, 및 『전인지』 표지

혀 새로운 모양과 형태를 만들어 내었는데 특히 기공비예奇功秘藝와 현묘
초식玄妙招式을 강조하였다"는 특징을 가진다.[19]

　와룡생, 사마령, 진청운 이외에도 대만에서 초기격협정파超技擊俠情派로
분류되는 조약빙曹若氷의 무협소설이 번역되어 출간되었다. 최근 <중국무
협소설동호회>에서 밝힌 바 『마탑』은[20] 조약빙[21]의 작품이다. 이 작품이
처음 번역 발간된 시점은 알 수 없으나 1971년 한양출판사판 자료가 공개

19 좌백, 「중국무협사(4)－발자취를 좇아서: 대만무협약사」, <나만의무협커뮤니티 IMURI
　　M>에 수록된 섭홍생의 글 「홀로 낚시 드리운 강에는 눈만 내리고(獨釣寒江雪)」 참조.
20 좌백, 「한국무협사－걸작을 찾아서: 마탑(魔塔)」, <나만의무협커뮤니티 IMURIM>. 좌백
　　에 따르면 선우인이 한 사람만이 아니라 여러 명일 수 있다고 한다. 각자 선우인이라는
　　이름을 걸어놓고 출판사에서 무협소설을 번역 출간한 것이다. 좌백은 이 마탑이 바로
　　선우인이 와룡생 이름을 걸고 발표한 창작무협으로 결론을 내린 바 있다.
21 그의 무협소설 작품으로 다음과 같은 것들이 있다. 『魔中俠』, 『千佛手』, 『花豹子』, 『煞星
　　黑鳳』, 『淡烟幻影』, 『宝換玉笛』, 『追魂劍客』, 『玉帶飄香』, 『狂簫怒劍』, 『天龍煞星』, 『无龍
　　八音』, 『玉扇神劍』, 『玉扇神劍續集』, 『絶劍十三郎』, 『魔塔』 등이 있다.

조약빙 무협소설 번역 현황

출판일	역서명	역자	출판사	저자	원서명	원저자
1971	마탑	선우인	한양출판사	와룡생	마탑	조약빙
	마곡향	선우인	명지사	와룡생	공향곡	조약빙
	마왕성	제갈명	신조사	와룡생	여왕성	조약빙
1972	오룡기	사공영	한양출판사	와룡생	寶旗玉笛	조약빙
1975	마영	선우인	대흥출판사	와룡생	玉扇神劍	조약빙
1977	신안마공	왕문정	황해출판사	진청운	신안겁	조약빙
1980	신검별부	박성운	대룡사	와룡생	천수어마	조약빙
	학천무	승와룡	대룡사	진청운	담연화영	조약빙
1981	신룡혈풍지	박광일	금룡사	진청운	독안룡	조약빙
1994	금적혈신	왕문정	박애사	와룡생	등룡곡	조약빙
1995	옥선대협	선우인	유정	와룡생	옥선신검	조약빙

되어 있다. 위에 조약빙의 무협소설 번역 초판 목록을 제시하여 본다.

대본소에서 유통되기 시작한 무협소설은 초기 번역 단계에서 대만의 무협소설을 중심으로 해서 본문에서 언급한 상관정, 사마령, 진청운, 조약빙 이외에도 소일蕭逸, 제갈청운諸葛青雲, 무림초자武林焦子, 반하루주伴霞樓主, 동방영東方英, 모용미慕容美, 설안雪雁, 유잔양柳殘陽, 고용, 운중자雲中子, 사도검객, 묵여생墨余生, 김용金庸, 사마우봉, 전가田歌, 독고홍獨孤紅, 사마자연司馬紫烟 등의 다양한 무협소설 작가들의 작품이 소개되었다.[22] 그러나 이들은 상업성을 추구하는 무협소설계의 관행 등 구조적 모순 때문에 원작자를 숨기고 와룡생, 진청운 등의 이름 있는 작가들의 이름을 도용해서 출판하는 등 정상적이지 못한 유통을 통해 스스로 몰락하는 길을 찾기 시작했다.

하지만 대만 무협소설을 번역하던 번역가들이 가필을 하고, 그 와중에 자연스럽게 창작 무협소설에 눈을 뜨게 되는 시기도 바로 이 시기였다. 대량의 무협소설이 유통되고, 소비될 수 있는 구조 속에서 새로운 수요가 창출되기 시작했다.

조약빙 무협소설 『옥선신검』의 번역본 『옥선대협』 표지

22 <중국무협소설동호회>의 용산곡인님께서 중국무협소설 정리 목록을 제공하여 많은 도움이 되었음을 밝히는 바이다. 이 자리를 빌어 깊은 감사를 드린다.

12

중국 · 일본 무협소설의 영향 속에
성장한 한국 무협소설

　일제강점기 홍명희의 『임꺽정전』, 윤백남의 『대도전』 등을 시작점으로 계속적으로 창작되어 온 한국적 무협소설은 해방 이후에도 지속적으로 발표된다. 이문현은 『학원』에서 『호걸 흑룡』을 발표하는데, 「지은이 소개」에 수록된 '지은이의 말'과 그의 약력을 살펴보면 1950년대에도 한국적 무협소설이 계속 창작되었음을 알 수 있다. 이문현이 1956년 시대 무협소설 2편으로 당선되어 대중문단에 데뷔하였다고 하니, 1950년대 한국적인 무협소설이 있었음을 증언하는 것이다. 1950년대의 한국적 무협소설의 발표 상황은 앞으로 많은 시간과 노력을 들여 발굴해야 할 과제라 할 수 있다.

　1960년대가 되면서 김광주 등의 번역 작가들이 중국 무협소설들을 번안 혹은 번역하여 발표하여 큰 인기를 끈다. 이렇게 중국 무협소설 번역이 큰 인기를 끌고 있을 때 한국적인 무협소설의 전통을 꾸준히 이어간

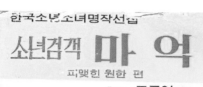

『소년검객 마억』 중편(1972년판), 하편(1971년판) 표지

이들이 있었다. 이치수는 「중국무협소설의 번역과 그 영향」에서 이를 검
토한 바 있다. 그에 따르면 1969년 향하向河·성걸成杰의 『뇌검雷劍』은 표
제를 한국 무협소설이라는 타이틀을 들고 나왔으며, 70년 조풍연의 『소
년 검객 마억』,[1] 71년 이문현의 『호걸 흑룡』이 발간되어 한국적인 이야기

---

1 조풍연(趙豊衍)은 본관은 풍양(豊壤), 호는 청사(晴史)로 서울에서 1914년 출생하여 1991
  년 사망한 언론인이며, 수필가 겸 동화작가로 활동한 문인이었다. 그는 교동보통학교와
  제이고등보통학교(第二高等普通學校)를 거쳐, 1938년 연희전문학교를 졸업하였는데,
  1934년 연희전문학교 학생시절 『삼사문학』(三四文學) 동인으로 문학활동을 시작하여,
  1937년에 『조선일보』에 콩트 「거리의 여인」이 입선되었고, 1938년 『매일신보(每日新報)』
  신춘문예에 소설 「젊은 예술가의 군상(群像)」이 당선되어 정식으로 문단에 등단하였다
  고 한다. 일제말기 『문장』(文章)을 편집하고, 해방 후 『을유문화사』(乙酉文化社) 주간을

한국소년소녀명작선집
의적일지매
정비석 지음

『의적 일지매』 재판 표지

를 가지고 무협소설이 발표되었다고 하고 있다.[2] 그리고 이들은 당시 중국 무협소설 번역이 큰 인기를 끌던 때라 주목받지 못하였다고 하며, 더구나 대상이 성인 보다 청소년들을 독자로 하고 있음을 지적하고 있다.[3]

그러나 한국의 무협소설의 역사에서 청소년들을 대상으로 한 무협소설이라고 하더라도 이들의 등장은 그 의미가 대단히 크다고 할 수 있다. 이치수의 위 논문에서 1970년 발표되었다고 하는 조풍연의 『소년 검객 마억』은 실제로 1963년도 작품이며, 이 작품은 한국소년소녀명작선집으로 발간되어 많은 인기를 얻었다.[4]

1963년은 『정협지』가 전년도에 정식으로 발간되어 많은 인기몰이를 한

거쳐 1954년 이래 『한국일보』 편집국장 겸 문화부장, 1960년 『소년한국일보』 주간으로 13년간이나 재직하였다. 한국전쟁 이후 아동문학에 관심을 기울여 다수의 아동 소설을 발표하였다. 7권으로 발표된 『붉은 마인(魔人)』과 3권으로 발표된 『소년검객 마억(馬億)』이 대표적 장편이 된다. 李在徹, 『韓國兒童文學作家論』(開文社, 1983) 참조. 이치수의 윗 문장에서 지적한 『소년검객 마억』은 1963년 발표된 것이다.

2 이문현이 <호걸 흑룡>은 『학원』에서 1969년 연재되기 시작한 것이다. 연재소설의 경우 연재 시기와 단행본 출간 시기의 구분이 중요하다. 이문현, 「무협 호걸 흑룡」, 『學園』(서울: 학원사, 1969), 2월호, 18권 2호.

3 이치수, 「중국무협소설의 번역 현황과 그 영향」, 『무협소설이란 무엇인가』(서울: 예림기획, 2001), 89쪽.

4 조풍연, 『소년검객 마억─복수의 장검편(하권)』(소년세계사, 1971); 조풍연, 『소년검객 마억─피맺힌 원한편(중권)』(아리랑사, 1972) 참조.

거년에 〈학원〉지에 연재되어 절찬을 받은 소설로서 〈우빈〉이라는 주인공이 빚어내는 용맹과 지혜로 가득찬 중국의 시대물, 옛 대륙을 무대로 한 본격적인 학생들의 소설로는 이것이 우리 나라에서 처음이다.

4×6판 296페이지

김광주의 『소년 선인전』 광고

이후인데, 그 인기가 아동물에게까지 미쳤음을 보여주고 있다. 조풍연은 『소년 검객 마얽』 이외에도 『유성검』을 1978년 소년들을 대상으로 발간하였던 새소년 클로버문고본으로 발표하기도 하였다.[5] 이 『유성검』은 새소년에서 연재하던 소설을 재발간한 것이었다.

1962년, 『소년 검객 마얽』보다 주목할 만한 소설이 『학원(學園)』에서 연재되기 시작하는데, 위 광고에서 보는 바와 같이 우빈이라는 주인공이 옛 대륙을 무대로 종횡무진 활약하는 활약상을 보여주는 「소년 선인전」이 그 작품이었다.[6] 이후 아리랑사에서 『소년 선인전』으로 정식으로 발간된다.

1962년 발행 『검풍연풍』 표지

---

5 이에 대해서는 좌백, 「한국무협사(4)―걸작을 찾아서: 조풍연의 유성검」, <나만의무협 커뮤니티 IMURIM>을 참조바람.
6 김광주, 「시대소설 소년 선인전」, 『학원』(학원사, 1962), 3월호, 11권 1호 참조.

『호협지』, 『의검지』, 『운명검』, 『정검귀검』, 『검은 알고 있다』 등 일본무협소설 표지

이 해에는 허문형의 『검풍연풍』이 발표되기도 했다.[7]

정비석도 1974년에 아리랑사의 한국소년소녀명작선집으로 『의적 일지매』를 발간하여 많은 인기를 끈다. 비록 소년물로 발간되었다고는 하지

7 許文寧, 『劍風戀風』, 德壽出版社(1962).

만 일지매의 인기는 일지매를 의적의 대표적인 자리에 올려놓을 정도로 많은 이들의 주목을 받는다.[8]

육홍타는 「시장 측면에서 본 한국 무협소설의 역사」에서 향하向河·성걸成杰의 『뇌검雷劍』이 한국인이 자신의 이름을 걸고 창작한 최초의 무협으로 볼 수 있음을 지적한 후, 『삼국사기』에서 나오는 음병陰兵으로부터 음자陰者의 소재를 채용하여 배경을 삼국시대로 하고, 태권도의 원조라는 가드락질의 명인 등 한국적 무협소설을 시도하고자 노력하였지만, 아쉽게도 일본의 사무라이 소설을 번안한 것으로 추정된다고 적고 있다. 『뇌검』은 각 권이 모두 서로 다른 옴니버스 형태로 출간되었다고 하는데, 아직 확인 되지 않은 1권을 제외하고 모두 일본 소설의 번안임이 확인되었다고 한다.[9] 당시 일본의 무협소설도 많이 번역되었는데 앞의 도판에서 볼 수 있듯이 1969년에는 일본 무협소설 오미강우의 『호협지虎俠誌』가 1971년에는 자전연삼랑의 『의검지義劍誌』가 번역 출판되기도 하였다.

『뇌검』은 1994년 다시 복간되었다. 그 복간판 머리말을 조금 인용한다.

> 이상과 같이 역사적 근거에 살을 붙이고 화장을 시켜서 일본에는 인자소설이라는 특이한 대중문학의 장르가 개척되어 온 국민의 뜨거운 환영을 받고 있는가 하면, 중국에서는 이를 더욱 대륙적 기운으로 안출하여 오늘의 무협 괴기물을 탄생시켜 국민적으로 애독하고 있다. 여기 이러한 속에 우리나라만이 유독 이러한 소재의 소설이 개척되지 못하던 중 오늘 여기에 새로운 우리의 음자소설이 탄생을 보게 된 것이다. 물론 여기 이 소설의 음자도 중국의 복면자객이나 일본의 인자와

---

8 정비석, 『의적 일지매』(아리랑사, 1974) 참조.
9 육홍타, 「시장 측면에서 본 한국 무협소설의 역사」, 『무협소설이란 무엇인가』(서울: 예림기획, 2001), 126~7쪽.

고향하·성걸저 『한국시대소설전집』 ①, ②권 케이스 표지

흡사한 활약을 하는데, 정사에 이런 뚜렷한 기록은 없다. 다만 삼국사기에 나타난 음자란 것과, 백석과 같은 모자가 나타난 구절을 근거로 하고 전개시킨 것이며, 정사의 기록으로는 위정자들의 이해와 예의를 존중한 기풍 때문에 여구 음구니 모자란 구절만 남겼다는 점을 감안하여, 여기 음자의 얘기를 전개시켰다고 생각한다면, 이 <음자소설>의 탄생과 그 재미를 더욱 높이 평가할 아량이 서리라 믿는다.[10]

위 머리말을 살펴보면 『뇌검』이 중국 무협소설과 일본 인자소설에 대

10 고향하, 성걸, 『뇌검 풍운의 제국』(서울: 서지원, 1994), 제1권.

항하여 한국적인 대중소설을 시도하고자 한 것임을 알 수 있다. 아직 확인되지 않은 1권의 내용 이외에 모두 일본의 인자소설을 모방한 것이라는 육홍타의 말이 있지만, 『뇌검』에는 신라의 왕인 김춘추, 신라의 장군인 김유신, 고구려의 장수 연개소문 등 역사의 인물을 등장시키고 있으며, 당시 시대 상황을 적절히 사용하여 역사에 근거하는 등 비교적 한국적 무협소설에 접근하기 위하여 노력한 점이 보인다. 그러나 이치수의 위의 논의에서와 같이 『뇌검』을 한국 무협소설의 시작으로 보기에는 문제가 많이 있다.

일본의 인자소설 이외에도 일제강점기에는 일본의 많은 무사소설이 우리나라에 들어왔다. 식민지 지배를 통해 자신들의 문화로 우리의 문화를 개조하고자 하는 일인들의 다방면의 시도 중에 대중문화를 통한 일본 문화 전파는 한반도의 문화 정세에 매우 강력한 영향을 미친다.

일제강점기 근대 대중문화를 대표하는 대중지였던 『월간 야담』과 『야담』과 같은 잡지에서는 1930년대 대중들의 읽을거리를 제공하였다. 『월간야담』은 『대도전』의 작가 윤백남이 1934년 계서사에서 출간하여 55호까지 발행하였는데, 일본의 야담 즉, '내지야담內地野談'을 싣는 등 일본 문화 수입에도 적극적이었다. 『월간 야담』에는 일본의 무사소설을 싣고 있는데, 이러한 일본 무사소설의 유입은 해방이후 중국 무협소설의 대량 수입과 함께 한국적 무협소설의 창작에 영향을 미치게 된다고 할 수 있다.

일제강점기 대표적인 협객인 시라소니 등의 회고에서 자주 접할 수 있는 길천영치吉川英治의 오락 전기소설傳奇小說의 대표작 『미야모토 무사시宮本武藏』와 같은 작품은 일본 무사소설의 전형을 보여주는데, 아직까지도 많은 우리나라 독자에게 환영받는 작품으로 남아 있다. 『뇌검』도 이러한 맥락에서 창작된 것이라 해석할 수 있다.

임거정의 『암행어사 흑룡』과 『흑룡비전』 표지

앞서 언급한바 필자는 『대도전』을 본격적인 한국적 무협소설로 보고 있으며, 이보다 앞서서 같은 유형의 소설들이 발표되었음을 지적하였다. 1969년 이전에 발표된 작품으로 성인물로는 『암행어사暗行御史 흑룡黑龍』 등이 있으며, 아동물로는 『소년 검객 마억』 등이 있으니 『뇌검』을 한국적 무협소설의 시작으로 보는 것은 잘못이다.

1968년 출간된 『암행어사 흑룡』은 중국의 무술을 대신하여 술법을 사용하고 있다. 이 술법의 원리나 그 내용은 중국 무협소설에서 등장하는 무와 다소 차이가 있으나, 훌륭하게 무술을 대신하고 있다. 등장인물의 이름도 한국적인 날곰, 구슬 등을 사용하고 있으며, 흑룡의 의협 행위가

길천영치의 『무협지』 번역작품 표지　　　　71년 이문현의 『호걸 흑룡』 1회 연재 부분

주가 되고 있어 한국적 무협소설로 볼 수 있다. 이 『암행어사 흑룡』은 임거정의 작품으로 되어 있는데, 벽초 홍명희의 작품 명칭을 작가의 필명으로 사용하고 있다. 현재 임거정이 누구인지 알 수는 없지만, 『뇌검』보다 빨리 발표된 한국적 무협소설로 볼 수 있다. 흥미로운 사실은 『암행어사 흑룡』이라는 표지 안에는 『흑룡비전黑龍秘傳』이라는 제목의 속표지가 있는데, 『흑룡비전』이라 발간된 무협소설을 다시 『암행어사 흑룡』으로 발간한 것으로 보인다. 『흑룡비전』의 표지에는 이 작품이 일본의 인자소설 풍을 지닐 것으로 예상할 수 있으나, 그 내용은 매우 한국적이다.

　이러한 『암행어사 흑룡』, 『흑룡비전』 등의 제목을 가진 소설의 출간과

71년 이문현의 『호걸 흑룡』이 어떻게 연결되는지 알 수는 없으나, 이문현의 『호걸 흑룡』은 소년물로서 창작된 것이므로 흑룡이라는 주인공으로 성인물과 소년물의 한국적 무협소설이 창작된 것만은 확실하다.

또 하나 주목할 만한 소설이 있다. 그것은 바로 최인욱崔仁旭의 『임꺽정林巨正』이다. 2001년도에 발표된 김명석의 「한중 대중소설 비교연구─무협소설을 중심으로」에서는 재고의 필요성이 있지만 1965년 단행본으로 출간된 최인욱의 『임꺽정』을 한국 최초의 무협 역사소설로 평가하고 있기도 하다.[11] 홍명희의 『임꺽정』이 출간되고 나서 소년물로 다시 쓰여진 『협도俠盜 임꺽정전傳』이 조흔파에 의해서 1957년 학원사에서 출간된 것을 생각하여 보면, 1965년 최인욱의 『임꺽정』을 최초의 무협 역사소설로 보는 것 또한 잘못이다.[12]

최인욱은 소설가로, 본명은 상천相天, 호는 하남河南이며, 경상남도 합천陜川 출생이라 한다. 해인불교전문학원을 졸업하였고, 1941년 니혼대학(日本大學) 종교과를 중퇴한 뒤 교사・국방부 편수관・중앙대학교 교수・한국문인협회 이사 등을 지냈다. 1939년 『매일신보』에 『산신령山神靈』이 당선되고, 『조광』에 『월하취적도月下吹笛圖』를 발표하면서 작품 활동을 시작하였다. 초기에는 주로 동양적인 토속세계와 서정에 바탕을 둔 작품들을 썼으나 차츰 대중적 요소가 가미된 장편 역사물을 많이 썼다. 작품에는 단편 『개나리』(1948), 『동자상童子像』 등, 장편 『화려한 욕망』(1958), 『만리장성』(1967), 『자규야 알랴마는』(1968), 『태조 왕건』(1968), 『임꺽정』, 『임진왜란』 등이 있다. 최인욱의 『임꺽정』은 4・19의 영향을 받아 창작된 작

---

11 金明石, 「韓中 대중소설 비교 연구」, 『中國語文論叢』(中國語文硏究會, 2001), 제21호, 431~452쪽. 이에 대해서는 앞서 윤백남의 『대도전』 등을 소개하면서 한국 무협소설에 대해 언급한 바 있으니 상술을 피하겠다. 최인욱의 『임꺽정』도 청소년물로 출간되었다.
12 조흔파, 『장편시대소설 俠盜임꺽정傳』(學園社, 1957) 참조.

최인욱의 『임꺽정』 초판, 『소년소설 임꺽정(상)』 및 조흔파『협도 임꺽정전』 하권 표지.

품으로 볼 수 있는데, 이 작품이 당시 중국 무협소설의 영향을 받은 것이라는 평가가 있기도 하다.

박도웅이 『인기人氣』라는 잡지에서 1971년 10월부터 연재한 「화령검」도 공간적 배경을 우리나라로 하고, 등장인물의 이름을 한국식으로 사용하기 위해서 노력한 순수한 한국적 무협소설이었다.[13] '무협소설'이라는 타이틀로 연재하는 박도웅의 「화령검」은 꾸준히 인기를 얻으며 연재되었는데, 다만 삽화가 중국 무협소설의 영향을 받은 듯, 중국식 복장을 하고 있어 아쉬움을 자아낸다.[14] 「화령검」은 『인기』가 대중성인오락잡지를 표방한 것처럼 성인들을 위해 준비된 무협소설이었다. 아래 그 줄거리 일부를 인용해 본다.

---

13 박도웅, 「새연재 화령검」, 『人氣』(서울: 현대인사, 1971), 10월호.
14 무협소설의 인기는 최태경, 「<사우문예> 무협소설」, 『사보OB』(서울: 동양맥주, 1971), 4월, 84호 등에서 볼 수 있듯이 일반 문학동호인들도 무협소설을 발표하는 수준에 이르게 된다.

『인기』 연재 박도웅 「화령검」 2회 삽화

원명을 기다리고 있던 비단아기는 뜻하지도 않게 풍신이라는 사내로부터 수채검을 원명에게 전해달라는 부탁을 받는다. 서로 적대하는 사이면서도 원명을 그것도 여자가 아닌 남자가 사랑하게 되었다고 고백하는 풍신이라는 사내. 이 수채검은 천리구 리미가 갖고 있던 것을 비단아기의 위기를 구하기 위하여 돌매에게 넘겨주었던 것인데 어찌하여 이 사나이의 손에 들어갔을까 하는 의문이 들기는 했지만 화령검과 쌍을 맞출 수 있다는 기쁨에 비단아기는 어서 원명이 돌아오기를 기다릴 때 나타난 것은 원명이 아닌 돌매였다. 비단아기를 객사로 납치해서 그 정조를 뺏겠다고 협박하던 돌매, 바로 그였다. 연약한 여자의 몸으로 그를 감당해 낼 수는 없었다. 수채검과 함께 비단아기는 돌매일당에게 끌리어 간 것이다. 그리고 얼마 후 돌아온 원명이 비단아기를 찾으나…… 불길한 예감에 쌓여있는 원명 앞에 다시 풍신이 나타나 수채검을 전한 이야기를 할 때 원명은 비단아기가 수채검과 더불어 누군가에게 납치된 것을 알 수 있었다. 비단은 이제 어떻게 될 것인가? 또한 원촌왕족과 미성군의 음모. 미성군의 동생 성아공주는 간계에 조종되고 있는 마음을 돌려주십사고 오빠를 만났으나……

『한국일보』에 1977년 6월 10일부터 1978년 10월 8일까지 모두 408회에 걸쳐 연재된 손창섭의 장편소설 『봉술랑』도 한국적 무협소설의 대표적인 예라 할 수 있다. 이 소설은 한국을 대표하는 전후작가인 손창섭이 1973년 일본으로 건너간 후 발표한 소설인데, 그의 마지막 유작으로 볼 수 있다. 원나라의 지배아래 놓여있던 고려 말을 시간 배경으로 삼아서 전개되는 이 작품은 아버지 백도성, 산석山石, 산화山花가 펼치는 3부자녀의 이야기로서 백도성 일가가 산속에 은거하다가 현령 김인보의 감시망에 걸려 위기를 겪게 되는 16장까지의 전반부와 정처없이 방랑의 길을 떠난 산화가 무술행 끝에 안착하기에 이르는 23장까지의 후반부로 나눌 수 있다고 한다.[15]

방민호는 「손창섭의 장편소설 『봉술랑』에 대한 일고찰」에서 이 작품이 "빗나가는 관계로 인한 오해의 증대를 보여주고 곳곳에서 무술 시합 또는 무술 싸움의 광경을 자세하게 묘사하는 등 흥미 유발의 요소를 중시하는 신문 연재소설의 특성을 드러내고 있다"고 평하고 있으며, 이 작품이 통속성에 기울어져 있다고 지적하고 있다. 방민호의 내용 분석을 통해서 본다고 해도 『봉술랑』은 1970년대 후반에 발표된 중요한 한국적 무협소설의 대표작으로 보아도 무리가 없을 것이다.

중국권 무협소설이 유입되고, 일제강점기 일본의 무협소설이 이미 널리 소개된 상태에서 한국적인 무협소설을 꾸준히 시도하는 것은 그리 억지스러운 일이 아니며, 너무나 자연스러운 일이였을 것이다. 초기 한국적 무협소설은 시대역사소설과의 구분이 애매한 면이 있었다. 하지만 위에서 보는 것과 같이 나름대로 점차적으로 무, 협, 기, 정의 내용을 포함한 한국적 무협소설을 표방한 작품들이 꾸준히 발표되면서, 중국적이지 않은 우리식 무협소설도 틀을 갖추어가는 모습을 보여주었다.

---

15 방민호, 「손창섭의 장편소설 『봉술랑』에 대한 일고찰」, 『어문론총』(한국문화언어학회, 2004), 제40호. 2~23쪽. 아래 문단 인용도 위 자료를 참고하였음.

13

본격적인 중국식 창작 무협소설 등장과
을재상인의 『팔만사천검법』

김광주로 시작된 중국 무협소설의 붐은 그칠 줄 몰랐다. 김광주 번안 무협소설 이후, 와룡생의 무협소설은 더욱 그 붐을 오래 지속하게 했고, 많은 중국 무협소설 번역 작품을 접한 이들은 스스로 그를 모방하여 중국적 무협소설을 창작하게 된다.

야설록의 「한국무협소설의 역사—그 덕과 성」에는 1979년 이후 1987년을 한국 무협 중기로 잡고 이 시기에 와룡생 등의 중국 번역 무협소설의 범람에 이어 중국 무협소설을 모방한 한국 창작 무협소설의 태동이 있었음을 언급하고 있다.

> 무협소설을 창작하고자 할 때 가장 중요하게 여기는 것이 바로 '무협소설을 얼마나 많이 보았는가' 하는 것이다. 이것은 초기 한국 무협에 뛰어든 작가 군(群)이 무협 출판사에서 화교들의 직역 원고를 가필

하거나 교정하던 사람들이라는 데 중요한 이유가 있을 것이다. 필자도 무협소설을 쓰고 싶어서 출판사를 노크했을 때 바로 그와 같은 길을 걸었던 사람 중의 하나인 이모 씨를 처음 만났으며, 그에게 엉뚱한 구두 테스트를 받았다. 이모 씨의 구두 테스트란 건 바로 '이기어검술'과 '능공허보'가 무엇이냐 하는 것이었는데 아마 대다수의 무협작가들이 그와 같은 구두 테스트를 거쳐 무협 문단에 등단하게 되었을 것이다. 이것은 당시로선 매우 효과적인 수단—어쨌든 무협소설이 가지는 특수성에 비추어 볼 때—이었겠지만, 결국은 한국의 무협소설이 걸어야 했던 1980년대 후반의 비극적인 종말의 씨앗을 처음부터 잉태하고 있었던 것이다. 우리나라 작가의 창작 무협은 서재욱의 '칠보신검', 김민성의 '일락서산' 등이 그 태보였지만, 을제상인(본명 김의민)의 '팔만사천검법'이 화려한 개막의 장을 올렸다. '팔만사천검법'은 그 내용이 가지고 있는 파격성과 과감함으로 그만저만한 중국 본토 작가의 무협에 싫증을 내고 있던—물론 독자들은 그것이 한국 창작 무협인지, 중국 본토 무협인지 가릴 수 있는 정보를 전혀 갖고 있지 못했지만—무협 독자들을 열광시켰다.[1]

　앞 야설록의 글에서는 서재욱의 『칠보신검』, 김민성의 『일락서산』 등을 필두로 하여 작품을 번역하는 번거로움을 피하고, 독자들의 기호에 맞는 무협소설을 생산하고자 한국 작가에 의한 중국적 무협소설의 생산이 시작되었다고 하고 있다. 그러나 이미 일제강점기에 「소림외파무협전」이 발표되었듯이 한국인에 의한 중국적 무협소설의 창작 시기는 매우 이르다. 그렇지만 1960년대 김광주 번안무협 유행 후 한국인이 중국의 현대 무협소설을 모방하여 창작한 무협소설이 어느 시기에 출현

---

1 야설록, 「한국무협소설의 역사—그 德과 誠」, <http://joongmoo.com/wasa>.

이평길의 〈다정검객〉 1회

했는가 하는 것은 학술적으로 고증할 가치를 지닌다. 이에 대해서 보다 깊은 연구가 진행되어야 하겠지만, 아래에 몇 가지 관련 무협소설들을 제시하여 본다.

1974년 수리사에서 김일영金壹暎 역, 와룡생 저로 발간된 『천지현황天地玄黃』은 중국 무협소설로 볼 수 없는 명백한 증거들을 가지고 있다. 그 내용을 살펴보면 주인공 설총이 등장한다. 그리고 무림인들이 다투는 기보의 이름이 흑진주이며, 비무대회의 장소가 토함산이다. 이러한 설정을 통해 볼 때 한국적인 내용을 곁들여 중국 무협소설로 위장한 한국의 중국적 무협소설이라 볼 수 있다.

같은 해 1974년 『야담과 실화』에서 연재하기 시작한 김성수金成洙의 「첩자」 또한 무협소설이란 이름으로 잡지에 연재되었다.[2] 잡지에서 무협소설을 연재하는 것도 드문 일은 아니었는데, 이평길은 1976년 『명랑』 잡지에서 무협소설 「다정검객多情劍客」을 연재하기도 했다.[3] 이평길의 무협소설은 내용과 구성면에서 완전한 중국 무협소설로 보아도 무리가 없을 정도이니 적어도 1970년대 초중반에는 본격적인 한국인 창작의 중국적

2 김성수, 「무협소설 첩자(上)」, 『야담과 실화』(서울: 일우, 1974), 11월호, 통권 167호.
3 이평길, 「新連載 무협소설 多情劍客」, 『명랑』(서울: 신태양사, 1976), 4월호, 22권 4호.

무협소설이 나왔다고 해도 과언이 아
닐 것이다.

그렇지만 무협소설이 가지는 대중적
인 속성은 1980년대 초반에 앞서 소개
한 『천지현황』과 같이 저자를 중국인
으로 내세우는 잘못된 관행을 그대로
답습하게 된다. 옆에 제시하는 『옥면신
룡』의 표지에는 강천비 원작이라고 되
어 있다. 그러나 속지를 살펴보면, 원
작은 와룡생이고, 번역자가 강천비로
되어 있다. 누가 도대체 원작자인지 알
수 없을 정도로 당시는 무협소설 출판
에 있어 편법을 사용한 것을 알 수 있
다. 이러한 사례를 보더라도 중국 무협
소설을 모방한 한국 창작소설은 처음

황제시리즈 대본소 무협소설 『옥면신룡』 표지

에는 가급적 중국 무협소설로 보이기 위해 여러 방법을 동원하였음을
알 수 있다. 그리고 이러한 편법은 오늘날 한국인 창작 무협소설의 진위
를 밝히기에 많은 시간과 노력을 들이게 하는 폐단을 낳게 하였다.

한국 대중들에게 중국 무협소설 번역판보다 더 많은 인기를 끄는 한
국인 창작 중국적 무협소설이 등장하자, 이로 말미암아 무협소설계는 무
협소설의 번역 출판 보다는 창작 출판으로 전환하게 된다. 이러한 전환
의 촉매제가 된 것이 바로 을재상인의 『팔만사천검법』이라 할 수 있다.
아래에서 보다 자세하게 을재상인의 『팔만사천검법』 및 을재상인의 기
타 무협소설들을 살펴보고자 한다.

좌백이 연재한 「한국무협사─걸작을 찾아서 2 : 팔만사천검법」은 을재

상인의 무협소설이 한국 무협소설사에서 매우 중요한 위치를 차지하고 있음을 명확히 밝히고 있다. 좌백의 위 문장은 한국 무협소설사의 역사가 제대로 기록되지 않은 현금의 상황을 생각할 때 매우 값진 연구 결과로 볼 수 있다. 아래 그가 살펴 본 을재상인乙齋上人에 대한 정보를 인용하여 본다.

> 을제상인[4]의 본명은 김대식(金大植). 1952년 부여 출신으로 오늘의 문학 편집장, 주부문학 주필, 중국국술 교사 등을 역임했고, 현재 선교해동현녀문파(仙敎海東玄女門派) 선생(先生)이며, 삼교삼현파(三敎三玄派)의 도사(道士)다. 즉, 문인이고 종교인인 셈이다. 초기 중국무협 번역가나 한국무협 소설가 중에는 이런 사람들이 여럿 있었다. 정식으로 등단한 소설가인 사람도 있고 출판계에 종사하는 사람도 있었다. 그래서 당시의 번역본들에는 문장의 향기가 느껴지는 것들이 여럿 있었던 것인지도 모른다. 필자는 을제상인을 5년 전에 두 번쯤 만난 적이 있었다. 그때 여러 가지 이야기를 들었는데, 오늘 할 이야기는 그 중 일부분에 근거를 둔 것이다. 여기 쓰는 글들은 관계자의 기억 외에는 따로 남은 기록이 없는 한국무협사에 초보적인 기록으로서 쓰고자 하고 있다. 그런 바에야 가능한 한 정확하게 옮기지 않으면 기록으로서의 의미가 없기 때문에 임의로 가감하지 않고 되도록 들은 대로 아는 대로 쓰고자 하는데, 그 과정에서 거명된 분들에게 욕이 되는 이야기도 있을 수 있다. 그래서 미리 당부 드리는 것이지만 부디 지금의 잣대로 평가하려고 하지 말고 당시의 상황을 생각해서 읽어달라는 것이다. 저작권이라는 개념은 현대에 와서야 생긴 것이다. 무협소설에서의 표절이 나쁜 거라는 생각은 90년대에야 공론화 되었다. 그 전에는 무협소설이 중국무협의 일부 장면들을 흉내내는 것은 무협이 무협답기 위해 당연히 하고, 할

---

4 을제상인으로도 알려져 있으나, 무협소설에는 을재상인으로 모두 표기되어 있다.

수 있는 일이라고 생각되었었다. 지금은 아니지만. 을제상인을 만났을 때 처음으로 충격을 받은 것은 "창작무협계에서 공장을 만든 건 내가 처음이야"라고 당당하게 말하는 것이었다. "전부 애들 시켜서 쓰게 하고 나는 감독을 했지. 내가 직접 쓴 건 <팔만사천검법>, <혈검마경인>, <혼천일월장> 세 개 뿐이야"라는 말을 들었을 때도 그랬다. 공장이라는 것은 전회에도 설명했지만 사무실 체제를 말하는 것이다. 다수의 문하생, 혹은 아르바이트생을 두고 작가는 공장장처럼 감독하고 평가한다. 그렇게 생산된 작품을 출판사로 보내고 받은 고료를 월급 주듯 분배한다. 이걸 공장체제라고 부르는데, 을제상인은 번역이 아닌 창작무협계에서는 처음으로 공장을 만들었다는 것이다. 이 체제는 지금도 유지하고 있는 사람들이 있다. 그 이야기는 나중에 하자. 어쨌든 을제상인은 공장체제를 운영했다는 것을 전혀 나쁜 일이라고 생각하지 않고, 따라서 부끄러워하지도 않는다. 단지 그 결과는 신통치 않았다는 것을 인정한다. 그렇게 해서 을제상인이라는 이름으로 거의 80여 작품을 내보냈지만 인기가 있고 잘 나간 것, 그리고 아직까지 독자들의 기억에 남은 것은 본인이 직접 쓴 세 작품뿐이었기 때문이다.[5]

80여 편의 무협소설의 작가로 알려졌지만 실제로는 『팔만사천검법八萬四千劍法』, 『혈검마경인』, 『혼천일월장混天日月掌』만이 그가 집필한 무협소설이라 한다. 『팔만사천검법』은 1, 2부로 되어 있다. 처음 1979년 와룡생이 쓴 것으로 되어 있고, 2부 즉 『속팔만사천검법』은 을재상인이 쓰고, 김의민이 번역한 것으로 되어 있는데, 1, 2부 모두 을재상인이 쓴 것이다. 1995년에는 성문에서 다시 이를 『삼절마검三絶魔劍』이라 해서 5권 한

---

5 좌백, 「한국무협사−걸작을 찾아서 2 : 팔만사천검법」, <나만의무협커뮤니티 IMURIM>. 아래 『팔만사천검법』과 관련된 인용문들은 좌백의 본 문장에서 인용한 것이므로 따로 각주를 달지 않았다.

질의 무협소설로 발표한 적이 있다. 다시 좌백의 위 글 중에서 일부를 인용한다.

> 　어떤 이유로 그렇게 되었는지는 모르겠으나(사실은 한 가지 이유밖에 없을 것이다. 즉 돈이 된다는 것 말이다. 지금도 이름을 말하면 알만한 소설가들이 다른 사람의 이름으로 무협소설을 써내고 있다는 것을 나는 안다. 우리나라에서는 글만 써서 먹고살기에는 쉽지 않다. 무협소설계는 그런 점에서 아직은 장사가 된다고 볼 수도 있겠다.) 김대식 씨는 무협소설을 써서 와룡생 이름으로 냈다. 초기에는 선우인이라거나 사공영 등의 번역자 명을 쓰다가 나중에 을제상인이라는 필명을 만들어서 번역자 이름으로 사용했다. <팔만사천검법>도 이때 나왔다. 와룡생 저, 을제상인 역이라는 이름으로. 이게 히트했다. 본인의 증언으로는 이렇다. 책을 내고 두 세 달이 지났는데 평소 거래하던 출판사가 아닌 다른 곳에서 나를 찾았다. 전번에 낸 <팔만사천검법>이 당시로서는 공전의 히트를 했다는 거다. 당시 보통 700질에서 잘 나가야 1천질 정도가 팔렸었는데, <팔만사천검법>은 그 3~4배가 나갔다고 한다. 그래서 번역이 아니라 창작자로 이름을 붙이게 됐고, 출판사도 옮겼다. 공장체제로 운영하게 된 것은 그 이후의 일이다.

좌백의 글처럼 『팔만사천검법』은 큰 성공을 가져왔다. 일반 대본소용 무협소설이 700질에서 1000질 정도 판매되었던 것에 반해서 3~4배에 해당되는 수량이 판매된 것이다. 『팔만사천검법』이 성공할 수 있었던 비결은 기존의 대만 무협소설의 번역에 있어 그 질을 따지지 않고, 수준 낮은 작품을 소개하여 식상해 있던 무협소설 애호가들에게 우리의 감각으로 새롭게 창작된 무협이 감각적으로 다가왔기 때문이다. 『팔만사천검법』 1부가 와룡생의 이름으로 발표되었지만, 곧 바로 2부는 을재상인의 이름으로 발표된다. 좌백이 정리한 『팔만사천검법』의 이야기를 정리하여 제시한다.

전대의 대마두인 소마 하선초와 장백신군 사이에서 태어난 하선재는 어머니에게 구박을 받고 자란다. 그의 아버지는 전대 천하제일고수 금검령주에게 죽었다고 한다. 하선재는 후일 우연히 전대의 천하제일 마두인 삼절마군의 무공과 무기인 삼절검법과 삼절마검을 얻게 된다. 그 과정 속에서 은하군주라는 여인도 만나게 된다.

이후 하선재는 금검령주의 큰딸인 난지에 첫 눈에 반한다. 난지는 처음에 그를 무시하다가 나중에 필요에 의해 하선재와 정사를 나누게 된다. 그녀는 하선재를 싫어하여 그를 살해하겠다고 하는데, 나중에 그를 절벽에서 떨어뜨리고 돌아서며 자신이 하선재의 아이를 가졌음을 알게 된다. 난지는 후일 하선재에게 호감을 갖게 되지만 사랑으로 발전되기 전에 금검령주의 둘째딸, 즉 자신의 동생에게 죽게 된다. 금검 령주의 둘째딸 봉아도 원래 마음이 고운 처녀로 하선재를 좋아했는데, 하선재의 어머니가 과거 금검령주에게 건 저주에 당해서 걸린 저주로 미치게 되어 마녀로 변해버렸다. 언니인 난지를 죽이고 졸개들에게 시신을 욕보이게 한 뒤 그 심장을 꺼내 하선재에게 먹이는 엽기적인 일을 저지르는 것이다.

하선재 역시 봉아에게 당해 마성에 물들어 버리는 바람에 봉아를 따라다니며 악행을 저지른다. 그러다가 하선재의 친부인 장백신군이 나타나서 그를 구출하고, 자신은 봉아에게 죽는다. 금검령주 역시 자신의 딸인 봉아에게 죽고, 천하에 봉아를 막을 사람은 아무도 없어 마녀의 지배로 들어가는 가 했는데, 앞에서 말한 은하군주의 신통력이 발휘된다. 그녀는 병으로 죽어가면서 마지막으로 자신의 초상화를 그리고, 거기에 모종의 조화를 부려서 봉아에게 걸린 저주를 풀어주는 것이다. 저주가 풀린 봉아는 하선재의 품에서 죽고, 하선재는 자신을 사랑하던, 혹은 자신이 사랑하던 모든 여자를 잃고 강호를 떠나 은거한다.

좌백이 지적한 것과 같이 『팔만사천검법』은 대단히 충격적인 내용을 가진다. 주인공은 사랑을 이루지 못하고, 자신이 사랑하는 사람에 의해 죽음에 처하고, 또 자신이 사랑한 여자의 심장을 먹는 일을 하는 등 괴기스러운 일면마저 보이고 있다. 『속팔만사천검법』의 서장을 보면 저자가 생각하는 『팔만사천검법』에 대한 단면을 엿볼 수 있다.

> 『혼천일월장』, 『팔만사천검법』에 이어 『속팔만사천검법』을 발간하기에 이르렀다. 『팔만사천검법』은 을재상인의 작품으로 일반 무협소설과는 다른 일면이 있다. 근간 무협소설은 대다수가 천편일률적인 은원담에 치중해 무공 초식이나 기예를 무시하고 어불성설 허황된 내용과 저속한 문맥으로 무협소설을 읽는가 아니면 다른 소설을 읽는가 하는 의문이 생긴다. 반면 을재상인의 작품은, 소림, 무당을 위시한 실존 문파의 절기와 천하 각 문파의 무공을 골고루 가미하여, 손을 쳐들면 죽는 식의 졸속한 내용을 지양했을 뿐 아니라 빠르면서도 앞뒤 문장이 충분히 연결되는 전개 등은 누구나 흥미진진하게 읽을 수 있다. 또 주인공을 성현군자로 묘사하는 비현실적인 태도를 버리고 인간 본연의 욕망과 행동을 솔직히 시인하는 대담한 필체로 예측불허의 상황이 벌어진다. 따라서 을재상인의 작품은 권선징악에 치우치지 않고 주인공도 악인일 수 있다는 가정아래 성립된다. 끝으로 무협소설의 영세성에서 수반되는 오자와 탈자를 넓은 아량으로 이해하기 바라며 을재상인의 작품을 널리 아껴주기 바란다. 그리고 근간 예정으로 을재상인의 대표작 중의 하나인 괴기무협소설 무림기가 발간될 예정이다.[6]

위 서문은 번역가 김의민의 이름으로 발표된 것인데, 충분히 을재상

| 6 을재상인 저, 김의민 역, 『속팔만사천검법』(서울: 예일출판사, 1980), 10권(2권 합본 5권).

『속팔만사천검법』1~2합본 표지와 재판 『삼절마검』.

인의 의도를 엿볼 수 있다. 주인공도 악인이 될 수 있고, 그리고 인간 본성에 따라 사건이 전개되는 등 당시 무협소설이 가지고 있는 전형성을 여지없이 깨뜨리고자 창작하였다는 것이다. 스토리의 충격성으로 지금까지도 『팔만사천검법』은 한국 무협소설의 한 장을 장식하고 있는 것이다.

을재상인의 『속팔만사천검법』의 서장을 보면 『혼천일월장』이 『팔만사천검법』 보다 먼저 창작되었음을 알 수 있다. 『혼천일월장』은 중국기정무협소설이라는 타이틀에 와룡생 저, 사공영 역으로 1979년 도서출판 코스모스에서 발간한 무협소설이다. 비록 와룡생의 이름을 도용하였지

中國奇情武俠小說

泥天日月掌

臥龍生 著
司空英 譯

1-2 合本

『혼천일월장』재판 표지

만 한 권에 1~2권을 합본한 형태의 16권까지의 8권 한질의 무협소설이었다. 그러므로 을재상인의 첫 무협소설은 『혼천일월장』으로 보아야 한다.

연남삼협은 진천수 오기, 벽력수 정정문, 홍양으로 용문산에서 10년 만에 재회를 기다린다. 10년전 그들은 용문산 현녀묘에서 오행수와 만나 기연을 얻는다. 오행수는 연남삼협에게 각기 혼천일월장, 은심탄지공, 경혼구식의 무공을 전승한다. 오기와 홍양이 먼저 용문산에 둘째를 기다리는데, 둘째 정정문은 오는 도중 유생 한사람을 구출해 왔다. 그는 유생을 이용하여 의형, 의제를 제압하여 무공을 강탈하여, 자신의 뜻에 따라 방파를 조직, 무림을 뒤흔들 계획을 실행에 옮긴다. 그는 이미 10년전에 오행수가 호의로 자신들에게 기연을 배푼 것이 아님을 알아차리고, 천남 유운보주에게 구한 무영독분을 사용해 오행수를 살해하고 그가 지니고 있던 오행비급을 탈취한다.

이러한 사실을 모르던 오기와 홍양은 기지를 발휘하여 정정문을 물리치는데, 자신들의 무공을 정정문이 구해온 유생 채일기에게 전하게 하고, 모두 사망하게 된다. 처음 채일기는 무공에 뜻이 없는 유생이었으나 운명의 소용돌이에 휘말려 오기와 홍양의 뜻에 따라 무공의 길에 접어들게 되고, 그들의 복수와 유운보주를 살해할 것을 약속한다. 채일기는 자신의 숙부를 찾아가는 길이었으나 도중에 흑의녀 동방옥령의 침입을 받고, 또 중원삼의를 만나게 되는 등 여러 사건에 휘말리다 금포괴인에게 나포되어 수라문으로 끌려가게 된다.[7]

위 『혼천일월장』은 『팔만사천검법』과 공통점을 가지고 있는데, 그것은 모두 무공의 이름을 정면으로 내세웠다는 점이다. 그리고 그 무공이 매개가 되어 스토리가 전개되고 있음도 알 수 있다. 또 다른 을재상인의 작품 『혈검마경인』은 주인공을 지칭하기도 하지만 마경에 담겨있는 무공이 드러나기 때문에 같은 맥락으로 이해할 수 있을 것이다.

『혈검마경인』은 후일 『군자풍류』라는 이름으로 다시 출간되었다. 그러나 재간되었을 때도 초판에서 사용한 저자 및 역자명을 사용하고 있다. 「『군자풍류』의 출판에 즈음하여」라는 『군자풍류』의 서문을 일부 인용하여 본다.

필자는 1979년 한국 최초의 창작무협인 『혼천일월장』을 발표하고, 같은 해 『팔만사천검법』을 출간해 1975년 이후 무협소설 최다판매(『출판저널』 138호 기사)라는 조그만 영예를 얻은 바 있다. 이번에 출간하는 군자풍류는 본인의 세 번째 작품으로 기존무협의 틀을 완전히 뒤집는 피카레스크 소설이다. 본서는 천편일률적인 구상을 탈피하여 천하제일의 악질이라는 혈검마경인을 주인공으로 삼고, 그의 기행을 그려나갔다. 주인공이 천하제일마라는 악명을 얻고자 하는 것이 아닌 바 독자 제현께서 이부분은 이해하리라 믿는다. 무협소설이 하나의 독서오락이라면 무조건 재미있어야 한다라는 대전제가 필요하다. 이 점에 있어서 필자는 단언할 수 있다. 흥미도에 이어서 여타 무협소설보다 뛰어나다

---

7 이하 부분의 내용은 생략한다.

『군자풍류』 표지

고……. 다만 흥미도에 치우친 관계로 문장 자체가 간결체로 흐르고, 비유에 있어서 중후함보다는 경망됨이 앞섰음을 솔직히 시인한다. 현문의 학도가 이 같은 글을 썼다는 것을 현문조사님께 사죄올리며 독자제현의 너그러운 아량을 기대한다. 끝으로 이 책을 출간해 주신 독서당 출판사 사장님과 직원들에게 감사드린다.

위 을재상인의 지적처럼, 『혈검마경인』은 당시 무협소설의 기본 원칙이라 할 수 있는 것들을 거의 뒤집어 놓았다. 그가 지적한 바와 같이 그의 소설은 악한소설 즉, 피카레스크 소설을 표방하고 위 작품을 발표한 것이다.

피카레스크 소설은 16세기 에스파냐에서 발생한 특별한 형식의 소설로, 교활한 소악당의 이야기를 일관성 있게 일대기 형식을 빌려 사회의 여러 세태를 묘사한 것으로 알려져 있다. 서양에서는 17~18세기 영국·프랑스·독일문학에 영향을 주어, 오늘날 현대소설에서도 피카레스크적 편력이 주제로 다시 쓰이는 것을 볼 수 있다고 한다. 『혈검마경인』은 바로 이러한 소설의 양식을 사용하여, 무협소설 주인공이 꼭 선인일 필요가 없다는 것, 그리고 자신의 복수를 위해 무공을 배우고, 그 과정에서 기연을 얻는 것이 아니라는 것 등등 당시 무협소설이 보여주는 천편일률적인 플롯에 반기를 들었다. 이외에도 『혈검마경인』은 피카레스크 소설이라는 타이틀과 함께 유머러스한 코믹 기법을 도입하여 코믹 무협의

고룡저 김의민역의 『역팔괘신공』과 을재상인 김지부저 『신검팔강』 표지

장을 연 것도 주목할만한 점이다. 이제껏 코믹 무협소설의 시초를 검궁
인의 『독보강호』로 인식하고 있으나, 그보다 빠른 시기에 발표된 『혈검
마경인』이 빠른 전개, 간결한 문체로 현대소설의 장점을 취합하면서, 코
믹을 유발할 수 있는 요소를 가미하여 정통 코믹무협 소설의 장을 열었
다고 할 수 있다. 아래 대강의 내용을 정리해 본다.

주인공 선자정은 스승을 잘못만나 무공에 진전이 없는 무림의 낙오
자였다. 이를 비관하고 자살을 하려다가 우연히 천하제일마가 남긴 마
경을 얻게 된다. 마경을 얻게 된 선자정이 펼치는 이야기가 바로『혈검

마경인』인데, 강호출도한 선자정은 가식과 위선이란 하나도 없이 제멋대로인 자연인이기 때문에 의식도 없는 중에 악한의 공격을 피해내고, 물리친다. 또한 고수들의 무공 내력을 사기로 갈취하는 흑수갈귀의 내공을 다시 기지를 발휘해 빼앗아 내공을 증진시키는 등 이러한 점이 『혈검마경인』이 독자로 하여금 웃음을 유발하도록 만든다.

흑수갈귀의 내공을 얻은 선자정은 무공산 월평동에서 개최하는 천하제일마를 뽑는 선발대회에 나가고자 한다. 선발대회에 나가기까지 선자정은 수많은 마도인을 만나고 그 과정 속에서 오왕부의 딸 선경공주 등 미인을 만나 인연을 맺는데, 특히 선경공주를 아내로 삼고 얼떨결에 천하제일마로 선정된다.

좌백과 을재상인의 인터뷰 내용을 토대로 살펴보면 을재상인이 직접 쓴 무협소설은 위에서 소개한 세 편에 불과하다. 그러나 을재상인의 이름을 딴 여러 무협소설이 발표되었음을 주지의 사실이다. 이러한 을재상인의 창작 무협소설들은 한국인의 중국식 창작 무협소설이 성공할 수 있음을 보여주었기에 그 의미가 있다 하겠다.

4부

창작 무협소설
중흥기

14

80년대 무협소설의 새바람

을재상인이 정식으로 문을 연 한국 무협소설의 창작 바람은 80년대 들어서서 더욱 거세졌다. 야설록은 「한국무협소설의 역사-그 덕과 성」에서 우리나라 창작 무협에 서재욱의 『칠보신검』, 김민성의 『일락서산』이 태보가 되었다고 하고, 을재상인과 더불어 이연재라는 작가가 당시 무협소설의 붐을 주도했다고 적고 있다.

야설록에 따르면 이연재[1]는 왕명상, 금소연 등의 필명을 가지고 있었다고 한다. 야설록의 글에 보이는 이현재는 이연재로 좌백은 「한국무협사 5-걸작을 찾아서: 이연재의 『천무영웅전』」에서 그를 다음과 같이 자세히 살펴보았다.

---

1 원문에는 이현재라고 되어 있으나 이연재가 맞다.

이연재는 달과별에서 나온 책에 붙어있는 저자 약력을 보면 1950년 서울 生으로 건국대학교 사학과를 수료했고 1979년『선풍금룡』으로 데뷔하여 이후 왕명상(王明常) 등 10여 개의 필명으로 80여종에 달하는 무협소설을 저술한 것으로 되어 있다. 대표작으로는『유성탈백』,『천붕옥수랑』,『구유유성검』,『철혈풍운보』,『유랑천주』등이 있다고 한다. 사실 이연재라는 이름은 독자에게는 그리 익숙한 이름이 아니다. 그러나 왕명상이라고 하면 70~80년대 초기에 무협을 접한 독자에게는 대단히 익숙한 이름이다. 당시에는 참으로 많은 책들에 이 왕명상이라는 이름이 붙어서 나왔었다. 그리고 위에 든 작품들 외에도『선풍금룡』,『독목수라』의 2부작과 이 작품『천무영웅전』등은 설사 작가 이름은 잊는다 해도 작품은 잊지 못할 정도로 감명 깊게 받아들여졌었다. 80년대에 데뷔한 후배 작가들, 사마달, 금강, 검궁인, 야설록 등과 심지어 와룡강에게 까지 왕명상은 넘어야 할 벽과 같은 존재였다. 그 벽이 너무나 쉽게 무너진 감은 있지만……. 어떤 사람은 이연재를 번역된 원고를 손봐서 내는 정도의 작가라고 한다. 어떤 사람은 대단한 문장력과 구상력을 가진 훌륭한 작가였다고 회고한다. 실제로 들은 바에 의하면 그의 이름으로 나온 작품 중 상당수는 번안작이었다. 그리고 상당수는 가필작가의 글에 이름만 붙인 것이었다. 그러나 몇몇 유명한 작품은 그의 창작임이 분명했다. 사람은 가고 이름은 남는다. 허물과 과오는 그렇게 잊혀지고 훌륭한 작품만 전해질 수 있었으니 그도 그렇게 불만스럽지는 않을지도 모른다. 그러나 사실 이연재의 노후는 그리 좋은 것이 아니었다. 필자가 몇 년 전에 만나본 이연재는 뇌졸중 후유증으로 기억의 상당부분을 잃고, 거동도 불편한 상태였다. 90년대 무협부흥의 붐을 타고 본인의 전작들을 재간하며 다시 재기하나 했더니 그 반응이 그리 좋지 않았던지 몇 개의 작품을 재간하는 것으로 끝나고 그는 다시 칩거중이다.[2]

이연재의 소설은 『유성탈백』, 『천붕옥수랑』, 『구유유성검』, 『철혈풍운보』, 『유랑천주』, 『독목수라』, 『천무영웅전天武英雄傳』 등이 있음을 윗 문장을 통해서 알 수 있다. 좌백은 위의 문장에서 『천무영웅전』이 아마도 중국 무협소설 『검풍곡』[3]의 초기 분위기를 빌려 작성된 무협소설임을 추정하며, 이연재가 제대로 무협소설사에서 평가받지 못하는 이유를 그가 번역, 번안, 창작을 혼란스럽게 했다는 점을 들고 있다. 이러한 그의 특성 때문에 이연재는 한국 무협소설 창작의 0.5세대로 불린다. 이연재의 데뷔는 1979년으로 앞서 소개한 을재상인과 같은 해에 이루어졌다.

을재상인 등이 연 한국 창작 무협소설 시대에서는 앞 시대의 중국 대만 무협소설 작가의 이름을 도용하여 발표하던 무협소설 앞에 창작자의 이름을 자신있게 붙이고 한국 무협소설임을 표방하기 시작했다. 이후 호림시리즈 제1탄 『무영기협』, 제2탄 『기정천하』, 제3탄 『비봉도』를 필두로 하여, 학림시리즈와 금룡시리즈의 무협소설이 등장한다. 이 시기에 등장한 창작 무협소설 작가들은 한국 무협소설계를 주도하며, 일부는 지금까지도 꾸준히 활동하고 있다.

야설록의 위 글에서 제시하는 1979년부터 1987년까지 활발하게 활동을 하던 무협소설 작가군은 다음과 같이 서효원, 야설록, 서문하, 청운하, 해천인, 와룡강, 내가위, 모두위, 천중화, 천중행, 설풍, 설운, 사우림, 장약허, 해림, 천무귀재, 박영창, 뇌명, 뇌강, 녹수엽, 환인, 추풍인, 유랑,

---

2 좌백, 「한국무협사(5)-걸작을 찾아서: 이연재의 [천무영웅전]」, <나만의무협커뮤니티 IMURIM>.
3 좌백에 따르면 『검풍곡』은 와룡생 저, 송운산 번역으로 1980년 4월 을지문화사에서 출간된 책으로 2권 합본으로 12권 완결이다. 소위 '합본시대'라고 불리던 대본소 무협의 한 형태로 나온 것이라 한다. 『검풍곡』(劍風曲)은 소일(蕭逸) 원작, 『반랑초췌(潘郞憔悴)』로 밝혀졌다.

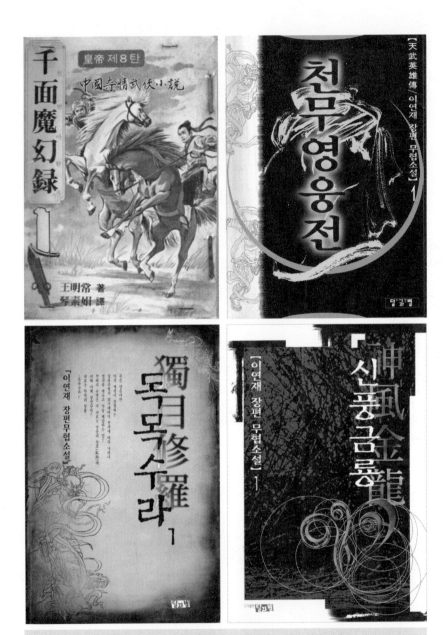

왕명상 무협소설 『천면마환록』과 이연재 재판 무협소설의 표지

매설헌, 사마우 등이다. 이외에 대표적인 작가로 사마달, 검궁인, 금강 등이 있는데, 1981년 데뷔한 금강과 사마달, 그리고 그 뒤에 등단한 야설록夜雪綠과 고 서효원徐孝源(1959~1992)은 1980년대 한국 무협소설을 주도하던 주요한 작가였다.[4]

1. 금강의 무협소설

금강金剛은 1956년 대구에서 출생하여, 1981년 『금검경혼金劍驚魂』으로 무협소설계에 등장하였다. 그러나 안타깝게도 1981년 발표된 첫 작품은 금강이라는 필명대신 와룡생의 이름을 달고 나왔다. 그는 이후 '경혼'驚魂이 붙은 경혼시리즈 다섯 편을 집필한다.

금강의 네 번째 경혼시리즈는 『광세경혼狂世驚魂』인데 대룡출판사에서 무성시리즈 첫 작품으로 내놓는 야심의 작품이었다. 아래 무성 탄생에 대한 글을 인용하여 본다.

> 무협소설의 명문, 도서출판 대룡사는 그 누구도 감히 상상치 못하였
> 던 대 위업을 무협계에 세웠다. 호림 시리즈 장장 50탄, 돌풍 시리즈

---

4 검궁인도 윗글을 통해 이 시기 무협작가 군을 소개하고 있다. "호림 시리즈에 이어 금룡출판사의 '천상(天上)', '천하(天下)'시리즈의 등장은 창작무협의 전성기를 구가하게 된다. 이때 나온 작가들로는 대망 출판사의 금강(金剛)을 위시하여 왕명상(王明常), 사마달(司馬達), 검궁인(劍弓人), 서효원(徐孝源), 야설록(夜雪綠) 등이 연이어 화려한 작품을 선보이면서 이른바 호화군단의 대열에 들어 창작무협의 중흥기를 이끌었다. 뿐만 아니라 뇌명, 뇌강, 서문하, 유랑, 일주향, 해천인, 설화담, 아도인, 철자생, 천중행·천중화, 내가위·모두위, 사우림, 와룡강, 청운하, 냉하상, 천무귀재, 매란설·매설헌, 설풍·설운 등 기라성 같은 작가들이 배출되어 대본소의 서가를 장식하게 되었다."

금강의 『광세경혼』 표지(무성 제1탄 작품)

장장 49탄, 그리고 그 위에 우뚝 선, 무성! 호림과 돌풍을 밑거름으로 하여 엄선한 걸작들은 다시 무협계를 경악케 할 것이다. 이제, 무성의 탄성과 더불어 대망의 역작, 경혼시리즈 제4집 광세경혼을 내놓고 여러분의 성원에 보답하고자 하는 바이다. 영춘지절 대룡편집부![5]

　금강이 경혼시리즈로 주목을 받았지만 그가 무협계에서 확실한 자리를 구축한 것은 1983년 당시 금기시되던 황궁을 배경으로 한 무협소설 『절대지존絶代至尊』을 발표하여 최고의 베스트셀러가 된 것이 기회가 되었다. 그 이후 그는 풍운시리즈로 무협의 추리화에도 많은 노력을 기울였다고 한다. 『풍운제일가風雲第一家』, 『천추전기千秋傳奇』, 『영웅천하英雄天下』, 『해천풍운월海天風雲月』, 『영웅독보행英雄獨步行』, 『천마경혼天魔驚魂』, 『천추군림지千秋君臨志』, 『위대한 후예』, 『풍운만장風雲萬丈』, 『독비경혼獨臂驚魂』, 『풍운고월조천하風雲孤月照天下』, 『금검경혼金劍驚魂』, 『발해의 魂』, 『절대지존絶代至尊』, 『광세경혼狂世驚魂』, 『풍운천추風雲千秋』, 『풍운천하風雲天下』, 『풍운대영호風雲大英虎』, 『제왕천하帝王天

　　5 금강, 『狂世驚魂』(대룡출판사), 무성 제1탄 참조.

下』,『뇌정경혼雷霆驚魂』,『영웅군림지英雄君臨志』,『경동천하驚動天下』,『대풍운연의』,『소림사』 등이 금강의 작품으로, 최근까지 작품 활동을 하고 있다.

금강이 기타 한국 무협소설 작가와 다른 점이 있다면, 그것은 한국적인 무협소설을 찾기 위해 노력하였다는 점이다. 그러한 점을 제외한다면 와룡생 등의 초기 대만 무협소설 작가의 작품 경향을 그대로 따르고 있는 작품을 꾸준히 따르고 있다. 즉, 선과 악이 대립하는 무림을 배경으로 협에 입각한 무의 실체를 말하는 것이다.

금강의 한국적 무협소설은 바로 『발해의 혼』이다. 『발해의 혼』은 1987년 발표됨과 동시에 많은 주목을 받았다. 금강은 『발해의 혼』 재판 서문 격인 「우리의 민족사民族史는 다시 씌어져야 한다」에서 작품 기획 의도를 다음과 같이 적고 있다.

渤海의 魂 웅비하는 민족혼과 무예의 극치가 한데 어울린 민족역사소설. 대륙을 뒤덮는 발해의 후예들의 지략과 그리고 가슴속에 불타는 대민족혼! 중원무림의 고수들도 그들의 웅혼 앞에서는 무릎을 꿇었다. 멸망한 백년이 되도록 대발해국을 재건하려는 굳건한 의지는 살아있다. 송나라 명문 장군가의 외아들이 된 천재적인 선비 육능풍(陸能風), 서하의 제2인자가 된 무예의 고수이자 경략가인 왕재진, 이들은 기구한 운명으로 헤어진 형제이며 발해왕가의 후예였다.

『한단고기』, 『삼국사기』 등의 치밀한 고증을 통해 탄생한 민족역사소설. 역사의 한길에서 서로 다른 길을 택한 두 형제의 삶 속에 발해의 재건을 꿈꾼다. 이 책은 우리 민족이 잃어버렸던 자긍의식(自肯意識)을 고취코자, 우리의 민족사는 새로운 시각 위에서 반드시 다시 씌어져야 한다는 바람으로 쓴 민족역사 무협소설(民族歷史武俠小說)이다. 재간되는 『발해의 혼』은 단순히 권수가 달라지는 것에 그치지 않고 내용의 수정과 함께 지난날 모자랐던 부분들을 보충하고 『발해의 혼』 발간 이후에 새롭게 해석되어 발표된 역사적인 사실들을 보강하기에 주력했다. 이 소설은 북송 인종 때에 발해의 후예들에 의해 전개되는 발해의 복국운동을 다루고 있다.

그러나 단순히 역사적인 사실을 그려내는 것보다는 역사적인 정신의 위대함을 살리는 데에 중점을 두려고 노력했다. 물론 그렇다고 여기에서 일어나고 있는 사건들이 모두가 허상이라거나, 등장인물들이 모두 가상적인 인물이라는 말은 아니다. 여기에는 역사상으로 실재했던 인물들과 가상의 인물들이 교차되어 등장을 하는데 아마도 그것은 읽는 사람들에게 역사적인 사실감과 흥미를 한꺼번에 줄 수 있으리라고 생각을 한다. 독자제현께서 이 작품을 통하여 소설로서의 재미를 만끽하면서 우리 민족의 위대했던 옛 역사와 선조들의 강인한 정신과 슬기를 흠모 재조명해보는 계기를 가질 수 있다면 필자에게는 더 없는 기쁨과 보람이 될 것이다.[6]

금강은 한동안 중단되었던 무협소설의 신문연재를 하였는데, 『경향신문』에 『위대한 후예』를, 『일간스포츠』에 『대풍운연의』를 연재했으며, 무협창작집단 '용문'에서 후진 양성에도 힘썼다.

2. 사마달의 무협소설

사마달司馬達의 본명은 신동욱으로 충북 음성 출신이다. 그는 1980년 창작 무협소설계에 입문하였다고 한다. 그의 첫 작품은 1981년 발표한 『혈

---

6 금강, 「우리의 민족사(民族史)는 다시 씌어져야 한다」, 『민족역사 武俠小說 발해의 魂』(서울: 정신세계사, 1987) 참조.

금강의 대본소 무협소설 표지 『천추전기』 및 『영웅독보행』.

천유성』이며, 『절대무존』으로 그 위치를 확보하였다. 최근 1997년 초록배 매직스에서 『절대무존』을 재판하면서, 서문격으로 쓴 「책머리에 부쳐」를 보면 사마달의 첫 작품인 『절대무존絶代武尊』이 어떻게 출판되었는지 알 수 있다.

돌이켜 보면 무협소설을 쓰기 시작한 지 어언 이십여 년이 가까워 온다. 그간 백여 종에 달하는 작품들을 쓰면서 수많은 추억들이 있었 다. 그러나 변함없는 것은 모든 작품들에 대해 항상 열정적이었고, 변 함없는 애정을 쏟아왔다는 것이다. 그 중에서도 유난히 잊을 수 없는 추억과 애착을 느끼는 작품이 무엇이냐 물어본다면 나는 서슴없이 말할 수가 있다. 『절대무존(絶代武尊)』이 바로 그것이다. 다른 작가와 달리 나는 대부분의 작품을 스토리로 써왔다. 아마도 무협소설이란 독특한 장르이기에 가능했던 일일 것이다. 그러나 나는 자부할 수 있다. 그것은 스토리의 분량이 완성된 소설 분량의 1/3에 달할 정도로 충실하게 써왔기 때문이다. 그동안 뛰어난 문장을 가진 작가분들과 공동작업을 많이 해왔다. 가장 먼저 합작했던 검궁인 선생을 비롯하여 일주향 선생, 철자생 선생에 이르기까지의 작업들은 지금에 와 돌이켜 볼 때 가슴 벅찼던 시절들이었다. 본저 『절대무존(絶代武尊)』에 보다 더한 애착을 느끼는 것은 내 평생 유일하게 내 손으로 시작해서 내 손으로 끝낸 작품이기 때문이다. 처녀작(處女作)이자 거의 유일한 완전 원고 작품이었던 것이다. 당시에는 무협소설이 무엇인지도 모르고 단지 열정으로만 썼었다. 몇 달 내내 대학노트 네 권에 깨알 같은 글씨로 써서 탈고하고, 다시 그것을 다른 노트에 옮겨 쓰는 작업을 무려 다섯 번이나 반복한 끝에 첫 작품 『절대무존』은 탈고됐다. 그러나 안타깝게도 세 군데의 출판사를 전전하면서 통과되지 못하고 번번히 출판을 거절당해온 작품이기도 하다. 결국 분노와 허탈에 빠져 원고를 책상 한 구석에 처박기에 이르렀다. 그러던 어느 날, 금룡출판사란 신생 출판사가 생겼다. 마지막이란 생각으로 찾아간 그곳에서 기적적(?)으로 원고가 통과되고 출판이 결정됐다. 결국 『절대무존』은 오랜 시간 역경과 좌절을 겪은 끝에 힘겹게 출간된 것이다. 『절대무존』으로 인해 사마달이란 이름이 시작되었다. 그래서 더욱 애착을 떨칠 수 없는 작품인 것이다. 절대무존이 출간된 지 17년이란 긴 세월이 지났다. 묵은 세월의 먼지를 털고 새롭게 문장을 다듬고 단장을 하여 단행본으로 재출간하게 된 지금 남다른 감회에 젖는 것은 어쩌면 지극히 당연한 일일지도 모른다. 더불어 이연, 백창렬 등의 야심에 찬 신예작가와 새로운 합작시대를 열게 되기까지 무협작가 사마달의 인생은 참으로 행복했다 고백하지 않을 수 없다. 끝으로 본저의 출간에 많은 도움을 주신 동료작가 검궁인 선생

사마달의 중국전통무협소설 『만겁무황전』, 『절대무존』, 유청림과 공저 『대도무문』 표지

과 초록배에 깊은 감사를 드리며 글머리를 마친다. 1997년 초가을 사마
달 배상.[7]

　위 인용에서 사마달이 주로 무협소설의 스토리를 담당하고, 타 작가
가 소설을 완성하였다고 스스로 지적한 것처럼, 좌백은 1980년대 무협소
설 창작을 이끈 사마달을 데뷔작 이외에 모두 공저를 한 작가인 것을
다음과 같이 언급하기도 하였다.

　　그의 작품들은 그래서 그의 스토리를 이해하고 표현할 줄 아는 가필
　　(기본 스토리를 받아서 글로 완성시키는 것) 작가로 누구를 만나느냐에 그
　　수준과 작품성이 좌우되었다. 그런 가필 작가 중에 가장 유명한 사람
　　은 그 자신 작가로 활발한 활동을 한 검궁인이다. 사마달은 검궁인과

　7 사마달, 「책머리에 부쳐」, 『절대무존』((주)초록배매직스, 1997).

사마달·검궁인 공저, 『월락검극천미명』표지

공저로 『월락검극천미명』 등의 작품을, 일주향과 공저로 『십대천왕』 등을, 철자생과 공저해서 『구천십지제일신마』 등의 작품을 냈다. 그 후 한동안 그의 이름을 빌린 대명(실제로 그가 쓰지 않았으나 그의 이름으로 책을 내는 것) 무협만 나오다 95년에 다시 유청림이라는 공저자와 함께 무협의 틀을 깬 정치 풍자소설을 표방한 『대도무문』을 냈고, 검궁인과의 공저작인 『월락검극천미명』을 『달은 칼 끝에 지고』로 개명하여 『스포츠서울』에 연재하기도 했다.[8]

3. 야설록의 무협소설[9]

야설록夜雪綠의 본명은 최재봉이다. 1960년 생으로 고등학교 1학년 때 무협소설을 습작한 경험이 있다고 한다. 일시 방황을 하고, 가출을 하는 등 우여곡절을 겪고, 연대 응용통계학과에 합격하지만, 대학을 중퇴하고

---

8 진산 및 좌백, 「[무협소설의 역사와 계보] 3장. 창작의 시대」, <진산의 삼라만상: http://www.murimpia.com/tt/mars> 참조.
9 이후 한국 창작 무협소설 작가 소개는 한국 창작 무협소설 정보: <http://www.mani.co.kr/share/mani>에서 정리된 자료를 활용하였다. 이 자료는 1990년대 이후 재간 바람을 타고 다시 복간된 한국 창작무협소설에 소개되어 있는 무협작가들의 소개를 잘 정리하여 놓고 있다.

야설록의 초기 무협소설들

군대를 다녀와 회사에 취직한다. 하지만 발령 3개월 전부터 다시 접한 무협소설은 그를 무협소설 창작으로 이끈다. 그 해가 1982년 데뷔작 '강호시리즈'가 히트하는 등 5월부터 9월까지 1만 1,500매 정도의 무협소설을 탈고했다고 한다. 그의 약력을 참조하여 보면 그의 첫 작품은 『강호야우백팔뇌』라고 한다. 이후 5년간 40여 작품을 발표하는 등 1980년대 초 탄탄한 스토리를 기반으로 왕성한 활동을 하였다.[10]

---

10 진산 및 좌백, 「[무협소설의 역사와 계보] 3장. 창작의 시대」, <진산의 삼라만상: http://www.murimpia.com/tt/mars>에는 다음과 같이 야설록을 언급하고 있다. "야설록은 금강과 사마달보다 1년 늦은 1982년, 『강호묵검혈풍영』으로 데뷔했다. 80년대에 같이

전형준全炯俊은 「[한국 무협소설 명인열전 ②] '변신의 귀재' 야설록 고독, 허무, 퇴폐로 무장한 자학적 반항의 변주곡」에서 야설록의 초기작품을 집중 분석한 바 있다. 전형준은 위 문장에서 "야설록의 상상력은 '반항'의 상상력이다. 이런 반항이 극단적 과장, 억지스러운 설정, 지나친 작위와 결합해 감상感傷이 넘쳐난다. 이것이 야설록 무협의 의의이자 야설록 인기몰이의 비결이며, 중국 무협소설의 틀을 벗어나는 활로가 됐다"라고 야설록의 무협소설이 가지는 특징을 정리하였다. 야설록의 대표작들을 살펴보면 『강호벽송월인색』, 『녹수옥풍향』, 『강호제일인』, 『녹수무정혈』, 『대협객』, 『북경야』, 『겁』, 『천지개벽』 등이 있다.

하지만 야설록은 무협소설을 넘어서 또 다른 길을 모색하기 시작하였다. 그는 먼저 우리나라에서 만화스토리를 전문적으로 작성한 개척자로 평가받는다. 1987년 첫 만화스토리 『구대문파의 영웅들』을 발표하고, 계속해서 『아마게돈』, 『카론의 새벽』, 『머나먼 제국』, 『달을 쏘는 사냥꾼』 등 무수한 히트작을 생산해 냈는데, 그의 성공은 이현세라는 당대 최고의 만화가와 합작한 것이었다. 1993년 『남벌』은 일부 매니아층이 아닌 대중들에게도 폭팔적인 호응을 얻어 스토리 작가의 전문성을 확보하고, 한국 만화 발전에 중요한 역할을 담당하였다. 이러한 작품으로 『아마게돈』, 『남벌』, 『북벌』, 『카론의 새벽』, 『아리랑』, 『달을 쏘는 사냥꾼』, 『히

활동하던 작가들과는 달리 비장미를 중시하고 캐릭터 하나하나를 강조하는 작풍을 가져 주목을 받았다. 무협소설로 『표향옥상』, 『녹수옥풍향』 등의 작품을 냈고, 후에 만화스토리 작가로 전업하여 스토리작가협회의 회장을 맡기도 했다. 만화가 이현세와 손을 잡고 만든 『남벌』, 『아마게돈』, 『사자여 새벽을 노래하라』 등이 유명하다. 한편으로는 현대소설도 쓰고 출판사를 경영하는 등 활발한 활동을 하다가 최근에는 직접 게임제작에 뛰어들어 무협 온라인 게임을 준비하고 있다고 한다." 여기서 그의 첫 작품을 『강호북검혈풍영』으로 보고 있는데, 이는 일반적으로 야설록이 공개한 이력과 조금 다르다. 야설록은 그의 첫 작품을 『강호야우백팔뇌』라고 되어 있는 것이 주목된다. 전형준(全炯俊)의 경우는 『강호묵검혈풍영』으로 쓰고 있다.

든카드』,『제2의 킬러』,『공포의 보디체크』,『운명의 청춘비망록』,『아시아』,『의기천추』,『서벌』,『혈견휴 혈련환』,『도지산 검지림』 등이 있다.[11] <프로무림>에 게시된 작가인터뷰 「작가에서 엔터테이너로! 야설록」에는 야설록의 무협소설 창작 경향을 알 수 있는 인터뷰 기사가 실려 있다.

질문 무협소설 얘기로 돌아가보겠습니다. 초기작 『강호벽송월인색』이 『비도탈명』,『절대쌍교』,『완월만도』와 같은 세 권의 책을 기본으로 해서 써진 작품이라는 평이 있습니다. 『강호야우백팔뇌』,『강호묵검혈풍영(마객)』 이후 세 번째 작품인데, 홍콩작가 고룡의 작품을 중심 텍스트로 삼게 된 배경을 알고 싶습니다. 그로 인해 표절 시비도 있었던 것 같은데?

답변 당시 화교이신 강청일이란 분이 있었다. 그분이 세 권의 번역본 무협소설을 무협의 교과서라면서 주었다. 그 작품을 읽고 그분에게 제안 했다. 고룡의 작품들에 나오는 인물들을 새로운 유형의 인물로 재창출하면 어떻겠느냐. 고룡의 인물들을 새롭게 만들어서 다른 차원의 새 작품을 쓰려고 했다. 그러나 『강호벽송월인색』을 가만히 들여다보면 『비도탈명』이나 『절대쌍교』,『완월만도』와 똑같은 장면이 단 한군데도 나오지 않는다. 단지 성격이 비슷한 인물들이 등장할 뿐이다. 의도적으로 그렇게 썼기 때문에 당시 작가들은 다 알고 있었던 일이다.

---

11 야설록은 이후 '대중문화를 크로스오버하는 보헤미안'이라 할 만큼 여러 가지 작품들을 발표하였다. 즉, 1994년 그래픽을 가미한 영상소설 『대란』 발표하고, 이후 소설 「불꽃처럼 나비처럼」,「동풍」,「아벌」,「나비혼」 등 발표하였으며, 한국 록그룹의 전설 「들국화 헌정앨범」 제작에 참여하기고 하고, 공포 순정만화 잡지 『아디(Oddy)』를 창간하기도 한다. 또 '문화제국을 꿈꾸는 사업가'로서 만화스토리 프로덕션 설립(F 프로덕션, 창작기획 무한), 무협소설 전문 도서출판 '뫼' 설립, 주식회사 '야컴' 설립, 만화제작 프로덕션 '야설록 프로' 설립, 해외만화 프로덕션 설립(미얀마, 베트남), 미국 현지 출판법인 설립(파워하우스)을 하는 등 사업에도 적극적으로 뛰어들었다.

표절 시비를 운운하는 것은 그 작품의 구상 단계에서 있었던 의도를 극단적으로 보려는 입장일 것이다.

질문 자신의 작품 속에 일관된 주제는 무엇입니까?

답변 영웅만들기다. 힘에 대한 탐구욕이 영웅만들기라는 구도에 관심을 갖게 만든 것 같다. 잃어버린 힘의 향수에 빠져 있는 사람들에게 그 힘의 원천을 쉽게 설명할 수 있는 방법은 작품 속에 영웅을 만들어서 이야기를 전개하는 게 더 효과적이라고 생각했다. 영웅의 시각을 통해 또 다른 세계를 체험함으로써 갇힌 내면의 욕망을 대리 충족할 수 있지 않겠는가?

질문 본인이 생각하는 영웅은 어떤 상을 가지고 있습니까?

답변 중국 속담에 영웅의 그늘에는 미녀의 눈물이 있다는 말이 있다. 하나의 영웅이 탄생하기 위해서는 영웅 주변의 많은 세계들이 파괴되기 마련이다. 또 파괴가 되지 않으면 영웅으로 가는 길이 제대로 열리지 못한다. 키에르케고르의 『죽음에 이르는 병』을 보면 '고독자'가 나온다. 그 '고독자'가 되기 위한 세 가지 경우가 있는데. 첫 번째는 세상과의 인연을 끊는 것이고 두 번째 길은 세상을 버리고 떠나갈 때 닥쳐올 비난과 모멸을 극복하는 것이다. 세 번째는 세상 사람이 그러한 사람을 성인처럼 칭찬하고 존경하게 될 때 그것마저도 극복할 수 있는 사람을 '고독자'라고 부른다. 영웅주의 역시 영웅의 특별한 세계를 위해서는 주변의 세계가 파괴되는 아픔이 따른다. 그러한 아픔조차도 이겨나가는 과정에서 지독한 허무주의가 배어나온다.[12]

위 세 가지 질문에 대한 야설록의 답변을 통해 그의 무협소설 창작과 그리고 그가 생각하는 무협소설 집필 이유를 알 수 있다. 야설록이 처음 무협소설을 창작할 때에 고룡의 무협소설을 참조한 것을 알 수 있다. 때

---

12 프로무림 <ttp://promurim.barobook.com> 작가 인터뷰 야설록 부분 참조.

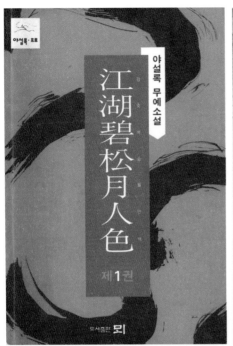

야설록의 『강호벽송월인색』 원본과 재판

문에 『비도탈명飛刀奪命』, 『절대쌍교絶代雙驕』, 『완월만도圓月彎刀』[13]와 같은 고룡의 대표작에서 보이는 무협소설의 특징이 야설록의 작품에서도 잘 나타나고 있는 것이다. 이러한 그의 답변은 아래에 제시한 전형준이 발표한 야설록 작품론에서와 같이 고룡 작품과의 진한 연결성을 보여주는 것이다.

우선 『마객』과 같은 해에 나온 『강호벽송월인색(江湖碧松月人色)』부터

---

13 이 작품은 대부분 司馬紫煙이 대필한 것으로 되어 있다.

야설록 『표향옥상』 초판 표지

살펴보자. 이 작품엔 대만 무협소설의 흔적이 뚜렷하다. 서장(티베트)에서 온 신비고수가 중원의 고수들을 꺾은 후 20년 뒤 다시 오겠다는 말을 남기고, 중원에서는 그 신비고수와 대결할 청년 고수를 선발한다는 이야기는 위룡성의 이름으로 번역 출판된 한 작품(제목은 생각나지 않는다)에 나온 것이고, 쌍둥이 형제가 어려서부터 각각 정파와 사파 인물들 손에서 자라나 훗날 만나게 된다는 이야기는 구룽(古龍)의 『절대쌍교(絶代雙驕)』에 나온 것이다(그러고 보면 야설록이 특히 영향을 많이 받은 중국 작가는 구룽인 것 같다. 구룽에게도 '고독'은 주된 테마다). 구룽이 그랬던 것처럼 야설록도 사파 인물들 손에서 자라난 야유랑(夜遊狼)을 주인공으로 삼았는데, 여기서 야설록은 야유랑을 신비고수의 잃어버린 아들로 설정하여 살부(殺父)를 핵심 모티프로 삼음으로써 자기 나름의 서사를 구축했다. 야유랑이 어머니뻘인 화중성 설지를 두고 신비고수와 삼각관계를 형성하고 마지막 비무(比武)에서 신비고수를 죽이는 것은 오이디푸스 신화의 변형이라고 할 만하며, 이 점에 주목하면 이 작품 역시 반항 주제의 한 변주이자 일종의 성인식(成人式) 알레고리로 읽힐 수 있을 것이다.[14]

---

14 전형준, 「'변신의 귀재' 야설록. 고독, 허무, 퇴폐로 무장한 자학적 반항의 변주곡[한국무협소설 명인열전 ②]」, 『신동아』(서울: 동아일보사, 2004), 2월호.

야설록 무협소설 중에 빼놓을 수 없는 작품으로『표향옥상飄香玉霜』이 있다. 『표향옥상』은 1996년 다시 『향객香客』이라는 제목으로 재간되었는데, 아래 재간본의 서문을 인용해 본다.

작품 『향객(香客)』은 1986년에 대본소판으로 발행했던 『표향옥상(飄香玉霜)』을 신국판으로 다시 개작한 것이다. 야설록의 작품 연보로는 스물일곱 번째 작품이요, 무협소설을 절필하기 일 년여 전쯤에 썼던 작품이다. 『표향옥상』을 썼던 그 시기의 작품들에 대해서는 개인적으로 특히 애착을 가지고 있는데 그것은 아마도 그 시기가 한국무협으로는 최악의 시기였고 그만큼 개인적으로 절망의 나락을 헤매고 있을 무렵이었기 때문이 아닌가 한다. 그 절망으로 하여 이때 썼던 일련의 작품들, 『대협객(大俠客)』, 『사우옥청풍(沙雨玉靑風)』, 『천지개벽(天地開闢)』, 그리고 지금 소개하는 『향객』 등은 매우 어두운 분위기를 가지고 있으며 극도로 허무적이고 감성적인 문체가 사용되고 있다. 연상의 여인을 사랑하는 고독한 살수의 얘기라는 기둥 줄거리를 가진 이 작품도 몇 페이지만 읽어보면 매우 감성적인 문체로 구성되어 있다는 것을 발견할 수 있을 것이다. 이 중 『사우옥청풍』은 『숙객(宿客)』으로 소개되어 이미 많은 분들의 사랑을 받았거니와, 이제 『향객』도 발행 십 년 만에 다시 재간을 하게 되어 기쁘기 한량없다. 지난 십오 년의 세월 동안 무협작가라는 타이틀을 걸고 살아올 수 있었던 것도 빼놓을 수 없는 기쁨이다. 능력이 됐든, 되지 않았든 시인과 과학자와 화가요, 작가의 길을 동시에 걸을 수 있게 해주었던 이 땅의 무협문화에 다시 한번 찬사를 보낸다.[15]

야설록의 서문에서처럼 『표향옥상』은 "연상의 여인을 사랑하는 고독

15 야설록, 『향객』(서울: 도서출판 뫼, 1996) 서문 참조.

야설록 『표향옥상』 재판인 『양자강』 및 『향객』 표지

한 살수의 얘기라는 기둥 줄거리”로 되어 있다. 그러나 그 연상은 단지 나이만 연상이 아닌 주인공인 애사달의 사부인 표향옥상을 말한다. 향객의 뒷 표지에 “무협소설사상 이렇게 처절하고 아름다운 사랑의 이야기는 단 한 번도 없었다! 나 그대를 어떻게 사랑하오리…… 사랑의 방법을 말씀 드리오리 내 영혼이 가 닿은 깊이와 넓이와 높이만큼 나 그대를 사랑하오리 나의 해묵은 슬픔. 내 어린 시절 삶에 영향을 주었던 그 열정으로 그대를 사랑하리 이미 잃어버린 사람들을 사랑하듯 애절하게 나 그대를 사랑하리 나 그대를 내 생명의 호흡, 미소, 눈물, 이 모든 것을 바쳐 사랑하리 하여 마침내 나 죽게 되거든 죽은 후에는 그대를 더욱 사랑할 뿐이오리……”라고 하여 『표향옥상』이 무협소설의 이름을 빌린

애정소설임을 잘 알게 해준다.

4. 서효원의 무협소설

서효원의 유고집,
『나는 죽어서도 새가 되지 못한다』

서효원徐孝源은 1959년 강원도 원통에서 출생하여 1992년에 사망한 천재 무협작가였다. 그는 위암수술을 받던 1980년 『무림혈서武林血書』를 발표하며, 무협소설 작가로 데뷔 월평균 1만여 매의 원고를 집필하던 당시 최고의 필력을 자랑하던 무협소설 작가였다. 1990년 12월 폐결핵 3기 진단을 받아 1992년 12월 14일 운명하기까지 그가 발표한 작품은 12년간 128편, 1,000여 권이나 된다.

위암수술 후 그에게 생기를 불어넣어 주었던 것이 바로 무협소설이라 한다. 당시 그는 행정고시를 준비하고 있었는데, 무협소설을 창작하며 위암의 고통을 이겨내 기력을 회복하고 상상을 초월하는 능력을 발휘해서 무협소설을 작성했다. 그러나 그의 창작은 그리 쉬운 것은 아니었나 한다. 그의 유고집 『나는 죽어서도 새가 되지 못한다』에 실린 「일에 대한 단상」에서는 다음과 같이 그의 창작 속도와 관련된 내용이 보인다.

작업 스피드이며, 두뇌회전 능력이 년전에 비해 50%에 불과하다. 충분하다 못해 넘쳐버린 퇴폐와 불건전한 결과리라. 한꺼번에 100%의 뇌성을 회복하겠다는 것은 어리석은 결정이다. 점진적으로 활기를 되찾는 쪽이 지혜로운 방법이다. 물론, 무리함을 피해서는 발전이 있을 수 없다. 인간이 만들어낸 모든 위대한 작업은 고통 가운데서 태어났다. 예술을 낳기 위해서는 극복의 고통이 절대적이다. 버텨낸다는 데에서 나는 천재적이다. 인내에 있어 절정의 경지에 도달한다면 그 또한 예술이다. 중요한 것은 지금 이 순간이지 어제도 내일도 아니다. 모든 것에 무책임해지고, 오직 한 가지 내 시간에만 충실해지자. 그 또한 선이다. 또한 선이다.[16]

고통을 잊고자 인내하고자 노력한 흔적이 보이는 글이다. 위 글의 집필 일자는 알 수 없으나, 1990년 폐결핵 진단을 받고 쓴 글이 아닌가 싶다. 위의 글은 서효원 무협소설에서 담겨있는 내용을 파악할 때 매우 중요하다 하겠다. 이미 위암수술을 받고 신체의 고통을 알게된 서효원은 그 가운데에 무엇인가 활로를 찾는 것에 익숙해져 있는 것이다. 그러므로 고통을 잊고 작성한 그의 무협소설은 절망과 소망을 모두 담고 있다.

서효원을 기억하는 무협소설 동호인들 중에는 그가 자객을 모티브로 하여 대단히 훌륭한 무협소설을 발표하였다고 말하는 이가 많다. 그 작품이 바로 『대자객교大刺客橋』이다. 이 『대자객교』는 작품자체로 독자들에게 많은 인상을 남겼지만 1990년대 무협소설 산업이 시들해질 때 1993년 서효원의 『대자객교』의 서점 출간이 몰락해 가던 무협소설을 되살리는 역할을 했음을 무협 관계자들은 모두 증언하고 있다.

이것이 바로 그가 주목받는 이유이다. 전형준은 「[한국 무협소설 명인열전 ①] '불꽃의 작가' 서효원 깊은 절망, 뜨거운 소망이 낳은 자아 부

---

16 서효원, 『나는 죽어서도 새가 되지 못한다』(서울: 서울창작, 1993) 참조.

서울창작에서 재발매하여 인기를 끈 서효원의 『대자객교』 재판과 포켓판

활의 무곡」에서 서효원이 '자아를 상실한 주인공들'을 등장시키고 있음을 주목하고, 자객도 그 중의 하나로 보았다. 서효원의 『대자객교』의 주인공 이혈릉의 경우 자객이지만 그의 본래 신분은 명나라 황제 대륭제의 아들인 태자 주천업으로 설정되어 있다. 『대자객교』의 이야기를 살펴본다.

　　이혈릉은 자객이다. 그는 기억상실증에 걸려 있지만, 군계일학의 뛰어난 자질과 능력을 지닌 천하제일의 자객이다. 그가 속한 청부살인 조직의 이름이 '대자객교'이고, 이 조직에서 그는 네 번째 서열이어서 '사살(四殺)'이라 불린다. 기억을 잃은 채 다 죽어가던 그를 살려주고 그를 제자로 삼아 무공을 가르쳐준 사람이 바로 대자객교의 교주(橋主)다.

이혈룡은 갈수록 어려워지는 임무를 하나하나 성공적으로 수행하면서 능력을 키워가는데, 그의 임무 수행은 공교롭게도 그를 기억상실 직전의 사고 현장으로 이끌어간다. 그곳에서 그는 월영지존과 대결을 벌이다가 부상을 입고 절벽 아래 유룡탄이라는 급류 속으로 추락한다. 원래 그의 신분은 명나라 황제 대륭제의 아들인 태자 주천업이다. 그는 월영지존의 부하에 의해 중상을 입고 유룡탄 급류 속으로 추락했었는데 이때 기억을 상실했던 것이다.

그러나 두 번째 추락은 그에게 기억을 되찾아준다. 기억을 떠올리고 본래의 자신을 되찾은 주인공 앞에서 이제까지 은폐되어 있던 일들이 그 진상을 드러낸다. 대자객교주는 예전의 무림삼기 중 한 사람인 귀수옹이었다. 귀수옹은 자기 사문(師門)의 한을 풀기 위해 준비해온 것들을 배반한 제자 부궁석에게 모두 빼앗기고 가까스로 목숨을 건진 뒤 대자객교라는 청부살인 조직을 만든 것이다. 부궁석은 귀수옹에게서 빼앗은 것들을 기반으로 월영지존이 되어 무림을 일통(一統)하고 나아가서는 스스로 황제가 되기 위한 음모를 추진해왔다. 그 과정에서 주천업이 기억을 잃고 이혈룡이 되는 일이 벌어진 것이다.

이혈룡의 기억이 되살아나고 모든 진상이 드러난 이제 남은 것은 이혈룡과 부궁석의 대결인 바, 이 대결에서 승리한 이혈룡이 기쁨이 아니라 견디기 힘든 허망함을 느낀다.[17]

다시 말해서, 『대자객교』에서 등장하는 자아를 잃어버린 자객은 바로 서효원이다. 그는 원래 명나라 황제 대륭제의 아들인 태자 주천업으로, 신분이 보장되었던 사람이나 월영지존의 부하에 중상을 입고, 다시 자아

---

17 전형준, 「'불꽃의 작가' 서효원. 깊은 절망, 뜨거운 소망이 낳은 자아 부활의 武曲[한국무협소설 명인열전] ①」, 『신동아』(서울: 동아일보사, 2004), 1월호.

를 찾는데, 이것이 바로 절망으로부터 자신을 건져냈던 하나의 장치였던 것이다.

5. 검궁인의 무협소설

1980년대 무협소설 매니아는 대본소에서 검궁인劍弓人의 작품을 고를까, 사마달의 작품을 고를까 매우 고심했다. 그만큼 1980년대 검궁인의 작품은 양적으로도 우세했고, 그 내용에서도 일반적인 수준을 뛰어넘어 선호의 대상이 되었다.

검궁인은 본명이 이상운으로, 1981년 처녀작 『검웅전기』를 필두로 동료작가 사마달과 합작으로 『대소림사』, 『천마성』, 『웅풍독패존』, 『십전서생』, 『절대종사』 등 20여 편을 남겼으며, 그밖에도 『구주강호』, 『건곤일척』, 『독보강호』, 『자객도』, 『영웅호가행』, 『대혈륜』, 『강호무정』, 『마인』 등의 그 매수를 따지기도 힘들 정도의 작품을 남겼다. 검궁인이 무협소설에 관심을 가지고 후일 작가가 된 것에 대하여 그가 운영하는 인터넷 문화 웹진 『X-zine』에 소개된 기사를 인용하여 본다.

> 검궁인이 처음 무협소설을 발견한 건 초등학교 6학년 때, 어느 무료한 오후, 본래 몸이 허약했던 그에게 책읽기는 그가 즐길 수 있는 유일한 취미 생활이자 특기였다. 그 날도 읽던 것을 다 읽고 뭐 다른 읽을 거리가 없을까 찾던 차에 눈에 포착된 것이 바로 무협소설. 앞뒤장 모두 날아간 낱권을 발견, 꿀맛처럼 책을 본 후 그는 "세상에 이런 책도 있구나" 감탄을 연발하게 됐고 비로소 험난한 무협 세계에 자신도 모르게 빠져들고 만다. 그 후 세월이 흘러 그의 나이 약관 20세, 뼈만 앙

상한 남자 아이는 신학을 탐닉하게 되는 운명을 거쳐 시를 쓰겠다는 다짐, 그리고 방황 끝에 돌아와서는 자신의 어릴 적 꿈을 회상하게 된다. 본격적으로 무협 소설을 쓰게 된 것은 그의 나이 24세 때, 그 후로 검궁인은 낮과 밤 가릴 것 없이 글공장 공장장이 되어 헤아릴 수 없이 많은 원고지를 쏟아내며 그 자신도 제목을 말하려면 마음 다잡고 기억해야 될 정도로 밥먹고 하는 일이라면 글쓰는 일만 하게 됐다. 이런 그를 주위에서는 기네스북에 오를 정도라 칭찬하지만 정작 그가 이같이 많은 분량의 원고를 쓰지 않으면 안됐던 것은 통속소설이라는 꼬리표가 따라 다니는 무협소설이라는 특수성과 무관하지 않다.[18]

　검궁인의 무협소설은 다양함이 특징이라고들 말한다. 매 작품마다 달라지는 문장 패턴이 그렇고, 다양한 소재를 사용하며, 의표를 찌르는 상상력 등이 보는 이를 즐겁게 한다. 그중에서도 그만의 독보적인 세계를 구축했다고 할 수 있는 것이 바로 『독보강호獨步江湖』이다. 『독보강호』는 에로틱 코믹 무협소설을 표방하고 나섰는데, 『속독보강호續獨步江湖』까지 나올 정도로 많은 사랑을 받았다.

　『독보강호』의 즐거움은 먼저 주인공을 어리숙하게 설정한 것을 들 수 있다. 약초장수 노칠룡을 뇌진자라 알고 무술을 배우는 노팔룡에게서 웃지 않을 독자들은 없을 것이다. 두 번째는 노팔룡이 전혀 여자를 알지못하는 설정도 기존의 무협소설에서 찾아볼 수 없는 재미 유발요소가 된다. 또한 엉뚱하게 맞닥뜨리는 기연 또한 『독보강호』의 교묘한 안배라고 할 수 있다. 결국 그는 아무도 말릴 수 없는 용감무식한 행동으로 강호를 제압하고, 자존심 높다는 여검객 하여령도 결국 도운하라는 여자도

---

18 "검궁인," <http://gboat.co.kr/xcalibur/gumpro.html> 검궁인 홈페이지에서 발췌한 것을 인용함.

양다리를 걸친 노팔룡에게 넘어가
버린다는 설정으로 끝을 맺는다.[19]

검궁인이 이처럼 코믹 무협소설을
시도하여 성공을 보았지만, 그의 작
품 모두가 이러한 것은 아니다. 그가
써낸 비극적인 무협소설의 이야기도
주목할 것이 있는데, 바로 1989년 대
망을 통해 발표한 『낙화일지落花日誌』
가 그렇다.

『낙화일지』의 내용은 다음과 같다.

劍弓人
全作中篇
武俠小說
落花日誌
叢書出版 大望

80년대 발표된 검궁인의 『낙화일지』 표지

　　살수 귀견 사정룡은 차기 제천성
　　주가 될 인의공자 남궁벽의 남과 싸
　　우기 싫어하는 심성을 걱정한 제천
　　성 십사대 봉공들의 심성개조계획의
　　일환으로 남궁벽의 암살을 의뢰받고
불가능하다고 여겨지던 암살을 성공시킨다. 그러나 성공해선 안되는
계획이었기에 오히려 감옥에 갇히고 끝내는 변황사패 영수들의 암살에

---

19 「디지털 시대의 한국 창작 무협소설에 관한 고찰」에 수록된 줄거리를 인용한다. 심마니
노인은 자신이 천하제일고수 뇌진자라는 마음에 없는 거짓말을 하고 고아 소년 노팔룡
을 제자로 둔다. 그는 무술 전수를 요구하는 노팔룡에서 엉터리 검법을 가르쳐 준다.
노팔룡은 노인이 가르쳐준 엉터리 검법을 연습하다가 자신도 모르게 내공을 갖추게 된
다. 작품의 코믹성은 산속에서만 살던 그가 무림에 출도하여 세상물정을 전혀모르는 상
태에서 일어난다. 그는 자신이 뇌진자의 제자이며, 천하절기의 전인이라고 믿고 있다.
노팔룡은 여협객 하여랑과 동행하게 되고 그녀의 도움으로 영웅대회에서 우승한다. 이
후 실제로 뇌진자를 만나 검법을 전수받는다. 그러나 뇌진자의 존재를 의심하면서 검법
의 우수성을 인식하지 못한다. 이러한 과정을 거치면서 그는 금륜맹주를 물리치고 영웅
이 되어 미녀들과 행복하게 살아가는 줄거리로 전개된다.

이용당하고 복수를 꿈꾸나 누상촌 사람들의 생명을 담보로 위협받은 끝에 결국 자살로 생을 마감한다.[20]

6. 와룡강의 무협소설

1980년대 와룡강臥龍岡의 무협소설도 무협소설계에 많은 영향을 끼쳤다. 와룡강의 필명은 대만 무협소설 작가 와룡생에서 온 흔적이 보인다. 와룡강이 당시 무협소설계에 충격을 주었던 것은 거침없는 성애 묘사에 있으며, 오늘날 포르노 무협소설이라고 할 정도로 한 작품에 많은 분량의 성애 장면을 넣었던 것으로 기억된다. 필자도 한 쪽에 몇 줄 없는 판형의 무협소설에 괴성으로 얼룩진 와룡강의 무협소설을 보면서, 어떠한 의미도 찾지 못했던 기억이 난다. 하지만 무협소설계가 작가 이름을 마음대로 사용하여 작품을 발표하는 좋지 않은 선례들이 있기 때문에, 와룡강에 대한 평가는 아직도 명확하지 않음은 사실이다. <꽃어름눈물의 한국무협 추천작 1> 사이트를 보면 와룡강의 『질풍록』 감상문에 와룡강의 작품에 대해 다음과 같이 언급한 부분이 눈에 띤다.

> 그러다가 '드레곤'이 그 뒤를 이었다. 물론 아직까지는 드레곤은 일정 수준 이상의 작품을 내놓는다는 점에서 믿을만하지만 개중에는 수준이 떨어지지 않는 작품이 없다고 할 수는 없겠다. 굳이 그 이름을 거론치는 않겠다. 그렇게 형편없지는 않기 때문이다. 드레곤에서 예전의 수작을 이렇게 재 발굴하여 재간하는 것이 진정 마음에 흡족하다. 와

---

20 <나만의 무협 커뮤니티 INURIM>의 무협서고 부분 소메쉬 입력 참조.

와룡강의 『금포염왕』 1부 1권 및 2부 1권 표지

룡강이란 이름에는 함정이 있다는 것을 모두들 알 것이다. 한자로 臥龍
岡이라 표기하는 포르노 와씨와 한글로 제대로 된 작품을 선보이는 와
룡강을 말하는 것이다. 이번 재간된 『질풍록』은 『금포염왕』 1·2부에
못지 않는 수작이다. 와씨의 이름에 지레 겁을 집어 먹고 멀리할 필요
는 없다는 말이다. 역시 와룡강의 초기작은 볼만하다는 결론이다. 사이
비로 흐른 臥龍岡과 작품성을 갖춘 와룡강이란 이중성이 눈에 거슬리
긴 하여도 끊임없이 풍파를 제공하는 와씨에게 흥미를 느끼지 못하였
다면 내가 이상한 사람이리라.[21]

21 <꽃어름눈물의 한국무협 추천작 1>은 <www.muhupin.x-y.net/mu1-5.htm> 사이트 참조.

위 글을 통해서 와룡강의 작품이 갖는 이중성을 살펴볼 수 있었다. 사실 『금포염왕』은 1998년에 와룡강이 새로 출간한 무협소설로 전작의 모습을 탈피한 작품이다. 서문에서 7년 만에 신작을 내놓았다는 말이 있는데, 이를 통해서라면 1991년 이후 와룡강으로 발표된 대본소 무협소설들은 모두 위작이라는 말이다. 『금포염왕錦袍閻王』에 수록된 작가 소개를 살펴보자.

> 와룡강(臥龍岡). 1962년 충주에서 출생한 와룡강(본명: 박승수)은 고려대학교 경영학과 재학시절 1983년 『무림군웅보』로 무림계에 입문하였다. 『군마무』, 『사대천왕』, 『구중천』, 『역천기』, 『질풍록 1~2부』 등 100여종의 무협소설과 『혼돈마조』, 『철사자』, 『묵시록』 등 만화 시나리오를 집필한 왕성한 창작활동만큼 한국무협소설계에 빠뜨릴 수 없는 한 축을 이루고 있는 작가이다. 그의 작품에 중요한 골간을 이루는 혈겁과 기연, 절세의 미녀들의 등장. 파격적인 성애 묘사 등은 80년대 무협소설이라 불리우는 장르의 한 전형을 이루면서 성장했고 한편으론, 끊임없는 논쟁의 대상이 되기도 하였다. 그러나 그의 작품이 데뷔 15년이 지난 지금에도 무협시장에서 막강한 독자군을 거느리고 있는 것은 작가가 '재미'와 '대리만족'이란 무협의 특성을 누구보다 잘 꿰뚫고 있으며 또한 그의 탄탄한 필력이 이러한 사실을 뒷받침하고 있기 때문이다.[22]

▌22 와룡강, 『금포염왕』(서울: 드래곤북스, 1998) 저자소개 참조.

7. 기타 작가의 무협소설

위에서 소개한 무협소설 작가 이외에 수십 명의 무협소설 작가가 이 당시 활동했다. 이들은 1990년대 새롭게 서점용 무협소설로 자신들이 기존에 발표했던 무협소설을 재출간하기 시작했는데, 아래에 그들이 재출간한 무협소설에 소개된 프로필들을 그대로 인용하여 도표로 작성하여 제시하여 본다. 비교적 활발하게 활동했던 무협소설 작가들로는 내가위, 냉하상, 뇌강, 매설헌, 박영창, 백상, 설운, 설풍, 아도인, 이광주, 일주향, 천중행, 천중화, 철자생, 청운하, 해림, 해천인 등이 있다.

재판 무협소설에 소개된 한국 무협소설작가 프로필

작가	프로필
내가위	내가위는 서울 을지로에서 태어남. 대학 졸업 후 대책 없이 결혼부터 했으며, 600여 통의 이력서를 각 회사에 보내나 단 한 군데 취직도 못하고 술로 세월을 보내던 중 서울에도 무림계가 있다는 사실을 알고 무작정 뛰어들었음. 학창시절, 하라는 공부는 안 하고 1만 권에 가까운 무협소설을 읽어쌓은 내공 덕에 어렵지 않게 발을 들여놓은 무림계에서 사람 구실을 할 수 있게 된다. 『중원영웅사』를 첫 히트작으로 몇 년 동안 승승장구하다 나태와 무성의로 인한 졸필에 독자들로부터 철퇴를 맞은 후 삼 년을 더 버티다가 마침내 은퇴하여 모 회사의 오디오 대리점을 차려 다른 호구지책을 마련한다. 그러나 다시 몇 년을 버티지 못하고 90년 강호로 되돌아온다. 그간 황성, 야설록, 사마달 등 작가들과 만화 시나리오 70여 작품을 집필했으며, 무협소설은 34종 108권을 펴냈다. 주요 작품으로는 『중원 패웅사』, 『중원 마웅사』, 『중원 영웅사』, 『강호천리』, 『강로무정』, 『일로무정』, 『백혈』, 『용혈』, 『대왕조』, 『혈접미랑』 등이 있다.
냉하상	냉하상은 1965년 서울에서 태어났다. 1981년 무협소설계 입문하여 현재까지 무협소설을 발표하고 있다. 주요 작품으로 『천풍무영』, 『철검영웅행』, 『천지웅패풍』, 『혈룡신화』, 『잔혈』, 『마중천』, 『구중천』, 『천궁천』, 『축록제천』, 『무혼대협』, 『절대영웅』, 『절대무적』, 『잠룡전기』, 『영웅철로』, 『무적풍』, 『천뢰은한』, 『악인무적』 등이 있다. 이현세 만화 『명인』, 『판게아』, 『비바체』 등의 만화 스토리를 저술하기도 했다.
뇌강	본명은 강록원姜綠遠. 서울 시립대 졸업. 1980년 무협계에 입문. 대표작으로는 금강金剛선생과 공동 집필한 『탕마지초蕩魔至尊』 및 『대불멸혼大不滅魂』, 『대성웅大聖雄』, 『대설산大雪山』 등이 있으며, 십 수종의 무협소설 및 다수의 만화 시나리오를 썼다. 잠시 집필을 중단했으나 최근 『악불佛』, 『강호풍류객江湖風流客』의 재간 등 활발한 집필활동을 하고 있다.

작가	프로필
매설헌	1961년 1월 20일 생. 1984년 무협계에 입문. 1987년 만화 시나리오 작가로 변신. 1999년 만화 시나리오와 함께 창작 무협소설집필 중. 주요작품으로, 『강호불한당』, 『무원』, 『쾌락전사』, 『탕룡』, 『삼정풍운』, 『환락성자』, 『절정신협』, 『검존』, 『철검자』, 『십절랑객』 등이 있다.
박영창	강원도 원주 출생. 번역 작가로 활동하면서 『녹정기』, 『명황성』, 『포청천』 등 중국문학을 다수 번역하였다. 무협작가 활동도 하고, 무협소설에 대한 평론을 쓰기도 했으며, 게임 시나리오를 쓰기도 했다. 작품집으로는 100권의 무협소설을 씨디롬 한 장에 담은 『중국무협걸작선 100권』이 있다. 박영창은 무협소설을 창작하기도 하였는데, 그가 창작한 『무림파천황』은 필화사건을 격기도 한다. 대학교 3학년생으로 '공산이론'을 무협소설에 넣어 전파시킨다는 명문으로 2년간 투옥된 이후 무협소설 작가보다 번역가로서 경주하여 중국권의 유수의 무협소설을 번역하여 소개한 공로가 있다.
백상	1964년 출생했다. 1983년부터 무협소설을 쓰기 시작하여 <성검> 시리즈 5편, <신화> 시리즈 5편, <구파일방> 시리즈 10편, <오대세가> 시리즈 3편, <구파일방> 시리즈 2탄 4편을 집필하였다고 한다. 그의 작품으로는 『성검가』, 『백가신화』, 『절대신화』, 『황제신화』, 『소림화상』, 『무당소숙』, 『점창장문인』, 『남궁세가』, 『제갈세가』, 『소림방장』, 『화산문화』 등이 있다.
설운	소설가 및 극화 시나리오 작가. 대표작 『천검후天劍候』를 비롯 『대황大皇』, 『대림천자大林天子』 외 <사혼무死魂舞> 시리즈 등을 집필執筆. 80년 대 후반 극화 시나리오 작가로 변신. 『북두칠성北斗七星』, 『칼의 침묵』, 『야수』, 『불나무』, 『환타지아』, 『아디오스』, 『티나토스』, 『용의 신화』, 『유배자流配者』 외 다수의 작품을 발표하였다.
설풍	1960년 강원도 평창 출생. 한성대학교 역사학과 졸업. 『광혈사혼무狂血死魂舞』, 『검혼무劍魂舞』 외 무협소설, 만화 스토리 다수 집필. 현재 무협소설 및 만화스토리 작가로 활동 중.
아도인	본명은 장주철. 무협이 좋아 무협을 평생의 반려자로 선택했다는 작가는 『태양무존』으로 데뷔한 후, 20여 년 동안 오직 무협에만 파묻힌 채 190여 편에 달하는 무협소설을 탄생시켰다고 한다. 대표작으로 『태양영웅전』, 『조화서생』, 『풍운십계』 등과 『사파전선』, 『암흑제황』 신화 시리즈 『뇌문신화』, 『천풍신화』, 『낭인신화』, 『팔황신화』와 『다정소무정혈』 등이 있다. 그의 작품에는 무협에 대한 남다른 사랑과 애정이 있어서일지는 모르지만 화려한 문체이건만 범인(凡人)의 향기가 배어난다고 한다. 아도인이 무협소설에 입문하게 된 것은 중국 무협소설 번역 일을 하다가 창작을 하게 되었다고 한다. 그는 중국 무협소설 작가 중에 와룡생, 뇌검의 영향을 많이 받았으며, 한국 무협소설 작가로는 사마달의 상상을 초월하는 획기적이며 파격적인 스토리에 매료되었다고 한다.
이광주	본명은 강관규姜冠圭. 1980년 『탈검낭군脫劍郎君』으로 무협계에 입문. 무협소설 60여 종 및 만화 시나리오 20여 종 집필. 대표작으로는 고故 서효원 선생과 공동 집필한 『이척팔촌二尺八寸』, 『절대검절정도絶對劍絶頂刀』, 『대상객大商客』, 『문무지존文武至尊』 등 10여 종과 『전사시리즈』로 명명되어 폭발적인 선풍을 일으켰던 『폭풍전사暴風戰師』, 『절대전사絶對戰師』 등이 있으며, 『뇌강』, 『무성武聖』 등 여러 필명으로도 활약 중이다.

작가	프로필
일주향	본명은 김종하(金鐘河). 1954년 생. 1980년 『제천검주』로 데뷔한 이래 60여종 이상의 작품을 집필하였다. 대표작으로 『독보천하』, 『사황』, 『용천풍』, 『십밀야』, 『용백』 등이 있으며 동료 사마달과의 합작으로 『천마서생』, 『십대천왕』, 『풍』 등이 있다. 2000년 인터넷 웹서버 블랙탄(Blacktan)에서 『색풍천하』를 연재하였다.
천중행	본명은 박재영. 서울 출생. 『검한몽』, 『팔왕예조』, 『삼랑소』 등 삼십여편의 장편소설을 창작했으며, 천중화씨와 합작으로 『칠기무제』, 『군』, 『제군본기』 등 십여 편을 창작, 총 사십여 편의 창작 무협소설을 썼다. 만화가 황성 씨 작품 『살인투』, 『팔왕결』, 『신검부』와 박원빈씨의 작품의 『검은 바람』, 『검은훈장』 등 30여 작품의 시나리오를 집필했다.
천중화	본명은 김명철. 충남 홍성 출생. 천중행씨와 합작으로 『십교종사』, 『태양천자』, 『대상천하』, 『제군본기』, 『군』 등 많은 장편무협소설을 집필.
철자생	경북 상주 출생. 서울대 문리대를 졸업. 1980년 『천무대제天武大帝』로 무협계에 등장한 무협소설 1세대 작가이다. 1980년 이전까지 서울 소재의 여러 고교高校에서 교직생활. 방송작가, 소설가, 시나리오작가, 신문연재 등을 하면서 다수의 문제작과 수작을 발표. MBC-TV 및 라디오 『수사반장』, 『암행어사』, 『베스트 극장』, 『꽃남이네 집』 『구르는 돌에는 이끼가 끼지 않는다』, 『백야白夜』 등. 블랙 스토리: 이상세의 『달을 쏘는 사냥꾼』 중 일부, 조명운의 『바람아 구름아』, 조성빈의 『갯벌』, 한승준의 『로미오와 줄리엣』 등 다수. 『돌아이』, 『88올림픽 극영화』 등 다수. 월간 『만남』의 편집장 역임. 일간 스포츠 『용의 아들』, 『고구려 프로젝트』 연재. 철자생 이란 필명으로 『구천십지제일신마』, 『천수검왕』 등을 사마달과 공저. 청운하, 유소백, 황금도 등의 필명으로 『황금도』를 비롯한 『천신무』 시리즈 등 40여 편의 무협소설을 저술하였다.
청운하	본명은 김재득. 1983년 저작활동 시작. 1992년 『오행혈서생五行血書生』으로 무협소설계에 입문. 이후 정통무협이라고 볼 수 있는 신비와 괴이, 수많은 복선과 반전으로 구성된 기협물奇俠物을 발표하여 일가一家를 이루었다. 간결한 문체와 치밀한 구성構成을 바탕에 둔, 쉴새없이 몰아치는 빠른 템포의 스토리 전개는 가히 독보적인 경지에 이르러 있다. 주요작품으로는 『영세제일인永世第一人』, 『혹사월黑死月』, 『천년마종주千年魔宗主』, 『혈야등血夜燈』 등 20여 편의 작품이 있다. 무협 1세대 작가. 1985년 이전까지 '백빈영', '문창성' 등의 이름으로 활약. 백만 독자의 사랑을 한 몸에 받았던 『천추정한록』을 계기로 하여 청운하로 변신.화려한 문장력과 치밀한 구성, 웅휘한 필력으로서 한때 무협소설 5대작가 중의 이리인으로 자리함. 방송작가, 스토리 작가 등으로 명성을 날렸으며 대표작으로는 『십교천하』, 『구주팔황천신무』, 『무림잔혹사』, 『폭풍무림』을 비롯한 천신무시리즈 등이 있으며 그 외에도 30여 편이 넘는 작품을 창작하였음.
해림	한양대 법대 졸. 1982년 『삼절서생三絶書生』으로 데뷔. 일련의 <야夜> 시리즈 발표.
해천인	본명은 최성균崔成均. 전남 신안 출생. 79년 『사망혈곡』으로 데뷔하여 『블사항마령』, 『옥용성제』, 『불사졸사령』, 『강호풍운』, 『개세천무존』, 『군림제왕기』 등 20여 작품 발표. 현재 만화 스토리작가로 활동 중이며 만화 『불타는 강』, 『아편전쟁』 등 20여 작품을 인기만화가 이상세 씨와 발표하였다.

내가위의 『신비대형』, 냉하상의 『광세혈흔진천하』와 『천뢰은한』 표지

뇌강의 『대무성』, 매설헌의 『월광에 검이 물들 때』, 박영창의 『무림파천황』 표지

박영창의 『검신』, 백상의 『남궁세가』와 『무당소사숙』 표지

설운의 『대해천공』, 설풍의 『광혈사혼무』, 아도인의 『귀족대인』 표지

아도인의 『풍운고월겁』, 이광주의 『철혈십자성』, 일주향의 『천왕번』 표지

천중행의 『천왕제』와 『절대마조』, 『십왕책』 표지

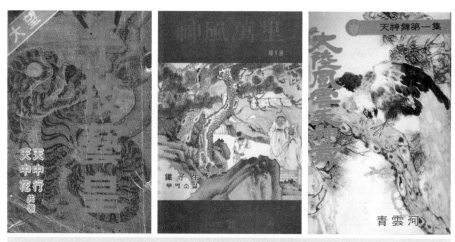

천중화의 『천기예황』, 철자생의 『신풍만리』, 청운하의 『대륙풍운천신무』 표지

해림의 『야화』, 해천인의 『군림대천하』 표지

15

김용의 『영웅문』 출간

1980년대 한국 도서시장을 뒤흔들 만큼 선풍적인 인기를 끈 무협소설이 발표되었다. 바로 홍콩을 무대로 무협소설을 발표하던 김용의 『영웅문英雄門』이 고려원에서 발간된 것이다. 고려원은 매우 적극적인 마케팅을 실시했다. 신문, 잡지 등을 비롯한 지면과 텔레비전 광고를 통한 선전은 무협소설인 김용의 『영웅문』을 정통 대하역사로 선전하여 많은 수익을 창출한다.

박영창, 야설록, 좌백 등 무협소설의 역사를 간간히 발표하던 무협소설 작가들도 다음과 같이 영웅문의 출현을 소개하며, 한국 무협소설의 형세와 관련하여 이 사건을 기술하고 있다.

　　86년도에 무협소설의 혁명적인 사건이 일어났다. 국내 유수의 출판
　　사 고려원에서 김용의 『영웅문(英雄門)』을 출간한 것이다. 영웅문은 나
　　오자마자 대대적인 광고 공세와 함께 초베스트셀러에 올랐다. 물경 수

백만 부가 팔리며 서점가의 화제가 되는가 하면 이를 계기로 거짓말처럼 무협소설의 르네상스가 도래했다. 대가 김용에 이어 양우생, 고룡 등의 중국 무협소설이 연속 서점판으로 출간되면서 바야흐로 전국의 서점가에는 무협소설이 도배되다시피 했다.

한편 이 현상은 매우 고무적인 측면이 있다. 과거 대본용으로 출간 되었던 한국 창작 무협소설이 조악한 제본과 싸구려 장정, 지질로 인 해 서점에 얼굴을 내밀 수 없었던 것에 비한다면 산뜻한 장정에 고급 미색 모조지에 인쇄된 이들 무협소설들은 일반 문학 서적과 동일한 가 격으로 팔려 나가며 선풍적인 인기를 누렸다. 그야말로 한국 창작무협 소설의 몰락과 극명한 대조를 이룬 것이다.[1]

이렇듯 80년대 우리나라에서 무협소설을 대표할 만큼 인기를 끌었던 무협소설 작가 김용에 대해서 살펴보자. 김용은 중국 절강성 해녕현 원화 진 명문 사査씨 가문의 혁산방에서 출생하였다고 한다. 9세경 고명도의 『황강여협荒江女俠』 등 여러 무협소설을 탐독한 김용은 재학 시절 문학에 소질을 보였다. 그가 무협소설을 집필한 것은 1955년 33세에 김용이란 필 명으로 『만보』에 무협소설 『서검은구록書劍恩仇錄』을 연재하면서부터이다. 1956년에는 홍콩신문 『상보』에 『벽혈검碧血劍』을 연재하였고, 1957년 홍콩 신문 『상보』에 『사조영웅전射雕英雄傳』을 연재하기 시작하였는데, 이것이 그의 최초의 장편 무협소설이 된다. 1959년에는 『신만보』에 『설산비호雪山 飛狐』를 연재하고, 『명보』를 창간한다. 『명보』 창간과 동시에 창간호에 『신 조협려神雕俠侶』를 연재하기 시작한다. 1960년에는 잡지 『무협과 역사』를 창 간하고 『비호외전飛狐外傳』을 연재하였으며, 1961년 『의천도룡기倚天屠龍記』, 1963년 『동남아주간』에 『연성결連城訣』을, 『명보』에 『천룡팔부天龍八部』를,

1 검궁인의 평론은 다음 사이트 <http://www.muhupin.x-y.net/han31.htm>에서 참조한 것임.

김용의 마지막 작품인 『녹정기』의 대만판 표지.
저자가 사마령으로 되어 있음

김용의 『소호강호』를 번역한 『대영웅』 표지

1967년 『명보』에 『소오강호笑傲江湖』를, 1969년 『명보』에 『녹정기鹿鼎記』를 연재하였다. 1970년 『명보만보』에 『월녀검越女劍』을 발표하는데, 1969년에 시작한 『녹정기鹿鼎記』를 1972년 연재를 마치고 절필 선언을 한다. 그러므로 김용은 1955년부터 1972년까지 무협소설을 집필하고, 더 이상 새로운 무협소설을 발표하지 않았다.

김용 소설은 최근 중국 대륙에서도 많은 환영을 받고 있는데, 1980년 중국 광주의 『무림』에서 『사조영웅전』을 연재하기 시작하여 비교적 늦게 소개되었다고 한다. 앞서도 살펴보았지만 사실 김용의 무협소설은 와룡생, 양우생 등이 활동하던 시기에 함께 발표된 것이다. 1980년 『영웅문』으로 『사조영웅전』, 『신조협려』, 『의천도룡기』가 번역되어 나온 후 큰 인기를 끌었지만, 김용의 작품은 1980년대 처음 번역된 것은 아니었고, 이미 1970년대 대본소 무협소설로 발표되었다고 한다.

<중국무협소설동호회>에서 중

국무협소설의 번역본 목록을 작성
한 용산곡인은 1972년 김용의 『비
호외전』이 와룡생 저, 사공영 역 『
무검도武劍道』로 번역되어 나왔고,
김용의 『소오강호』도 와룡생 저, 박
종식 역인 『악풍검惡風劍』으로 나왔
음을 지적하고 있다. 그리고 한국
무협소설 작가 금강이 대본소 무협
소설로 1980년대 발표한 『영웅전기
』가 『녹정기』를 번역한 것이라 한
다.[2] 사마달·철자생 공저의 『대영
웅』은 김용의 『소오강호』를 번역한
것이기도 하다.

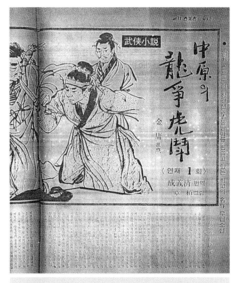

『주간스포츠』 연재 김용의 〈중원의 용쟁호투〉 1회

　잡지에서도 1970년대 김용의 무협소설을 번역하여 연재하였는데,
1975년 김일강의 번역으로 『사조영웅문』이 『중원의 용쟁호투』라는 제목
으로 『주간週刊스포츠』 창간호부터 연재되어 큰 인기를 끌었다.[3] 잡지 연
재에서의 특이점은 대본소 무협소설로 번역·발간된 그의 작품이 와룡
생이라는 이름을 달고 나왔다면, 김용 작품이 처음으로 그의 본명으로
한국 대중들에게 소개되었다는 것이다.[4]

　아래의 표에는 우리나라에서 김용의 작품 혹은 김용 이름으로 발표된
무협소설을 정리해 보았다.

2 중국 무협소설 번역본 목록을 제공해주신 용산곡인님께 이 자리를 빌려 감사드린다.
3 「<3大娛樂連載> 東南亞 휩쓰는 最高의 武俠小說 : 中原의 龍爭虎鬪」, 『週刊스포츠』(서
　울: 서울신문사, 1975), 제1권 제1호.
4 1987년 『週刊야구』에서는 김일강의 번역으로 『설산비호』를 연재하기도 하였다.

김용 무협소설 번역 현황

출판일	역서명	역자	출판사	저자	원서명	원저자
1972	무검도	사공영	한양출판사 대흥출판사	와룡생	비호외전	김용
	악풍검	박종식	향우사	와룡생	소오강호	김용
1986	소설 영웅문 1부(몽고의 별)	김일강	고려원	김용	사조영웅문	김용
	소설 영웅문 2부(영웅의 별)	김일강	고려원	김용	신조협려	김용
	소설 영웅문 3부(중원의 별)	김일강	고려원	김용	의천도룡기	김용
	열웅지	박영창	태광문화사	김용	소오강호	김용
	소설 녹정기 1부	박영창	중원문화사	김용	녹정기	김용
	녹정기	박영창	우일문화사	김용	녹정기	김용
	대막영웅기	선우인	금하	김용	사조영웅문	김용
	소설 청향비	김일강	고려원	김용	서검은구록	김용
	대륙의 별	박영창	우일문화사	김용	천룡팔부	김용
	아!만리성	임화백	언어문화사	김용	소오강호	김용
	대평원	임화백	언어문화사	김용	의천도룡기	김용
	대평원	임화백	복지	김용	의천도룡기	김용
	대승부	김종륜	백양출판사	김용	벽혈검	김용
	협객행	하덕송	영학출판사	김용	협객행	김용
1987	대륙의 별	박영창	중원문화사	김용	천룡팔부	김용
	북해의 별	박영창	우일문화	김용	천룡팔부	김용
	소오강호· 동방불패	박영창	중원문사	김용	소오강호	김용

출판일	역서명	역자	출판사	저자	원서명	원저자
1987	소오강호	박영창	시대정신	김용	소오강호	김용
	비호검	김영일	백양출판사	김용	비호외전	김용
	설산비호 (백마소서풍 / 원앙도)	강승원	우일문화사	김용	설산비호	김용
1989	설산객	강승원	중원문화사	김용	설산비호	김용
	대륙의 영웅	선우인	성도출판사	김용	의천도룡기	김용
1990	녹정기	박영창	중원문화사	김용	녹정기	김용
1991	비호외전	박영창	대륙	김용	비호외전	김용
	천용문	김영일	반도기획	김용	비호외전	김용
1992	장백산맥	김찬연	새터	김용	장간행	상관정
	녹정기	박영창	서적포	김용	녹정기	김용
	천룡팔부	박영창	세계	김용	천룡팔부	김용
	금사검	황창련	은하	김용	벽혈검	김용
	벽혈검		중원문화사	김용	벽혈검	김용
	동방불패	박영창	세계	김용	소오강호	김용
1993	소설 천용문	김영일	반도기획	김용	비호외전	김용
	천룡팔부 2부	박영창	세계	김용		김용
	설산비호	임화백	언어문화사	김용	설산비호	김용
	풍운협객	최용진	박우사	김용	고불심등	고여품
	강호연정	최용진	박우사	김용	혈련환	제갈청운
	강호영웅전	이강산	태일출판사	김용	마환검	유잔양
	영웅문의 후예	김찬연	한아름	김용	신조기연	연파객

출판일	역서명	역자	출판사	저자	원서명	원저자
	용호검	박창윤	은하	김용	미상	미상
1994	비차협혼	김찬연	대륙	김용	벽락홍진	제갈청운
	화산논검	박영창	동광출판사	김용	화산논검	미상
	군자풍류		독서당	김용	혈경마검인	을제상인
	구음진경	박영창	황제출판사	김용	미상	금룡
	녹정기	김성근	중원문화	김용	녹정기	김용
	벽혈검	안혜연	중원문화	김용	벽혈검	김용
	도룡신검	강태웅	이가출판사	김용	북산경룡	동방옥
	태허신승	장철부	청마	김용	미상	미상
	검진중원	이덕옥	박우사	김용	검진중원	진청운
	완결 의천도룡기	안혜연	혜민	김용	고룡경사록	창랑객
	김용소설 정화전집1	김찬연	퇴설당	김용	서검은구록 벽혈검	김용
	김용소설 정화전집2	김찬연	퇴설당	김용	비호외전 설산비호	김용
	김용소설 정화전집3	김찬연	퇴설당	김용	의천도룡기	김용
	대도문	오시림	청마	김용	미상	미상
	패자열전	편집부	백송	김용	미상	미상
	풍진삼협	정종국	박애사	김용	등룡곡	조약빙
	대황하	이덕옥 권혁철	국일문화사	김용	표기	와룡생
	위소보전	김찬연	대륙	김용	(속)녹정기	영호용
	의천도룡기	임화백	박애사	김용	의천도룡기	김룡

출판일	역서명	역자	출판사	저자	원서명	원저자
1995	비류신검	김석신	길출판사	김용	미상	미상
	차체환혼기	이덕옥	좋은글	김용	미상	미상
	천년화도	이홍원	사닥다리	김용	미상	미상
	도룡기	이덕옥	좋은길	김용	미상	미상
	의천도룡기		양문사	김용		김용
	용검청평	선우인	양문사	김용	용검청평	설안
	용검동심맹	선우인	양문사	김용	미상	미상
	동방대의	선우인	양문사	김용	미상	미상
	검협지	선우인	양문사	김용	혈염추산석양홍단풍사	무릉초자
	귀원비급	이경원	상원	김용	비연경룡	와룡생
	신기무협	이덕옥	덕성문화사	김용	미상	미상
	장정	김찬연	나남출판	김용	미상	미상
	월녀검	이강산	황제출판사	김용	설산비호	김용
	영웅문의 후예	김찬연	예솔 한마음	김용	신조기연	연파객
1997	신조기연	김찬연	예솔	김용·연파객	신조기연	연파객
	의천도룡기	선우인	양문사	김용	의천도룡기	김용
1998	영웅도	최길숙	들녘	김용	벽혈검	김용

김용의 작품은 1972년 처음 번역되었을 때 와룡생의 이름으로 제목이 바뀌어져 출간되었고, 1986년 고려원에서 출간될 당시에도 원제목을 달지 않고 나왔다. 김용은 그는 단편인『월녀검』을 제외하고 14부의 작품의 제목을 사용하여 아래와 같은 대련을 만들었는데, 김용이『녹정기』를

출간하고 절필한 이후 다시는 무협소설을 쓰지 않았기 때문에 이들 작품 외에 김용의 작품이라 나온 것은 중국 등지에서 나온 위작을 번역한 것이거나, 다른 무협소설 작가의 작품을 가지고 김용의 이름을 도용하여 발표한 무협소설로서, 이전에 와룡생의 이름을 무단 도용하여 작품을 번역, 혹은 창작해서 낸 무협소설계가 생각이 난다. 이러한 명의 도용은 무협소설 시장을 죽일 수도 있는 일이기 때문이다. 하지만 최근에도 비교적 큰 출판사에서 김용의 무협소설을 다시 출판한 것을 보면, 김용의 작품의 생명력은 대단하다고 할 수 있다.

飛雪連天射白鹿(비설연천사백록)　　하늘 가득히 눈이 휘몰아쳐
　　　　　　　　　　　　　　흰사슴을 쏘아가고
笑書神俠倚碧鴛(소서신협의벽원)　　글을 조롱하는 신비한 협객은
　　　　　　　　　　　　　　푸른 원앙새에 기댄다

　　정동보는 「김용의 무협세계와 『사조영웅전』」이라는 글에서 김용 현상과 김용의 무협세계를 간단히 조명하였다.[5] 그는 김용의 무협세계를 협, 정, 무처럼 3단계로 나누어 볼 수 있음을 밝히고, 그의 무武는 첫째, 무공초식을 아름답게 꾸며 미화시키고 있으며, 둘째, 무공을 하나의 단순한 기능이나 놀이로만 국한시키지 않고 자신이 가지고 있는 중국 전통문화에 대한 풍부한 소양을 바탕으로 철학적 의미까지 담아내고 있으며, 셋째, 등장인물의 성격과 개성을 표현하는 데 무공과 관련된 묘사를 하나의 보조 수단과 방법으로 즐겨 사용했다는 점을 들었다. 이외에도 김

---

5 정동보, 「김용의 무협세계와 『사조영웅전』」, 『무협소설이란 무엇인가』(서울: 예림기획, 2001) 참조. 아래 문단의 내용도 본 논문을 참조하여 서술한 것임.

김용의 무협소설 『연성결』 한국·중국 표지.

용은 독특한 병기로 인물의 신분이나 개성을 표현하기도 하며, 다른 무협소설에서 볼 수 없는 점으로 무예를 익히는 과정을 상세하게 묘사하는 것도 특징적이라 할 수 있다고 한다.

김용 무협소설 중의 협은 협객의 형상화를 통해 살펴볼 수 있는데, "대부분 무예가 출중하고 기이한 인생 여정 끝에 각양각색의 독특한 풍도를 지닌 의로운 모습으로 나타난다"고 한다. 『비호외전飛狐外傳』의 호비胡斐는 김용 스스로 진정한 대장부를 표현해 보고 싶었다고 한 것처럼 남의 어려움을 외면하지 않는 진정한 협사로서의 면모를 보여준다. 이러한 협객의 전형을 보여준 주인공으로 『사조영웅문』의 곽정이 있다. 그는

번역판 『소설 영웅문 제1·3부』와 『사조영웅전』 표지

자신의 명예를 위해 행사한 적 없고, 모두 대의를 위해 자신을 헌신하는 의로운 인물로 묘사되어 있다. 김용의 『녹정기』에서 보이는 위소보가 앞서 언급한 호비와 곽정과는 다른 인물인데, 비록 상황에 따라 임기응변에 능하며, 거짓말을 능숙능란하게 하지만 결코 의로움을 벗어나지는 않는다. 그러나 다른 작품의 협객과는 다른 면모를 보여준다.

정을 살펴보자. 김용의 무협소설에서 정이란 오히려 무와 협과 어깨를 나란히 할 정도로 비중 있는 요소이다. 김용은 대부분의 무협소설에서 보여주는 애정관계와는 다르게, 주인공뿐만이 아니라 주변인들에 대한 애정의 묘사에도 매우 세밀한 묘사를 한 것으로 보인다. 정동보는 "김용의 붓끝의 애정은 처절한 슬픔의 세계이며 사실상 악연에 가깝다. 김용은 정욕에서 벗어남이 행복한 인생이라 말하는 듯하다. 그러나 사실은 다르다." 이렇듯 정동보는 김용의 무협소설에 등장하는 정이 일반적인 애정관계 뿐만이 아니라 처절한, 슬픔의 애정관계도 존재할 수 있음을 보여주었다.

김용의 무협소설 『녹정기』 표지

이상이 정동보가 김용의 무협소설을 보는 관점이다. 전형준의 『무협소설의 문화적 의미』에서는 그가 2001년 7월 중국현대문학관에서 「내가 본 진용 소설」이라는 제목으로 엄가염이 강연한 내용을 정리한 것을 인용하여, 김용 무협소설의 특징을 다음과 같이 정리한 바 있다.[6]

첫째, 김용의 소설은 사상이 있는 오락품이라 하고 있는데, 『소오강호』에서 문화대혁명의 비판이, 『사조영웅전』에서는 유교적 휴머니즘을 보여주는 등 사상성이 강조되었다. 둘째, 고대의 제재를 취했지만 진정한 현

---

6 전형준, 『무협소설의 문화적 의미』(서울: 서울대학교 출판부, 2003), 서울대학교 한국학 모노그래프 참조.

대정신을 갖추고 있다. 복수의 관념이 현대화 되어 있는 점, 소수민족 출신들이 긍정적으로 묘사된 점, 봉건가치 관념을 벗어나 있다는 점 등이 지적되었다. 셋째, 예술상으로 다방면의 경험을 흡수하고, 다방면의 장점을 집중시켰다는 것이다. 그는 연애소설, 역사소설, 탐정소설, 골계소설 등의 장르의 장점을 흡사하였다는 점을 지적한다. 넷째, 김용의 소설은 장르상으로 통속문학에 속하지만 풍부한 문화 내용과 비교적 높은 문화적 품위를 갖추고 있다는 것이다.

그러나 전형준의 동서에서 소개한 2001년 5월 북경에서 원량준이 「중국의 협의소설과 무협소설」이라는 제목으로 행한 강연에서 김용을 봉건주의의 수호자로 보는 것과 같이, 그의 무협소설을 맹렬히 비판하였다고 한다. 동일 시기의 김용에 대한 서로 다른 평가가 존재하고 있다는 것이 흥미롭다. 이러한 중국 대륙의 학자들이 김용을 분석하고, 이해하고자 노력하고 있는 모습에서 김용 무협소설의 의미를 되새길 수 있다고 생각된다.

1986년 본격적으로 한국 무협소설 시장을 흔들어 놓은 김용 무협소설은 중국 대륙에서의 움직임과 함께 한국 내에서도 무협소설에 대한 새로운 생각을 내놓게 되는 시발점이 되었다고 생각한다.

16

고룡 및 양우생 그리고
기타 작가의 무협소설 번역

韓國武俠小說史

김용의 무협소설로 막대한 이익을 창출하자, 출판계에서는 김용에 필적할 만한 중국어권 무협소설 작가들을 발굴하기 시작한다. 이런 움직임 속에서 적극적으로 발굴되어 번역된 작가의 작품이 바로 고룡古龍과 양우생梁雨生이다.

먼저 고룡을 살펴보자. 좌백이 「중국무협사(4)−발자취를 좇아서: 대만 무협약사」에서 번역 소개한 섭홍생의 글에는 다음과 같이 고룡을 소개하고 있다.

> 고룡−본명, 웅요화(雄耀華). 1960년 처녀작 『창궁신검(蒼穹神劍)』을 출판했는데 여전히 전통적인 대우식(對偶式) 표제를 사용하였으며 내용은 특별히 언급할 만큼 뛰어난 것은 없다. 오래지 않아 『고성전(孤星傳)』, 『상비검(湘妃劍)』 등의 책을 냈는데 사자단구(四字短句)로 장을 나

누었으며 참신한 필법으로 창작을 시도했으나 성공을 거두지는 못했다. 나중에 육어의 『소년행』에서 '신형무협(新型武俠)'의 문풍으로부터 계발을 받아 결연히 기법을 바꾸어 제 색깔을 드러냈다. 1964년에 쓴 『완화세검록(浣花洗劍錄)』에서부터 고룡은 요시가와 에이지(吉川英治), 김용의 '취경(取經)'에서 벗어나 시정(詩情)이 풍부한 필치로 바람을 가르고 한 칼에 베는 '영풍일도참(迎風一刀斬)'(일본의 도법)과 '무검승유검'(중원의 검도)의 무학(武學)의 정의(精義)를 드러내고 아울러 인간의 본성(人性)을 그려내는 데 중점을 두었다. 이로부터 다시는 장황한 격투 과정을 묘사하지 않고 기세와 '쾌(快)'로 승리를 얻는 것을 그려냈다. 이 또한 고룡이 '신파'의 무협의 길에서 이별하고 일체의 '간단화'를 향하는 단서를 열었다. 그 후 비록 『대기영웅전(大旗英雄傳)』에서 여전히 기이하고 환상적인 색채가 농후한 환주루주 소설의 인물의 특성을 빌었지만 『절대쌍교(絶代雙驕)』, 『철혈전기(鐵血傳奇)』, 『소십일랑』, 『다정검객무정검(多情劍客無情劍)』, 『유성·호접·검(流星·胡蝶·劍)』에서부터 '칠종무기(七種武器)'의 이야기, 곧 『육소봉(陸小鳳)』 시리즈 및 『변성낭자(邊城浪子)』, 『천애·명월·도(天涯·明月·刀)』, 『삼소야적검(三少爺的劍)』, 『백옥노호(白玉老虎)』에 이르기까지(1967~1976) 고룡은 마침내 '신파' 무협의 대업을 완성하여 십년 문학계를 홀로 영도했다. 그러나 말하지 않을 수 없는 것은 그의 '서사시체(敍事詩體)'의 행과 단을 나누는 법(分行分段法)과 절대적인 인성 이분법(人性二分法) 및 근대 서양의 존재주의, 행위주의로 중국 고유의 유·석·도(儒·釋·道) 삼가(三家)의 생명철학을 대체하는 '반전통'적 작법(作法)은 비록 구파 무협의 기존 격식을 타파하고 창의적이기는 했지만 대중에 영합하여 한 때 평판을 얻었다. 그러나 '새로운 것을 위한 새로움, 변화를 위한 변화(爲新而新, 爲變而變)'라는 궁지에 빠져 버렸다. 1976년 이후 고룡은 좌절을 하고는 다시 분발하지 못했으니 참으로 안타깝다![1]

섭홍생이 위에서 언급한 바와 같이 고룡은 기존의 무협소설의 격식을 타파하고, 창의적이며, 대중적인 필체로 대중을 사로잡았다. 이러한 고룡의 현대적인 무협소설 서술 방식은 대본소 무협체제로 돌아서서 다작을 일삼던 한국 창작 무협소설 작가들에게도 많은 영향을 주었다고 할 수 있다.

아래 고룡 무협소설 번역 현황을 살펴보자. 고룡의 무협소설도 김용의 무협소설과 마찬가지로 1970년대 들어서 번역되기 시작하였는데, 김용 무협소설의 붐을 타고, 중국 정통 무협소설의 번역 바람이 불자, 다시 미번역 작품들이 번역되기 시작한 것이다. 아래 <우리나라에 번역 소개된 중국무협소설 1962~1999>과 용산곡인의 중국 무협소설 목록을 참조하여 보충한 표를 제시한다.

고룡 무협소설 번역 현황

출판일	역서명	역자	출판사	저자	원서명	원저자
1971	정인전	선우인	명지사	와룡생	정인검	고룡
1974	흑도백도	선우인	대흥출판사	와룡생	소십일랑	고룡
1974	절대쌍교		희문사		절대쌍교	고룡
1975	마도	왕일평	대호출판사	와룡생	완화세검록	고룡
1977	비도탈명	선우인		와룡생	다정검객 무정검	고룡
1981	귀영도	선우인	우성출판사	와룡생	귀영쌍도	고룡
1986	영웅도	탁기환	국민출판공사	고룡	다정검객 무정검	고룡
1988	영웅도	탁기환	대한서적공사	고룡	다정검객 무정검	고룡

1 좌백, 「중국무협사(4)-발자취를 좇아서: 대만무협약사」, <나만의무협커뮤니티 IMURI M>에서 인용함.

출판일	역서명	역자	출판사	저자	원서명	원저자
1991	영웅도	황정웅	공간	고룡	다정검객 무정검	고룡
1991	비도	탁기환	신원문화사	고룡	다정검객 무정검	고룡
1992	소설 초류향	장학우	대륙	고룡	초류향	고룡
	절대쌍교	강호	독서당	고룡	절대쌍교	고룡
	검객행	왕문정	박우사	고룡	검객행	고룡
1993	장백산맥 2부	박영창	새터	고룡	검독매향	고룡
	소설 육소봉	박영창	서적포	고룡	육소봉	고룡
	편복전기	김준서	하림	고룡	편복전기	고룡
	매화령	김준서	하림	고룡	미상	미상
	유성호접검		세계	고룡	유성호접검	고룡
	잔지령		한웅출판	고룡	잔지령	사마령
	육소봉	강함길	독서당	고룡	육소봉	고룡
	애마애검	강호	독서당	고룡	무림외사	고룡
1994	소리비도	이덕옥	신원문화사	고룡	다정검객 무정검	고룡
	명검풍류	이성룡	독서당	고룡	소십일랑	고룡
	금강대천	김영일	반도기획	고룡	미상	미상
	아수라 파천황	박두현	승일	고룡	아수라 파천황	김의민
	환락영웅	이덕옥	한웅출판	고룡	환락영웅	고룡
	화미조	김준서	하림	고룡	화미조	고룡
	변성낭자		하림	고룡	변성낭자	고룡

출판일	역서명	역자	출판사	저자	원서명	원저자
	청용밀궁	박두현	승일	고룡	미상	미상
	구천뇌음장	김의민	승일	고룡	미상	김의민
	역팔패신공	김의민	성문	고룡	역팔패신공	김의민
	시정만리		성문	고룡	미상	미상
1995	천산객		삼영	고룡	미상	미상
	신검산장	박영창	뫼	고룡	신검산장	고룡
	회풍무유	선우옥	경운출판사	고룡	백옥노호	고룡
	절대쌍교	이석룡	독서당	고룡	절대쌍교	고룡
	천애명월도	강호	독서당	고룡	천애·명월·도	고룡
1996	혈앵무	박영창	달과 별	고룡	혈앵무	고룡
	천산객	김청운	삼영	고룡	미상	미상
1997	쾌도낭자	박영창	시공사	고룡	쾌도낭자	용승풍
	원월만도	박영창	시공사	고룡	원월만도	고룡
1999	완화세검록	금강	뫼	고룡	원화세검록	고룡

『무협세계적괴재武俠世界的怪才－고룡소설예술담古龍小說藝術談』을 쓴 조정문曹正文은 고룡과 김용의 무협소설을 다음과 같이 여섯 가지 점으로 비교했다.

첫째, 소설의 배경이 다르다는 것이다. 김용은 역사적 사실에 입각하여 여러 배경을 창조하였지만, 고룡은 역사를 거의 논하지 않고, 명확한 시대로 서술하지 않는 점이 다르다. 두 번째, 사회 환경과 풍속 인정의 묘사 부분이 다르다. 그것은 김용이 여러 사물을 묘사할 때 지리 위치나, 구체적인 변화 묘사를 추구하여, 독자들에게 역사 지식의 풍부함을 전달하는 데에 반하여, 고룡이 어떤 대상을 기술할 때는 실제를 말하면서도, 예술적인 가공을 덧붙이고, 격정적인 감정을 실어 이상 중의 무엇인가를 묘사하는 듯하니 사물 묘사의 방식도 매우 다르다고 할 수 있다.

세 번째로 그 이야기 구조가 다르다는 것이다. 김용은 구 무협소설의 구태의연한 구조를 벗어나, 전통문학의 엄격한 구조를 사용하고, 서구의 심리 묘사 방식을 사용하여, 다층적, 다시각적 구조를 충실하게 나타내고 있다면, 고룡은 김용에 비하여 구조를 그렇게 중시하지 않고, 서구 문학에서 표현 기법을 받아들여, 한 필치로 써내려가기 때문에 앞뒤가 맞지 않는 모순이 들어나기도 하지만, 재기가 넘치는 표현과 구성으로 자신만의 세계를 구축하여 나름대로의 신문체를 확립했다고 할 수 있다.

네 번째로는 이야기 사이의 연결상 각자 독특한 기법이 있다는 것이다. 김용은 이야기, 이야기가 서로 물려 큰 줄기를 이루도록 구성을 하는데 반해서, 고룡은 현념懸念을 제조하여 독자를 끌어들인다. 전자는 독자가 책을 읽으면 읽을수록 작가의 상상이 기묘하다 느낄 수 있고, 후자는 읽으면 읽을수록 분간할 수 없는 예술적 천지에 진입할 수 있게 해준다.

다섯 번째로 인물의 전형성을 획득하는 데에도 서로 다름이 있다. 여섯 번째는 김용과 고룡의 가장 큰 차이점이라 할 수 있는데, 두 작가의 언어 표현이 매우 다르다는 것이다. 김용은 양우생의 신파 무협소설의 기본에다가 더 나아가 중국 고전소설의 전통언어의 장점을 계승하고 신문예의 문체적인 특징을 흡수하여, 그 만의 소설 언어를 구사하는 데에 비해서, 고룡은 서구화된 언어로서 짧은 구어체의 문장을 사용하고, 대화 사용에 있어서 경구警句를 많이 사용하는 등 특징이 있다.[2]

▌ 2 曹正文, 『武俠世界的怪才－古龍小說藝術談』(學林出版社) 참조.

그러면 고룡의 작품을 살펴보자. 위 표에서 보이는 『비도탈명』으로 1977년부터 번역된 무협소설은 1980년대 『영웅도』, 『비도』 등으로 꾸준히 소개되었는데, 그 원제목이 『다정검객무정검』이다. 번역 소개 과정에서 주인공의 이름이 바뀐 적도 있지만, 위 작품은 고룡의 무협소설 중에 제일로 꼽히는 무협소설이다.

위 작품에서 고룡이 형상화한 주인공 이심환은 고독을 매우 싫어하지만 정말 고독한 인물이다. 그는 의義와 정情 사이에서 고민하는 주인공으로 자신이 만들어낸 의에 따라 정을 양보하는 슬픈 인물로 묘사되어 있다.

고룡의 무협세계를 다루고 있는 조정문의 저서

칼바람이 몰아치는 날 비도 이심환과 쾌검 아비가 만난다. 당시 주점에는 벽혈쌍사가 금사표국의 사람에게 물건을 내놓으라고 핍박한다. 아비는 그들의 만횡을 보고 백사를 죽이는데, 흑사는 도망친다. 금사표국의 제갈뇌는 명성을 잃지 않으려고 아비를 암산한다. 그러나 이심환이 출수하여 그를 막고 제갈뇌를 죽인다. 그러나 이러한 혼전 중에 물건은 사라진다. 그 물건은 무림고수들이 다투어 탈취하려고 한 것이다. 무림고수들이 탈취하고자 하는 물건은 바로 금사갑. 아름다운 청의소녀 임선아도 이심환의 앞에서 자신의 옷을 벗고 그 물건을 얻으려 한다.

30년 전 천하를 만횡하던 매화도가 다시 강호에 출현하여 연속적으

고룡의 『다정검객무정검』의 번역본 『비도』와 『대영웅』 표지

로 수십 건의 사건을 일으킨다. 그와 대적한 사람들은 모두 살아나지 못했는데, 모두다 가슴에 치명상을 입었다고 한다. 이 치명상을 피하면서 매화도를 꺾는 방법은 바로 금사갑을 얻는 것이다. 그러나 이러한 보물 탈취의 혼란 속에서 이심환은 극독에 중독되게 된다. 그는 매대, 매이 선생을 찾아가 해약을 구하려고 할 때 또 다시 홍해아에게 당하게 되는데, 이심환은 대노하여 홍해아의 무공을 폐하게 된다. 그러나 홍해아는 바로 자신의 옛 미혼처 임시음과 자신의 친구인 용소운의 아들이었다. 사죄를 위해서 다시 찾은 자신의 옛 가원.

이심환은 당년에 임시음과 청매죽마였는데, 그를 구해준 친구 용소운이 임시음을 보고 상사병에 걸리자 고민끝에 자신의 전 재산과 임시

고룡의 번역소설들 표지

음을 용소운에게 양보한다. 집으로 다시 돌아온 이심환이지만, 임시음은 자기 아들의 무공을 폐한 것에 격노해 있었다. 용소운은 표면적으로는 그에게 따뜻하게 대했지만 이심환을 두려워하고 있었는데, 이심환은 결국 매화도라는 누명을 쓰고 붙잡히게 된다.

이심환의 지기 아비가 이 소식을 듣고, 그를 구하려고 하였으나, 임선아에 의해서 투재를 상실하게 되어 이심환을 돕지 못한다. 이심환은 정의로와 사악한 세력에 굴복하지 않았다. 임시음의 마음은 계속 이심환에게 열려 있었는데, 남편을 설득하고자 하였으나, 이루지 못하고, 도리어 남편이 원래 친구를 팔아먹은 도적이라는 것을 알게 된다. 임시음은 결국 스스로 구하고자 하였으나 용소운은 자신의 저지른 짓이 모두 가정을 위한 것이라 한다. 이심환은 일찍이 용소운의 위계를 눈치채고 있었다. 그러나 임시음이 상처 받을까 두려워 말하지 못한 것이다. 그리고 용소운은 이심환에게 자신의 짓이 모두 아내가 이심환에게 돌아갈까 두려워 한 것이라 밝힌다. 아내의 눈동자가 이미 자신을 사랑하지 않음을 말해주고 있다는 것이다. 이심환은 결국 그를 용서하고 만다.

이심환은 결국 소림사로 압송되고, 상관금홍과의 결투를 하게 된다. 한편 아비는 임선아에게 여러번 속은 후 선녀처럼 아름다운 임선아가 바로 자학하며, 타인을 학대하는 것을 즐거워 하는 악인임을 알고 그로부터 벗어난다. 임선아가 바로 매화도인 것이다. 이심환을 찾은 아비는 이심환에게서 타인을 사랑하는 것은 타인을 원망하는 것이 아니라는 것을 배운다.

이심환이 사면의 적으로부터 공격을 받을 때 손소홍이라는 여인과 설서(說書)를 구사하는 할아버지가 여러모로 이심환을 구해내고자 한다. 손소홍은 먼저 할아버지에게 설서의 형식으로 아비, 이심환의 위치를 지적하고, 이후 또 몸을 사리지 않고 이심환을 구해낸다. 그의 선량함과 용기, 그리고 그의 사랑의 마음이 사랑의 굴레에서 벗어나지 못한 이심환을 일깨우고, 서로 사랑하게 된다.

이심환은 상관금홍에게 잡혀, 소리비도가 정말로 허명이 아닌지 도
박을 하게 된다. 결과적으로 이심환이 승리하고, 이 싸움은 강호에 깊
은 영향을 주게 된다. 여러 어려움을 겪고 이심환과 손소홍은 함께 하
게 되고 새로운 생활을 시작하게 된다.[3]

『다정검객무정검』의 서술방식을 보면, 고룡의 무협소설이 기타 무협
소설과 어떻게 다른 지 알 수 있다. 고룡은 위 작품에서 여러 명의 반정
파인물을 형상화하는데 성공했으며, 간결한 문체로 현대적인 감각의 무
협소설 문체를 창조하였다고 볼 수 있다. 이러한 문체상의 차이점은 고
룡 무협소설에서의 매우 중요한 특이점이다.

최근 김정렬은 인터넷 사이트의 댓글을 통해 고룡의 작품이 해외의 여
러 소설들의 영향을 받거나, 힌트를 받아 작성되었다는 문장을 올린 적
있다. 이를 보면, "나는 10여 년 전에 『유성사걸流星四傑』이라는 제목으로
대본소에 나온 것을 읽었었다. 중략『분노의 포도』를 쓴 존 스타인백의
소설 『또띠야 마을 이야기』에서 힌트를 얻어 썼다는 게 명백해 보였기
때문이다. 뭐 이런 경우야 드물지 않긴 하다. 『유성 · 호접 · 검』은 프란시
스 코플라의 『대부』에서 힌트를 얻은게 분명하고, 『초류향』 역시 『뤼팡』
시리즈에서 예고 절도라는 아이템을 빌려온 것이 분명하니까. 『또띠야
마을 이야기』와 『환락영웅』의 유사성에서 재미있다고 느낀 것은 그 유사
성 자체가 아니라 고룡이 서반아 문학을 전공했다는 말이 사실이라는 것
을 알았기 때문이다. 존 스타인백은 미국 작가지만 멕시코와 접경지역
을 배경으로 한 소설도 많이 썼고, 멕시코는 서반아어를 사용하는 나라

---

3 줄거리는 胡文彬主編, 『中國武俠小說辭典』(石家庄: 花山文藝出版社, 1992)을 인용한
것임.

다. 『또띠야 마을 이야기』도 영어와 서반아어로 쓰여진 작품이다. 실제로는 『또띠야 마을 이야기』가 번역된 것을 봤을 수도 있겠지만 나는 고룡이 서반아어로 된 소설을 봤을 거라는 상상을 해본다."라고 하여, 고룡과 해외 문학과의 연관성을 기술하였다.[4]

고룡의 무협소설과 해외 소설의 연관성을 외부의 무협소설 평론가들도 많이 언급하고 있다. 필자도 『초류향』의 경우 추리적인 부분에서 아가사 크리스티의 추리소설을 많이 응용한 흔적을 발견하고 있다.

고룡 무협소설 중에서 우리나라에서 많은 환영을 받았던 작품 중에 『절대쌍교』가 있다. 『절대쌍교』의 이야기를 간략하게 제시한다. 필자도 흥미와 재미로 무협소설을 판단한다고 할 때 『절대쌍교』를 절대 빼어놓을 수 없다고 생각하고 있다. 아래 줄거리를 보면 알 수 있듯이 주인공과 그 반대되는 반면인물의 설정도 절묘하고, 인간의 한이 어떻게 표출될 수 있는지에 대해서도 깊은 생각을 하게 한다. 또한 소어아의 재치넘치는 행동은 많은 무협소설 매니아들로부터 이 작품을 중국 무협소설의 고전으로 인식하게 되었으며, 고룡이 대만에서 무협소설의 4대천황으로 자리잡을 수 있게 한 무협소설의 하나가 되었다.

> 20년 전 무림의 최고 풍류공자 강풍은 이화궁주의 사랑을 거부하고 그녀의 궁녀인 화노와 도망을 가게 된다. 이에 분노한 이화궁주는 그 둘을 잡아 죽이기 위해서 그 둘을 쫓는데 둘은 어느 농가에서 독살 당한 체로 발견된다. 그 둘의 옆에는 그들의 쌍둥이 아들이 놓여 있었는데 애정이 증오로 변한 이화궁주는 형제간의 골육상잔을 꾸미려 한명

---

4 이 글은 인터넷에서 「좌백의 중국무협여행 10 [좌백] 여행 6-고룡의 작품들」로 발표된 좌백의 문장에 댓글로 올린 김정렬의 글을 인용한 것이다. 인터넷 사이트 특성상 정확한 출처를 제공하지 못함을 밝힌다.

고룡의 『절대쌍교』와 번역본 표지

은 자기가 기르고 다른 한명은 강풍의 의형제이자 절정 고수인 연남천에게 보내어 무공을 배우게 한다.

강풍의 죽음에 복수를 다짐한 연남천은 십이성상의 꾀임에 빠져 악인곡에 들어갔다가 10대악인에게 당하여 식물인간이 되고 아기는 소어아라는 이름으로 악인곡에서 수많은 악인들을 골탕먹이며 자라난다. 반면 화무결은 이화궁주의 지도를 받으며 고수로 성장한다. 20년이 지난후 둘은 강호로 출두하게 되고 첫만남에서 끌려 친구가 된다.

소어아는 이화궁주가 자신과 화무결을 상잔시키려는 의도와 부모의 원수를 알아내기 위해서 온갖 지혜를 다 짜내어 부모의 원수가 바로 강남대협이자 강풍의 하인이었던 강별학이라는 것을 알아낸다. 강별학과 그의 아들 강옥랑은 소어아 못지않은 지혜로 소어아와 머리싸움을 벌인다.

연남천이 다시 강호에 나오자, 악인곡의 악인들은 모두 놀라서 곡을 탈출하여 도망간다. 화무결과 소어아는 3개월 이후 죽음의 결전을 약속한다. 강소어는 귀산으로 가서 사부의 전문을 듣는다. 이화궁주는 몰래 소어아를 보호하여, 다른 사람 손에 그가 죽지 않도록 한다. 소녀 소앵이 소어아의 생명을 구한다. 소어아는 이화궁주가 어떤 때라도 소어아 자신을 죽일 수 있는데, 왜 화무결 손을 빌리는가에 대해 크게 의혹을 가지나 이를 풀지 못한다.

두 사람의 일전은 피할 수 없다. 연남천, 만춘류 등 모두 일전을 관람하러 온다. 700여 합의 격투 끝에 강소어는 화무결의 손아래 패한다. 이화궁주의 20년 동안의 질시, 구한, 고통은 결국 끝이 나는데, 격월공주는 이 일전에 얽힌 비밀을 밝힌다. 그들은 본래 쌍둥이로 누가 하나 사망하던지 살아 있는 이는 더 괴로울 것이라는 것이다. 그러나 기적과 같이 강소어는 죽음으로부터 회생한다. 원래 그는 만신의의 약을 복용하고 거짓으로 죽은체한 것이다.[5]

고룡이 창조해 낸 화무결과 소어아는 매우 생동감있는 인물들이다. 고룡은 인물 창조에 있어 어느 무협소설 작가보다도 성공했다고 할 수 있는데, 고룡 무협소설에서 매우 중요한 부분을 차지하는 『초류향』과 『육소봉』이 또한 그렇다.

한국 번역 무협소설 중에서 신파 무협소설을 창조한 양우생이 차지하는 비중도 만만치 않다. 양우생의 작품도 비교적 꾸준히 번역된 경우이다. 먼저 양우생의 작품 번역 현황을 아래 표를 통해 살펴본다. 양우생이 중국 무협소설사에서 차지하는 의의는 대단하지만 박영창에 의해

---

5 줄거리는 胡文彬主編, 『中國武俠小說辭典』(石家庄: 花山文藝出版社, 1992)을 인용한 것.

양우생 무협소설 번역 현황

출판일	역서명	역자	출판사	저자	원서명	원저자
1987	소설 녹정기 2부	박영창	중원문화사	양우생	강호삼여협	양우생
	여도 옥나찰	박영창	현대문화센타	양우생	백발마녀전	양우생
	중원의 별	박영창	중원문화사	양우생	대당유협전	양우생
1989	소설 명황성 1부	박강수	고려원	양우생	평종협영록	양우생
	승천문	박영창	새터	양우생	운해옥궁연	양우생
	화청지 1부	박영창 홍승무	중원문화사	양우생	대당유협전	양우생
1990	화청지 2부	박영창	새밭	양우생	용봉보차록	양우생
	소설 명왕성 2부	박강수	고려원	양우생	산화여협	양우생
	소설 명왕성 3부	박강수	고려원	양우생	연검풍운록	양우생
	소설 대륙풍	박영창	새터	양우생	광협.천교.마녀	양우생
1992	영웅협객	나원중	현대문화센타	양우생	백발마녀전	양우생
1994	백발마녀전	박광일	태일출판사	양우생	백발마녀전	양우생
	협골단심	이덕옥	박애사	양우생	혈첩망혼기	진청운
1999	무당제일검 1부	박맹렬	초록배매직스	양우생	무당제일검	양우생

1980년대 중반에서야 한국의 독자들과 만날 수 있었다. 위의 <표>에서
<우리나라에 번역 소개된 중국무협소설 1962~1999>에서 정리한 내용
을 토대로 양우생 무협소설의 국내 번역 현황을 제시하여 보았다.

양우생의 『대륙풍』 표지

양우생의 무협소설은 그 이야기 서사 구조 상 다음과 같이 다섯 가지 순서로 읽어야 한다고 한다. 그러므로 국내에서 번역이 될 때도 이 순서에 의거해서 『화청지華淸池』, 『명황성明皇城』 등의 다른 이름으로 번역 출간되었다.

먼저 『환검기정록還劍奇情錄』 계열은 『환검기정록』, 『평종협영록萍踪俠影錄』, 『산화여협散花女俠』, 『연검풍운록聯劍風雲錄』, 『광릉검廣陵劍』 순서로, 『백발마녀전白髮魔女傳』 계열은 『백발마녀전』, 『새외기협전塞外奇俠傳』, 『칠검하천산七劍下天山』, 『강호삼여협江湖三女俠』, 『백한광검魄寒光劍』, 『천천녀전川天女傳』, 『운해옥궁연雲海玉弓緣』, 『하세검록河洗劍錄』, 『풍뇌진구주風雷震九州』, 『협골단심俠骨丹心』 순으로, 『대당유협전大唐遊俠傳』 계열은 『대당유협전』, 『용봉보차연龍鳳寶釵緣』, 『혜검심마慧劍心魔』 순으로, 『광협狂俠·천교天驕·마녀魔女』 계열은 『광협·천교·마녀』, 『비봉잠룡飛鳳潛龍』, 『명적풍운록鳴鏑風雲錄』, 『한해웅풍瀚海雄風』, 『도등간검록挑燈看劍錄』, 『풍운뇌전風雲雷電』 순으로 보아야 한다고 한다. 마지막 『유검강호遊劍江湖』 계열은 『유검강호』, 『목야유성牧野流星』, 『탄지경뇌彈指驚雷』, 『절새전봉록絶塞傳鋒錄』, 『검망진사劍網塵絲』, 『환검령기幻劍靈旗』 순으로 읽어야 한다.

양우생은 해박한 중국 문화와 역사 지식을 바탕으로 역사적 배경을 소설의 배경으로 사용하고, 시대 모순과 계급 사회의 갈등을 표현하기를 좋아했다고 한다. 시대의 모순과 계급 사회의 갈등을 표현하기 위해서는

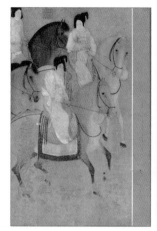

양우생의 『대당유협전』 홍콩판과 『백발마녀전』 중국 및 홍콩 표지

1차적으로 관련 역사 지식이 필요함은 당연했을 것이다.

양우생은 1952년 『용호투경화龍虎鬪京華』를 시작으로 무협소설을 발표하였는데, 최근 서극 감독이 연출한 『칠검』의 원작 『칠검하천산七劍下天山』도 그의 작품이며, 우리나라에 번역된 『강호삼여협江湖三女俠』, 『운해옥궁연雲海玉弓緣』, 『백발마녀전白髮魔女傳』, 『평종협영록萍踪俠影錄』 등과 같은 작품으로 신파 무협소설의 시작을 알린 공로가 있다.

영화로도 많이 알려진 『백발마녀전』은 탁일항과 연예상의 애정은 대중들에게 깊은 인상을 남겼다. 백발마녀전은 바로 신분의 차이로 이루어질 수 없는 사랑을 하는 비극적인 연인들의 심리적 표현이 매우 매력적인 작품으로 이해할 수 있는데, 『여도옥나찰』과 『백발마녀전』으로 두 번에 걸쳐 번역되어 발간되기도 하였다.

김용의 『영웅문』 성공은 이제까지 와룡생, 사마령 등을 중심으로 번역하던 중국 무협소설의 번역 작가가 김용, 고룡, 양우생으로 이전하는

양우생의 『백발마녀전』 번역소설 『여도옥나찰』 및 『운해옥궁연』의 번역소설 『승천문』, 그리고 『백발마녀전』 번역소설 『강호삼여협』의 번역소설 『녹정기 2부』 표지

경향을 나타나게 되었다. 이러한 경향은 단순하게 신파 무협소설을 소개하는데 그치지 않고, 증가된 무협소설에 대한 관심을 반영하듯 중국의 고전적인 무협소설 작가들의 작품을 번역하는데까지 이른다.

이러한 상황 속에서 주목할 만한 몇 가지 작품이 번역되기에 이른다. 먼저 주목할 것이 바로 환주루주還珠樓主의 『촉산검협전蜀山劍俠傳』이다. 양수중의 『무협소설화고금武俠小說話古今』에서는 『촉산검협전』에 대하여 다음과 같이 언급하고 있다.

<촉산검협전>은 정전 외에 전전인 <장미진인전>, 외전인 <아미칠외>, 별전인 <청성십구협>, 신전인 <촉산검협신전>, 외속전인 <운해쟁기기> 등 모두 20여 부가 하나의 방대한 <촉산> 체계를 이루고 있다. 그 중 <청성십구협>은 환주루주의 또 다른 역작으로 작품 속의 인물은 <촉산>과 관련을 맺고 있다. 비록 기기묘묘하고 신기한 점은

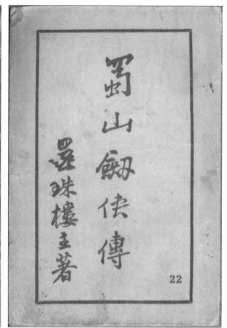

이수민의 『촉산검협전』의 원본 1권, 22권 표지

<촉산>과 비길 바는 못되지만, 묘족의 고술과 관련된 불가사의함은 <촉산>도 따라가지 못할 정도다. 이 두 책은 환상적이고 초월적이면서 유달리 심미적 가치가 있다. 그가 펼친 상상력은 위로는 하늘에 이르며 아래로는 땅 속까지 파고들며, 신비한 법보와 괴이한 요물들은 사람을 놀라게 한다. 실로 근세의 황당무계한 낭만형 무협소설의 일대 결작이 아닐 수 없다.[6]

6 량셔우쭝 저, 김영수, 안동준 역, 『강호를 건너 무협의 숲을 거닐다』(서울: 김영사, 2004) 참조.

이수민의 『촉산검협전』의 번역소설 『촉산객』 1·10권 및 『촉산기협』 1권 표지

　　환주루주는 원래 본명이 이선기李善基였는데 후에 이수민(1902~1961)으로 바꾸었다고 한다. 그는 사천성 장수현 출신으로 화북에서 오랫동안 거주하였다. 어린 시절 사천성 아미산, 청성산을 올라 18개월 동안 머물렀던 적이 있었는데, 당시의 경험이 후일 사천성 지방의 지형을 세밀하게 묘사하는데 도움을 주었다. 그는 23세에 군에 입대하여 부관으로 있었고, 항일전쟁 때는 옥살이까지 하였다. 그는 항일전쟁이 터지기 전에 천진에서 『촉산검협전』을 발간한다. 하지만 감옥에서는 『촉산검협전』을 더 이상 연재할 수 없었다. 출옥 이후에 상해의 정기서국 사장 육씨의 종용으로 다시 『촉산검협전』을 1949년까지 위 작품을 포함하여 무협소설을 여러 매체에 연재하였다고 한다. 1949년을 기점으로 그의 무협소설은 활기를 잃었으며, 1959년 중풍에 걸려 고생하다 1961년 사망하게 된다.

　　『촉산검협전』은 임화백任和伯의 번역으로 『촉산객蜀山客』이란 제목으로 발간되었다. 바로 김용의 『영웅문』이 인기를 끌고 있던 1987년의 일이다. 당시 『촉산객』은 대본소 무협소설에 익숙해 있던 독자들에게 큰 충격을 안겨주었다. 필자도 『촉산객』이 발간되기를 손꼽아 기다리던 독자 중의 한사람이었으나, 기존 무협소설과 다른 환상적인 성격 때문인지 완간되지 못하고 말았다.

『촉산객』이 무협소설 독자들에게 많은 인상을 남긴 것은 서극 감독이 2번에 걸쳐 위 소설을 영화화했기 때문이다. 그러나 서극 감독의 영화는 방대한 원본 소설 중의 일부를 각색해서 영화화한 것이기 때문에 한계를 가졌고, 최근에 발표된 『촉산전』은 전작에 비해 좋은 평가를 받지 못했던 것으로 기억한다.

『촉산검협전』의 내용은 워낙 방대해서 정리하기가 어렵지만 양수중의 『무협소설화고금』에서 개략적으로 정리하면 다음과 같다. 아미파 장문인은 건곤정기 묘일진인이라 부르는 제수명인데, 그의 문하에 삼영이운이라는 가장 뛰어난 제자들이 있었다. 이들은 모두 다섯 명인데, 그중에서도 이영경이 가장 뛰어났다. 그녀는 사조 장미진인이 남긴 자영보검을 가지고, 한 마리 수리매와 원숭이들을 대동하고 어려움을 극복한다. 촉산검협전은 바로 삼영이운을 중심으로 여러 아미파 문인들이 스승을 찾아 무예를 익히고, 도를 이루며, 보물을 찾고, 요괴를 물리치며, 마귀를 제거하는 과정을 그리고 있다.

『촉산검협전』이 주목을 받은 것은 그 작품이 주는 상상력 때문이라 해도 과언이 아니다. 양수중이 지적하듯이 법보와 괴물을 묘사하는 이수민의 능력은 매우 뛰어나다. 곤충을 확대하여, 괴물을 묘사하는 등 이후 중국 무협소설계에 신마검협무협이라는 독특한 하나의 장르를 남긴 작가로 볼 수 있을 것이며, 한국 무협소설이 최근 판타지를 표방하며 새로운 돌파구를 찾는데 있어 일정 부분 기여한 바가 있다고 생각된다.

환주루주, 즉 이수민의 『촉산검협전』의 번역에 비할 수 있는 것이 바로, 왕도려王度廬의 번역 작품들이다. 왕도려의 『와호장룡臥虎藏龍』, 『철기은병鐵騎銀瓶』 등을 『청강만리淸江萬里』라는 이름으로 1992년 번역 발간하는데, 이중에서 『와호장룡』은 최근 이안 감독의 영화로 제작되어 할리우드에서 외국영화상을 수상한 작품이 된다.

『청강만리』는 모두 3부작으로 출간되었는데, 1부는 운명의 강, 2부는 비련의 강, 3부는 인강의 강이라는 부제를 달고 있다. 왕도려는 '비극협정悲劇俠情 소설小說의 대가大家'라는 평을 받고 있다. 『청강만리』를 번역한 박강수는 다음과 같이 서문에서 왕도려의 작품을 평가한다.

중국에서는 1932년부터 1949년 중국 공산당 정권이 수립되기 까지, 대하 역사소설이 중국 통속문학을 휩쓸던 17년 동안을 일컬어 무예부흥기라 칭한다. 이 시기의 대하 역사소설은 두 가지 유형으로 발전했는데 하나는 중국의 전통 무술을 사실적으로 묘사한 <초기격파招技擊派>이고 다른 하나는 남녀의 애정을 주제로 한 <원앙호접파鴛鴦胡蝶派>이다. 초기격파의 대가로는 훗날 양우생에게 많은 영향을 미친 백우(白雨)를 비롯해서 정증인(鄭證因)과 주정목(朱貞木) 등이 있고 원앙호접파에는 바로 청강만리의 작가인 왕도려(王度廬)와 고명도(顧明道)가 있다. 청강만리의 작가인 왕도려는 원앙호접파의 거두로서 원앙호접파의 많은 작가 중에서도 비극협정파(悲劇俠情派)라는 독특한 작품유형을 창조하여 무예부흥기를 주도적으로 이끌었다고 해도 과언이 아닐 정도로 탁월한 작가로 평가되고 있다. 왕도려는 주로 '30년대에 활동했는데 항일전쟁이 끝난 후에 상해의 권위있는 출판사인 여력출판사(勵歷出版社)에서 그의 전집을 출판한 바 있다. 그는 청나라 때 문강(文康)이 쓴 『아녀영웅전(兒女英雄傳)』의 전통을 계승한 정통 민족문학 작가로서도 인정받고 있다. 그는 예측을 벗어난 줄거리와 치밀한 복선으로 작품의 구조를 탄탄히 하고 개성 있는 인물을 등장시켜 작품에 생동감을 불어넣는다. 그런데 일세를 풍미했던 왕도려의 경력은 뜻밖에도 자세히 알려져 있지 않다. 1935년을 전후하여 문단에 혜성같이 등장, 북방문단의 태두가 되었다는 것만 확인될 뿐이다. 왕도려는 모두 16부의 대하역사소설을 썼는데 그 가운데 3부가 『철기은병(鐵騎銀甁)』 계열 작품이다. 『철기은병(鐵騎銀甁)』은 왕도려의 대표작으로 본서 『청강만리』는 바로 이 『철기은병』을 완역한 것이다. 이대에 걸친 영웅호걸과 절세가인들의 은원과 사랑을 다루고 있는데 『청강만리』는 왕도려의 대표작일 뿐만 아니라 오랫동안 독자의 사랑을 받음으로써 그 대중적 가치를 인정받고 있는 작품이다. 모두 3부로 구성된 『청강만리』 중에서도 2부와 3부는 가장 흥미 있고 문학성이 뛰어난 작품으로 청강만리 시리즈 가운데 압권을 이루고 있다. 1부는 2, 3부의 주인공의 부모인 천금의 딸 옥교룡과 대사막의 강도 반천운 나소호의 신분을 넘어선 사랑의 비극을 그리고 있고, 제2부와 3부는 이 시리즈의 진정한 주인공인 한철방과 춘설병의 피할 수 없는 운명적 사랑을 그리고 있다. 이런 비극적인 이야기 속에서도 풍자와 골계의 웃음을 전달하는 약방의 감초같은 인물 유태보의 출현은 독자의 흥미를 끊임없이 자극한다. 왕도려의 문학에는 서정이 풍부하여 의협정신이 풍만하다. 뿐만 아니라, 다른 작품에선 간과되기 쉬운 인간 내면 깊은 곳을 흐르는 사랑의 열정과 풀 수 없는 실타래와 같은 인간의 운명이 탁월하게 그려져 있다. 유려한 필체와 폭넓은 인간 이해를 바탕으로 한 왕도려의 『청강만리』를 읽는 순간 독자는 새로운 대하역사소설의 세계를 경험하게 될 것이다.[7]

　『청강만리』의 1부가 최근 영화로 만들어진 『와호장룡(臥虎藏龍)』이고, 나

---

7 왕도려 저, 박강수 역, 『왕도려대하역사장편소설 청강만리』(서울: 고려원, 1992), 제1·2·3부 참조.

왕도려의 『와호장룡』과 이를 번역한 『청강만리』 1부 표지

머지 2, 3부는 『철기은병鐵騎銀瓶』이다. 왕도려가 남긴 무협소설은 모두 16부로 다음과 같다. 『학경곤륜鶴驚昆侖』, 『보검금채寶劍金釵』, 『검기주광劍氣珠光』, 『와호장룡臥虎藏龍』, 『철기은병鐵騎銀瓶』, 『보도비寶刀飛』, 『풍우쌍룡검風雨雙龍劍』, 『낙양호객洛陽豪客』, 『신혈적자新血滴子』, 『연시협령燕市俠伶』, 『춘추극春秋戟』, 『자봉표紫鳳鏢』, 『수대은표繡帶銀鏢』, 『자전청상紫電青霜』, 『금강옥보검金剛玉寶劍』, 『용호철련환龍虎鐵連環』. 현재 우리나라에서는 『청강만리』로 밖에 그의 소설이 소개되지 않고 있다.

우리나라에는 번역되어 나오지 않았지만, 강소학과 무당파 고수로 나오는 이무백과의 각종 조우를 묘사한 작품인 『보검금채寶劍金釵』와 이무

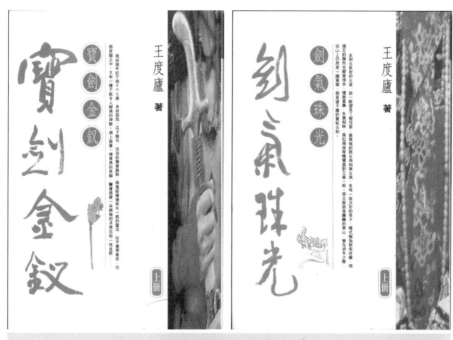

왕도려의 『보검금차』와 『검기주광』 표지

백이 강남에 망명하고, 보검 청명검을 얻어서 강호를 횡횡橫行하는 이야기를 그린 『검기주광劍氣珠光』의 홍콩판 표지를 제시하였다.

　　1980년대 중국 무협소설 번역 작품 중에서 무협소설 독자들에게 강한 인상을 남긴 작품으로는 운중악雲中岳의 『용사팔황龍蛇八荒』이 있다. 필자 개인적으로 『용사팔황』은 김용의 작품을 뛰어넘는 무엇인가가 있는 작품이라 생각한다. 아래 번역자가 "역자서문"에 정리한 『용사팔황』의 줄거리를 아래에 제시한다.

　　시대적 배경은 명나라 가정 연간, 1553년부터 1560년에 이르기까지, 약 10년이 된다. 주인공 시철이 중국의 3대 간적으로 꼽히는 엄승, 엄

운중악의 대만 재판 『팔황용사』 및 국내 번역판 『용사팔황』 표지

세번 부자와 해적 출신의 나용문에 대항하여 벌이는 활약상이 본 무협소설의 기본 골격이다.

　나용문은 왜구와 결탁하여 명나라를 전복하고자 하였는데, 이 비밀이 우연히 들린 시철의 집에서 누설되자 마을을 전멸시키고 비밀을 지키고자 한다. 10세 나이의 주인공 시철은 전문 살인집단 홍응회에 납치되어 6년간 직업살수로 키워지는데, 지령을 받아 티베트, 청해, 신강성까지 살해할 자를 찾아 추격한다. 그 과정에서 트르판 일족인 수크트크 부족의 습격을 당하고, 중국 범죄 망령자 집단인 바한령 산적과의 혈투, 몽고족 쵸로쓰의 도전 등을 겪게 된다. 또 한 몽고족 카부르 공주, 10년 연상의 노처녀 두진랑 등의 유혹과 구애와도 맞추친다. 결국 천환검 백악양의 딸 운생과 사랑을 이루는데, 시철 등이 추격한 사람

운중악의 『협객뇌신』 및 『망명지가』 번역판 표지

은 충신의 아들, 시철이 과감한 결단을 내리는 것이 본 무협소설의 전반부라고 한다.

후반부에서는 중원의 중남부 강서성 파양호를 무대로 이왕부로 수송하는 황금 5만냥과 3대 비보를 둘러싸고 나용문 자포마군 일당과 남황팔마, 전지삼괴, 천지쌍잔, 그리고 중원의 유명한 3대 수적 파양교 반중부, 번강홍 강영청, 혼강호사 추남강 일파, 시철을 돕는 도룡승과 반야승, 무정검객, 민강묵교 나금전, 가룡쌍웅 여화룡, 화곤 형제들과의 전투가 전개된다. 그리고 동반자인 배운생(裵雲笙)이 납치됨에 따라 사건의 중심에 뛰어든 시철의 모험을 잘 그려내고 있다.[8]

출판일	역서명	역자	출판사	저자	원서명	원저자
1990	용사팔황	임화백	새터	운중악	팔황용사 사해유기	운중악
1992	용사팔황 2부	김애당외	새터	운중악	고검강룡	운중악
1993	협객뇌신	임화백	도서출판 대륙	운중악	벽혈강남	운중악
1996	황룡신검	박영창	달과 별	운중악	광풍사	소슬
1999	망명지가	박영창	시공사	운중악	망명지가	운중악

『용사팔황』을 집필한 운중악은 그 개인적인 프로필이 거의 공개되지 않았지만, 70여부의 무협소설을 집필할 만큼 다작을 한 무협소설 작가이다. 한국 무협소설계에서는 그의 작품의 수준이 천차만별인 것으로 보아 여러 무협작가들이 그의 이름을 빌려 발표된 작품도 다수 존재할 것이라 짐작하고 있다. 운중악을 소개하는 중국 웹사이트를 참조하여 보면 그의 본명이 장림蔣林이라고 한다. 그는 대만의 초기격협정파의 무협작가이며, 1960년대에 여명출판사黎明出版社에 『오소산하傲嘯山河』을 발표하면서 등단하였다. 그 후에 사유출판사에서 『고검천정기古劍忏情記』 등을 발표하면서 이름이 났다. 1980년대 이후 더 이상 무협소설을 쓰지 않았다고 하는데, 명대 사회를 배경으로 하여 용맹한 사자와 같은 건장한 청년을 주인공으로 하는 무협소설을 많이 발표하였다. 실제로 그의 작품 목록을 보면, 『용사팔황』은 『팔황용사八荒龍蛇』와 『사해유기四海游騎』를 함

8 운중악 저, 임화백 역, 『龍蛇八荒』(서울: 새터 1990) 참조.

께 번역한 것을 알 수 있다.

1980년대 이후 번역된 무협소설 중에서 주목할 작가로 또 소슬과 소일이 있다. 이들 또한 이미 1980년대 이전에 무협소설이 번역 발간된 적이 있다. 그러나 소슬이 발표한 『낙성추혼』은 와룡생의 이름으로 발표되어 한 때 와룡생의 대표작으로 꼽히기도 하였다. 소슬은 1980년대에 이르러 자신의 이름을 찾는다.

박스 무협소설 『낙성추혼』의 박스 표지

소슬의 원명 무명武鳴이며, 1965년 사마령의 『검기천환록劍气千幻象』을 모방하여 『벽안금조』, 『대막금붕전』 2부의 무협소설을 발표하여 이름을 날린다. 무공, 정감, 기환 등의 방면에 새로운 창의가 보이는 소설을 발표하였다. 작품으로 『잠룡전潛龍傳』, 『거검회룡巨劍回龍』, 『낙성추혼落星追魂』, 『신검사일神劍射日』, 『검쇄곤륜정劍碎昆侖頂』, 『추운박전록追云搏電泉』 등이 있다.

진산은 「진산의 삼森 라羅 만萬 상象[강호의 사람들] 물러설 줄 모르는 소년의 치기, 이검명—소슬의 낙성추혼」이라는 칼럼을 통해 소슬의 『낙성추혼』을 분석한 바 있다. 그는 주인공 이검명이 "1. 영웅인가, 아니면 살인귀인가?", "2. 소년 영웅은 누구의 대리인일까?", "3. 그러나 때로는 죽여도 죽여도 풀리지 않는 무엇이 있다.", "4. 소년 영웅의 고독, 그 이유는?", "5. 인간 이검명의 평가, 그리고 낙성추혼과 소슬"이라는 항목을 설정하여, 『낙성추혼』의 주인공 이검명과 『낙성추혼』 자체를 평가 분석했다. 진산은 이검명이 채 성숙하지 못한 상태로 고수가 버린 어린이로서 가지는 한계를 표현한 무협소설로 『낙성추혼』을 평가했다.[9]

소슬의 무협소설 번역판 『검명사해』 및 『비검록』 표지

　　아래 소슬 작품의 번역 상황을 표로 작성하여 보았다.

　　소슬의 또 다른 작품인 원명이 『벽안금조碧眼金雕』인 『벽안금붕』과 『대막붕정大漠鵬程』인 『대막금붕』은 그의 무협소설 중에서 수작으로 꼽힌다. <나만의무협커뮤니티 IMURIM>에서 좌백이 올린 무협서고 내용을 보면, 소슬의 『대막금붕』은 1977년 대룡출판사에서 얇은 하드커버 9권 한 질로 발간되었음을 알 수 있다. 남녀 간의 애정 묘사가 압권이라는 이

---

9 진산, 「진산의 삼(森) 라(羅) 만(萬) 상(象)[강호의 사람들] 물러설 줄 모르는 소년의 치기, 이검명－소슬의 낙성추혼」, <http://www.murimpia.com/tt/mars> 진산의 삼라만상 사이트 참조.

소슬 무협소설 번역 현황

출판일	역서명	역자	출판사	저자	원서명	원저자
1972	무적신검	선우인	인문사	와룡생	청의수라전	소슬
1973	쌍마협	선우인	한양출판사	와룡생	잔결서생	소슬
1974	천하명검	선우인	한양출판사	와룡생	추운박전록	소슬
	세외고인	왕일평	오행각	와룡생	백제청후	소슬
1975	무적신권	선우인	황해출판사	와룡생	청의수라전	소슬
1978	낙성추혼	선우인	양서출판사	와룡생	낙성추혼	소슬
1991	아! 북극성 1부	박영창	언어문화사	소슬	철골유정	소슬
1992	백제청후	박보석	가람문화사	소슬	백제청후	소슬
	비검록	강호	독서당	소슬	쉬검연혼록	소슬
	아! 북극성 2부	박영창	언어문화사	소슬	추운박전록	소슬
1994	검명사해	박영창	웅지	소슬	벽안금조	소슬
1995	어린이 소설 포청전	김세영	나나	소슬		
1996	마교	박영창	달과 별	소슬	천국지문	소슬
	황룡신검	박영창	달과 별	운중악	광풍사	소슬

무협소설은 1994년 전편에 해당하는 『벽안금조』가 『검명사해』라는 이름으로 재발간되었다.

소일 또한 소슬과 같이 1980년 비록 그의 무협소설이 번역발간되었으나, 와룡생이란 이름으로 발간되어 이름을 잃어버렸던 무협소설 작가이다. 그의 작품도 1980년대가 되어야 본래 이름을 찾는다.

소일蕭逸은 산동성 출신으로 1936년에 태어난 무협소설 작가이다. 19

소일 무협소설 번역 현황

출판일	역서명	역자	출판사	저자	원서명	원저자
1969	검풍곡	송운산	대한출판사	와룡생	번랑초췌	소일
	검난여난	선우인	명지사	사마령	설락마제	소일
1991	대웅비	왕문정 박영창	청솔출판사	소일	마명풍소소	소일
1992	소설 철골빙심	왕문정 박영창	박우사	소일	마명풍소소	소일
1998	음마류화하	박영창	달과 별	소일	음마류화하	소일

49년에 대만으로 이주하여 해군관교海軍官校에 입학하여 수학하였는데, 적성에 맞지 않아 퇴학하고, 이후 중원이공학원中原理工學院 화학과化學系에 입학하였다고 한다. 여가를 이용하여 짬짬이 무협소설을 집필하기 시작하였는데, 좋은 반응을 얻자 전업 무협소설 작가로 활동하였다. 그는 1967년 가족이 미국으로 이민을 가자 함께 미국에 정착하여 현재 미국에서 활동 중이라 한다. 위에 소일의 무협소설 번역 목록을 제시한다.

마지막으로 소개할 무협소설 작가는 황이黃易이다. 황이는 본명이 황조강黃祖强이며 홍콩 중문대학 예술계열에서 전통 중국회화를 전공하고 미술관에서 잠시 근무한 것으로 되어 있다. 1989년 직장을 그만두고 산속에 은거해서 창작에 전념하게 되어 90년대에 이르러 홍콩·대만 무협계를 석권한다.[10]

우리나라에는 1997년 우리문화에서 『복우번운覆雨飜雲』을 번역해서 발표함으로써 처음 소개되었다. 『복우번운』은 1992년부터 1995년까지 매월

소일의 『마명풍소소』와 번역판 『대웅비』 표지

1권씩 출간하여 김용, 고룡 이래로 최고의 인기를 얻었던 작품이라고 한다. 황이의 『복우번운』이 단순히 "이기고 지는 무공대결만을 강조하지 않고 환상적인 작품세계를 가진 황이만이 그려낼 수 있는 신비스런 무상경지의 문파를 배경으로 남녀 간의 애틋한 사랑과 적나라한 애욕을 거침없이 묘사하여 동남아 일대의 중국인들은 물론, 생활방식이 어느 곳보다 개방적인 홍콩사람들에게 조차 황홀한 감동을 안겨주고 혀를 내두르게 만들었다는 평"을 받았다고 한다.[11]

10 김용문학관 <http://kimyong.new21.org/>에서 참조한 하이텔 무림동 이경운의 자료를 재인용한 것임.

황이의 『복우번운』 표지

『복우번운』을 번역한 임화백은 역자 서문에서 황이의 무협소설이 "피와 살점이 튀는 과감한 살육전으로 등장인물을 끊임없이 바꿔치면서 내용 전개에 역동적인 변화를 주는 한편, 선과 악, 마도와 정도, 흑백 논리의 장벽을 대담하게 뛰어넘는다. 김용이 극히 절제된 애정표현과 생명 사랑을 중시하는 반면, 황이의 작품은 인간의 적나라한 오욕칠정을 거리낌없이 묘사하고 애정과 죽음에 대한 인식을 무도 추구의 일환으로까지 승화시키고 있다"고 덧붙이고 있다.

이렇듯이 1980년대 후반에는 김용의 『영웅문』 발간을 시작으로 중국 문화권에서 유명한 작가들의 양질의 작품들이 소개되었다. 이러한 작품 소개는 상대적으로 대본소의 한국 무협소설의 위치를 약화시키는 방향으로 영향을 미치게 된다. 서점용으로 고급으로 제작된 비교적 높은 수준의 무협소설을 접한 독자들은 차차로 대본소 무협소설을 멀리하게 되고 이것이 대본소 무협소설 시장의 판도를 변화시키는데 큰 역할을 하게 된다.

---

11 황이 저, 임화백 역, 『복우번운 覆雨翻雲』(서울: 언어문학, 1997) 참조.

17

1980년대 이후
대본소 무협소설의 쇠락

韓國武俠小說史

　대본소 무협소설 시장이 위축되게 된 이유로는 양질의 중화권 무협소설의 소개도 중요한 일부분을 담당하였지만, 대본소에 불어 닥친 만화 바람도 무시할 수 없었다. 바로 이현세의 『공포의 외인구단』이 등장하게 된 것이다. 『공포의 외인구단』은 수많은 만화애독자를 흥분되게 하였을 뿐 아니라 대본소 무협소설에 식상한 독자들까지 끌어들이는 놀라운 위력을 발휘했다. 아래에 당시를 조망한 검궁인의 「한국 창작무협소설을 조망한다」라는 글에서 일부분 인용해 본다.

　　이현세 작 『공포의 외인구단』의 탄생은 대본업계에 일대 변혁을 가져오게 된다. 이제까지 무협소설이 매출의 절반 이상을 차지했던 관행이 깨지며 만화 중심으로 돌아서게 된 것이다. 엎친 데 덮쳤다고나 할까? 칼라 TV의 등장과 스포츠, 레저, 패션 등의 다양한 문화가 젊은이들 사이에 급속도로 번지며 점차 비좁고 답답한 대본소를 외면하는 현상이 일게 되었다. 혹자는 무협소설의 선풍적인 인기의 원인이 당시 국내의 암담한 정치체제 탓이라고 보는 경우도 있었다. 군부 독재정권의 암영(暗影)과 폭압적, 폐쇄적 정치상황과 사회분위기가 청소년, 대학생들을 도피처로 몰아넣었다는 견해다. 박영창의 『무림파천황(武林破天荒)』이 창작무협소설의 최대 필화사건(筆禍事件)으로 기록되며 작가가 구속된 것도 이 시점에 일어난 일이다. 무협소설은 88 서울 올림픽을 기점으로 급격한 퇴조의 길을 걷게 되었다. 청소년, 대학생들은 어두운 대본소에서 세상 밖(?)으로 뛰쳐나가게 되었고, 스포츠·레저 활동의 적극적 참여로 무협소설은 관심 밖으로 밀려나게 되었다. 또한 만화산업이 사회적으로 인정받게 되면서 더더욱 무협소설은 설 땅을 잃게 되었다. 특히, 만화는 이른바 공장시대(工場時代)로 접어들며 대량생산체제로 들어서게 되었다. 결국 대본소 매출의 주역이 만화로 바뀌게 된 것이다. 이 시점부터 무협소설 작가들은 대대적인 변신을 하게 된다. 그것은 실로 카멜레온과도 같은 놀라운 적응력이었다. 독자들에게 철저히 외면당했던 무협작가들이 살 길은 이제 무협소설 창작이 아니라 또 다른 수입원을 얻을 수 있는 장르로의 대이동이었다. 만화 스토리가 바로 그것이었다. 한국 만화계는 이현세의 등장으로 대대적인 구조개편 끝에 집단창작, 또는 이른바 공장만화로 불리는 대량생산체제로 선회하게 된다. 이렇게 되자 만화가가 자신의 모든 작품을 직접 그리거나 스토리를 쓴다는 것은 거의 불가능하게 되었다. 한 만화가 산하에 적게는 수 명에서 수십 명에 달하는 데생·터치맨과 스토리 작가가 필요하게 된 것이다. 결국 무협소설 작가의 대이동은 만화 스토리 쪽으로 자리 옮김을 하게 된다. 대다수의 무협소설 작가가 당시부터 작금에 이르기까지 만화 스토리 작가로 전업했다. 지금도 출간되고 있는 한국 만화 스토리의 7, 8할은 무협작가 출신이 담당하고 있으니 놀라운 비율이 아닐 수 없다. 88년을 전후하여 90년대 초반에 이르기까지는 한국 창작무협소설계는 암흑기라 해도 과언이 아니다. 대부분의 작가가 만

대망출판사의 서점용 판형과 대본소 판형의 무협소설

화 스토리 작가로 전업했으며 일부 작가는 아예 직업을 바꾸어 평범한 회사원이 되기도 했다. 동 기간 중 용대운, 백상을 비롯한 극소수의 작가만이 고군분투하며 작품을 써냈을 뿐이었다.[1]

그렇다고 하더라도 대본소 무협소설이 아주 없어진 것은 아니었다. 대본소 무협소설도 나름대로 살기 위해서 노력을 하였는데, 이들 중 대표적인 주자가 대망출판사였다. 대망출판사는 당시 출간되던 대본소 무

---

1 검궁인, 「한국 창작무협소설을 조망한다」, <http://www.X-zine.com> 참조.

백상의 『남궁세가』 표지

협소설과는 전혀 다른 판형, 즉 사륙배판의 코팅 제본을 한 당시로서는 파격적인 판형으로 독자들에게 다가왔다. 그러므로 수많은 무협소설 매니아들은 대망출판사의 여러 작가들의 작품을 탐독하였다. 당시, 검궁인, 사마달, 야설록 등 수많은 인기 무협소설 작가들의 작품이 꾸준히 출간되면서 1980년대 후반 새로운 무협소설 출판의 붐을 조성하였다고 할 수 있다.

그러나 이러한 노력은 수포로 돌아간다. 워낙 만화의 열기가 뜨거웠고, 창작 무협소설의 기초가 튼튼하지 않았던 관계로 양질의 무협소설이 제공되지 않은 상황에서 무협소설이 생명력을 유지하기란 매우 어려운 일이었다. 1980년대 초반부터 창작 무협소설계를 이끈 검궁인이 지적하는 당시의 상황을 들어본다.

창작무협소설은 국내의 열악한 출판환경(대본소 위주로 공급되는 체제)으로 인한 박한 원고료 수입으로 인해 한 작가가 평균 1~3개월마다 원고지 3,300여 매에 달하는 작품 한 질을 쓰게 됨으로 인해 졸속작품을 남발하게 된 것이다. 충분한 구상이나 문체를 가다듬을 시간적 여유가 없이 숱한 작품이 쏟아져 나온 것이다. 황당무계한 무공전개, 연속되는 기연, 앞뒤가 맞지 않는 엉성한 스토리, 자극적인 애정묘사, 심지어는 중국 무협소설을 모작(模作)하거나 인기작품의 패러디, 더 심하면 여러 작품의 내용을 짜깁기한 소설까지 나올 정도였다. (… 중략 …) 무협소설 매니아들은 다른 소설 독자와 달리 굉장한 속독파(速讀派)로 박스 무협지(당시 5~7권으로 나뉘어진 무협소설은 한 질 단위로 종이 상자에 담긴 채 대본소에 공급되었다.) 한 질을 읽는 데 고작 두 시간에서 하루 정도면 다 읽어 버리니 독자들은 끊임없는 신작(新作)을 요구하는 형편이었다. 게다가 서점용이 아니라 대본용으로 출간되므로 제본 및 장정, 편집 등이 열악할 뿐 더러 수명 또한 짧기 때문에 출판사로서도 더 이상 투자할 생각을 품지 않았던 것이다. 오로지 인기작가의 작품을 한 달에 몇 질 출간하느냐에 출판사의 이익이 결정되는 상황이었던 것이다. 이로 인해 창작무협소설은 파국(破局)의 길로 들어설 수밖에 없게 된다.[2]

1997년에 발간된 대본소 무협 장문인의 『검혼성풍』

무협소설 생산 체제의 약한 기반, 무협소설 작가의 자질 문제, 출판사의 투자 부족, 한국 무협소설 매니아들의 다독 특성 등이 고루 1980년대 후반 대본소 무협소설이 쇠퇴하는데 상호 영향을 미쳤다고 할 수 있다. 더군다나 당시까지만 해도 무협소설을 폄하하는 사회적인 시선이 계속 존재하기 때문에 무협소설 시장은 위축될 수밖에 없었다고 할 수 있겠다. 앞서 언급한 대망출판사의 신선한 노력도 결국 예전 판형의 무협소

2 검궁인, 「한국 창작무협소설을 조망한다」, <http://www.X-zine.com> 참조.

설을 발간하면서 막을 내린다.

하지만 1990년대 후반까지도 대본소에서는 원래 판형의 무협소설이 계속 등장했다. 1997년에 발간된 장문인長文人의 『검혼성풍劍魂聖風』이라는 무협소설과 같이, 대룡출판사는 1990년대 말까지도 이러한 대본소 무협소설을 드문드문 내놓았다.

18

한국적 무협소설,
그 모색의 길

1980년대 김용 무협소설의 계속된 번역 작업은 한국적 무협소설이 무엇인가 하는 고민을 가져왔다. 당시만 하더라도 영화에서 홍콩의 상업적 무협영화는 붐이라고 할 정도로 대단했다. 이소룡李小龍 이후 성룡成龍이라는 걸출한 무술가가 영화에 뛰어들어 만들어내는 이야기는 어린이부터 어른까지 모두 성룡표 영화를 보기 위해 극장을 찾을 정도로 그 인기가 폭발적이었다. 더군다나 소설계에서도 대만이나 홍콩의 무협소설 작가들의 작품이 계속적으로 서점을 통해 번역 발간되니, 그야말로 중국권 무협의 전성기가 도래한 것이다.

이즈음 중국적 성향의 무협소설이 꾸준히 인기를 얻는 상황을 비판적으로 바라보고, 나름대로 한국적 무협소설을 찾기 위해 노력을 했던 작가들도 다시 기지개를 편다. 바로 김병총, 금강과 같은 작가들은 나름대로 한국적 무협소설을 모색하기 위해 많은 노력을 기울인다.

좌백은 「[좌백의 무림기행] 15 중국 환상에서 깨어나 한국 무협에 매달려라」에서 다음과 같이 한국적 무협소설에 대한 생각을 피력했다.

한편으로 우리는 보다 한국적인 무협을 추구해야 한다. 이것은 다시 '한국을 배경으로 한 한국인의 무협'과 '무협의 틀을 빌어 한국의 이야기를 하는 것' 두 가지로 대별될 수 있는데, 전자는 고향하와 성검이 1969년에 발표한 '뇌검'을 필두로 김병총의 '대검자', 유재주의 '검', 이병천의 '마지막 조선검 은명기', 최근에는 장산부의 '무위록' 등이 나왔으나 무협적이지 않거나, 역으로 한국적이지 않아서 한국적 무협 소설이라고 말하기엔 부족하다. '무협의 틀을 빌어 한국의 이야기를 하는 것'에 대한 시도는 92년 아침에서 나온 김영하의 '무협학생운동'이 처음이다. 이 작품은 학생운동사를 무협식 용어로 기록한 것이다. 풍자소설의 하나로 볼 수 있겠다. 유하는 무협용어로 시를 써서 '무림일기'라는 시집을 발표하기도 했는데, 성격은 다르지만 무협적 상징을 다른 목적을 위해 이용하는 예를 보여주었다는 점에서는 같은 계통이라고 말할 수 있다. 또 80년대 무협의 대표작가였던 사마달도 유청림과 공저로 가상 정치 무협소설 '대권무림'을 낸 바 있다. 그 후에 그는 무협식으로 한국의 경제계를 그린 '무림경영'을 쓰기도 했다. '한국적 무협소설'은 중국을 배경으로 중국인을 등장시켜 만들어온 무협 소설들에 대해 한국인으로서 당연히 갖게 되는 정체성의 혼란에 대한 경계와 반감을 표현하고 있다. 한국을 무대로 한 한국인의 대중 소설, 읽을거리를 찾는 욕구는 당연히 있을 법하며, 그런 점에서 무협의 한국화는 반드시 추구되어야 할 길인지도 모른다.[1]

---

1 좌백, 「[좌백의 武林紀行](15) 중국 환상에서 깨어나 한국 무협에 매달려라」, <전자뉴스> 사이트 <http://www.etnews.co.kr/news> 참조.

좌백은 위 글에서 한국적 무협소설을 '한국을 배경으로 한 한국인의 무협'과 '무협의 틀을 빌어 한국의 이야기를 하는 것' 두 가지로 나누어 보았다. 금강과 김병총의 무예소설은 그렇다면 어떤 범주에 들어갈 것인 가. 김병총의 무예소설은 좌백의 견해에 따르면 전자에 해당할 것이다. 그러나 뒤에 이러한 작품들이 무협적이지 않거나, 역으로 한국적이지 않다고 하여 무협소설이라 하기에는 부족하다는 지적을 한다.

한국적 무협소설에 대해서 또 다른 고민을 풀어본 글도 발표되었다. 바로 전형준이 『무협소설의 문화적 의미』로 발표한 「한국의 무협소설 현상: 『정협지』에서 '신무협'까지」에 제시한 의견을 들어본다.

> 한국 무협소설이라는 말을 사용할 때 쉽게 예견되는 반문이 있다. 한국인이 썼다고 해서 한국 무협소설이 되느냐, 한국을 배경으로 해야 되는 것이 아니냐, 하는 반문이 그것이다. 왜 한국을 배경으로 하지 않고, 중국을 배경으로 하느냐, 국적불명이 아니냐, 하는 비난은 한국 무협소설에 대해 주어지는 비난 중의 하나이다. 필자의 생각으로는 배경이 한국이냐 중국이냐는 그다지 중요하지 않은 것 같다. 실제로 한국을 배경으로 한 무협소설이 없는 것도 아니다. 육홍타(2001)에 의하면, 1969년 나온 『뇌검』은 한국인이 자신의 이름을 걸고 쓴 무협소설로서도 최초의 것이고 한국을 무대로 하고 한국인을 주인공으로 한 무협소설로서도 최초의 것이다.[2] 육홍타는 이 작품의 상당 부분이 일본 사물하이 소설을 윤색한 것임을 확인하고 있는데, 그렇다면 이 작품은 한국을 배경으로 하고 한국인을 인물로 했음에도 불구하고, 우리가 지금

---

[2] 이 논의는 앞 장에서 살펴본 것과 같이 1930년대 『동아일보』에 발표된 한국인의 무협소설이 있기 때문에 수정되어야 할 것이다. 육홍타의 글에서는 『뇌검』의 1편은 아직 그것이 일본의 사무라이 소설을 모방했다는 것을 찾을 수 없었다고 하고 있으므로, 적어도 1권에 한에서는 잘못된 논의라고 생각한다.

말하고 있는 '한국 무협소설'과는 아주 거리가 멀다고 하지 않을 수 없다. 한편, 육홍타가 예로 들고 그 자신이 다시 부정하듯이, 조풍연의 아동물 『소년검객 마억』(1970), 손창섭의 『봉술랑』(1977~1978), 김병총의 『칼과 이슬』(1986), 대검자(1986), 『무예도보통지』(1992), 이병천의 『마지막 조선검 은명기』(1994), 유재주의 『검』(1995) 등은 한국을 무대로 하고 한국인을 인물로 했지만 무협소설이라는 장르 문학의 범주 바깥에 있는 것들이다. 금강의 『발해의 혼』(1987)을 성공적인 예로 꼽기도 하지만 필자는 그런 생각에 동의하기 어렵다. 이런 생각들은 기껏해야 민족주의적 감정을 충족시키기 위한 것일 따름이다. (물론 이 말이 한국을 무대로 해서는 안 되고 한국인을 인물로 해서는 안 된다는 뜻은 아니다. 그것이 중요하지 않다는 뜻일 뿐이다.) 이 문제와 관련되어서는 조선시대에 나온 『구운몽』, 『조웅전』 등의 한글 소설이 중국을 배경으로 하고 있다는 점도 함께 고려될 필요가 있겠다. '한국 무협소설'의 문학적 정체성은 무대나 인물이 아니라 서사 자체의 성격에서 찾아져야 할 것이다. 그리고 그 서사의 성격에서 긍정적인 문화적 의미를 기대한다면 그것은 장르 문학에 속하면서 그 장르 문학의 한계에 도전하는 태도와 방법, 그리고 대중문학에 속하면서 대중문학의 한계에 도전하는 태도와 방법으로부터 찾아져야 할 것이다. 뒤에 가서 고찰되겠지만, 필자는 그것을 '신무협'에서 발견한다. 예컨대 『대권무림』, 『대도무문』, 『무림경영』, 『협객기』 등에 대해 주목하지 않는 것도 그것들의 서사적 성격에서 긍정적인 문화적 의미를 발견하지 못하고 때문이다.[3]

좌백과 전형준의 위 문장들에서 살펴보았을 때 한국 무협소설 혹은 한국적 무협소설은 사뭇 다른 개념을 가지는 것 같다. 좌백은 비교적 긍

---

3 전형준, 『무협소설의 문화적 의미』(서울: 서울대학교 출판부, 2003), 서울대학교 한국학 모노그래프 4.

정적으로 '무협의 틀을 빌려 한국의 이야기'를 하는 것에 대해 언급하고 있는 데에 반해, 좌백의 주장과는 달리 전형준은 그러한 무협소설의 서사적 성격에서 긍정적인 문화적 의미를 발견하지 못하고 있다고 한다.

1969년 발표된 『뇌검』의 재판

필자가 본 글을 시작할 때 "한국 무협소설의 역사 서술 상 주의할 점"이라는 몇 가지 항목을 만들어 스스로 고민했던 적이 있다. 그 첫 번째는 무협소설과 시대의 요구에 대한 것이었다. 이 관점에서 본다면 개화기 서양열강의 침탈에 맞서 싸우는 영웅담을 전통적인 무, 협, 기, 정으로 서술한 소설들의 등장이 있었을 것이다. 두 번째는 한국의 역사 즉, 『삼국사기』 및 『삼국유사』에 등장하는 영웅전기가 무협소설이 될 수 있을 것인가, 이에 대한 세밀한 주의가 필요하다고 한 것이다. 세 번째는 한국 무협소설이란 무엇인가 하는 것이다. 한국인이 쓴 것이어야 한다? 한국을 배경으로 해야 한다? 한국적인 서사 구조를 가지고 있어야 한다? 중국의 번역 무협소설의 한국 무협소설에 대한 영향 등등을 고려해야 한다는 것이었다.

위 몇 가지 항목에서 한국 무협소설과 한국적 무협소설은 구별되어야 할 것이라 생각된다. 한국 무협소설을 고려할 때 보편적으로 한국과 타국의 지역적 경계처럼, 한국인에 의해서 작성된 모든 무협소설을 한국 무협소설이라 할 수 있을 것이라 생각된다. 그것이 중국을 배경으로 하든, 중국인을 등장인물로 하던, 일본을 배경으로 하고, 일본인이 나오던 그것은 창작자인 소설가의 문제라고 생각한다. 그리고 그 소설을 통해 소설가가 어떠한 형식으로 이야기를 전개하든지 그것은 상관없다고 볼 수 있다. 단지 그것이 무협소설이 되기 위해서 필요한 기·정·무·협적인 요소가 포함되어 나타나는 것을 전제로 한다.

여기서 고려해야 할 것은 한국적이라는 것이다. 한국적이라는 것은 대단히 다층적이면서, 다면적인 검토가 필요한 용어이다. 오랜 기간 이 토양에서 자라나 전승된 전통적인 것들도 한국적이라 이야기 할 수 있으나, 외래적인 것인데 한국에서 우리의 정서와 맞게 변한 것들도 이제는 한국적이라 말할 수 있기 때문이다. 물질적인 것도 한국적인 것을 찾을 수 있지만, 정신적인 면에서도 한국적인 것들을 찾아낼 수 있다. 이런 면에서 좌백이 언급한 '무협의 틀을 빌려 한국의 이야기'를 하는 것 또한 한국적인 것이라 할 수 있다. 그렇다면 다시 한국적 무협소설로 돌아가 보자. 무엇이 한국적인 무협소설이라 할 수 있는가.

일단 그것이 한국 무협소설이 되어야 한다는 것은 인정하자. 애국가의 예를 본다면 더 고려할 점이 있다. 우리가 부르는 애국가 이외에도 에케르트라는 독일계 작곡가가 작곡한 대한제국 애국가가 있다. 그것은 우리의 애국가인가. 독일의 애국가인가. 그것은 독일 작곡가의 작품인 것이다. 우리의 정서를 반영하고자 노력했지만 음악적으로 우리적이지는 않다. 하지만 독일의 애국가라고 부르지는 않는 것을 고려하여 무협소설 작품의 작가의 국적을 우리가 논의한다면 더 복잡한 문제가 생길 것이다. 현금에서는 외국인이 우리나라를 배경으로 한국인을 주인공으로 등장시키는 무협소설을 발표한다고 해서 그것이 한국 무협소설이 되지는 않는 예를 받아들여 한국적 무협소설은 우선 한국 무협소설이어야 한다고 일단 생각하자. 그리고, 한국적 무협소설은 한국적인 무협소설이어야 한다는 것을 생각하자.

그렇다면 무협소설의 중요한 기·정·무·협이 어떻게 한국적일 수 있는지 검토해야 한다. 즉, 한국적인 기와 한국적인 정, 한국적인 무, 한국적인 협이 있어야 한다. 그러나 이미 정통적인 무협소설의 기·정·무·협의 체제는 그 의미를 잃은 지 오래다. 협 또한 정파와 사파의 대립 속에서 찾아낼 수 있는 선악의 체제를 벗어나 있고, 무 또한 중국식의 무술을 벗어나 여러 다양한 형태의 환술, 도술, 초능력, 과학 등의 콘텐츠로까지 확대되어 있는 것이다. 또한 정은 남성 중심주의적 이성관을 벗어나서 여러 다양한 형태의 애정관을 묘사하고 있다. 기는 더 이상 언급할 필요도 없을 정도로 다양한 형태로 발전하였다는 것이다.

전형준이 한국 무협소설로 신무협을 지목하는 이유도 정통 중국 무협소설의 틀을 파괴한 신무협의 정신을 높이 사기 때문이라 풀이된다. 그가 주장한 것에서 의미를 부여할 수 있는 것은 한국 무협소설에서 서사 자체의 문화적 의미를 기대할 수 있는 작품이 한국 무협소설이 되어야 한다는 것이다.

북경대학교의 중문과 교수 공경동은 "김용의 무협소설을 높이 평가할 수 있는 이유는 중국의 문화를 그 안에 담아냈기 때문이다"라고 강연한 바 있다.[4] 그렇다면 한국적 무협소설이 성공하기 위해서는 분명히 한국의 문화를 그 안에 담아내야 할 것이라 생각할 수 있을 것이다. 신무협

---

4 북경대학교 부교수 공경동은 대중문학으로서 무협소설에서 문화적 의의를 읽어내기 위해 노력하는 학자이다. 그의 본적은 산동이고, 1983년 하얼삔에서 북대에 입학하여 전리군 선생의 첫 석사학생이 되고, 뒤에 엄가염 선생에게서 박사학위를 했다. 그는 중국 중앙방송국 '백가강단'(百家講壇)에서 강의하여 김용문학의 정수를 알리는 역할을 담당했는데, 이 강의가 『북대취협조우김용 소서신협』(北大醉俠遭遇金庸 笑書神俠)으로 2006년 1월에 중국해관출판사에서 발간되기도 하였고, DVD로 제작되기도 하였다.

도 오늘날의 한국 사회의 면모를 그 안에 담아내고 있다. 만약 그것이 오늘의 한국 사회의 내용을 담아내지 못한다면, 영원히 중국 무협소설의 모방에 불과할 것이다. 좌백은 한국적 무협소설의 한 예로 '한국을 배경으로 한 한국인의 무협'에 대해 논하면서 그것이 무협적이지 못하거나 너무 중국 무협적인 것들이 발표되었다고 한 것처럼, 한국을 배경으로 하고, 한국인을 등장시킨다고 해서 그것이 성공적인 한국적 무협소설이라고 말할 수는 없을 것이다. 그 안에도 한국을 배경으로 하고, 한국인을 주인공으로 내세운 뒤 한국적인 문화가 있어야 하기 때문이다.

그렇다면 어떻게 한국의 문화를 무협소설에 담을 수 있을까. 기존 무협소설의 틀을 그대로 사용하고, 기본 요소인 무를 한국적인 무로 대치하는 것이 방법이 될까. 그렇다면 우리 무예에 대한 연구가 선행되어야 할 것이다. 김용은 중국의 문화를 무협소설에 담아내는 필력을 과시하는데, 많은 연구가 있었다. 우리 무예 용어에 대한 철저한 이해가 있어야 하겠고, 그를 어떻게 문학적으로 풀어낼 것인가에 대한 세심한 배려가 뒤따라야 할 것이다. 한국적인 색채를 내는 방식에 있어서 무협소설의 무대를 한국으로 설정하고, 섬세하게 묘사할 수 있어야 할 것이다. 배경과 무술에 한국적인 내용을 담아낸다고 해도, 서사에서 우리 문화를 담아내지 못하면 안 될 것이다.

서사창작은 무협소설의 문제만은 아닐 것이다. 하지만 무협소설에서 적극적으로 활용할 소재로는 우리의 신화라든지, 전설 등이 있다. 특히 무속과 관련된 신화는 한국적 환상이라고 할 만한 내용을 품고 있다. 그러므로 한국적인 서사를 어떻게 개발하는 것이 한국적 무협소설을 새롭게 창작하는데 관건이 될 수 있을 것이다.

한국인 창작 무협소설에 대해서 필자가 12장 「중국·일본 무협소설의 영향으로 되살아난 한국 무협소설」에서 살펴본 바 있다. 한국 창작 무협

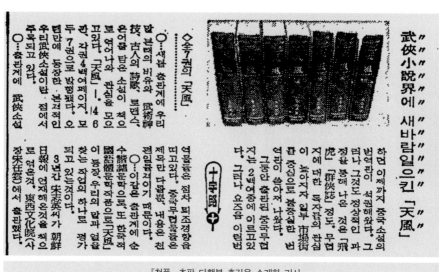

『천풍』 초판 단행본 출간을 소개한 기사

소설이라고 해도, 그 내용이 중국적인가, 일본적인가, 한국적인가에 대해서 구분할 필요가 있는데, 1980년 이전의 몇 가지 한국 무협소설을 예로 들어서 구분해 보도록 한다.

이치수, 육홍타 등과 같이 한국 무협소설의 역사를 다룬 바 있는 학자들은 『뇌검』을 한국 무협소설의 시작으로 보았지만, 일본 인자소설의 아류임을 지적한 바 있다. 그러므로 『뇌검』은 한국 무협소설이지만 내용면에서는 일본적 무협소설로 볼 수 있겠다. 일제강점기 한국적 무협소설로 『대도전』이나 해방 후에는 『흑룡비전』 혹은 『암행어사 흑룡』 및 『천풍』등을 한국적 무협소설로 볼 수 있겠다. 중국적 무협소설의 예는 『팔만사천검법』을 비롯하여 1970년대 후반 이후 등장한 중국 무협소설 모방작들이 모두 그 대상이 될 것이라 생각한다.

그러면 1980년대 이전 한국적 무협소설의 대표작인 『천풍』을 살펴보

『천풍』1984년 재판 표지

자. 1970년『조선일보』를 통해 발표된 송지영의『천풍』은 한국적 무협소설을 논하는데, 매우 중요한 작품이라 생각된다.『흑룡비전』은 단 권으로 발간된 단편소설이며,『대도전』은 비교적 역사 부분에 초점이 맞추어진 소설이기 때문이므로, 1970년에 발표된『천풍天風』이 보다 한국적 무협소설을 이해하는데 도움이 될 것이라 생각된다.『천풍』의 단행본은 1972년 동서문화원에서 출판된다.

『천풍』을 발표한 송지영은 작가이며, 언론인으로 활동하였다. 그는 1916년 평북 박천에서 태어나서, 1943년 중국 남경중앙대를 졸업한 후, 동아일보, 상해시보 기자를 거쳐 한성일보 편집부장, 국제신보 태양신문 주필 및 논설위원을 역임한 한국의 대표적인 언론인이다. 그는 언론인으로 활동하는 한편,『왕실비화』,『한국민화전설전집』,『천풍』,『하그리 많은 낮과 밤을』,『야초기』,『낙양은 꽃밭』등의 수많은 저서를 발표하였다고 한다.『천풍』이 발간되었을 때 광고 문안을 보면 다음과 같다.

　　우리의 理想. 어둡고 침울한 세상에 돌개바람처럼 홀연히 나타난 사나이 天風! 그의 눈에 비친 진실한 삶, 이상과 꿈은 오늘을 사는 우리들에게 깊은 감명을 준다. 우리의 모습 武俠小說의 차원을 과감하게 뛰어넘는 天風! 이 내용들은 결코 허황된 애기만은 아니다. 우리의 마음,

우리의 지혜, 우리의 모습들이 살아 움직이고 있다. 우리의 思想. 仁, 義, 禮, 智, 信에 바탕을 둔 世態小說 天風! 거칠고 험한 사나이들의 세계. 그 세계에서 펼쳐지는 통쾌한 승부! 우리는 바로 따뜻한 연민의 정을 느낄 수 있다. 갈채, 또 갈채 朝鮮日報 연재 당시 수많은 독자들로부터 열띤 갈채와 격려를 한몸에 받았던 天風! 또다시 그 환호성을 듣고 있다. 한번 손에 들면 곧 심연으로 빠져들고, 그곳에서 모두의 분신들을 발견할 수 있다. 풍부한 言語와의 만남. 宋志英 文學의 代表作 天風! 그는 言語의 마술사처럼 풍부한 우리말의 語源을 찾아 독특하고 세련된 문장으로 독자들을 사로잡고 있다.

『천풍』의 재발간 서문에서 송지영은 "또 한가지 되돌이켜 생각해 보면, 이 이야기는 단순히 재미를 쫓아 꾸며낸 이야기라기보다 허황된 것 같으면서 보다 큰 진실을, 이상을, 꿈을 찾아 넓은 천지를 돌개바람 몰아치듯 떠도는 한 젊은이의 모습을 내 자신에 비추어 썼던 것이라고 할 수도 있겠다"라고 하여 『천풍』의 창작 배경을 이야기하고 있다.[5] 그리고 처음 동서문화원에서 발간될 때 발간 기사를 참조하면, 『천풍』이 기존의 번역 무협소설과 다른 점으로, 우리 말 본래의 비유, 무술신기, 고인의 시가, 로맨스, 은어 등을 이어받았다는 점을 강조하고 있다. 바로 이러한 점이 한국적 무협소설이 갖춰야 할 우리의 문화가 아닌가 생각된다.

1980년 이후 송지영의 『천풍』과 같은 연장선 상에서 한국적 무협소설을 계승코자 노력한 작가로 김병총金竝總이 있다. 김병총은 김용의 『영웅문』이 번역 발간되던 1980년대 중반 『칼과 이슬』, 『달빛 자르기』, 『대검

---

5 송지영, 「서문」, 『조선일보 인기연재소설 천풍』(서울: 융성출판, 1984) 참조.

김병총의 『칼과 이슬』, 『대검자』, 『무예도보통지』 표지

자大劍子』와 같은 소설을 발표한다.

김병총은 경남 마산 출생으로, 고려대 철학과를 졸업한 소설가이다. 그는 1957년 단편 「빨간 우산」이 『문학사상』 제1회 신인상에 당선되어 등단하였다. 그는 억압적인 현실 상황 속에서 비인간화의 세계와 맞서 원초적인 삶의 진실을 추구하며, 인간성 회복을 무엇보다 중요시하고 있는 작가라는 평을 받고 있다.

그가 1992년 발표한 『무예도보통지武藝圖譜通志』는 『칼과 이슬』, 『달빛 자르기』, 『대검자』 이후 그가 야심차게 내놓은 무예소설이었다. 그는 「작가의 말」에서 그의 창작 의도를 밝히고 있다.

수렁으로 곤두박질쳐진 도덕성과 작금의 인간정서에 충격을 받고
필자 역시 자괴감에 시달리다가 『소설·무예도보통지』를 쓰기로 했다.
폭력은 있으되 의협은 없고, 이기주의는 팽배하나 자비는 보이지 않고,

비리는 쫓으면서도 순리를 외면하고 있으니 작가로서는 분노할 수밖에 없었다. 더더구나 세상 천지에 믿음 하나 없다는 절망감 때문에 이 소설의 첫 장을 '信'으로부터 출발할 수밖에 없었던 소이가 거기에 있었다. 마음을 진정시키고 보니 역시 우리 민족은 위기대처능력이 곳곳에서 보이길래 우선은 안심할 만하다. 애초에 인간회복의 어떤 묘수를 함께 발견할 길이 없을까 하고 반작용으로 구성해 본 것이 『소설 · 무예도보통지』이다. (… 중략 …) 스케일이 큰 무협의 일대 로망을 그려 볼 참이었다. 기왕의 작품 『칼과 이슬』, 『달빛 자르기』, 『대검자』에서 이야기하

금강의 『발해의 혼』 표지

지 못한 우리들의 미덕들을 이 소설에서는 담고자 애썼다. 목판본 『홍길동전』의 원본을 참고본으로 사용하며 우리의 유일본 무에서 『무예도보통지』를 통해 정사와 야사를 통해 활약했던 많은 무사들을 등장시키는 재미까지 만끽할 작정이다.[6]

　김병총이 추구한 한국적 무협소설은 그가 무협소설이라는 말을 쓰지 않고, 무예소설이라 한 것에서 확연히 구분될 수 있다. 중국의 무협소설에서 등장하는 무는 그 근본이 중국에 있기 때문이며, 한국의 무예를 사용하고, 한국을 배경으로 하는 소설을 발표한다는 뜻을 가지고 있을 것으

---

6 김병총, 『김병총 장편무예소설 무예도보통지』(서울: 판, 1992).

『마지막 조선검 은명기』 표지

로 보여진다. 이것은 앞서 금강의 『발해의 혼』이 가지는 무협소설적 성격과는 확연히 구분된다.

금강이 비록 발해를 소재로 하여 소설을 발표하였다고 해서, 그것이 한국적이라는 뜻은 아니다. 『발해의 혼』을 읽어보면 알 수 있지만 금강이 예전부터 발표하던 무협소설의 틀을 벗어난 것이 아니기 때문이다. 그렇다고 하더라도 무협소설의 중요한 소재를 발해라고 하는 우리 민족의 국가를 내세운 것은 당시 중국적 무협소설을 생산하던 무협소설계에 큰 충격으로 받아들여진다.

1990년대 들어서 한국적 무협소설이 다시 기지개를 켠다. 이병천이 1994년 발표한 『마지막 조선검 은명기』도 이러한 무협소설의 하나이다. 『마지막 조선검 은명기』는 한국적 무협소설을 논할 때 중요한 작품이라 할 수 있다. 그 이유는 동학농민혁명을 무협소설 무대로 끌어들였고, 총이라는 신식무기의 등장에 맞서 조선검의 자존을 지킨다는 설정도 흥미로웠으며, 더군다나 동학농민군의 지도자를 구출하려는 주인공 일행의 고초와 의리, 그리고 점차 민족과 외세에 눈뜨는 과정이라는 기존의 소설에서 볼 수 없었던 시기 설정에 따라 무리없이 전개되는 서사구조는 한국적 무협소설이 어떻게 창작되어야 할지를 보여주는 좋은 예라고 할 수 있기 때문이다. 우리 무술에 대한 고증, 소설의 배경이 될 사건의 발굴 등등을 포함하여 21세기 한국적 무협소설이 가야할 방향을 모색하는 데 참고가 될 것이다.

이병천은 소설집 『사냥』, 『모래내 모래톱』으로 작가적 역량을 인정받은 바 있는 작가로서, 1981년 『조선일보』 신춘문예에 시가, 1982년 『경향신문』 신춘문예에 소설이 각각 당선되어 작품 활동을 시작한 뒤 줄곧 무게 있는 주제의식과 감칠맛 있는 문체를 조형해왔다고 한다.

한국의 무예를 소재로 한 무협소설 『본국검법』

1995년에는 안병도의 『본국검법』이 발표되기 시작한다. 안병도(1973~)는 서울 출생으로 1995년부터 하이텔 등 통신에 글을 쓰기 시작하고, 1997년 『본국검법』을 출간한다. 그가 자신의 홈페이지에서 소개한 『본국검법』 창작과 관련된 증언을 살펴본다.

시리얼란이란 새 연재란에서 정식연재물로 쓴 첫번째 글이 『본국검법』이다. 본국검법은 당시 구태의연한 무협소설과 전혀 생소한 판타지에 실망한 내가 <차라리 직접 쓰고 말지> 하고 쓴 글이다. 체계적인 자료수집이나 인물설정도 없이 곧바로 쓰기 시작했다. 저질러 놓고 보자는 식이었기에 나중에 수정하고 오류를 바로잡는 데 상당한 고생을 했다. 그렇지만 무엇보다 재미있게 쓰자는 목적에는 충실했다. 이 글이 인기가 높아져 당시 시리얼란의 가장 조회수가 많은 소설로 김근우씨의 판타지 『바람의 마도사』와 김경진씨의 밀리터리 소설 『아시아2000』과 함께 『본국검법』이 들기에 이르렀다. 96년 12월에 출간제의가 정식으로 왔다. 다소 생소한 무협소설 출판사 <달과별>이었는데 정식 계약서와 계약금을 제시하는 성의를 보여줬기에 출판을 승낙했다. 이후 본국검법은 97년에 출간되었으며 나는 정식 소설가로서 첫 발을 떼어 놓게 되었다.

그의 『본국검법』은 『무예도보통지』에 등장하는 무예를 소재로 사용하는 등, 무협소설에 등장하는 무예를 역사적 고증을 통해 현실화 시키고자 노력하였고, 한국적 무협소설의 새로운 장을 펼친 수작으로 꼽을 수 있다.

한국적 무협소설 작품으로는 유재주의 『검』도 주목된다. 유재주는 최근 이 『검』을 다시 손질하여, 『조선검객 무운행장기』로 재 발간하였다. 『검』을 소개하는 기사가 있어 인용해본다. 아래 인용문에서 볼 수 있듯이 『검』에서는 검과 선禪에 대해서 깊은 성찰이 돋보인다. 중국 무협소설에서 그리 쉽게 찾아볼 수 없는 선의 세계가 잘 묘사된 점이 한국적인 무협소설로 볼 수 있을 것이다.

> 『조선검객, 무운행장기』는 검의 진리를 찾아 유랑하는 무운이라는 법명을 가진 검객의 일생을 그린 소설이다. 소년왕 고종이 등극하고 천하를 호령하던 흥선대원군이 섭정을 하던 구한말에서 일제의 식민치하를 시대적 배경으로 하여 절대 검의 진리를 찾아 유랑하는 조선 검객, 무운의 행로가 그려지고 있다.
> 어린 시절 우연히 목도하게 된 할아버지(윤범수)의 검도 장면, 그리고 일본인 검객들에 의해 가족이 처참히 살해되는 과정에서 검(劍)과의 필연적인 운명을 맺게 된 주인공은 고아가 된 후 원주의 상원사라는 절에 맡겨지고 이곳에서 평생의 정신적인 스승인 영허(影虛) 스님을 만나게 된다. 영허 스님은 몰래 검을 연습하는 무운(無雲)에게 끊임없이 선

(禪)에 대한 강론을 펼치며 불자로서의 길을 인도하며 검과의 인연을 떨쳐내려고 하지만 무운은 오히려 스승 영허의 가르침을 그대로 검의 세계에 적용시켜 자기만의 검법을 갖추어 나간다. 그러나 영허 스님의 가르침은 평생 무운의 의식, 저 깊은 곳에서 강한 울림으로 소리치며 깨달음의 세계를 찾아 끝없이 정진하게 이끈다.

그 후 산사를 내려온 무운은 전국을 유랑하며 전설로 전해 내려오는 무상검(無想劍)의 비법을 터득하기 위해 조선 최고의 검객들과 겨루며 마침내 일본의 검법 이도류(二刀流)와 몽상검(夢想劍)을 뛰어넘는 경지에까지 다다른다. 그러나 최상의 검법이라고 할 '무상검(無想劍)'과 '몽상검(夢想劍)'의 경지는 바로 불법의 핵심인 '무(無)의 세계'와 다를 바 없음을 깨닫게 된 주인공은 한 걸음 더 나아가 인검구망(人劍俱忘), 검도 잊고 자신도 잊는 대오(大悟)의 경지를 찾기 위해 결국 검을 버리고 불타의 세계로 들어가게 된다.[7]

유재주의 『조선검객 무운행장기』의 표지

유재주는 경희대 국문과 및 대학원을 졸업하고 1982년 문학동인 '작법作法'을 결성하면서 작품활동을 시작하였다. 펴낸 책으로는 『또 하나

---

7 유재주, 『조선검객 무운행장기』(서울: 돋을새김, 2005). 인용은 본 소설 관련 기사를 참조하였음.

이원호의 『대영웅』과 궁예의 『백제의 혼』 표지

의 계곡』, 『어머니의 초상』, 『북국의 신화』, 『공명의 선택』, 『평설 열국지』, 『자객열전』 등이 있고, 현재 한얼검도관을 운영하고 있으며 20여년간 검도인으로도 활동 중인 무도인이기도 하다. 그가 스스로의 검도 세계를 정리한 작품이 아마도 『검』이 아닌가 생각된다. 그가 『검』에서 못내 아쉬워했던 여러 가지 사항을 보충 정리해서 정리한 것이 바로 『조선검객 무운행장기』이다.

이외에 1996년 발표된 이우영의 장편 무예소설 『무예』도 우리가 살펴보아야 할 한국적 무협소설로 볼 수 있으며,[8] 이원호의 『대영웅』 및 궁예의 『백제의 혼』도 한국적 소재를 사용하여 한국적 무협소설의 계보를 잇고 있다.[9]

특히 이우영의 장편 무예소설 『무예』의 경우 중국권 무협소설 번역에 일인자라 할 수 있는 박영창이 「추천사」에서 언급한 것과 같이 단순히 한국인이 창작한 무협소설의 경지를 넘어선 정통 한국 무협이라 할 수 있다고 하니, 한국적 무협소설이 계속해서 나올 수 있는 희망을 보여주고 있다.

이우영의 『무예』 표지

8 이우영, 『장편무예소설 무예』(서울: 달과별, 1996) 참조.
9 이원호, 『대영웅』(서울: 문학수첩, 1997) 및 궁예, 『역사무예소설 백제의 혼』(서울: 초록 배매직스, 2000), 참조.

19

신무협의 등장

　　신무협新武俠의 등장은 돌연한 것이 아니었다. 신무협은 분명, 신무협이라 불리는 무협소설이 등장하기 이전에 수많은 무협소설 작가들의 노력에 의해서 만들어진 것이다. 그러나 신무협은 기존 무협소설의 지지부진에서 벗어나고자 하는 몇 명의 무협소설 작가들에 의해서 시작된 것이 분명한 사실이다. 여러 무협소설 관련 문헌을 통해 살펴보면, 신무협은 용대운龍大雲과 좌백左栢에 의해서 시작된 것이라 해도 과언이 아닐 듯싶다.

　　용대운이 발표한 여러 무협소설에 소개된 작가의 프로필을 참조해보면, 용대운은 1961년 서울에서 태어나 1985년 서울 시립대를 졸업한 무협소설 작가이다. 1988년 『마검패검魔劍覇劍』으로 무협소설계에 입문했고, 이후 『철혈도鐵血刀』와 『유성검流星劍』, 『무영검無影劍』, 『탈명검奪命劍』의 검劍 시리즈, 『권왕拳王』, 『도왕刀王』, 『검왕劍王』의 왕王 시리즈를 집필했다고 한다.

야설록·용대운 공저로 발표된 『권왕』과 야설록 이름으로 출판된 용대운 작 『유성검』, 『마검패검』 표지

그러나 그의 첫 세작품은 관례에 따라 야설록의 이름으로 출판했다.

그는 1990년 『검왕』 탈고 이후 4년간 무협계를 떠났는데, 1994년 3월 PC 통신 하이텔의 무림동에 『태극문太極門』을 연재하면서 집필 재개했다. 이어서 『태극문太極門』, 『강호무뢰한江湖無賴漢』, 『독보건곤獨步乾坤』, 『유성검流星劍』을 연속해서 발표하며, 당대 최고 무협소설 작가 반열에 오른다.

신무협은 서효원의 『대자객교』가 다시 서점용으로 발매되어 인기를 구가하게 되어 무협소설에 대한 관심이 다시 일어났을 때 기존 무협소설과는 색다른 무협소설로서 독자층을 이끌어낸 새로운 모습의 무협소설을 말한다고 할 수 있다. 육홍타는 그의 「시장측면에서 본 한국 무협소설의 역사」에서 신무협의 시작점을 다음과 같이 말하고 있다.

> 어디서부터를 신무협이라고 할 수 있을까. 흔히 용대운의 『태극문』 (1994)이 신구무협의 중간에 있고, 좌백의 『대도오』(1995)가 본격 신무협의 효시라고들 한다. 용대운은 구무협을 쓰다가 일단 무협소설계를 떠

용대운의 인기 무협소설 『태극문』 표지

났던 작가인데, 무협의 재미를 못 잊어 하이텔의 무협소설동호회인 무
림동에 『태극문』을 연재하기 시작했다. 『태극문』이 독자들에게 큰 인기
를 끌자 뫼에서는 이를 전 6권짜리 책으로 출간했는데, 판매에서도 대
성공을 거두었다. 기존 무협소설과는 다른 재미를 주었기 때문이다.[1]

위 육홍타는 신무협의 시작을 좌백으로 보고 있지만, 전형준은 「[한국
무협소설 명인열전 ③] '新무협' 선구자 용대운 평범한 로맨티시스트들

---

1 육홍타, 「시장 측면에서 본 한국 무협소설의 역사」, 『무협소설이란 무엇인가』(서울: 예림
기획, 2001).

이 축조하는 비범의 美學」에서 용대운을 신무협의 선구자로 보고 있다.[2] 관점의 차이가 있겠지만, 용대운을 신무협의 시작으로 삼는 것은 매우 타당성이 있다. 바로 기존 무협소설에 새로움을 더한 첫 작가가 용대운이기 때문이다. 그렇다면 용대운의 『태극문』에서 찾아낼 수 있었던 새로움은 무엇인가. 『태극문』의 서문을 인용해 본다.

> 태극(太極)이란 곧 만물(萬物)의 가장 완벽(完璧)한 상태를 뜻하는 것이 아닌가? 누구라 해도 원하기만 하면 태극문의 제자가 될 수 있다[何時入門]. 또 누구라 해도 원하기만 하면 태극문에서 탈퇴할 수가 있다[何時退門]. 하지만 한 번 탈퇴한 제자는 두 번 다시 태극문의 제자가 될 수 없다[一退不入]. 이것은 위지독고가 직접 정한 태극문의 삼법(三法)이었다. 태극문의 무공은 아니 위지독고의 무공은 단순히 두뇌가 뛰어나거나 재질이 탁월하다고 해서 익힐 수가 없는 것이었다. 그것은 오성(悟性)과 체력, 인내(忍耐), 끈기, 승부욕(勝負慾), 집념(執念), 그리고 냉정한 이성(理性)을 모두 갖춰야만 이룩될 수 있는 것이다. 태극문의 진정한 후계자는 천하제일고수가 되어야 한다. 천하제일고수가 되려면 비단 무공으로써 만인(萬人)을 꺾어야 할 뿐 아니라 큰 포용력과 백절불굴한 용기(勇氣)가 있어야 한다. 그것은 무수한 고통과 시련 속에서만 얻어지는 것이다.

위 인용에서 볼 수 있듯이 태극문은 무림의 한 문파이다. 그리고 용대운은 기존의 무협소설 작가들이 주요한 모티브로 사용하고 있는 복수의 코드를 버리지 않고 주요하게 사용하고 있으면서도, 완벽한 무도를 얻어

2 전형준, 「'新무협' 선구자 용대운. 평범한 로맨티시스트들이 축조하는 비범의 美學 [한국 무협소설 명인열전 ③]」, 『신동아』(2004), 3월호 참조. 아래 문단의 인용도 본 자료를 참고하였음.

내는 과정을 섬세히 묘사함으로서 기존 무협소설과 차별을 두고 있다고 할 수 있다. 전형준은 이를 "복수는 무도 완성의 동기"라고 표현하기도 한다. 용대운 스스로 말하는 『태극문』은 다음과 같다.

> 이 작품은 검 씨리즈나 왕 씨리즈와는 달리 사건보다는 인물중심으로 쓰여졌다. 특히 그중 몇몇 인물의 성격을 중점적으로 파헤치려고 노력했으며 전체적인 흐름도 무림패권 보다는 복수나 무도(武道)를 위한 투쟁을 위주로 해서 지금까지의 여타작품과는 조금 궤를 달리 하고 있다. 무협도 어차피 인간을 다룬 소설인 만큼 인간(人間)이 그려지지 않고서는 성공할 수 없다는 것이 본 저자의 솔직한 생각이다. 이 태극문의 주인공은 본 저자의 다른 소설인 마검패검의 전옥심이나 유성검의 조무상, 탈명검의 임무정 등 여타 주인공들과는 조금 다른 특이한 성향을 지니고 있다. 뛰어난 재질보다는 강한 집념과 끈기의 소유자로 '노력하는 자만이 성공할 수 있다'라는 평범한 진리를 몸소 실천하는 인물이다. 이 책을 모두 읽고 '조자건'이라는 한 인간을 조금이라도 좋아하게 되었다면 본 저자는 그것으로 만족하겠다. 본 저자는 앞으로도 꾸준히 정통적(正統的) 무협만을 추구할 것이며 독자 여러분께 무협 본연의 재미를 주기 위해 노력할 것이다. 독자제현의 많은 성원을 바란다.[3]

용대운은 정통적 무협을 추구하겠다는 의지를 표현했지만, 그의 무협은 신무협으로 분류된다. 그가 말했듯이 그의 무협소설은 인간정신을 기본으로 한다. 이 점이 『태극문』이 기존의 무협소설과는 다른 양상을 보여주는 핵심 요소라고 할 수 있다.

3 용대운, 『龍大雲長篇武俠小說 태극문』(서울: 뫼, 1994), 서문 참조.

『태극문』은 무도의 궁극의 경지로
향하는 인간의 투쟁을 절묘하게 묘
사함으로서 무협소설 독자들의 마음
을 끌어안게 된다. 전형준은 이러한
투쟁의 과정이 '평범 속의 비범 성
취'라는 것임을 강조한다.

다음에 용대운의 무협소설 목록을
제시한다. 용대운은 이후에도 계속
독자들을 사로잡는 무협소설을 발표
하며, 신무협을 주도한다. 한국문화
예술위원회 웹사이트에 소개된 「신
무협소설」이란 글에서는 당시 신무
협이 사이버스페이스의 힘을 빌려
탄생하였음을 상기시켜 준다.

용대운의 장편무협소설 『독보건곤』 표지

하이텔의 무림동과 같은 동호회는 1991년에 발족하여 무협소설에
국한되지 않고 무협영화, 소설, 비디오, 만화 전반에 대해 토론하여 무
협문화를 활성화시키자는 취지로 만들어졌습니다. 천리안의 무림, 나우
누리의 무림천하, 유니텔의 무림동호회에는 통신 특유의 게시판 문화
가 형성되어 기존의 무협소설을 디지털 파일로 만들어 올려놓는 등 이
전의 걸작들을 사이버스페이스에 전파시켜 그 동안 독자들에게서 멀어
진 작품들을 환기시켰습니다. 또한 1994년부터는 단편 공모전을 통해
아마추어 작가군을 발굴하기 시작했습니다. 동시에 기존에 활동하던
작가들이 게시판에 자신의 소설을 연재하기도 했지요. 용대운의 『태극
문』은 바로 새로운 스타일의 한국 무협소설을 알리는 선성이 되었습니
다. 1988년부터 작품 활동을 하던 용대운은 하이텔 무림동에 『태극문』

용대운 창작 무협소설 현황

출판일(완간)	제목	출판사	권수
1996년 4월	『유성검』	도서출판 뫼	2
1996년 11월	『철혈도』	도서출판 뫼	4
1996년 12월	『탈명검』	도서출판 뫼	4
1997년 4월	『권왕』	도서출판 뫼	4
1998년 12월	『무영검』	도서출판 뫼	3
1997년 9월	『검왕』	도서출판 뫼	4
1997년 12월	『도왕』	도서출판 뫼	4
1998년 2월	『낙성무제』	도서출판 뫼	4
1998년 3월	『악인지로』	도서출판 뫼	5
1998년 5월	『태황기』	도서출판 청솔	3
1999년 1월	『쾌도강산』	도서출판 청솔	3
1999년 2월	『섬수혼령탈혼검』	도서출판 청솔	4
1999년 3월	『황룡전기』	도서출판 청솔	4
1999년 5월	『실혼전기』	도서출판 청솔	3
1999년 8월	『냉혈무정』	도서출판 청솔	4
1999년 9월	『황금낭인』	도서출판 청솔	3
1999년 10월	『천마도』	도서출판 청솔	4
1999년 10월	『광오천하』	도서출판 청솔	3
1999년 11월	『낙백강호』	창작기획 씨알	3

출판일(완간)	제목	출판사	권수
1999년 12월	『풍운방』	도서출판 청솔	4
1999년 12월	『신오쌍영』	도서출판 청솔	3
2000년 1월	『종횡무진』	창작기획 씨알	3
2000년 2월	『소월록전기』	창작기획 씨알	3
2000년 3월	『염왕무적』	창작기획 씨알	3
2000년 4월	『백발마도』	창작기획 씨알	3
2000년 8월	『마검패검』	㈜야컴	7
2000년 12월	『쾌도무영』	도서출판 청솔	3
2001년 6월	『고검생전』	도서출판 청솔	2
2003년 3월	『강호무뢰한』	㈜대명종	3
2004년 6월	『태극문』	㈜북이랑	6
2004년 7월	열혈기』	청솔 B&C	2
2005년 1월	『군림천하』 1부	㈜대명종	7
2005년 1월	『군림천하』 2부	㈜대명종	7
2005년 11월	『군림천하』	㈜대명종	16
2005년 12월	『마검패검』	㈜대명종	5
2006년 4월	『독보건곤』 완역판	㈜두레미디어	7
2007년 8월	『군림천하』	(주)대명종	19권(미완)

을 연재하여 네티즌들의 열렬한 호응을 받았습니다. 이 작품은 1995년
오프라인에서 발표된 신세대 작가 좌백의 『대도오』와 함께 90년대 신

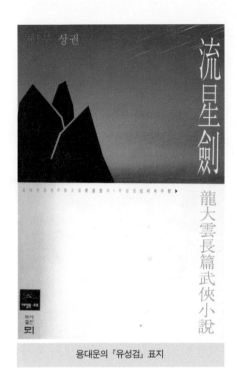

용대운의 『유성검』 표지

무협이라는 새로운 특징을 일목요연하게 보여주었습니다. 용대운과 좌백의 무협소설은 80년대 무협소설에 대한 반성에서부터 출발했습니다. 이전 작품들의 평범한 복수담, 무림패권만을 다투는 이야기 골격은 그대로 가져다 쓰지만, 숨가쁘게 전개되는 연속적인 사건만을 그리기보다는 인물의 성격을 드러내는 데 힘을 쓰고 있습니다. 즉 세상을 살아가는 인간의 몸 자체에 관심을 갖고 천하제일이 되기를 바라는 등장인물들이 그 과정에 올라가고자 최선을 다하는 모습을 그림으로써 독특한 캐릭터의 주인공을 창조했습니다.[4]

용대운의 뒤를 이어 신무협을 확고한 위치에 올려놓은 작가가 있다. 바로 좌백이다. 그는 1965년 강원도 동해에서 출생하여, 1993년 숭실대 철학과를 졸업한 철학도였다. 그는 용대운의 영향을 받아 무협소설 『대도오』를 집필한다. 한국 창작 무협소설계에 『대도오』라는 작품으로 혜성과 같이 등장한 좌백은 기존의 정형화된 장르 규칙을 가장 잘 이해하는 동시에, 또 가장 창조적으로 그 매너리즘을 극복한 작가로 평가되고 있다.

『대도오』의 「좌백자서」에 따르면, 그가 『대도오大刀傲』를 쓰게 된 이유

---

4 「신무협소설」, <http://www.kcaf.or.kr/basic/multi/ch05/ch05-d-01.html> 문화예술위원회 사이트.

좌백 창작 무협소설 현황

출판일(완간)	제목	출판사	권수
1995년 4월	『대도오』	도서출판 뫼	3
1995년 7월	『생사박』	도서출판 뫼	3
1996년 1월	『야광충』	도서출판 뫼	2부 3권
1997년 1월	『금강불괴』	도서출판 뫼	4
1998년 9월	『독행표』	㈜시공사	2
2000년 7월	『검은돼지』	㈜시공사	8
2000년 10월	『금전표』	㈜시공사	3
2001년 12월	『무혼』	북앤피플	단편
2003년 5월	『혈기린외전』	㈜시공사	6
2003년 7월	『천마군림』	도서출판 청어람	6
2004년 5월	『대도오』	㈜시공사	3
2005년 6월	『비적유성탄』	㈜조은세상	5

는 더 이상 읽을 만한 무협지가 보이지 않았기 때문에 쓴 것이라 한다. 조금은 장난스러운 이유이긴 하지만, 그에게 경이와 환상을 주었던 무협소설이 더 이상 그에게 경이와 환상을 주지못했을 때 그가 택한 선택은 다른 이에게 경이와 환상을 줄 무협소설을 쓰는 일이 되었을 것이다.[5] 그리고 그의 무협소설은 용대운의 『태극문』의 성공에 힘입어 새로운 무협소설의 도전장을 내밀었던 도서출판 뫼에서 출판을 하게 된 것이다.

『대도오』에 대하여 정덕상은 「좌백은 어떤 초식으로 철학을 공략했을

---

5 좌백, 「좌백자서」, 『大刀傲』(서울: 뫼, 1995).

좌백의 『대도오』와 『혈기린외전』 재판 표지

까?」에서 다음과 같이 평가를 하고 있다.

좌백이 1995년 출간한 『대도오』는 기념비적 무협이다. 이 작품을 분수령으로 구무협과 신무협이 갈려졌다. 대도오가 나오기 전까지 무협은 "으악"이란 단어로 한 문장이 채워질 만큼 스토리가 중심이었고, 무협 근본주의 작가들은 "무협은 쉽게 술술 넘어가야 한다"고 주장했다. 반면 좌백은 스토리보다는 인간 중심의 탄탄하고 절제된 언어를 구사하는 무협소설을 고집했다. 문장에 공을 들여 "무협 작가가 문학을 하려 한다"는 질책을 선배들로부터 듣기도 했다. 소재와 스토리도 완전 달랐다. 명문 문파의 자제로 태어나 나락에 떨어졌다가 기인을 만나

무공을 완성해 정의를 실현하고 복수하는 전형적 주인공 대신, 좌백의 주인공들은 일개 무사에 지나지 않는 소위 '하류 인생'들이었다. "살아 남은 쓰레기가 죽은 영웅보다 낫다"는 주인공들의 말처럼, 하늘을 날 아다니고 목숨을 초개같이 여기며 대의를 숭상하는 호걸과는 거리가 먼 사내들이 생존을 위해 칼을 갈고 살인을 하는 이야기다. "내 무협의 주인공들은 허위 위선 탐욕 기만 등을 그럴듯한 명분으로 은폐한 기존 질서와 이데올로기에 순응하는 것을 거부하고, 기성 질서의 허위의식 을 비웃으며 이 질서의 바깥에서 나름대로 가치를 추가해 왔다." 좌백 은 무협 영웅들의 무공 연마와 복수라는 숙명을 통해 끊임없이 '나는 누구인가'라는 실존적 질문에 천착해 왔고, 자신이 추구하는 목표에 대 해 끊임없이 자문하고 답을 모색한다. 좌백은 비록 형식이 무협이었지 만 철학을 담아 왔고, 그 내공이 이번에 철학 판타지에서 발휘될 수 있 었던 것이다.[6]

전형준도 좌백의 『대도오』에 대해서 「[한국 무협소설 명인열전 ④] 실 존주의적 무협작가 좌백 기존 질서 거부하는 하위주체의 데카당스」라는 글을 통해 평한 바 있다. 아랫글에서 전형준은 좌백을 "실존주의적 무협 소설의 지평을 연 작가"로 보고 있다.

한편 '대도오'는 구룽(古龍)을 대표로 하는 대만의 신파 무협소설과 상당히 닮았다. 구룽의 무협소설 또한 중산층의 속물성에 대한 야유와 조소를 기본 태도로 삼고 있다. '대도오'에는 미리 주어진 삶의 의미 없이 그에 대해 질의와 탐색, 추구가 이뤄지는데, 구룽 역시 중산층에 대한 야유와 조소에서 출발하여 삶의 의미에 대한 실존주의적 탐색으

---

6 「좌백은 어떤 초식으로 철학을 공략했을까?」 <http://ilgan.joins.com/enter/200509/09/> 참조 할 것.

로 나아간다. 때문에 '대도오'는 구룡과 닮았을 뿐만 아니라, 실제로 구룡의 영향을 적잖이 받았다고 해야 할 것이다. 그러나 구룡과 '대도오' 사이에는 그 유사성보다 훨씬 더 큰 차이가 존재한다. 똑같이 반(反)중산층적이고 실존주의적이지만 구룡의 실존주의는 귀족적 데카당스인데 반해 '대도오'의 실존주의는 하층, 소외된 자, 주변, 소수자, 즉 하위주체의 데카당스이기 때문이다. '대도오'는 위룡성의 전복일 뿐만 아니라 구룡의 전복이기도 한 셈이다. 만약 구룡이 '대도오'를 썼다면 대도오가 아니라 비극적인 운명을 지닌 철기맹의 젊은 맹주 운기준을 주인공으로 삼았을 것이다.[7]

전형준은 고룡의 무협소설과의 비교를 통해 고룡이 귀족적 데카당스로 볼 수 있다면, 좌백의 무협소설은 하위 주체의 데카당스로 해석할 수 있다고 주장했다. 좌백은 『대도오』로 용대운에 이어 새로운 무협소설의 중흥의 신호탄이 되었다.

금강은 용대운, 좌백과 같은 신무협 작가들을 창작 무협 2세대로 분류하고, 이들에 대하여 「한국 무협의 어제와 오늘, 그리고 내일」이라는 문장을 통해서 논평한 바 있다. 그는 창작 무협 2세대가 특이하게 1세대 작가들이 출판사를 차리면서 시작되었다고 지적하면서, 이들 세대는 1세대가 가진 영웅과 기연, 미녀로 축약되던 고정된 흐름을 부정하고 잘생기지 않고 평범하며, 기연도 배제하고 삼처사첩도 백안시하는 주인공을 중심으로, 다분히 현실적인 내용을 담아낸 특징을 가지고 있다고 하였다. 이들의 특징은 처음부터 "무엇은 쓰지 않는다"라는 제약을 가지고 나타난 작품들이었기 때문에 발전에 원천적인 한계가 있다고 주장하였

---

7 전형준, 「실존주의적 무협작가 좌백. 기존 질서 거부하는 하위주체의 데카당스 [한국 무협소설 명인열전 ④]」, 『신동아』(서울: 동아일보사, 2004), 4월호.

고, 무협소설의 발표 속도가 느리기 때문에 독자들이 볼 책을 찾기 힘든 상황을 연출하였다고 한다. 이것은 사실 1세대들이 다작을 통해 무협소설의 질을 한없이 추락시킨 것과는 다른 상황이었지만, 정 반대의 경우가 아닌가 하고 주장하였다. 결국 금강은 2세대 무협소설도 4, 5년을 넘기지 못하고 몰락의 길로 들어섰다고 선언한다.[8]

하지만 금강 또한 아직 이 시대를 정리하는 것은 조금 이르다고 하였는데, 다시 환타지를 중심으로 하는 창작 3세대와 섞여서 지금까지도 계속 작품이 발표되고 있기 때문이다. 금강은 2세대의 작가로 용대운, 좌백, 설봉, 장경, 이재일, 진산, 백운상, 석송, 정진인, 운중행 및 조금 늦게 등장한 임준욱, 백야들을 뽑았다. 아래에서 금강이 제시한 창작 무협 2세대 작가들과 작품들을 살펴본다.

전형준은 좌백의 뒤를 이어 등장한 풍종호風從虎의 『경혼기驚魂記』에 주목한다. 그는 「한국 '신무협'의 작가와 작품 2」에서 풍종호의 『경혼기』를 주요한 분석 대상으로 거론한다. 『경혼기』의 소개 문구에 "평론가 성민엽[전형준]은 그의 작품 『경혼기』를 무협소설 역사상 가장 파격적인 작품일 것이라고 호평했다. 풍종호는 독자들에게도 가장 많은 사랑을 받고 있는 작가 대열에 우뚝 서 있다. 그의 작품은 또한 많은 무협소설의 전범이 되기도 했다. 무협소설의 기린아로 촉망받았고, 신무협의 주역 중 하나였던 그가 신작으로 『지존록』을 책으로 냈다는 것은 분명 사건이다. 독자들에게는 행복한 사건이다"라고 하고 있는 것처럼, 그의 『경혼기』는 아주 충격적인 주인공을 등장시키고 있다.

풍종호의 『경혼기』의 주인공에 대해서 전형준이 정리한 내용이다.

---

8 금강, 「한국 무협의 어제와 오늘, 그리고 내일」, 『강호를 건너 무협의 숲을 거닐다』(서울: 김영사, 2004) 참조.

풍종호 창작 무협소설 현황

출판일(완간)	제목	출판사	권수
1997년 12월	『광혼록』	㈜초록배매직스	2부 3권
1998년 8월	『호접몽』	㈜초록배매직스	3
2000년 9월	『화정냉월』	㈜시공사	4
2002년 7월	『일대마도』	북박스㈜	3
2006년 3월	『검신무』	㈜로크미디어	4
2006년 4월	『경혼기 지존록』	랜덤하우스중앙㈜	9

주인공 분뢰수는 자아를 상실한, 아니 아예 자아가 없는 인물이다. 그에게는 이름도 없고(분뢰수라는 이름은 그의 무공 수법의 이름일 따름이다), 얼굴도 없다(그는 얼굴과 손까지, 두 눈을 제외한 전신을 백포로 칭칭 감싸고 있는데 그 백포는 벗길 수도 없고, 심지어 칼로 자르거나 찢을 수도 없다), 그에게는 과거의 기억도 없다. 그의 기억은 2년 전 그가 지금과 같은 상태로 천축에서 흑포인을 만나 분뢰수라는 무공을 배운 데서부터만 있을 뿐이다. 그는 무림의 온갖 인물들의 은밀한 사실들까지도 다 알고 있는데 유독 자기 자신에 대해서만은 아무 것도 모르는 것이다. (… 중략 …) 그러나 『경혼기』에서는 그렇지 않다. 사실 여부에 대해서 서술자도 모르고 주인공 분뢰수도 모르며 다른 모든 인물들도 모른다. 처음부터 끝까지 오직 모호성만이 서술을 지배한다. (… 중략 …) 이 도저한 모호성 속에서 붕괴되는 것은 자아의 정체성과 그 통일성에 대한 믿음이다.[9]

---

9 전형준, 「한국 '신무협'의 작가와 작품(2)」, 『무협소설의 문화적 의미』(서울: 서울대학교 출판부, 2003), 서울대학교 한국학 모노그래프 4 및 전형준, 「前衛에 선 신세대 무협작가

설봉 창작 무협소설 현황

출판일(완간)	제목	출판사	권수
1996년 4월	『검혼무』	서울창작 패밀리	3
1997년 2월	『암천명조』	도서출판 뫼	4
1997년 6월	『독왕유고』	도서출판 뫼	4
1998년 2월	『산타』	㈜시공사	4
1998년 12월	『천봉종왕기』	㈜시공사	4
1999년 9월	『남해삼십육검』	㈜시공사	4
1999년 11월	『수라마군』	도서출판 뫼	3
2000년 7월	『포영매』	도서출판 뫼	3
2002년 10월	『추혈객』	㈜시공사	4
2002년 12월	『사신』	도서출판 청어람	12
2004년 8월	『대형 설서린』	도서출판 청어람	10
2006년 2월	『사자후』(獅子吼)	도서출판 청어람	8
2006년 5월	『마야(魔爺)』	도서출판 청어람	2

이러한 풍종호의 주인공 설정은 금강이 지적하는 바 무협작가 1세대가 추구하던 영웅과 기연, 미녀의 공식과 철저히 다르다는 점에서 창작무협 2세대 작가의 중심에 있다고 해도 과언이 아니다. 그의 후속작『일

들. 서술 실험으로 영웅주의 뛰어넘다 [한국 무협소설 명인열전 ⑥]」, 『신동아』(서울: 동아일보사, 2004), 6월호 참조. 아래 신무협 작가들의 내용 중에 전형준의 논의는 본 참고문헌을 활용하였음.

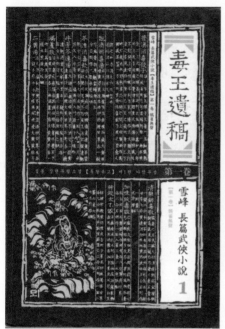

설봉의 대표작 『독왕유고』와 『산타』의 표지

대마도』에서 전형준이 찾아낸 "자아의 정체성과 그 통일성에 대한 믿음의 붕괴는 바로 이 해방의 욕망과 관계가 있다."라는 결론에 이르면, 풍종호가 그려낸 무협소설의 인물이 어느 정도 이해가 될 법하다.

이후 신무협 작가로 활동하고 있는 설봉, 장경, 이재일, 진산, 백운상, 석송, 임준욱, 백야, 최후식, 김호 등을 소개하여 본다. 위 내용은 각 작가들의 프로필을 담고 있는 출간 무협소설 및 <만화규장각> 사이트의 데이터베이스를 활용하여 정리한 것이다.

장경 창작 무협소설 현황

출판일(완간)	제목	출판사	권수
1996년 2월	『철검무정』	도서출판 뫼	3
1997년 2월	『천산검로』	도서출판 뫼	4
1997년 9월	『장풍파랑』	도서출판 뫼	4
1998년 10월	『암왕』	㈜시공사	5
1999년 8월	『벽호』	㈜시공사	4
2000년 5월	『빙하탄』	㈜시공사	3
2003년 4월	『성라대연』	㈜시공사	8
2004년 3월	『황금인형』	도서출판 청어람	6
2005년 3월	『마군자』	㈜로크미디어	5
2006년 5월	『철산호』	㈜로크미디어	4

　　작가 설봉은 1961년 서울 출생으로, 1984년 원광대학교를 졸업하고, 1989년 중앙대 국제경영대학원을 졸업하였다. 그는 1997년 『암천명鳥暗天鳴鳥』, 『독왕유고毒王遺稿』를, 1998년에는 『산타散打 천봉종왕기千峰鍾王氣』를, 1999년에는 『남해삼십육검南海三十六劍』, 『수라마군修羅魔君』을, 2000년 『포영매抱影魅』를 비롯하여, 2002년 『사신死神』, 『추혈객追血客』, 2003년 『대형大兄 설서린薛瑞麟』을 발표하는 등 1년에 두 작품씩을 꾸준히 발표해오고 있다.

　　장경은 1996년 『철검무정鐵劍無情』을 발표하고, 1997년 『천산검로天山劍路』, 1997년 『장풍파랑長風破浪』, 1998년 『암왕暗王』 등을 발표한 무협소설 작가이다. 아래 장경을 소개하는 글을 인용해 본다.

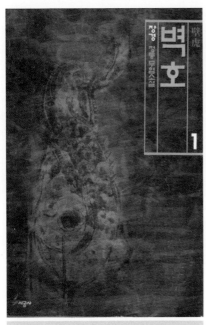
장경의 대표작 『벽호』 표지

"천대받던 변경이 어느 날 아침, 중원의 중심에 우뚝 서 있다"라는 한 독자의 평가는 장경 작품의 핵심을 꿰뚫는 가장 정확한 표현일 것이다. 그의 작품은 화려한 소재들을 다룬 어떤 작품보다 웅혼하고 생동적이다. 감각적 기교나 문법을 배제한 정공법의 글쓰기는 빈 틈 없이 꽉 짜여진 탄탄한 구성에 힘입어 소설이라기보다는 한 편의 거대한 스펙터클 영화를 보는 듯한 느낌을 준다. 그것은 진정한 무협 작가 장경만이 우리에게 선사할 수 있는 크나큰 선물이라고 생각된다. 변경(邊境)을 보여주는 작가 장경! 하지만 우리는 그의 작품에서 또 다른 무언가를 보게 된다.

전형준은 장경의 처녀작 『철검무정』은 주변주의 소외된 자의 시각을, 두 번째 작품 『천산검로』에서는 중심부의 정단성을 부정하고, 중심을 중심으로 만드는 권력을 부정하는 모습을 보여준다고 하였으며, 세 번째 작품인 『장풍파랑』에 이르러서는 자신의 시각에 맞는 문제성에 맞는 서사를 구축했다고 평가받고 있다.

이재일은 1968년생으로 1992년 연세대 토목공학과를 졸업하였다. 졸업한 후 바둑신문사 기자로 입사 6개월간 근무하고, 이후 출판대행업을 하며 짬짬이 『쟁선계』를 집필, 하이텔 무림동에 연재한다. 1995년 제 2회 하이텔 무림동 공모전에 『칠석야』가 입상하여 이를 계기로 무협소설 작가로 입문하게 된다. 그의 작품으로 1995년 『칠석야』 1권, 1996~

1997년 『묘왕동주』 5권이 있다. 2006년에 시공사에서 『쟁선계』가 발간된 바 있다.

진산眞山은 1969년 생으로 통신상의 이름으로 써왔던 신동엽 시인의 시 「진달래 산천」의 줄임말을 필명으로 삼아 작품을 발표한 무협소설 『청산녹수』, 『홍엽만리』, 『색마열전』, 『대사형』, 『정과검』, 『사천당문』, 『사천당문 2부-결전전야』 등의 작품이 있는데, 민해연이란 필명으로 『커튼콜』, 『오디션』 등의 로맨스를 출간하기도 하였다고 한다.

백운상은 1960년 서울 출생으로, 1990년 『동아일보』 신춘문예 희곡부문에 당선되었는데, 이후 방향을 바꾸어 장편소설 『삼각의 종점』, 『황금골무』 등 다수의 작품을 발표한다. 1996년 무협소설 『절대쌍소絕代雙簫』를 발표하면서 대중적 재미와 문학적 완성도를 동시에 추구하는 탁월한 면모를 보이고 있어, 무협소설의 새로운 이정표를 제시하고 있다고 평가받는다고 한다.

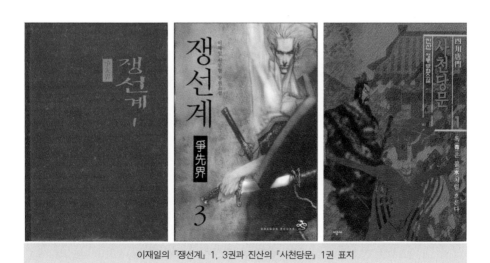

이재일의 『쟁선계』 1, 3권과 진산의 『사천당문』 1권 표지

백운상 창작 무협소설 현황

출판일(완간)	제목	출판사	권수
1997년 3월	『설웅오세』	도서출판 뫼	4
1997년 9월	『절대쌍소』	도서출판 뫼	3
1997년 12월	『신주오룡』	도서출판 뫼	4
1999년 1월	『일전만냥의』	도서출판 뫼	4
1999년 5월	『건곤유한』	도서출판 뫼	4

진산 창작 무협소설 현황

출판일(완간)	제목	출판사	권수
1996년 11월	『색마열전』	도서출판 뫼	4
1997년 9월	『대사형』	㈜시공사	4
1998년 7월	『정과 검』	㈜시공사	3
1999년 5월	『사천당문』	㈜시공사	3
1999년 12월	『결전전야』	㈜시공사	3
2001년 12월	『무혼』	북앤피플	1
2005년 6월	『가스라기』	㈜시공사	2

　　석송은 1998년 도서출판 청솔에서 『태황기』를 발표한 무협소설 작가이다. 정진인은 주요 작품으로 『대략난감』, 『반고의 칼』, 『소월록전기』, 『악선철하』 등을 발표한 무협소설 작가이다. 운중행은 1966년생으로, 1990년대 전산통계학과를 졸업한 무협소설 작가이다.

운중행 창작 무협소설 현황

출판일(완간)	제목	출판사	권수
1996년 1월	『추룡기행』	도서출판 뫼	3
1996년 8월	『대붕이월령』	도서출판 뫼	3
1997년 6월	『천공무조백』	도서출판 뫼	4
1999년 1월	『쾌도강산』	도서출판 청솔	3
2000년 12월	『쾌도무영』	도서출판 청솔	3
2005년 2월	『단목전기』	㈜대명종	6
2006년 6월	『경찰청장 박전전』	도서출판 스카이 미디어	3

임준욱은 1966년 경기도 의정부에서 출생하여, 2000년 3월 데뷔작 『진가소전』을 발표하면서 무협소설 작가로 입문하였다. 현재 부산에서 거주하며, 무협소설을 발표하고 있다.

임준욱 창작 무협소설 현황

출판일(완간)	제목	출판사	권수
2000년 3월	『진가소전』	㈜시공사	3
2000년 9월	『농풍답정록』	㈜시공사	4
2002년 2월	『건곤불이기』	㈜시공사	5
2002년 11월	『촌검무인』	영언문화사	2
2004년 2월	『괴선』	도서출판 청어람	6
2006년 5월	『쟁천구패(爭天求覇)』	도서출판 청어람	7

백야는 1985년 아주대학교 국어국문과에 입학하여, 대학 시절, 아르바이트 삼아 무협을 썼고 『태평천가太平天歌』라는 작품을 발간하였다. 졸업후, 광고기획 등 여러 직업을 전전하다가, 98년 『무정혈無情血』이라는 작품(권천-필명)을 쓰면서 본격적인 전업작가의 길을 걷게 된다. 이후 현재까지 10여 개의 작품을 냈고 『색마전기 2부』 등을 준비하고 있다.

백야 창작 무협소설 현황

출판일(완간)	제목	출판사	권수
1997년 3월	『춘추 남북조』	도서출판 뫼	3
1998년 1월	『독로무한』	도서출판 뫼	4
1998년 2월	『통천회』	도서출판 뫼	3
1998년 4월	『장한백설』	도서출판 뫼	3
1998년 5월	『냉면무적』	도서출판 뫼	4
1998년 5월	『초애몽』	도서출판 뫼	3
1998년 6월	『도상록』	도서출판 뫼	4
1998년 7월	『유검록』	도서출판 뫼	3
1998년 8월	『귀수마의』	도서출판 뫼	3
1998년 9월	『무정혈』	도서출판 뫼	3
1998년 10월	『홍불전』	도서출판 뫼	3
1998년 11월	『천하대종사』	도서출판 뫼	3
1998년 12월	『무림황태자』	도서출판 뫼	3
1999년 3월	『파천무』	도서출판 뫼	3

1999년 6월	『영웅전기』	도서출판 뫼	3
1999년 9월	『살수전기』	도서출판 뫼	2
1999년 10월	『패륜겁』	도서출판 뫼	3
1999년 12월	『수심결』	도서출판 뫼	3
1999년 12월	『천하공부출소림─무무진경』	도서출판 뫼	3
2000년 1월	『악인무적』	도서출판 뫼	3
2000년 3월	『천하공부출소림 ─쌍룡쟁주』	도서출판 뫼	7
2000년 5월	『무림제황』	도서출판 뫼	3
2000년 6월	『취생몽사』	도서출판 뫼	2
2000년 9월	『색마전기』	도서출판 뫼	3
2000년 10월	『삼절삼괴』	도서출판 뫼	3
2001년 3월	『잔월』	도서출판 뫼	3
2004년 3월	『태양의 전설 바람의 노래』	㈜시공사	8
2004년 6월	『두근요전기』	가림원	4
2005년 6월	『약왕천하』	디앤씨미디어	6

전형준은 한국 신무협의 면모를 좌백, 풍종호, 진산, 장경 등에서 찾아 본 「한국 '신무협'의 작가와 작품」을 발표하였는데, 위 네 명의 작가이외에 『추룡기행』, 『대붕이월령』의 운중행, 『칠석야』, 『묘왕동주』, 『쟁선계』의 이재일, 『암천명조』, 『독왕유고』, 『산타』, 『남해삼십육검』의 설봉, 『삼우인기담』의 장상수, 『만인기』의 여성작가 유사하, 『악인지로』의 하성민, 『표류공주』의 최후식, 『귀거래사』, 『살수전기』, 『패륜겁』, 『천하공부출소

최후식의 『표류공주』 표지

림』의 백야, 『청룡장』의 유재룡 등의 작품을 고찰해야 한다고 주장한다. 그리고 이들 작품 중에서 최후식의 『표류공주』를 예를 들어 설명하고 있다.[10]

그리고 「전위에 선 신세대 무협작가들. 서술 실험으로 영웅주의 뛰어넘다[한국 무협소설 명인열전 ⑥]」에서는 신무협 신인들의 실험 정신이 보이는 세 가지 작품을 들어 전위적인 무협소설 등장을 들어내 주고 있다. 그가 사례로 택한 작품은 백야의 『취생몽사醉生夢死』, 문재천文在天의 『환검미인幻劍迷人』, 장상수張尙洙의 『삼우인기담三愚人奇談』 등 세 작품이다.[11]

또한 신무협 작가들이 추천 형식으로 발간된 신무협이 있어 주목할 만하다. 도서출판 뫼에서 발간한 김호의 『노자무어』는 바로 용대운, 좌백, 진산 등의 신무협 작가들의 추천을 받은 작품이다. 인터넷 상에서 떠도는 김호『노자무어』에 대한 평을 보면, '포스트 모던한 시대의 포스트한 무협물'로 평가하기도 하며 이를 문학작품으로 무협소설을 끌어올린 작품으로 보아야 하지 않을까 하는 의견이 제시되기도 한다. 김호는 『노자무어』에서 이안플레밍의 007 첩보

---

10 전형준, 「한국 '신무협'의 작가와 작품」, 『무협소설의 문화적 의미』(서울: 서울대학교 출판부, 2003), 서울대학교 한국학 모노그래프 4.
11 전형준, 「前衛에 선 신세대 무협작가들. 서술 실험으로 영웅주의 뛰어넘다[한국 무협소설 명인열전 ⑥]」, 『신동아』(서울: 동아일보사, 2004), 6월호 참조.

소설의 플롯을 차용하여 스토리를 전개하며, 한자의 음을 최대한 살려 현실적인 내용들을 담아내는 인물 명칭을 사용하여 독특한 효과를 내었다. 독백이나 대화체 구사에 있어서도 현대적 언어를 사용하고, 사회 전반에 대한 강한 풍자정신이 보이는 등 신무협 중에서도 독특한 작품으로 이해할 수 있다. 김호는 『노자무어』이후 작품을 더 발표하고 있지 않다.

앞서도 언급한 바 있지만 신무협을 주도한 것은 이를 뒷받침해주는 출판사의 역할도 매우 컸다. 김재국은 「한국 무협소설의 존재 양상에 관한 고찰」에서 이를 살펴보았다.

김호의 『노자무어』표지

> 당시 무협소설 작가들은 '서울창작'이라는 출판사를 운영하고 있었으며 서효원 작품을 지속적으로 출간하게 된다. 야설록은 '뫼 출판사'를 설립하여 용대운, 백상, 좌백, 풍종호 등 신인작가를 발굴하였다. 아울러 출판사 '초록배'는 과거 인기작가의 작품을 재출간하여 서울 창작, 뫼 출판사 등과 함께 무협소설 시장을 강타하였다.[12]

12 김재국, 「한국 무협소설의 존재 양상에 관한 고찰」, 『한국문예비평연구』(한국현대문예비평학회, 2003), 제13호, 197~218쪽.

그러나 위 출판사 중에서 뫼와 서울창작의 경우에는 '대표필명제'를 사용하여 각기 권천과 유소백이라는 이름으로 기성작가나 아마추어 작가들의 작품을 창작하여 발표하기도 한다.[13] 이러한 '대표필명제'는 기존의 대만 무협작가 와룡생 등의 이름을 빌려 한국의 무협소설 작가가 작품을 발표하는 잘못된 관행이 계속된 것으로 신무협이 태동하여 발전적인 방향으로 전개되는데 부정적인 영향을 끼쳤다고 할 수 있다. 이러한 '대표필명제'는 사실 독자에 대한 기만행위이다. 아마추어 작가들의 작품은 떳떳하게 검증되어야 하기 때문이다.

---

13 김재국의 위 논문에는 다음과 같이 대표필명 작품의 작가를 밝혀놓았다. "개방서생 유광남, 동방무적 박두헌, 강호천리 이석규, 제인열전 박종우, 강호소야곡 조성황, 천관서생 장주철, 패왕전기 박찬일, 마도천하 유무석, 옥면귀객 진청하, 제천무황 김광일, 대공자 김대영, 일수검랑 이영규, 월영마검 이수광, 고검천애독보행 박훈, 독로무한 녹수영, 통천회 문교신, 장한백설 김명석, 냉면무적 신영주, 유검록 전소영, 귀수마의 정필수, 무정혈 유창완, 홍불전 구성훈, 무림제황 김용길, 파천무 왕명상 등이 있다."

20

판타지와 신무협의 공존

이제 신무협이라는 명칭에 대해서 다시 생각해 보자. 신무협은 기존 무협에 대해서 새롭다는 뜻을 포함하고 있다. 일찍이 중국권에서는 신파 무협이라는 무협소설이 등장했다. 전형준이 『무협소설의 문화적 의미』에서 정리하고 있는 신파 무협소설의 논지를 부분적으로 정리하여 아래 인용해 본다.

1949년 이전 홍콩에서 발표된 무협소설의 역사를 살펴보면, 고소봉이 1938년 광동어를 사용한 『황비홍』을 발표하고, 아시산인, 수루문주 등이 광동어와 문언을 섞어 쓴 작품 등을 내어 광파(廣派) 무협소설이 한 유파를 형성하였다. 이들 광파가 양우생에 이르러 신파로 바뀌게 되는데, 양우생이 광파의 테두리를 벗어나 중국 대륙의 구파 무협소설의 흐름을 계승하게 되었는데, 사람들이 당시 『십이금전표』의 문체와

1940년대 중국 대륙의 무협소설들

제재 등을 수용한 첫 작품 『용호투경화』를 1954년 발표하자 이를 신파
무협이라 부르게 된 것이다.

대만에서의 경우는 상황이 달랐다. 대만은 계엄령 하에서 정치성이
결합된 문학이 발표되기에는 매우 어려웠다. 그러므로 정치적 금기를
피해 역사를 배경으로 하는 무협소설이 창작될 수 없었고, 소설의 배
경이 애매한 시기로 설정된 대만 특유의 무협소설이 발표되기에 이른
다. 와룡생, 사마령, 반하루주, 제갈청운 등의 작품에서 모두 이러한 경
향을 볼 수 있는데, 이러한 작가들의 작품을 모두 신파라고 하였다. 그
러므로 대만에서의 신파는 중국 대륙의 구파 무협소설에 대한 신파의
의미를 가진다. 이것은 홍콩의 경우와는 다르다고 한다.

고룡의 무협소설의 영향을 받은 온서안은 1980년대 홍콩에서 고룡

식 모더니즘을 계승할 뿐만 아니라 더욱 극단적으로 밀고나가며 '현대
파 무협소설'을 추구했고, 심지어는 '후 무협' 즉, 포스트 무협 시대의
도래를 선언하기도 했다. 그러나 온서안의 극단적 모더니즘은 독자들
의 호응을 얻는 데 실패했다.[1]

위 인용을 보면, 중국권에서도 '신파' 무협소설의 '신파'의 의미가 여
러 가지로 나타나고 있는데, 우리나라에서의 신무협은 1980년대 대본소
무협소설에 대한 '신'이라는 의미로 사용된 것으로 보인다.

신무협이 태동하여 활발하게 작품이 발표되던 시기에 주목할 만한 작
품이 등장한다. 바로 『퇴마록退魔錄』이다.[2] 물론 『퇴마록』을 정통 무협소
설이라 말하기에는 무리가 있으나, 판타지라는 새로운 문학을 우리에게
각인 시킨 대중소설로 이를 평가할 수 있다. 『퇴마록』의 등장은 판타지
장르가 우리나라에서도 성공할 수 있는 가능성을 보여주었다.

김재국은 「디지털 시대의 한국 창작 무협소설에 관한 고찰」에서 오늘
날 환타지와 무협이 서로 상보적으로 결합하여 판협지라는 장르가 생기
고 있음을 강조하였다.[3] 즉 『퇴마록』에서는 이현암이 무협소설의 주인공
처럼 태극기공으로 무장하고, 파사신검과 사자후의 절초를 펼친다. 해동
밀교의 신동 소년 장준후는 도가, 무속, 밀법에 능하여 자신에게 운명지
어진 죽음을 기다리며 세상을 구원하는 역할을 맡는다. 이렇듯 새로운
환타지 공간을 만들어 그 공간안에 무협소설의 중요한 요소인 무를 결
합하는 방식은 한국적 환타지를 기다리는 독자들에게, 새로운 무협소설

---

1 전형준, 『무협소설의 문화적 의미』(서울: 서울대학교 출판부, 2003), 서울대학교 한국학
　 모노그래프 4, 43~53쪽 부분 인용.
2 이우혁, 『退魔錄』(서울: 들녘, 1994), 말세편·혼세편·세계편·국내편 참조.
3 김재국은 "디지털 시대의 한국 창작 무협소설에 관한 고찰," 『무협소설이란 무엇인가』
　 (서울: 예림기획, 2001).

을 기다리는 매니아에게 모두 기대를 충족시켜주는 것이었다.

2000년에 발표된 유기선의 『극악서생』의 경우 판협지의 일 예로 볼 수 있다고 한다. 김재국도 지적하듯이 주인공 진유진이 중국 어느 시대 극악서생이란 최고 권력자의 몸속으로 들어가 기상천외의 모험을 펼친다는 줄거리를 가지고 있다고 하는데, 주인공은 현재의 인물이지만 타임머신을 타고 과거여행을 하고, 초소형 로봇은 새로운 세계의 안내자 구실을 하는 등 새로운 설정이 흥미로웠다.[4]

이러한 시간여행의 모티브는 공상과학소설에서 자주 등장하는 것으로, 시간의 차원을 넘나들며 이야기가 연결되는 것은 1989년 제작되어 상영된 <진용>이라는 영화와 맥이 통해있다.[5] 『복우번운覆雨翻雲』의 작가 황이가 발표한 『심진기尋秦記』라는 무협소설도 이러한 맥락의 작품이다. 『심진기』는 현재의 인물 항소룡이 통일 전의 진나라 즉, 과거로 가게 되어 벌이는 활극을 그린 것으로 오정방과 금청 두 여인을 부인으로 삼고, 계속 고대에 머물며 아들 항우를 낳는다는 설정이 흥미로운 작품이었다.[6]

중국 전통 무협소설이 서구적인 추리소설의 기법을 수용한지도 매우 오래되었다. 1997년에 사망한 대만의 무협소설 작가 와룡생이 마지막 남긴 유작 『몽환지도』도 추리소설 기법을 도입한 작품인 것처럼, 추리적인 요소가 새로운 무협소설의 대안으로서 떠오른 지도 오래된 것이다. 진청운과 같은 작가는 괴기, 공포를 도입한 소설로서 인기를 끌었던 것처럼

---

4 유기선, 『유기선 판타지장편소설 極惡書生』(서울: 자음과모음, 2000) 참조.
5 영화 <진용>은 정소동 감독으로 공리, 장예모, 우영광 등의 배우를 캐스팅하여 제작한 홍콩 무협영화이다. 우리나라에서는 1990년 개봉하였다.
6 黃易 저, 마영단 역, 『황역 판타지 중국무협 장편소설 尋秦記』(서울: 서울플래닝, 2001). 黃易는 황역으로 번역가능하나 황이로 번역하는 것이 더 타당하다.

무협소설 장르의 변화 발전에는 환타지 문학의 도입, 그리고 공상과학소설의 도입 등이 반드시 필요한 것으로 필자는 생각한다. 최근 계속적으로 발간되는 판협지 스타일의 무협소설이 최근 발표되는 무협소설의 전부를 말해주지는 않지만, 이러한 장르 또한 이미 독자들에게 강한 인상을 심어주고 있고, 21세기 새로운 무협소설의 코드로 자리 잡고 있다.

본격적인 판협지의 예로 또 들을 수 있는 것이 『묵향』이 아닐까 생각한다. 육홍타는 「시장 측면에서 본 한국 무협소설의 역사」에서 무협이 판타지와 손잡은 것은 자연스러운 일임을 강

전동조의 『묵향』 표지

조하고, 전동조의 『묵향』을 들고 있다.[7] 원래 『묵향』은 무협소설로 시작하였지만, 판타지 붐에 힘입어 판타지로 꾸민 외전이 나오게 되었다고 한다. 판협지의 예와 같이 최근의 무협소설 판도는 신무협으로 그리고 판타지를 벗어나서 새로운 형태와 내용의 소설로 계속 진화하고 있다.

---

7 육홍타, 「시장 측면에서 본 한국 무협소설의 역사」, 『무협소설이란 무엇인가』(서울: 예림기획, 2001).

5 부

못다한 이야기

21

한국 무협소설에 대한
연구 현황

　1993년에 중국 무협소설에 대해 보다 깊은 이해를 할 수 있는 양수중의 『무림백과武林百科』가 안동준·김영수의 번역으로 서지원에서 나왔다.[1] 이 책은 1990년 홍콩에서 발간된 양수중의 『무협소설화고금』이라는 평론집을 번역한 것인데, 무협소설이 이론적으로 연구될 수 있음을 우리에게 보여준 귀중한 번역본이었다. 이 책은 다시 2004년에 안동준·김영수의 번역으로 『강호를 건너 무협의 숲을 거닐다』라는 제목으로 다시 발간되었다.[2] 대표역자 김영수의 역자서문에 따르면 1993년의 오역과 탈자 등을 대폭 수정하여 다시 발간하는 것이라 하는데, 중국의 무협소설에 대한 평론의 수준을 잘 알려주는 역저라 할 수 있다. 이후 중국의 무

1　梁守中 저, 김영수·안동준 역, 『무림백과武林百科』(서울: 서지원, 1993) 참조.
2　량셔우쭝 저, 김영수, 안동준 역, 『강호를 건너 무협의 숲을 거닐다』(서울: 김영사, 2004).

진산의 『중국무협사』 번역판 표지와 『강호를 건너 무협의 숲을 거닐다』 한국판 표지

협문화를 알 수 있는 진산의 『중국무협사』도 1997년 동문선에서 출간되어 중국 무협소설과 무협문화에 대하여 알 수 있게 되었다.[3]

『강호를 건너 무협의 숲을 거닐다』에는 1세대 무협소설 작가로 평가받는 금강의 「한국 무협의 어제와 오늘, 그리고 내일」이라는 글이 실려 있다. 이 글은 한국 창작 무협소설의 과거, 현재, 미래를 진단하는 글로서 미래의 한국 창작 무협소설이 어떻게 주류 문학으로 자리잡을 수 있을까에 대해 고민한 흔적이 엿보인다.

3 진산, 강봉구 역, 『중국무협사』(서울: 동문선, 1997). 이 책은 진산, 『중국무협사』(상해: 삼련서점, 1992)을 번역한 것이다.

금강은 한국에 어떻게 중국 무협소설이 소개되고, 어떻게 번역, 유통되었으며, 1980년대를 기점으로 1세대 무협소설 작가의 출현과 그들의 무협소설 내용을 소개하고 있다. 그리고 대본소 무협소설의 폐해에 대해서 적나라하게 고발하고 있으며, 1세대의 폐해를 극복하고 어떻게 2세대가 등장하였는지, 그리고 어떻게 3세대로 이행되었는지 간략하면서도 핵심을 간파하여 논지를 전개하고 있다. 금강 그 스스로 무협소설을 계속 발간하면서, 피부로 느꼈던 무협소설계를 진단한 한편의 논문이라 할 수 있다.

금강의 위 문장 이전에도 초기 한국 무협소설에 대한 논평이나 문장은 무협소설을 작성하는 작가가 주로 발표하곤 했다. 특히 중국 무협소설을 계속해서 번역하여 발표하던 박영창은 『영웅천하』라는 CD-ROM을 1996년 나래미디어에서 발간하며, 당시까지의 무협소설계를 정리한 바 있다. 박영창의 『영웅천하』에는 박영창이 그동안 번역했던 중국 무협소설들의 원문과 무협과 무술에 대한 그림과 논문들, 그리고 하이텔 무림동의 유명한 창작 단편 4편이 담겨져 있다. 그중에서도 주목되는 것은 「중국무협소설의 역사, 가치, 작가, 작품」이라는 박영창의 논문이다.[4]

박영창은 중국 무협소설 번역의 역사를 기술하여, 한국 무협소설에 대한 생각을 조금씩 드러내기도 한다. 박영창의 「작가 중심으로 본 번역 무협소설」[5] 및 「중국 무협지 번역의 역사」가 인터넷 상에 회자되고 있는데, 후자에서 한국의 무협소설을 아래와 같이 여섯 단계로 시대구분을 한 것이 눈에 띤다. "1. 김광주 시대, 2. 와룡생 시대, 3. 창작무협 시대, 4. 김용 무협 시대, 5. 재판 중국무협 시대, 6. 창작무협 부흥 시대."

위와 같은 6단계 분류법은 비교적 세밀한 구분이라 할 수 있다. 하지만

---

4 방영창, 『영웅천하』(나래미디어, 1996), 1 CD-ROM.
5 <http://www.x-zine.com/to/blue2.html>에서 인용된 박영창의 글을 참조함.

나래미디어 『영웅천하』 CD-ROM

무협소설을 중국 스타일의 무협소설 만을 대상으로 하고 있다는 한계를 가진다. 앞서 살펴보았지만, 김광주 이전에 한국인에 의한 단편 무협소설 이규봉의 「중국외파 무협전」이 『동아일보』에 연재되었다는 사실 하나만으로도 이러한 구분은 재조정되어야 할 것이다.

시간을 조금 앞으로 거슬러 올라가면 무협소설에 대한 중요한 논평이 1969년에 이미 김현에 의해서 발표되었음을 알 수 있다. 김현의 「무협소설은 왜 읽히는가」는 대중문학으로서 자리 잡은 무협소설이 왜 읽히게 되는지의 이유를 탐색한 평론인데, 이미 전형준 등에 의해서 새롭게 재조명되기도 하였다.[6]

1990년대는 본격적으로 무협소설이 연구되기 시작한 시기라 할 수 있다. 무협소설을 전문적으로 출간하던 초록배 카툰스는 1997년 『엑스칼리버』라는 대중문학 전문잡지를 발간하는데, 「대중문학의 꽃, 무협소설」을 기획특집으로 하여 이상운의 「한국 창작무협소설을 조망한다」, 박영창의 「작가 중심으로 본 번역무협소설」, 박진아의 「97년 무협소설 출판계 현황」, 편집부의 「PC 통신 앙케이트 : 무협소설 독자에게 물었습니다」의 원고를 수록한다. 이외에도 「화보특집 1 : 무협소설의 어제와 오늘」을 첨가하여 1990년대까지의 무협소설을 진단한 바 있다.[7]

6 김현, 「무협소설은 왜 읽히는가」, 『김현문학전집 2권』(서울: 문학과지성사, 1991), 1969년 발표 원고.

2001년이 되어서 당시에 산발적으로 연구되었던 무협소설에 대한 연구 논문들을 대중문학연구회에서 『무협소설이란 무엇인가 대중문학 ⑥』이란 제목의 책자로 발간한 것은 매우 의미 있었던 일이었다.[8]

이 책은 1999년 정동보가『대중문학의 이해』에 소개했던「무협소설 개관」을 보충, 수정한 글을 시작으로, 조현우의「무협소설의 흥미 유발 요인 탐색—'낯익게 하기'의 미학을 중심으로」, 1992년 『중국소설연구회보』 제12호에 실렸던 이치수의「중국무협소설의 번역 현황과 그 영향」의 수정·보충 논문, 육홍타의「시장 측면에서 본 한국

『무협소설이란 무엇인가』의 표지

무협소설의 역사」, 김재국의「디지털 시대의 한국 창작 무협소설에 관한 고찰」, 김명신의「여협女俠의 유형적 특징에 대한 고찰」, 정동보의「김용의 무협세계와『사조영웅전』」, 임성래의「『인간시장』의 무협소설적 면모」, 오현리,「한국 무협만화의 어제와 오늘」, 조성면의「무협만화와 영웅소설, 또는 꿈과 전망을 잃어버린 시대의 대중적 서사시—이재학의『용음봉명』을 중심으로」라는 10편의 논문을 싣고 있다. 이들 10편의 논문 모두가 한국 무협소설을 논하고 있는 것은 아니지만, 한국 무협소설 연구에

7 『엑스칼리버』(서울: 초록배 카툰스,1997), 4월, 제1권 1호.
8 대중문학연구회편, 『무협소설이란 무엇인가』(서울: 예림기획, 2001).

있어 중요한 논문이라고 해도 과언이 아닐 것이다.

위 책에 수록된 이치수의 논문은 박영창이 제시한 무협소설 시대 구분과 거의 유사한 방법을 사용하고 있고, 덧붙여 창작무협소설 부분에서는 한국 무예소설, 한국 무협시의 창작 들을 중요한 논의거리로 삼아 이들을 소개하고 있다. 육홍타의 논문에서는 무협소설과 도입과 전개를 논하면서, '제1차 활황－번역 무협소설과 그 쇠퇴', '제2차 활황－창작 무협소설의 득세와 그 몰락', '제3차 활황－서점진출', '신무협 등장', '퓨전 또는 크로스 오버'라는 구성으로 한국 무협소설의 역사를 논한 바 있다. 1980년대 무협소설계의 대가인 검궁인도 「한국 창작무협소설을 조망한다」하는 글을 통해 한국 창작 무협소설의 역사를 간략하게 정리한 바 있는데, 그의 논의도 앞서 발표된 여러 작가 및 연구자들의 무협소설 역사 개관과 대동소이하다 할 수 있다.

보다 본격적으로 한국 무협소설의 역사를 탐구한 이는 바로 좌백이다. 좌백은 『대도오』을 시작으로 『야광충』 등을 발표하여 큰 인기를 누린 바 있는 제2세대 무협소설 작가인데, 사이버 상을 통해서 한국 무협소설사를 정리하여 발표하는 등 많은 활동을 하고 있다. 좌백은 <나만의 무협커뮤니티 IMURIM>을 통해서 중국무협사와 한국무협사를 연재하고 있다. 작성일이 모두 2005년 2월 14일로 되어 있지만 실제 좌백의 중국무협사와 한국무협사는 그 이전에 작성된 것으로 볼 수 있겠다.[9]

그는 「중국무협사 1－발자취를 좇아서[1]」에서는 최초의 무사, 협객은 누구인가라는 의문을 던지고, 황제와 치우의 싸움에 대해 접근하고자 노력했다. 「중국무협사 2－발자취를 좇아서[2]」에는 춘추시대의 무사와 협

---

[9] 나만의 무림커뮤너티 IMURIM: <http://www.imurim.com> 좌백의 한국 및 중국무협소설사 관련 자료 참조.

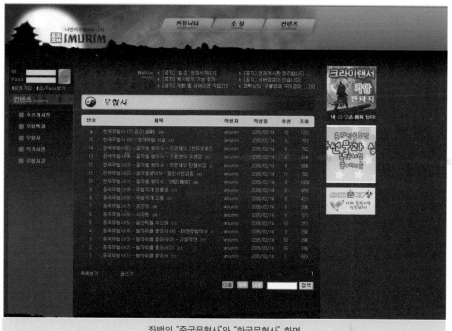

좌백의 "중국무협사"와 "한국무협사" 화면

객을 논하고 있는데, 「중국무협사 3-발자취를 좇아서[3]: 규염객전[1]」에
서는 서술방식을 바꾸어 김용이 무협소설의 원조로 규정한 「규염객전」에
대해서 논하고 있다. 「중국무협사 4-발자취를 좇아서[4]: 대만무협약사」
는 섭홍생이 작성한 대만의 무협소설의 역사를 번역하여 소개한 것이며,
「중국무협사 5-일단락을 지으며[1]」는 중국권 무협소설사를 일단락 하
는 글로 되어 있다. 「중국무협사 6-사마령[5]」, 「중국무협사 7-유잔양
[2]」, 「중국무협사 8-무협작가 고룡[1]」, 「중국무협사 9-무협작가 와룡
생[1]」 등에서는 사마령, 유잔양, 고룡, 와룡생 등의 중국권 무협작가들의
작품론을 발표한다.

좌백은 「한국무협사 1-걸작을 찾아서: 마탑魔塔」을 시작으로 한국 무

협소설의 역사를 서술해나가기 시작한다. 좌백은 중국 무협소설을 번역하던 선우인이 지은 소설로 『마탑』을 지목하고, 와룡생의 이름을 빌려 이후 재발간된 『마탑』에 대해서 논의하였다. 비록 『마탑』이 <중국무협소설동호회>의 회원들이 고증한 바 조약빙의 작품으로 판명되었지만, 좌백의 위 글은 한국인 최초의 창작 무협소설이 무엇인가에 대하여 심각하게 고려한 흔적이 보인다. 뒤이어 제시된 「한국무협사 2─걸작을 찾아서: 팔만사천검법」에서는 한국인 최초로 필명을 사용해서 발표한 을재상인의 『팔만사천검법』의 탄생 배경과 내용을 밀도있게 조명하고 있다. 「한국무협사 3─걸작을 찾아서; 무명씨의 단혈보검」은 1995년 박애사에서 나온 『단혈보검』과 관련된 논의를 시도한 것인데, 댓글을 통해 설안의 『풍호운룡』이라는 작품임이 밝혀진 것이다. 좌백의 한국 창작 무협소설 발굴의 노력은 매우 값지다 할 수 있다. 그는 「한국무협사 4─걸작을 찾아서: 조풍연의 유성검」을 통해서 1978년 새소년 클로버문고에서 152번으로 발간된 『유성검』이 한국 무협소설을 진지하게 모색한 작품이라는 사실을 지적했다. 비록 어린이들을 상대로 한 무협소설이었지만 한국적 무협소설의 연구에 있어서 중요한 작품이 될 것으로 생각된다. 좌백의 한국 창작 무협소설 연구는 계속되어 「한국무협사 5─걸작을 찾아서: 이연재의 『천무영웅전』」에서는 1978년 입문해서 왕상명이라는 필명을 사용하며, 한국 창작 무협소설계를 주도하였던 이연재의 무협소설 세계를 조명했다. 「한국무협사 6─창작무협 서설[1]」에서는 무협의 본질, 영웅담, 무협이라는 배경, 현실도피 등등의 주제를 가지고 한국 창작무협을 조명하였으며, 「한국무협사 7─금강金剛」에서는 금강이 제시한 한국 창작무협의 세대론을 조금 수정하는 세대론 0.5세대, 1.5세대 군을 새롭게 만든 것이 흥미로웠으며, 선배 작가인 금강의 작품 세계를 조명하였다.

좌백의 중국무협사와 한국무협사는 비록 9회, 7회에 걸쳐 짧은 기간 연

재되었으나, 그 내용의 풍부함은 한국
무협소설사 연구에 있어서 주목되는 결
과로 볼 수 있을 것이다.

좌백은 『전자신문』에 2005년 4월 23
일 「[좌백의 무림기행] 1」을 연재하기
시작하고, 11월 12일 「[좌백의 무림기
행] 30·끝」을 끝으로 모두 30회의 연
재를 끝낸다. 이 칼럼은 비록 무협소설
의 매니아보다는 대중을 상대로 하는
칼럼이지만, 좌백이 무협소설 작가로
서가 아니라 무협소설을 소개하는 훌
륭한 칼럼니스트로 역량을 발휘한 문
장들로 볼 수 있다.[10]

좌백이 사실 중심의 무협사를 이끌
었다고 한다면, 작품을 문학의 관점으

전형준 저 『무협소설의 문화적 의미』 표지

로 놓고 분석을 한 여러 편의 문장을 발표한 연구자가 있다. 그는 전형
준으로 서울대학교 중문과 교수로 있으면서, 무협소설과 관련된 여러 논
문과 평론을 발표한 연구자이다. 그가 최근에 발간한 『무협소설의 문화
적 의의』에는 한국의 창작무협과 신무협에 대한 그의 연구 결과가 수록
되어 있다.[11] 이 단행본에 수록되지는 않았지만 전형준은 『신동아』에 6
회에 걸쳐 「한국 무협소설 명인열전」을 연재했다.

---

10 좌백의 무림기행: 전자뉴스 사이트 참조 <http://www.etnews.co.kr/news>.
11 전형준, 『무협소설의 문화적 의미』(서울: 서울대학교 출판부, 2003), 서울대학교 한국학
   모노그래프 4.

전형준이 발표한 「한국 무협소설 명인열전」은 2004년 1월호에 「'불꽃의 작가' 서효원. 깊은 절망, 뜨거운 소망이 낳은 자아 부활의 무곡 [한국 무협소설 명인열전] ①」을 시작으로, 2월호에는 「'변신의 귀재' 야설록. 고독, 허무, 퇴폐로 무장한 자학적 반항의 변주곡 [한국 무협소설 명인열전 ②]」을, 3월호에는 「'新무협' 선구자 용대운. 평범한 로맨티시스트들이 축조하는 비범의 美學 [한국 무협소설 명인열전 ③]」, 4월호에는 「실존주의적 무협작가 좌백. 기존 질서 거부하는 하위주체의 데카당스 [한국 무협소설 명인열전 ④]」, 5월호에는 「치열한 비극적 서정의 화신 진산. 삶의 결핍 속에서 감정의 진실 찾기 [한국 무협소설 명인열전 ⑤]」, 그리고 6월호에는 「前衛에 선 신세대 무협작가들. 서술 실험으로 영웅주의 뛰어넘다 [한국 무협소설 명인열전 ⑥]」 등 모두 6회에 걸쳐 『신동아』에 게재된다.

「한국 무협소설 명인열전」의 일부 내용은 『무협소설의 문화적 의의』와 중복되기는 하지만, 전형준은 신무협이 기존 무협소설과는 차별화된 무협소설로서 평가될 수 있고, 한국적 무협소설의 실체임을 증명하기에는 충분하였다.

2001년도에 발표된 김명석의 「한중 대중소설 비교연구-무협소설을 중심으로」는 한국과 중국의 대중소설 중에서 무협소설이 어떻게 비교될 수 있는가 살펴본 논문이다. 그는 아래 표에서와 같이 중국과 한국의 시기별 무협관련 소설들을 대비시켜 상호 연관성을 살펴보고자 하였다. 그의 논문에서 최인욱의 『임꺽정』을 최초의 한국 무협 역사소설로 평가한 것은 그 당시로서는 주목할 만한 시도였다.[12]

---

12 金明石, 「韓中 대중소설 비교연구」, 『中國語文論叢』, 21호, 2001.

김명석의 한중 대중소설 비교 도표

시기	중국		한국	
晚清	俠義小說 『三俠五義』, 『兒女英雄傳』, 『七劍十三俠』 등		『홍길동전』 등 의적소설류	
해방 이전	舊派	向愷然『江湖奇俠傳』 趙煥亭『奇俠精忠傳』 還珠樓主「蜀山劍俠傳」 鄭證因『鷹爪王』 失貞木『七殺碑』 王度廬『鶴驚崑崙』 白羽『十二金錢鏢』 不省生『江湖奇俠傳』 顧明道『荒江女俠』	홍명희, 『임꺽정』	
해방 이후	新派	홍콩 梁羽生 『萍踪俠影錄』 35부작 등. 金庸 『射雕三都曲』, 『笑傲江湖』, 『天龍八部』, 『鹿鼎記』 등. 古龍 『楚留香』 중국 王占君『白衣女俠』 외 馮驥才, 聶雲嵐, 峻驍, 戊戟 등	60년대	김광주『情俠志』, 최인욱『임꺽정』, 成杰의 『雷劍』
			70년대	조풍연「소년검객마억」, 이문현「호걸흑룡」
			80년대	김병총『칼과 이슬』, 『대검자』, 김당의 『발해의 혼』, 검궁인『중원일지』, 康河 『武林日記』에 무협시 <武林日記> 발표. 『바람부는 날이면 압구정동에 가야 한다』에 무협시 <武林破天荒> 정비석 무협역사소설『손자병법』, 『소설 손자병법』, 『초한지』 발표.
최근	反 무협 시대	대만 羅青 『神州豪俠傳』 중 무협시 <獨行艷釵>	김영하, 『武俠學生運動』 사마달, 유청림 공저 '가상정치 무협소설'『大道無門』 발표. 사마달, 『武林經營』 이인석, 『論述破天荒』, 『俠客記』	

이 외에도 인터넷 상에서 제공되는 다양한 무협소설 콘텐츠는 무협독자들을 적극적으로 무협소설을 토론하는 담론 공간으로 끌어들여 보다 수준 높은 차원의 논의를 진행할 수 있게 되었다. 이러한 사이트로 <와룡생 사랑>, <진산의 삼라만상>, <꽃어름눈물의 한국무협> 등이 있어

대륙에서 발간된 중국 무협소설 사전들.

무협소설 연구 수준을 꾸준히 높이고 있다.[13] 특히 인터넷 상에서의 정
보 교류에 있어서는 대만이나 중국 본토의 웹사이트에서 제공하는 여러
다양한 무협소설 관련 사이트의 자료들이 과거 번역된 중국권 무협소설
의 원본을 찾는데 매우 중요한 작용을 하고 있다.

13 꽃어름눈물의 한국무협: <http://www.muhupin.x-y.net/mu.htm>; 와룡생 사랑: <http://www.
joongmoo.com>; 진산의 삼라만상: <http://www.murimpia.com/tt/mars> 등 참조.

22

한국 무협소설과 만화

한국 무협소설과 함께 살펴볼 것은 무협만화이다. 이 책에서 무협만화라고 하는 것은 무협소설이 갖는 여러 가지 무협소설로서의 요소를 간직한 만화를 뜻한다. 그러므로 한국 무협만화에는 한국적 무협만화가 있을 수 있고, 중국적, 일본적 무협만화가 있을 수 있다. 그러나 통칭해서 무협만화라고 할 때는 중국적 무협만화가 대부분을 차지하며, 한국적 무협만화는 그 중에서도 소수에 해당할 것이다.

오현리는 「한국 무협만화의 어제와 오늘」이라는 논문을 통해서 한국 무협만화를 조명하고, 시대를 설정하여 대표 작품과 작가를 논의하고 있는데, 필자가 이를 요약 정리하여 보았다.

그는 1900년대 초반에서 1950년대를 '무보다는 협에 충실했던 사극'이라는 제목 하에 태동기로 설정하고, 극화체 작가인 이병주의 『바보 온달』, 『양영대군 만유기』(1959) 등에 무술을 익힌 주인공이 등장하고 있음을 주목하였다. 그리고 박기당의 『눈물의 호궁』, 『불가사리』 등의 작품, 김종래

1961~2년 『학원』 연재 무협만화 『소년 무협지』

의 49명의 사무라이 이야기를 다룬 일본의 『충신장』을 각색한 『충신비사』 등을 이 시기에 무협만화로 보았다.

본격적인 작품으로 소개한 것은 신동우의 『날쌘돌이』인데, 인술이라는 말도 나오고, '송', '방'이라는 기합을 사용하여 격투를 묘사하여 궁금증을 자아내기도 했다고 한다. 입문기로 설정한 1960년대 초반에서 1960년대 중반을 '무술과 도술이 혼합된 시대 활극'으로 구분하고, 정한기의 코미디와 액션이 섞인 시대극 『조랑어사』, 오명천의 『태껸소년 창』을 비롯하여, 김백송, 서정철, 심상찬, 신현성, 박광현 등 작가가 무협적 성격을 띤 사극

을 발표하였음을 언급하고 있다.

박기당은 이 시기에 선의 정기와 물의 정기를 받고 태어난 신의 후예들의 숙명적 대결을 그린 『산도령 물도령』 등을 발표하였고, 고우영은 물을 부리는 수호, 바람을 다스리는 풍갈, 그리고 불을 일으키는 화동 등이 등장하는 『도술 삼형제』를 발표하였다고 한다. 이 시기는 완전한 무술보다는 도술이 섞인 형태의 작품이 많이 발표되었다고 한다. 오현리가 수련기로 설정한 1960년대 후반에서 1970년대 초반은 '본격 무협시대의 개막'으로 특징 지울 수 있다 한다. 또 빼놓을 수 없는 작품으로 김원빈이 그린 『주먹대장』(1959), 시대추리극으로 볼 수 있는 『아기 포졸』(1965), 무서운 칼솜씨를 지닌 남장여인이 주인공인 『검은댕기』 등을 들

수 있는데, 이들은 토속적 무협만화라 할 수 있다 하였다.

또 그는 1960년대 후반부터 1970년대 초반을 '본격 무협시대의 개막'으로 보고, 당시 무협만화는 크게 두 가지로 나눌 수 있다 하였다. 첫째는 중국 무협영화를 그대로 만화로 옮긴 사파의 것이고, 두 번째는 무협적 성격은 지니고 있으나 홍콩영화의 영향을 비교적 덜 받은 정파의 작품이 그것이라 한다. 오명천의 『중국소년 칼』에서는 승천검법과 낙도라는 무술을, 『중국소년 탕』, 『18번』에서는 웨스턴과 동양 무술의 접목을 시도하여 인기를 얻었다고 한다. 박기정은 삼국시대를 배경으로 첩자들의 음모와 배신을 다룬 『제3의 손』을 내놓았다고 하며, 임창은 『스승과 제자』를 발표하였다. 계월희는 『백년 묵은 여우』, 유세종은 『백룡』을 그렸다. 탈태환골기라 부르는 1970년대 중반에서 후반까지는 전설적인 무술스타 이소룡이 유행하던 시기라 권법만화가 출현하여 좋은 반응을 얻었다. 이소룡을 주인공으로 한 김철호의 『즙포사신』, 군협지를 원작으로 한 정한기의 『검풍연풍』, 어린이 만화로 이우정은 『소년 중앙』에 『꼰두쇠 팔보』를 허영만은 어깨동무에 『짚신왕자』를 발표한다. 또한 조선시대 왜적을 무찌르는 주인공의 활약상을 그린 이두호의 『바람소리』, 조선시대 여형사 격인 다모를 주인공으로 하는 방학기의 『다모』도 이 당시 작품이라 한다.

권법만화로는 장윤식의 『권법 48기』, 이향원의 「무당수 취팔권」, 이재진의 『불청객』 등이 주요한 권법만화라고 한다. 특히 주목할 작품으로 허영만의 『각시탈』이 있는데, 태견 실력으로 일본군을 쓰러뜨리고 독립군을 구하는 사나이의 이야기를 그린 만화였다. 일본의 앞잡이였던 이강토가 독립군을 돕기까지의 이야기와 민족을 도와 각시탈로 활동하는 이야기로 허영만의 대표작품으로 손꼽힌다. 몇 년 후 『각시탈』을 모방한 『쇠통소』를 연재하기도 하였다. 출도기로 보고 있는 1980년대 초반에서 1980

이재학의 『검신검귀』 대본소 판

년대 말까지는 이재학, 하승남, 천제황의 트로이카 시대였다.

이재학은 『검신검귀』, 『소림사 대룡』 등의 작품을 그렸고, 하승남은 『목림 방』, 『18도객』, 『지옥서생』 등의 작품을 내었다. 천제황은 『영웅탑』, 『천마혈경』 등과 같은 작품으로 인기를 모았다고 한다. 이외에도 장태산은 『귀문도』와 『나간다 용호취』 등의 작품이 있고, 순정만화의 황미나는 『취접냉월』 등을, 그리고 김혜린은 『비천무』 등을 그렸다. 요폐관기라 할 수 있는 1990년대 초반에서 현재까지는 질보다 양으로 승부하는 시기로 협의가 실종된 시기라 할 수 있다. 기존의 정통 무협물보다는 이를 뒤집은 코믹한 무협만화가 많은 인기를 끈 시기인데, 전극진 글, 양재현 그림의 『열혈강호』가 중요한 작품이라 할 수 있다. 좌백의 『대도오』를 만화화한 권가야의 21세기 아방가르드 무협만화 『남자 이야기』도 주목할 만한 작품이며, 하승남이 계속적으로 발간하는 골통시리즈의 무협만화도 이 시기를 대표하는 작품군으로 해석된다.[1]

이상이 오현리가 정리한 한국 무협만화의 시대 구분과 그 현황이다. 여기서 드는 의문은 일제강점기를 포함한 그 이전에는 무협만화라는 것

---

1 오현리, 「한국 무협만화의 어제와 오늘」, 『무협소설이란 무엇인가』(서울: 예림기획, 20 01).

이 존재하지 않았나 하는 것이다. 지금으로서 이 질문에 답을 하기에는 매우 어려운 점이 있다. 아직 한국 만화사가 완벽하게 정리된 것이 아니고, 계속적으로 자료를 발굴하고 있기 때문이다. 그러나 앞서 무협소설의 역사를 검토하면서 1930년대기, 정, 무, 협을 소재로 한 소설들이 발표되었다는 점을 상기하면, 무협만화의 출현은 불가능한 것이 아니었을 것으로 보인다. 그리고 해방 이후 만화에 대한 역사도 제대로 알 수 없는 상황에서 어떠한 만화를 무협만화의 시작으로 잡을지에 대한 의문은 계속될 수밖에 없다.

박기당의 만화 『만리종』, 최근 복각판 표지.

1950년대 이후 무협만화를 주도한 사람으로 신동우 화백이 있다. 그의 형 신동헌과 함께 한국 최초의 장편만화영화 『홍길동전』을 제작한 것으로 잘 알려져 있는 신동우 화백은 무와 협이 존재하는 한국적 무협만화를 많이 발표한다. 오현리의 글에서 지적한 것과 같이 『홍길동전』도 유명하지만 이후, 『호피와 차돌바위』라는 작품은 영화화되면서, 만화가 영화잡지에 연재되기도 하였다. 비극적인 포졸 형제의 이야기를 그린 작품 『허진형제복수록』(1959)은 최근 다시 복간되어 주목을 끌었다. 신동우의 작품 중에 『벼락검법』(1967)은 이씨 조선 최고의 명검사전이라는 타이틀을 가지고 있었고, 『임꺽정전』(1959)을 발표하기도 하였다.[2]

박진우는 한국적인 무협 영웅 '백검'을 창조해 낸 작가인데, 백검이라

신동우의 『벼락검법』

는 정의로운 무사가 악을 응징하는 시대 활극 만화로 많은 인기를 얻었다. 그는 1966년 『아! 백검』을 시작으로 백검을 영웅화하는데, 제2탄 작품으로 『백검 시리─즈 제2탄 투명인간』을 내기도 하였다. 백검은 낙엽을 머리에 쓰고 다녀 낙엽동자라고도 불렸다고 한다. 이외에 1969년 『벼락검』이라는 소평의 작품도 무협을 주제로 한 만화였다.

1960년대 라이파이로 한국 만화계를 접수하다시피 한 김산호도 한국에서의 작품활동을 접고, 도미하여 음과 양의 무술을 소재로 한 만화 『HOUSE OF YANG』을 발표하기도 한다. 그가 한국에서 발표한 작품 중에 『흑검무』는 무협 활극이라 할 수 있다. 일심도 16대 계승자인 기경객이 아버지의 원수를 갚고, 용금촌의 사건도 해결한다는 활극이었다고 한다.

오현리가 언급한 박기당과 함께 쌍벽을 이루며 1960년대 시대물로 인기를 끌었던 김종래는 일지매의 활약상을 그린 『흑두건』(1961)을 내고, 『백가면』(1963 추정)으로 이어지는 무협활극을 발표한다. 『백가면』은 이 진사 댁 머슴 바보 묵돌이가 탈춤을 잘 추었던 이생원의 아들로 명나라에 끌려

---

2 본 문단과 아래 문단 중에서 박진우, 소평, 김종래, 계월희, 신현성의 설명 및 관련 도판은 모두 부천만화정보센터편 한영주 지음, 『다시보는 우리만화 1950~1969』(부천: 부천만화정보센터 편, 2001)을 참조하였다.

간 어머니를 구출하기 위해 황금가면
이 되어 정의로운 활약을 펼치는 이야
기였다. 김종래는 이외에도 『신기』
(1967)를 발표하는데, 무술을 연마한 여
자 주인공 나비의 활약상을 그려내 여
협객을 일찍이 그려내었다.

오현리의 위 글에서 『백년 묵은 여
우』를 발표했다는 계월희는 사실적인
그림을 바탕으로 다양한 각도의 인물
을 묘사하여 감각적인 연출을 한 작가
로 알려져 있는데, 역사 및 괴기 요소
를 자주 사용하여 작품을 발표하였다
고 한다. 그의 작품에는 무협소설의
한 요소인 기협적 요소가 많이 보인다.

신동우의 『허진형제복수록』 재간 표지

나라를 구할 수 있다는 거문고를 소재로 한 『무덤속의 거문고』(1965)라든
지, 20세기와 수천 년 전 세계를 마음대로 왕래할 수 있는 신기한 벼루
가 있는 『신기한 벼루』(1965) 및 마법을 부릴 수 있는 『마법의 옥피리』
(1960) 등의 작품을 발표하였다.

군대만화의 대가인 신현성도 무협만화를 발표하였다. 그는 조선시대
포도대장 아들과 원수를 찾아 떠도는 유이장이라는 소년, 그리고 정체불
명의 복면 사나이 유발이장이 등장하는 무술만화인 『유발이장』(1964)과
중국을 배경으로 한 정통 무협만화인 『신검마검』을 그렸다.

필자도 1970년대부터 만화를 탐독하면서, 무협만화에 일찌감치 관심을
가지고 지금까지도 보고 있는 중이다. 그 중에서 무협만화의 대표적인 주
자를 꼽으라고 한다면, 이재학, 하승남 두 분의 만화작가를 꼽기를 주저

김산호의 『HOUSE OF YANG』의 표지

하지 않는다. 무협만화를 현대물로 더 확대하라고 한다면, 고우영, 방학기, 이두호를 꼽고자 한다. 이재학과 하승남은 중국적 무협소설에 충실하였지만, 고우영, 방학기, 이두호는 한국적 무협소설이라 할만한 작품을 내놓았기 때문이다. 고우영은 『일지매』를, 방학기는 『임꺽정』, 『다모』 등을 비롯하여 현대물이라 할 수 있는 『감격시대』와 『바람의 파이터』를 내놓았다. 이두호는 무예와 도술이 결합된 『머털도사』 등을 내놓아 어린이들의 인기를 얻었다.

이재학의 무협만화에 대해서는 논문이 발표되기도 하였다. 조성면은 「무협만화와 영웅소설, 또는 꿈과 전망을 잃어버린 시대의 대중적 서사시―이재학의 『용음봉명』을 중심으로」라는 논문을 통해서 무협소설과 무협만화의 경계를 넘나들며, 이재학의 『용음봉명』의 서사적 구성 원리와 미적 특징을 해석하고자 하였다. 조성연은 위 논문에서 이재학의 무협만화를 2기로 구분했다. 제1기는 절세의 무공을 지닌 고수이면서 따뜻한 인간미 넘치는 캐릭터인 무룡을 주인공으로 설정한 전반기이고, 제2기는 우수와 고뇌에 가득 찬 캐릭터인 추공을 주인공으로 삼은 후반기이다. 전반기를 맨몸으로 무예를 겨루는 무협의 시대라면, 후반기를 비검법술과 현공변화와 같은 신비로운 무공과 초현실적인 검술을 통한 무공 겨루기가 주류를 이루는 검협의 시대라고 할 수 있다고 한다. 『용음봉명』은 1995년 일본 강담사가 발행하는 잡지

『애프터눈』에 연재되어 호평을 받은
바 있다고 한다.

이치수는 「중국 무협소설의 번역
현황과 그 영향」에서 박봉성의 『신의
아들』과 같은 작품이 "무협지가 제공
하는 것과 같은 영웅의 서사를 만들
어냄으로써 최강타라는 현대판 영웅
을 독자에게 제공해 준다"라고 지적
한바 있다. 이 과정에서 그는 이미 독
자에게 매우 익숙한 무협지의 구조를
그대로 차용함으로써 독자에게 친근
한 재미를 안겨주는데, 그의 만화는
한마디로 현대판 무협지라 할 수 있
다고 하였다.[3] 그러나 『신의 아들』의
경우는 그 기본 내용이 일본의 유명

이재학의 유고 만화 『응음봉명』 표지

한 만화작품 『허리케인』과 유사하다. 어려움을 극복하고, 권투 챔피언이
되어가는 과정과 그 비극적인 결말이 주목되는 작품이었다. 어찌되었든
『신의 아들』류의 작품은 영웅의 이야기를 원하는 대중들에게 적극적으
로 다가갈 수 있는 대중 만화로서의 코드가 이미 갖추어진 것이며, 그
코드가 정통적인 무협소설에서 찾아볼 수 있는 것만은 사실이다.

중국권의 경우 무협소설이 만화화된 경우가 매우 많다. 최근, 대만이
나 홍콩의 무협만화들이 대거 번역되어 유통되고 있다. 물론 그 중심에

---

3 이치수, 「중국 무협소설의 번역 현황과 그 영향」, 『무협소설이란 무엇인가』(서울: 예림기
  획, 2001).

는 김용의 『영웅문』 성공이 가져온 영향도 무시할 수 없다. 김용의 『의천도룡기』, 『신조협려』, 『사조영웅문』 등은 물론이요, 『천룡팔부』, 『녹정기』 등의 작품이 모두 만화화되었으며, 고룡의 『절대쌍교』, 황이의 『심진기』, 『복우번운』 등의 베스트셀러의 만화화 작품이 수입 번역되었다. 중국 본토에서는 홍콩과 대만보다 이러한 만화화 작업이 늦다.

1976년 문화대혁명 시기가 끝나고 등소평에 의해서 개혁개방이 주창되고, 화교들의 대륙 입성에 따른 기타 지역 중화문화의 중국 유입은 급물살을 탔다. 이 때 중국의 해방 전 무협소설이 재조명을 받게 되고, 대만이나 홍콩의 무협소설 작가들의 작품이 공식적으로 혹은 비공식적으로 들어와서 대중들에게 읽혔다. 대륙의 만화 중에서 제일 독특한 것은 그림이야기라 볼 수 있는 연환화인데, 이들 연환화를 통해서 대륙에서는 교육, 선전, 계몽 등의 여러 역할을 수행하였다고 한다. 중국의 유명한 문학작품은 모두 연환화로 만들어졌다고 보면 틀린 이야기가 아닌데, 김용의 『천룡팔부』 중 일부 이야기나, 양우생의 무협소설 등이 연환화로 만들어져 대량 유통되었다.

그리고 앞서 언급하였던 홍콩과 대만의 무협만화가 스캔 만화라는 형식으로 불법으로 복제되거나 인터넷을 통해 유통되어 홍콩과 대만의 무협만화 문화는 중국 대륙 내에 걷잡을 수 없게 번졌다. 이러한 것은 중국 만화작가들에게 영

2006년 영화 개봉에 맞춰 발표된 중국 무협만화 『곽원갑』

김용, 『천룡팔부』의 일부를 각색한 연환화

향을 미쳐 해방 전 중국 대륙의 무협소설 작가들의 작품을 만화화하기 시작한다. 대표적인 작품으로 최근 이연걸 주연의 <곽원갑>이 영화화되자 이를 만화화한 작품이 2007년에 발간되기도 하였다.

1980년대 김용의 『영웅문』이 등장하자 한국의 무협소설의 판도에 변화가 생겼음은 이미 지적한 바 있다. 이 이후 많은 무협소설 작가들이 무협소설 계를 떠나 만화스토리 작가로 시나리오 작가로 활동하기도 하였으며, 최근에는 게임 등의 분야로 진출하여 자신들의 영역을 확대하고 있는 것이다. 이러한 상황 속에서 만화계로 진출한 여러 무협소설 작가들은 자신이 발표한 무협소설을 만화화하는 작업에 적극적으로 참여하기 시작한다. 최근에 발표되는 무협만화 중에 사마달, 검궁인, 야설록과 같은 작품들의 무협만화가 꾸준히 발표되는 것이 모두 이러한 현상의 결과라 할 수 있다.

23

한국 무협소설과 영화

　무협소설과 만화도 깊은 관계를 가지고 있듯이, 여기에 또 하나 다른 장르의 예술이 결합할 수 있는 것은 바로 영화드라마이다. 무협소설이 가지는 대중적인 매력은 충분히 영화와 결합하여 새로운 수요를 창출해 낼 수 있는 것이다.

　우리나라의 무협영화로는 아마도 <홍길동전>이 처음일 것이다. 홍길 동전은 한국 근대 무협소설 이전에 출간된 무협소설의 원시형태로 볼 수 있을 것인데, 아래 도표에서 볼 수 있는 것과 같이 1934년 김소봉 감독에 의해서 처음으로 제작되었다.[1]

---

1 한국영상자료원 데이터베이스: <http://www.kmdb.or.kr/> 참조. 본 장에서 정리한 표는 모두 이 데이터베이스를 참고하여 작성한 것임을 밝힌다.

『홍길동전』 소재 영화 목록

제목	감독	제작사	제작년도	출연 배우
홍길동전	김소봉	경성촬영소	1934	김소영, 김연실, 임운학, 김근문
홍길동전 (후편)	이명우	경성촬영소	1936	이금룡, 이경선, 유선옥
홍길동전	신동헌	세기상사	1967	

　제작과 기획은 분도주차랑分島周次郎이라는 일본인이었고, 촬영과 편집은 이필우가 담당하였다. 그 내용은 고대소설 『홍길동전』과 같이 서자로 태어난 홍길동이 의적이 되어 탐관오리들의 잿물을 탈취하고 응징하여 빈민을 구제한다는 내용으로 되어 있다. 여기서 더 흥미로운 것은 후편으로 제작된 이명우 감독의 <홍길동전 후편>이 제작되었다는 점이다. 후편의 내용은 이금룡의 집 하인 이경선이 주인의 재산이 탐나서 흑두건이라는 악당을 조직하여 이금룡을 괴롭히는데, 이 사실을 안 홍길동은 흑두건 일당의 정체를 밝히고 그들을 일망타진 하는 것으로 되어 있다. 흑두건이라는 조직이 등장하는데, 흑두건이 이후 한국 영화의 중요한 소재로 사용되고 있으니 선구자 적 역할을 한 것이라 볼 수 있다. 여기 한 가지 덧붙이자면 1967년 신동헌 감독의 <홍길동전>은 우리나라 최초의 장편 만화영화가 된다는 것이다.

　한국 근대 이후 무협소설 중에서 한국적 무협소설의 시조로 볼 수 있는 것이 바로 윤백남의 『대도전』일 것이다. 윤백남의 『대도전』은 그 소설의 인기에 편승하여 영화가 제작되었다. 1935년 2월 7일 『동아일보』 "『大盜傳』의 映畵化 中旬頃 朝劇서 封切[寫]"이라는 기사에서 볼 수 있

『동아일보』 1935년 2월 7일자 『대도전』 영화 촬영 장면

듯이 『대도전』은 영화화되어 조선극장에서 상영되었다.[2]

영화 <대도전>의 각본은 소설을 쓴 윤백남이 맡았고, 김소봉 감독이 총괄 책임을 담당하였다고 한다. 당시 최고의 여배우 김연실을 비롯하여 이경선, 김인규 등이 배우로 참여하였고, <홍길동전>의 제작자 분도주차랑이 제작으로 참여하였다. 촬영 또한 <홍길동전>의 촬영을 담당하였던 이필우였다.

이러한 영화제작은 중국 내에서의 무협영화 제작보다는 그 시기가 비교적 늦은 것이다. 오현리의 『중국무협영화 I』을 보면, 중국에서는 소설 『강호기협전』을 바탕으로 1928년 상해에서 제작된 <화소홍련사>가 무협영화의 붐을 일으켰다고 한다.[3]

실제로 1928년 <화소홍련사>이전에도 중국에서는 무수히 많은 무협영화가 제작되었다. 가뢰뢰賈磊磊의 『중국무협영화사』에는 무술을 소재로 한 영화는 중국의 경극 중에서 무극을 직접 촬영한 기록영화가 처음이라 하며, 1928년이 되기까지 1925년 <여협이비비女俠李飛飛>, 1927년 <기중기奇中奇>, 소설 『칠협오의』를 바탕으로 제작한 <오서료동경五鼠鬧東京> 등등 하여 여러 종류의 무협소설 근거의 무협영화들이 제작되었다고 한다.[4]

---

2 「『大盜傳』의 映畵化 中旬頃 朝劇서 封切[寫]」, 『동아일보』, 1935년 2월 7일자 기사 참조.
3 오현리, 『중국무협영화 I · II』(서울: 한숲, 2001) 참조.

대륙판 『화소홍련사』 무협소설 표지   『강호기협전』 무협소설 표지

　그러므로 우리나라에서 한국적 무협소설의 영화화는 그리 빠른 편이
아니었다. 홍명희의 『임꺽정전』은 일제강점기에 영화화되지 못하고, 1961
년 유현목 감독이 제작한 <임꺽정>이 처음이 되니, 무협영화는 오늘날
과 같이 그리 활발히 제작되는 영화분야가 아니었다.

4 가뢰뢰, 『중국무협영화사』(문화예술출판사, 2005).

제목	감독	제작사	제작년도	출연 배우
임꺽정	유현목	전국영배사	1961	신영균, 문정숙, 최무룡
천하장사 임꺽정	이규웅	제일영화사	1968	신영균, 박노식, 윤정희
의적 임꺽정	김청기	스톤벨 애니메이션	1997	

　　중국에서 <화소홍련사>가 주목되는 이유는 오늘날 무협영화에 단골로 등장하는 와이어 액션을 처음으로 도입한 영화로서, 보다 환상적인 무술 장면을 보여주어 박진감 있게 관객들이 관람할 수 있게 되었기 때문이라 한다.

　　해방 이후, 영화계의 어려운 상황 속에서 무협영화라 할 만한 것들을 찾아보기 어려웠다. 1960년대 들어서 무협영화라고 할 만한 영화들이 등장하였는데, 아래 도표에서 볼 수 있듯이 다섯 편이 보인다.

1960년대 무협영화

제목	감독	제작사	제작년도	출연 배우
팔검객	이강천	세종영화사	1963	김진규, 엄앵란, 이예춘
마패와 검	유심평	서울칼라라보	1963	김진규, 도금봉, 박암
수양과 백두건	이강천	한국예술영화사	1964	김진규, 박노식, 김혜정
활빈당	강중환	합동영화사	1965	황해, 박노식, 최난경
일지매 필사의 검	장일호	한국예술영화사	1966	김진규, 남궁원, 남정임

　　위 도표에서 볼 수 있듯이 "번개 칼로 알려진 8검객 일당이 광해군의

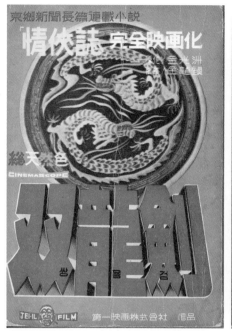

김광주의 『정협지』·『비호』영화 시나리오 표지

학정에 반기를 들고 선왕 때의 충신들과 모의하여 능양군을 지존으로 추대하기까지의 과정을 엮은 검객 시대물"이라는 <팔검객>부터 가짜 일지매가 나라의 금불상을 훔치려하자, 이에 대처하는 도승지 유광과 일지매의 활약을 그린 활극 <일지매 필사의 검>까지 한국적 소재의 무협영화가 발표되었다. 1968년에는 왕세자를 없애고 권세를 누리고자 원나라의 오마귀라고 불리는 5인의 검객을 불러들이는 간신 이향의 딸 정임 낭자가 충신의 아들 진랑과 사랑하는 사이로서 아버지의 역모를 그에게 털어 놓아 관군의 힘을 빌려 이를 물리친다는 최경옥 감독, 김경일 각본의 <오인의 자객>이 제작되기도 하였다.

영화 〈비호〉 포스터

이 즈음 한국 무협소설계에서는 『정협지』의 등장으로 활발한 움직임을 보인다. 이어서 『비호』가 등장하면서 김광주 번역 무협소설이 흥행하고, 이에 대한 영화화가 진행되었다. 이렇게 『정협지』와 『비호』는 모두 영화화된다. 이것은 김광주가 번안해서 번역한 중국 무협소설이 영화화되는 것으로 이전의 무협영화와는 성격이 다른 것이다.

『정협지』는 권영순 감독이 장양과 박노식을 캐스팅하여 제작한 영화 〈쌍룡검〉으로 발표되었다. 그리고 『비호』는 김기풍 감독이 한국영화사에서 1969년 동명의 영화 〈비호〉로 제작 발표한다. 〈비호〉의 각본은 나한봉이 담당하였다. 〈쌍룡검〉에도 출연한 박노식이 배우로 백영민과 함께 출연하였다. 아래 오현리의 감상평을 인용한다.

낙양청년 비호라는 별호를 가진 청년무사 냉운헌의 모험을 그린 활극. 감광주의 동명소설을 영화화한 작품으로 한중합작이다. 냉운헌의 원수인 구도사 역을 맡은 박노식의 대역을 검도 5단이 맡았다고 한다. 우리나라 정릉에서 일부를 촬영하였다고 하는데, 주인공이 날아가는 장면에 전봇대가 보인다.[5]

1969년 <비호>를 제작한 권영순 감독은 <백면검귀>(1969)[6]를 제작하기도 한다. 같은 해 나한봉 극본, 김기풍 감독의 <암행어사와 흑두건>(1969)[7]이 발표되었는데, 앞서 소개한 <일지매 필사의 검>과 흡사하게 금불상 탈취 사건을 해결하는 풍류객 용호의 이야기를 그렸다.

중국 무협소설은 계속 공격적으로 대중들에게 파고들었다. 그중에 와룡생의 무협소설들은 우리나라 무협소설 애호가들을 매료 시켰다. 와룡생의 대표작 『야적』(원작 『소수겁』)이 1968년 번역되어 나왔는데, 무협영화 제작의 붐을 타고, 김용진 각본, 안현철 감독이 참여한 영화 <야적>으로 제작된다.

1969년은 한국적 무협소설인 『뇌검』이 발표되고, 임권택 감독은 『뇌검』을 원작으로 하여 일련의 무협영화를 제작하게 된 해이기도 하다. 『뇌검』은 성걸이 발표한 한국적 무협소설의 한 예인데, 임권택은 『임권택이 임권택을 말하다 1』에서 정성일과의 대담을 통해 뇌검과 관련된 증언을 한 바 있다. 아래 이 대화를 인용한다.

　　그게 그렇군요. 그런데 그 영화의 줄거리는 기억이 안 나는데, 그게
　　무슨 책(시나리오)이 있는 거요. 그 영화의 무대는 신라 통일 이후에 백

---

5 오현리, 『중국무협영화 I · II』(서울: 한숲, 2001) 참조.
6 내용은 다음과 같다. "노식은 검왕이 되기 위해 자기 스승을 죽이고 자신은 눈에 상처를 입어 장님이 된다. 장님이 된 후에도 그는 자신의 검술을 당할자는 없다고 장담한다. 한편 영민은 노식에게 죽은 형의 원수를 갚기 위하여 그를 찾아 전전하던 중 마침내 그를 만나 대결하게 되지만 영민의 검술로는 그를 당할 수가 없었다. 그러나 노식은 스승을 죽게 한 자책감으로 자결하고 만다." 한국영상자료원 참조.
7 내용은 다음과 같다. "나라에서 금불상을 옮긴다는 사실을 알게 된 설감사와 박관찰사는 금불상 호위대를 습격하여 그것을 탈취한다. 그러자 호송대장의 아들 태수는 아버지의 원수를 갚기 위해 흑두건을 쓰고 설감사의 집에 잠입한다. 그러나 그는 설감사에게 잡히는 몸이 된다. 그때 다른 흑두건인 풍류객 용호가 나타나 태수를 구하고, 때마침 거지 춘길로 가장한 암행어사가 출두해 설감사와 박관찰사를 벌한다." 한국영상자료원 참조.

제 유민인 사람들이 들어와서 살고 있는 촌락이 배경일 거요. 그 영화
의 원작은 일본의 <닌자이야기>에서 전부 갖다가 베껴서 연대를 거리
다가 놓고 한 얘기들이요.[8]

1970년대는 1960년대 후반의 무협소설 제작 붐이 그대로 이어졌다.
<비호>에서 한중합작이 이루어졌는데, 1970년에 제작된 정창화, 깡깅퍼
감독의 <아랑곡의 혈투>는 아세아 필름과 쇼부라더스의 합작으로 제작

1970년대 무협영화

제목	감독	제작사	제작년도	출연 배우
아랑곡의 혈투	정창화 쨩깅퍼	(주)아세아필름,쇼부라더스	1970	리칭, 로례, 성훈
용검풍	김시현	한국예술영화	1971	강명, 독고성
요검	임권택	덕영필림	1971	안걸원, 윤양하
흑야비룡도	김묵	신창흥업	1971	이훈, 장청
금문의 결투	이대련	극동필름	1971	진원, 려화, 곽웅래
음양도	하몽화	안양영화	1971	박지연, 진봉진
원한의 두 꼽추	임권택	태창영화	1971	안길원, 김택수, 한속
무협문	김선경	태창흥업	1977	왕호
사호무협	최동준	우성사	1979	곽무성, 한송희, 황가달

8 정성일 대담, 이지은 정리, 『임권택이 임권택을 말하다 1』(서울: 현문서가, 2003) 참조.

된 영화였다.

임권택 감독은 <뇌검>의 속편 격인 <비검>을 1970년 제작한다. '나르는 검'이라는 부제를 단 이 영화는 안길원이 맹인 검사로 등장한다고 한다. 그다음 해에 임권택 감독은 <뇌검>과 <비검> 아류격인 <요검>을 발표한다. 유동훈 각본, 사병록 감독의 <중원제일검>[9]도 1970년 제작되었는데, 그 시작 부분이 『대도전』과 흡사한 것 같다. 사병록 감독은 유동훈 극본으로 같은 해 황실의 경전을 두고 벌어지는 활극 <용호풍운>을 발표한다.

영화 〈왕우의 외팔이 권왕〉

1971년 발표된 무협영화를 살펴보면, 김시현 감독의 <용검풍>은 복면의 사나이가 등장한 활극이었고, 김묵 감독의 <흑야비룡도>는 무영법사가 왕을 능멸하고 세도를 잡은 위충현을 물리치는 활극 영화였다. 1971년에 제작된 <음양도>는 신상옥 감독이 제작자로 나서서 하몽화 감독이 극본을 쓰고 제작한 영화로 천보와 주검이라는 형제가 사라진 진웅을 찾

---

9 내용은 다음과 같다. "고아 송천은 여자친구 영란의 할아버지인 왕이에게 무술을 익히며 성장한다. 그러나 송천은 왕이의 포악성에 실망하고 그 집에서 나와 방랑길에 오른다. 그러던 어느 날 한 노파가 나타나 왕이가 송천의 부모를 죽인 원수임을 일러준다. 그리하여 송천은 다시 중원도사에게 검술을 익혀 왕이와의 대결을 준비한다. 그러나 대결장에 나선 송천은 차마 은인인 왕이를 찌를 수가 없었다. 이에 패배를 자인한 왕이가 지난날을 참회하고 자결한다." 한국영상자료원 참조.

이소룡 소재의 국내 개봉 만화영화 〈이소룡의 봉신방〉과 극영화 〈돌아온 이소룡〉

기 위해 음양도의 괴수와 곱추의 행패를 무릅쓰고 음양도 소굴로 들어가 악전고투 한다는 이야기를 담고 있다. 곱추를 소재로 한 영화 <원한의 두 꼽추>가 공개된 것도 1971년이었다.

1971년 이후 한국 무협영화는 그리 많이 제작되지 않는다. 워낙 많은 중국 무협영화가 제작되어 수입되었기 때문이다. 1971년에서 1973년 사이에 홍콩에서는 30여 편의 무협영화가 제작되어 황금기를 구가하였다고 한다. 1970년대 초반 왕우 주연의 현대물인 권법영화 <용호의 결투>는 신기원을 구가한다.

이 이후로 중국 무협영화는 검술보다는 권법으로 전환되어 가는 모습을 보여주고, 이러한 중국 영화의 트렌드는 이소룡의 등장 이후 이소룡식 무술영화로 변해갔다. 이러한 상황은 우리나라에도 영향을 미친다.

1972년의 장진원 감독의 <권왕의 복수>는 홍콩 권법영화의 틀을 잘 따른 무협영화로 볼 수 있다. 고릴라와의 승부, 승부조작, 복수 등이 나타나는 현대 권법영화였다. 1969년 이후 한국적 무협영화를 꾸준히 제작한 임권택 감독은 일지매를 등장시킨 <삼국대협>[10]을 제작 발표한다.

한국의 무예인 택견을 소재로 한 영화 <인왕산 호랑이>가 1972년 제작되기도 한다. 유일수 각본, 장일호 감독의 작품인 <인왕산 호랑이>는 일제시대에 일인들이 우리의 무예를 연마하는 택견인들을 살해하자 택견의 명인 인왕산 호랑이가 일본인 앞잡이 나왕재가 우리 무예도본을 중국에 빼돌리는 것을 막아내고, 일인과 결투를 벌인다는 내용의 영화이다. 오현리의 영화평에 따르면, 국회의원을 지내기도 했던 왕년의 스타 이대엽이 당수 실력을 보여주는 영화라고 하니 시나리오 상 등장하는 우리 고유 무예 택견은 당수와 같은 형태로 묘사되었을 것으로 보인다.

1973년에 제작된 <동풍>은 현대식 액션물인데, 오현리에 따르면, 액션 스타 신일룡과 가라데를 익힌 흑인스타 제임스 쿡을 기용한 영화라 한다. 고아원에서 자란 세 어린이가 성장해서 밀수조직의 두목, 고아원 선생, 검찰관이 되어 서로 반전의 반전을 거듭하는 내용을 담았다.[11]

1974년 제작된 이두용 감독의 <죽음의 다리> 또한 현대 액션영화로 다이아몬드로 인해 부모를 잃은 훈과 택견실력이 뛰어난 용철이 일본인

---

10 내용은 다음과 같다. "임진왜란 후 왜적 구로다에게 강탈당한 국보 청룡검을 찾기 위해 일지매는 일본으로 간다. 이때 구로다에게 원한을 가진 두명의 협객을 만나 협조하여 대결한다. 마침내 그들은 복수에 성공하고 일지매는 되찾은 청룡검을 품고 조국으로 향한다." 한국영상자료원 데이터베이스 참조.

11 오현리, 『중국무협영화 I · II』(서울: 한숲, 2001) 참조.

살인마에게 복수하는 줄거리를 가지고 있다. 이두용 감독은 같은 해 <분노의 왼발>이라는 영화를 김하림 각본으로 내놓는데, 이 영화 또한 앞서 발표한 <죽음의 다리>와 같은 맥락에서 제작된 것으로 보인다. <죽음의 다리>에서 출연한 한용철과 태권도 사범인 한용철의 선배 권영문이 출연하였다. 이두용 감독은 용철을 계속적으로 등장시키는 영화를 계획하여 1974년에는 <돌아온 외다리>와 <돌아온 외다리(속)>을 발표한다. 이두용 감독은 이상의 한용철이 등장한 영화들을 까집기 해서 만든 듯한 영화 <배신자>를 발표한다. 1974년은 신체의 일부를 제목으로 등장시키는 것이 유행해서 김선경 감독은 <마지막 다섯손가락>이라는 영화를 발표하는데, 일본인 아편 밀매상과 조총련이 등장하는 등 반일과 반공으로 무장한 영화로 보인다. 주한 미국인 태권사범인 박종국과 흑인인 제임스 쿡이 출연하는 영화였다고 한다.

1975년에는 전문적으로 무협소설을 번역하던 번역작가 왕사상이 각본을 쓰고 김정용, 오우삼 감독이 동시에 메가폰을 잡은 무협영화 <용호문>이 제작되었다. "파계승 석소봉의 만행에 함성이 높은 대래거리에 방랑객 운비가 나타난다. 그는 석소봉의 집에 잠입하나 투옥되고 그날밤 나무를 배달하는 김노인에게 구출된다. 김노인의 아들도 소봉에게 항거하다 죽었고 신검이라는 별명의 강남낭자도 사랑하는 여인을 소봉에게 잃었다. 김노인, 강남낭자, 운비 세사람은 굳게 뭉쳐 소봉의 하수인들과 치열한 혈전을 하여 여덟무인을 무찌르는데, 김노인과 낭자가 쓰러진다. 홍하계곡에서 운비와 소봉이 겨루는데 드디어 소봉이 쓰러지고 황야를 달리는 김노인과 아들 그리고 낭자의 관이 담긴 마차는 김노인의 유언에 따라 고국땅으로 달린다." 전형적인 무협소설의 의, 협, 그리고 복수를 보여주는 영화이다.

1976년 제작된 <흑룡강>은 1970년대를 대표할 수 있을 정도로 흥미를 주는 무협영화였다. "거암은 박상봉에게 무술을 배우려 하나 허락받지 못하고, 상봉의 딸과 연인사이였지만 쫓겨난다. 일본인을 만난 그는 무술을 배우고 일본침략을 용이하게 한다. 상봉은 거암의 이러한 소식을 듣고 괴로워한다. 거암은 친구의 아들이었고 평범한 농부로 키우려고 무술을 가르치지 않는 것이었다. 딸 옥녀와 제자 일재는 거암을 찾아 진실을 밝히고 거암은 한민족임을 받아들이게 된다. 이에 일본인을 유인해 없애고 자신의 양손도 스스로 못쓰게 한다. 거암을 데려가려는 와중에 본의 아닌 싸움이 일어나 거암은 죽는다."라는 줄거리처럼 한민족을

영화 〈흑룡강〉

자각하는 거암의 과정이 흥미로운 액션과 함께 좋은 반응을 얻었다. 오현리에 따르면 황정리와 왕호가 홍콩으로 가기 직전 본명으로 출연했고, 홍콩에서 배우 생활을 하다 돌아온 홍성중이 함께 열연한 작품인 수작이라 한다.

1976년에는 중국 전래의 무술도장을 운영하는 장비호와 피로서 맺어진 한국 청년 창배가 공공의 적인 일본의 다나까, 그리고 흑룡을 물리치고, 조국 광복을 위해 의열단을 찾아가는 이야기를 그린 <의혈문>이 나왔다.

1977년에는 이소룡의 영화 <정무문>의 속편이 우리나라에서 나왔는데, 주인공은 여소룡이었다. 백면 서생 소청룡은 일본 가라데 고수에게

성룡 주연의 〈취권〉, 〈사형도수〉.

형과 노모가 살해 당하고, 가문을 재건하고자 우리나라 태권 고수 박운서를 만나 무술을 배우고 복수하여 다시 정무문을 세운다는 이야기이다. 이소룡의 인기를 업고 상업적으로 흥행하고자 제작한 영화로 보인다.

1977년에 발표된 <유성검>은 고구려가 망한 뒤 당나라의 포로가 된 유청의가 벌이는 활극인데, <취권> 이후 세계적인 무술 스타가 된 성룡이 배우로 등장하여 흥미를 끈다. 1978년 남기남 감독의 <쌍용통첩장>도 중국을 배경으로 한국인 가족이 중국 무인에게 교활한 수단으로 당한 일에 대한 복수를 진행하는 이야기를 골자로 한다. 1970년대 후반에는 이렇듯 중국을 무대로 하는 무협영화들이 많이 등장한다.

이외에도 1970년대 후반에는 김정용 각본, 김정용 감독의 <사대맹룡>(1977)과 <사대통의문>(1978), 장천호 각본, 김시현 감독의 <정무지보>(1978) 등의 작품이 발표되었다.

1980년대에 다시 무협영화들이 쏟아지듯이 나온다. 아래 한국영상자료원에서 무협이라는 검색어로 찾아 본 1980년대 무협영화들의 목록을 제시하여 본다. 이들 영화의 특징은 한국에서 제작하였다고 하더라도 중국 무협소설의 한국 정착에 따른 완전한 중국식 무협영화의 특징을 보여준다는 것이다. 한중 합작 형태로 제작된 영화들이 있기는 하지만 중국 무협소설에서 소림파, 화산파, 무당파 등 9대 무파 중에서도 소림파를 소재로 한 영화들이 쏟아져 나왔고, 성룡 주연, 원화평 감독의 <취권>의 한국 성공 이후 "○○권" 하는 식의 영화들도 많이 나왔다.

1980년대 무협영화

제목	감독	제작사	제작년도	출연 배우
노명검	계이치홍 김선경	화풍흥업㈜	1980	김세옥, 권영문, 진관타이
괴초도사	신위균	화풍흥업㈜	1980	정무련, 배수천, 한영
소림용문방	김종성 류자량	화풍흥업㈜, 쇼 브러더스(香港)	1980	류자휘, 왕룡웨
무협검풍	남기남	세경흥업㈜	1980	이순재, 황해, 곽무성
통천노호	임원식 고보수	태창흥업	1980	왕효, 맹원문, 윤상미
일소일권	김시현	연방영화	1980	거룡, 이석구, 이영주
인무가인	박윤교	대양필림	1980	황정리, 변대성, 장일식
용권사수	김시현	신한문예영화	1980	거룡, 마도식, 맹추
돌아온 용쟁호투	박우상	㈜현진	1980	이준구, 랜디, 앤더슨
혈도살수	최제원	㈜현진	1980	연남희, 이경진, 남충일

제목	감독	제작사	제작년도	출연 배우
소권	이혁수	태창흥업㈜	1980	하우성, 사중모, 장혁
복권	김정용	한진흥업㈜	1980	정진화, 김명아, 김기주
지옥 12관문	이혁수	㈜화천공사	1980	거룡, 김민정, 김영일
협객 시라소니	이혁수	㈜동협상사	1980	박원숙, 신성일, 이대근
무림악인전	김정용	한진흥업㈜	1980	정진화, 서영란, 김진수
요사권	이형표	태창흥업㈜	1980	김사옥, 서영란, 왕룡
비천권	박윤교	대양필림	1980	황정리, 곽무성, 남충일, 설지연
쌍웅	오사원 이두용	합동영화	1980	황정리, 유충량, 현길수, 황장
원권	김정용	국제영화흥업㈜	1980	정무열, 국정환, 김명아, 김욱
탈명비주	김진태	㈜삼영필림	1980	곽무성, 무계화, 민복희
매권	김시현	우진필림	1980	거룡, 김지혜, 임자호, 최민규
금강선법	남기남	세경흥업	1981	임자호, 김국현, 민복기
금룡 삼십칠계	남기남	세경흥업	1981	곽무성, 임자호, 건가계
쌍배	최동준	㈜현진	1981	당룡, 이소영, 최신영
금강혈인	김진태	㈜삼영필림	1981	이해룡, 성룡, 이동춘, 이문태
칠지수	남기남	㈜대양필림	1981	왕호, 김국현, 상춘전
괴적귀무	이혁수	㈜삼영필림	1981	최효선, 김기주, 남충일

제목	감독	제작사	제작년도	출연 배우
돌아온 쌍용	남기남	한림영화	1981	임자호, 백한기, 최종숙
용문파계 제자	김시현	㈜삼영필림	1981	거룡, 서정아, 김기주
흑표비객	김시현		1981	거룡, 서정아, 왕호, 최민규
소림사 주방장	김정용	㈜우성사	1981	정진화, 김명아, 권영일
괴도출마	최영철	신한문예영화㈜	1981	문태선, 안길원, 황정리
대형출도	곽소동	㈜동협상사	1981	왕룡, 유가휘, 김기주, 설지연
십팔통문방	김시현	국제영화흥업	1981	거룡, 감가봉, 김기주
취팔권 광팔권	이영우	동협상사	1981	유가휘, 김영일, 김재우
소림십대여걸	김정용	㈜우성사	1981	김명아, 김해은, 방희정
팔대취권	강범구	태창흥업㈜	1981	왕대위, 한영, 장일식
천용란	이혁수	대영영화㈜	1981	황정리, 김기주, 장일식, 지윤주
소림사 물장수	임원식	태창흥업㈜	1982	허석도, 국정숙, 강용규
돌아온 소림사 주방장	김정용	㈜우성사	1982	정진화, 김영아
소림관 지배인	박우상	㈜태창흥업	1982	최순석, 국정숙, 유병한, 임형국
정리의 용형마교	박윤교 오사원	한진흥업㈜	1982	황정리, 김용, 권용문
외팔이 여신용	이혁수 후쟁	태창흥업	1982	상관령봉, 권일수, 암도랑
흑장미	신위균	화풍흥업㈜, 중국합작	1982	양해산, 박애나, 이예민

제목	감독	제작사	제작년도	출연 배우
소문십이방	이혁수	㈜태창필림	1982	강용석, 이진영, 이해룡
귀타귀(속)	김정용 신위균	동아수출공사	1982	홍금보, 이월령, 임근보, 허양미
산동반점	김선경	신한영화	1982	서병현, 송정아, 김영일
신서유기 (손오공대전비인)	김종성 조사룡	한진흥업㈜,뢰문전영기업㈜	1982	이재영, 주은섭
소림사 용팔이	김시현	한림영화㈜	1982	황정리, 거룡, 서정아
소림사 주천귀동	김종성	신한문예영화	1982	이재영, 임풍, 주용종
소림사 왕서방	조명화	㈜화천공사	1982	곽무성, 조인선, 문성웅
인자문살수	김시현	국제영화흥업	1982	거룡, 서정아, 임자호
혈우천하	최현민	동협상사	1982	유가위, 장일도, 이정희
애권(신)	이형표	태창흥업㈜	1982	강용석, 배수천, 지윤주
무림사부대행	김정용	우성사	1982	정진화, 왕룡, 진누리
여애권	이형표	태창흥업㈜	1982	강용석, 배수천 서영란
생사결	이형표	동아수출공사	1982	왕호, 권영문, 장천애
무림 걸식도사	김정용	국제영화흥업㈜	1982	정진화, 진누리, 왕룡
산동물장수	김선경	대영영화㈜	1982	하우성, 채은희, 김영일
소림신방	고응호	화풍흥업㈜	1982	김선희, 이종만

제목	감독	제작사	제작년도	출연 배우
사형사제	최우형	대영영화㈜	1982	서병헌, 최무웅, 황정리, 국정숙
여걸 청나비	최우형	㈜화천공사	1983	유미, 왕룡, 이재영
비호문	이현우	•화풍흥업㈜	1983	맹비비, 양균균, 국정숙, 김왕준
북소림 남태권	왕호	대양필림	1983	왕호, 강명화, 김동호, 김영일
피리부는 열한사나이	이현우	신한영화㈜	1983	김지애, 송정아, 송금식
소림대사	남기남	㈜삼영필림	1983	장산, 장일도, 김기범
광동살무사	황정리	㈜현진	1983	황정리, 한희, 오영화
광동관소화자	박우상	한림영화	1983	유소전, 소화자, 정해숙
산동 여자물장수	김선경	대영영화㈜	1983	서병헌, 김영길, 송정아
기문사육방	최우형	국제영화흥업	1983	유홍의, 국정숙, 김수천, 강국강
소애권	이형표	㈜태창필림	1983	강용석, 배수천, 김선자
소림과 태극문	이영우	동협상사	1983	김영일, 최의정, 우국동
뇌권	김시현	화풍흥업㈜	1983	거룡, 최의정, 황정리
무인	최기풍	세방영화㈜	1984	송재철, 서민경, 윤정은
사대소림사	박우상	태흥영화	1984	황정리, 손국명
마검야도	왕호	국제영화흥업㈜	1985	왕호, 유화, 왕룡
손오공 홍해아 대전	김종성	한진흥업주식회사, 휠링라인엔터프라이스	1985	이광렬, 유상겸, 박효근

제목	감독	제작사	제작년도	출연 배우
신술마술	김종성	동협상사	1985	남혜경, 문미봉, 호원치, 김기종
흑삼귀	남기남	㈜대영영화	1985	권영문, 장춘산, 양웅주
아라한	김정용	한진흥업㈜	1986	정진화, 김나희, 한지윤
난운	고응호	신한영화㈜	1987	김성용, 이미경, 최하섭
똘똘이 소강시	강구연	삼영필림	1988	정태우, 박미향, 유창국
강시 훈련원	최기풍	㈜삼진필름	1988	김동호, 남경희, 마도식
쌍혼녀	박옥상	주식회사 삼진필림	1989	임소루, 고관충, 나기수

1980년에 개봉된 영화 중에서 한국적 무협영화로 신문일 각본, 최제원 감독의 <혈도살수>가 있다. 고려 말 용문비급을 둘러싼 암투를 그렸다. 1982년에 공개된 최진 극본, 이형표 감독의 <생사결>은 고려 시대를 배경으로 당시 일본과 고려에서 10년에 한번씩 비무대회가 벌어진다는 설정을 한 것이 흥미로웠다. 각 국의 대표로 출전한 고려의 강검성과 일본의 미야모도가 힘을 합쳐 비열한 일본의 밀사를 처치하고 납치되려던 고려의 명사를 구출한다는 줄거리로 되어 있다. 1984년 최기풍 각본, 감독으로 제작된 <무인>도 고려를 배경으로 한 무협영화였다. 몽골의 침입을 받은 고려 시대 살리타이의 횡포와 만행에 시달리던 유성이 노승으로부터 참다운 무인정신을 얻고, 복수의 순간에 원수를 용서하며 고국으로 돌아온다는 줄거리를 가진다.

1981년 성룡의 <취권>을 모방한 작품으로 제작된 이일목 각본, 이영우 감독의 <취팔권 광팔권>이 나왔다. 당랑권과 취팔권의 싸움이 주된 내용을 이루는 영화로 보아도 될 것이다. 같은 해 나온 이중헌 각본, 강범구 감독의 <팔대취권>도 취권을 소재로 한 영화였다.

직접적으로 <취권>을 모방한 것은 아니지만 술을 먹고 취한 듯 적을 공격하는 취권과 다른 권법을 개발하여 이를 영화 소재로 사용한 예도 많이 보인다. 이러한 영화 중에서 웃음 소笑자를 사용하는 <소권>, 배 복腹자를 사용하는 <복권>, 사랑 애愛자를 사용하는 <애권> 등의 영화가 나왔다. 영화 <취권>이 성공할 수 있었던 비결의 하나는 웃음이었다. 지금까지 무협영화가 심각하고, 혈 내음이 나는 무시무시한 전투 장면을 보여주고, 복수의 완성으로 결말을 맺는다면, 복수라는 공통적인 주제를 웃음으로 풀어가는 솜씨에 많은 이들이 웃음으로 매료되었다고 해도 과언이 아니었다. 그러므로 무술을 웃음으로 풀어내는 <취권>의 코드를 1980년대 초에 많이 받아들이고자 노력한 결과가 아닌가 생각된다.

이러한 코믹 무협영화 중에서 <애권>은 성적인 웃음을 무술과 접목시켜 나름대로 성공을 가져왔다. 이일목 각본, 이형표 감독의 <애권>은 1980년에 발표되었는데, 이형표 감독은 그 뒤로도 이일목 각본으로 <애권신>과 <여애권>을, 그리고 1983년에는 <소애권>을 상영한다.

1980년대는 '소림사……'류의 무협영화가 홍수를 이루었다. 아래 도판에서 볼 수 있지만, <소림사18동인>은 매우 인상적인 영화였다. 18동인을 물리치고 소림사의 무술을 얻을 수 있는데, 이후 소림사가 등장하는 영화에서는 항상 소림무술을 배우기 위해 고된 노력을 하는 부분이 꼭 들어갔던 것으로 기억된다.

그럼 '소림사' 시리즈를 살펴보자. 1981년 발표된 윤석훈 각본, 김정용 감독의 <소림사 주방장>은 제목에서 볼 수 있듯이 소림사 주방을 소재

〈소림사 18동인〉의 영화 칼렌더

로 했고, 이 영화는 1982년 속편인 <돌아온 소림사 주방장>이 만들어 진다. 1982년에는 임원식 감독의 <소림사 물장수>, 박우상 감독의 <소림사 지배인>까지 등장했다. 계속해서 같은 해 김시현 감독의 <소림사 용팔이>, 김종성 감독의 <소림사 주천귀동>, 조명화 감독의 <소림사 왕서방>, 고응호 감독의 <소림신방>, 왕호 감독의 <북소림 남태권>, 남기남 감독의 <소림대사> 등이 제작되었다. 1983년에는 소림사의 열풍이 잦아드는 모습을 보여주었는데, 1983년의 이영우 감독의 <소림과 태극문>, 박우상 감독의 <사대소림사> 등이 있을 뿐이었다.

1984년부터는 무협영화가 그리 많이 제작되지 않았다. 1980년에는 홍금보 주연의 <귀타귀> 성공으로 불게 된 강시 바람에 따라 중국식 괴기 무협영화 스타일의 영화가 제작되기도 하였다. 1982년에 개봉된 김정용, 신위균 감독의 <귀타귀(속)>은 <귀타귀>의 주인공 홍금보를 캐스팅하여 제작된 영화였다. 1988년의 <똘똘이 소강시>는 어린이들을 위해 강구연 감독이 제작한 것이었다. 같은 해 최기풍 감독의 <강시 훈련원>도 제작된다.

1988년 이후에는 무협영화의 제작이 거의 중단된다. 홍콩에서 시대성을 띤 무협영화보다 현대를 배경으로 하는 흑사회나 도박 등을 주제로 하는 영화들과, 양우생·김용 등과 같은 중화권 무협소설 작가들의 짜임

새 있는 영화들이 새로운 영화기법의 도입으로 환상적인 장면을 가지고 한국으로 들어온 후, 한국 영화에서 무협영화 제작은 무모한 도전이 되어 버렸다. 더 이상 무협영화로 돈을 벌 수 없는 것이다. 하지만 1990년 임권택 감독의 <장군의 아들>의 흥행 성공은 한국 협객영화도 성공할 수 있음을 보여주었다. 아래는 1990년대 제작된 무협영화들이다.

1990년대 무협영화

제목	감독	제작사	제작 년도	출연 배우
은행나무 침대	강제규	신씨네	1995	한석규, 신현준, 심혜진
검객이야기	김종기	씨네코리아	1998	김현수, 이보나, 김원복
소화성 장의사	김정용	국제영화흥업㈜	1999	정진화, 왕룡, 용완

1990년대를 대표할 만한 무협영화는 1995년에 제작된 강제규 각본, 강제규 감독의 <은행나무 침대>였다. 내용을 살펴보자. "석판화가이자 대학 강사인 수현과 외과의사인 선영은 서로 사랑하는 사이다. 그의 일상은 안정돼 보이고 평범했지만 우연히 노천시장에서 은행나무 침대를 만나면서 혼란에 빠져든다. 그에게는 자신도 알지 못한 전생의 사랑이 존재한 것이다. 궁중악사와 공주와의 이룰 수 없었던 사랑이 평화로운 들판의 두 그루 은행나무가 되고, 또다시 은행나무 침대의 영혼이 되면서 천년의 시간 속에 그를 찾아 헤맨 영혼의 사랑이 모습을 드러낸 것이다. 그는 전생의 미단공주의 기억을 찾아 헤매고 과거로부터 미단을 쫓는 무섭도록 집요한 사랑의 화신 황장군의 위협을 받게 된다. 현세의 연인 선영은 과학으로 설명할 수 없는 그들의 존재를 증명하기 위해 실험을

강행하고 이제 더 이상 현생으로 되돌아올 수 없는 미단은 황장군으로부터 수현을 구하기 위해 마지막 선택을 한다." 이상의 줄거리와 같이 이 영화는 시공을 초월한 사랑을 이야기하고 있다.

위 영화 <은행나무 침대>는 1989년 이벽화 각본, 정소동 감독으로 제작된 <진용>과 어느 정도 비슷한 점이 있다. 환생을 기본 모티브로 하여 시간을 초월한 사랑을 주제로 부가하고 있는 무협영화라는 것이 그렇다.

2000년대에 들어서면 판타지를 결합한 무협영화가 싹을 틔우고, 어느 정도 성공을 거둔다. 아래 표를 살펴보면 알 수 있듯이 1990년대 거의 제작되지 않던 무술을 소재로 한 영화들이 꾸준히 1년에 몇 편씩 제작되고 있음을 볼 수 있다.

<은행나무 침대>를 성공적으로 흥행시켰던 강제규 감독이 제작자가 되어 2000년 <단적비연수>를 내놓았고, 만화 『비천무』를 원작으로 해서 김영준 감독의 <비천무>가 제작되어 인기를 얻었다. 과거도 미래도 현재도 아닌 어떤 시간, 현실과 비현실의 모호한 경계선에 신비하게 떠 있는 학교, 화산고火山高에서 벌어지는 무협을 그린 영화 박희준 감독의 <화산고>는 2001년의 영화계 최고 화두 중의 하나로 자리잡았다. 최근 2005년에는 김진성 감독이 실제 무술 고수들을 영화의 배우로 캐스팅한 <거칠마루>가 많은 매니아들을 확보하기도 하였다.

이제까지 한국 무협영화를 살펴보았다. 무협소설을 기본으로 해서 창작되는 무협영화는 중국의 무협소설뿐만 아니라 중국 무협영화의 영향을 받아, 새로운 영화를 계속 생산해 내었다. 중국의 무협영화가 오늘날도 끊이지 않고 제작되는 것은 무협이 가지는 대중성과 오락성이 어느 장르에 못지않게 뛰어나기 때문이다. 최근 서양의 판타지 문학이 영화계에 미친 영향은 대단하다고 할 수 있는데, 우리의 판타지가 바로 한국

2000년대 무협영화

제목	감독	제작사	제작년도	출연 배우
무사도	김형주		2000	
무사	김성수	㈜싸이더스 / 제작협력: 북경전영집단공사	2000	안성기, 정우성, 주진모
단적비연수	박제현	㈜강제규필름	2000	김석훈, 설경구, 최진실
비천무	김영준	㈜태원엔터테인먼트	2000	신현준, 김희선, 정진영
싸울아비	문종금	MorningCalm Films(모닝캄 필름)	2001	최재성, 에노키, 다카아키
천사몽	박희준	주니파워픽쳐스	2001	여명, 박은혜, 윤태영
화산고	김태균	㈜싸이더스	2001	공효진, 권상우, 장혁
천년호	이광훈	㈜한맥영화 / 협작: 중국전영합작제편공사	2003	정준호, 김효진, 김혜리
청풍명월	김의석	㈜화이트리 엔터테인먼트	2003	최민수, 조재현
아라한 장풍대작전	류승완	(주)좋은영화	2004	류승범, 윤소이, 안성기
거칠마루	김진성	몽마루 / 공동제작: SBSI, 스폰지	2005	권민기, 김C, 김진명

무협소설, 한국적 무협소설, 그리고 최근에 시작되어 판타지와 결합하고 있는 신무협에 존재하고 있다고 할 수 있다. 그러므로 한국의 무협영화의 미래는 밝다고 생각하고 있다.

24

한국 무협소설 속의
삽화

무협소설을 보는 즐거움은 내용만을 파악하는 것에만 있을까. 요즘처럼 비주얼한 것이 이전보다 매우 중시되는 현실에서 내용 이외의 것도 무협소설을 보는 즐거움이 될 것이다. 김광주의 『정협지』가 출간되었을 때 무협소설의 책 케이스에 그려져 있는 협객들의 모습, 그리고 소설 속 가득한 삽화가 먼저 눈을 끌었다. 당시 표지 장정은 한국화의 대가 운보雲甫 김기창金基昶이었고, 삽화는 이순재李舜在였다.

김광주 이후 와룡생의 『군협지』가 신문에 연재되지 않고, 바로 번역되어 나왔을 때도 운보 김기창은 『군협지』의 표지 장정을 담당한다. 그리고 이 『군협지』의 표지는 독자들의 관심을 끌기에 충분했다.

초기 번역 무협소설의 삽화는 무협이란 세계에 익숙하지 않던 독자들에게 실제 상황을 연상할 수 있는 화상을 제공하여 무협의 상상 공간을 넓혀주었다. 무협의 상상 공간이란 주인공이 펼치는 무술의 모습, 결투

가 일어나고 있는 곳의 장면, 기
연을 습득하는 모습 등을 차례로
화면으로 구성하여 독자들이 소설
의 내용이 아니라 현실에서 일어
나는 일로 몰입하여 들어가게 하
는데 중요한 도움을 주었다.

좋은 삽화가 실린 무협소설은
삽화만으로도 인기를 누렸다. 1986
년 출간된 김용의 『영웅문』에서도
삽화가 많이 사용되었는데, 오늘날
까지도 김용 무협소설의 삽화는
성공한 예로 구전된다. 아래에 김
용의 마지막 작품 『녹정기』에 삽입
된 삽화를 제시한다.

그러나 1979년 이후 무협소설이
대본소로 들어가게 되면서, 무협
소설에서 삽화는 사라진다. 대본
소 체제는 저렴한 비용으로 번역
과 출간에 대한 예산을 책정하였

『정협지』 초판 하권 검향, 부분 삽화(이순재 화)

김광주 『비호』 초판 1권, 낙양청년 부분 삽화

기 때문에 삽화를 쓸 수 없었을 것이다. 번역 무협소설의 경우 대만 작
가의 작품의 경우 삽화가 있었는데, 그 삽화는 표지 장정이나 속지 디자
인에 사용되었을 뿐이고, 정식 삽화로 사용되지 않는 것이 일반적 경향
이었다. 1980년대 들어서서는 그것이 더 심각해졌다. 대본소 무협소설의
지질은 더 형편없어지고, 조잡하게 그린 그림을 표지에 사용해서 무협소
설들이 발간되었다. 심지어는 아무 디자인 없이 출판사의 로고에 붓글씨

김용 『녹정기』의 삽화: 위소보와 강희의 씨름장면

대만 와룡생 무협소설의 삽화(주인공 양몽환이 보인다)

로 쓴 제목을 넣은 경우도 많이 등장하였을 정도로 무협소설 표지 디자인도 적은 출판비용에 맞추어 변해갔다. 이것은 독자들에게 출판사가 주는 즐거움을 일부 빼앗아 간 것과 다름없다.

그러다가 1980년대 중반 김용의 『영웅문』이 나오고 대본소 무협소설계도 무엇인가 깨닫는 것이 있었는지 대망 출판사에서 서점용 판형으로 무협소설을 키우고, 안에 삽화를 추가하며, 디자인에 신경 쓴 작품을 출판하기 시작했다. 하지만 당시 무협소설에 삽화가 이름이 나오지 않을 정도로 그 삽화는 전문적이지 못했다. 인물의 비례, 무협소설과 장면의 불일치 등이 문제시될 정도로 삽화의 질은 높지 못했다.

대망의 무협소설이 서점용 판형을 포기하고 다시 원래 대본소 무협지 판형으로 돌아가고 나서, 1990년대 초 일부 무협소설 작가들이 주축이 되어 서울창작패밀리가 조직되어 서효원의 무협소설이 나오게 되면서 무협소설 표지 디자인이 비교적 향상되었다. 그러나 이때부터 발간된 무협소설은 삽화가 거의 없이 출판된 것이나 마찬가지였다.

다시 무협소설에서 삽화가 등장하기 시작한 것은 무협소설이 신문에 연재되기 시작하면서부터이다. 검궁인은 『대구일보』에 『하늘은 검고 땅

은 누르니』를, 『조선일보』에 『무
림경영』을, 『이코노미스트』지에
『강호백팔계』를, 『스포츠서울』에
『달은 칼끝에 지고월락검극천미
명』을 각각 연재하였는데, 신문
연재소설 특징상 삽화가 사용되
고, 연재 무협소설이 출간될 때
이 삽화가 같이 사용되었다. 그러
나 이러한 삽화 사용도 신문 연재
소설 이외에서는 찾아보기 힘든

이원호 『대영웅』의 삽화

상황이라는 것이 현실에 맞는 이야기일 것이다.

　신문에 연재된 무협소설의 예를 살펴보자. 한국적 무협소설의 하나로
홍명희의 『임꺽정전』은 1921년 『동아일보』에 일러스트를 그리며, 조선
일보 학예부장도 역임한 안석주安碩柱가 삽화를 담당하였으며, 윤백남의
『대도전』은 한국화의 대가 청전青田 이상범李象範이 담당하였다고 한다.
해방 이후 『경향신문』에 연재된 김광주의 『정협지』의 신문연재의 삽화
의 경우 앞서 소개한 이순재가 맡았었고, 『동아일보』에 연재된 김광주의
『비호』에서는 김영주가, 『조선일보』에서 연재한 송지영의 『천풍』의 삽
화는 김재민이 담당하였다고 한다.

　무협소설에 익숙한 독자들은 삽화가 무협소설 감상에 방해되는 경우
도 많이 있다고 한다. 잘 만들어진 무협소설 원작의 영화를 보아도 우리
는 그러한 기분을 많이 느끼곤 하는데, 무협소설 안에 삽입된 일러스트
레이션인 삽화가 무협소설 감상을 망칠 수도 있는 것은 인지상정으로
보여진다. 하지만 김용의 『영웅문』의 예에서와 같이 좋은 삽화의 사용은
무협소설의 진가를 더 높일 수 있다. 양질의 무협소설이 계속 발표되고

『대도전』에 삽입된 청전의 삽화

있는 지금 삽화에 대한 관심이 더욱 증대되었으면 한다.

참고문헌

■ 논문 및 논저

검궁인, 「한국 창작무협소설을 조망한다」, <http://www.X-zine.com>.

공상철, 「특집 I: 현대의 영웅서사 중국 무협소설에 나타나는 영웅형
　　　　상,」, 『상상』(서울: 살림, 1996), 1996년 겨울호.

金明石, 「韓中 대중소설 비교 연구」, 『中國語文論叢』(中國語文硏究會,
　　　　高麗大學校 中國語文硏 究會, 2001), 21집.

金　庸, 「大河무협소설 天龍門」, 『週刊야구』(서울: 주간야구(주), 1987).

김재국, 「한국 무협소설의 존재 양상에 관한 고찰」, 『한국문예비평
　　　　연구』, 13호, 2003.

김정일, 「游俠傳 硏究」, 『국어국문학』(동아대학교 국어국문학과, 1997).
　　　　16호.

김　현, 「무협소설은 왜 읽히는가」, 『김현문학전집 2권』(서울: 문학과
　　　　지성사, 1991), 1969년 발표 원고.

남은경, 「정두경(鄭斗卿) 협객시(俠客詩)의 내용과 의미」, 『韓國漢文學
　　　　硏究』(한국한문학회, 1992), 15호.

대중문학연구회편, 『무협소설이란 무엇인가』(서울: 예림기획, 2001).

량셔우쭝 지음, 김영수, 안동준 옮김, 『강호를 건너 무협의 숲을 거
　　　　닐다』(서울: 김영사, 2004).

민족문화추진회역, 『고전국역총서 담헌서(湛軒書) Ⅰ~Ⅴ』(서울: 민족
　　　　문화추진회, 1974).

박도웅, 「새연재 화령검」, 『人氣』(서울: 현대인사, 1971), 10월호.

박　훈 글, 안중걸 그림, 「大選 정치풍자 무협소설: 新대권무림! 龍·

飛·鳳·舞 제2화: 四鳳亂 飛 네마리의 鳳이 어지럽게 허공을 날아오르니…」, 『월간중앙』(중앙일보시사 미디어, 2002), 5월호, 28권 5호.

박영창, 「1978년 이후의 한국의 무협소설의 변천과정」, 『영웅천하』(나래미디어, 1996), 1CD-ROM.

방기환, 『小說 李芳實』(서울: 咸安李氏忠烈公追慕記念事業會, 출판년도 미상).

방민호, 「손창섭의 장편소설 『봉술랑』에 대한 일고찰」, 『어문론총』(한국문화언어학회, 2004), 제40호.

서효원, 『나는 죽어서도 새가 되지 못한다』(서울: 서울창작, 1993) 참조.

신구현, 「연개소문과 그에 대한 설화 연구」, 『조선고전문학연구 1』(평양: 문학예술종합출판사, 1993).

申鼎言, 「劍客桂陽公主記」, 『女性』(경성: 朝鮮日報社出版部, 1939), 4권 7호.

安自山, 『朝鮮武士英雄傳』(서울: 正音社京, 1974), 정음문고 13.

安 廓, 『朝鮮武士英雄傳』(京城: 明星出版社, 1940).

梁守中 지음, 김영수·안동준 옮김, 『무림백과武林百科』(서울: 서지원, 1993).

오현리, 『강호무림 최종분석』(서울: 달과 별, 1997).

유경철, 「金庸 武俠小說의 '中國 想像' 研究」(서울: 서울大學校 大學院, 2005).

이등연, 「무협소설의 현단계」, 『상상』(서울: 살림, 1994), 겨울 통권 6호.

이명학, 「한문단편(漢文短篇)에 나타난 여성형상－<검녀>·<길녀>를 중심으로」, 『韓國漢文學研究』(한국한문학회, 1985), 8호.

이문현, 「무협 호걸 흑룡」, 『學園』(서울: 학원사, 1969), 2월호, 18권 2호.

이충희, 「윤백남의 역사소설 연구」(충남대학교 교육대학원, 1985).

이치수, 「중국고전시가에 나타난 협(俠)」, 『중국어문학』, 28호, 1996.

이평길, 「新連載 무협소설 多情劍客」, 『명랑』(서울: 신태양사, 1976), 4
　　　월호, 22권 4호.

林保淳, 「臺彎的武俠小說與武俠硏究」, 『中國語文論叢』(中國語文硏究會,
　　　高麗大學校 中國語文 硏究會, 1999), 17집.

임춘성, 「중국 근현대문학의 대중화와 무협소설」, 『中國人文科學』(中
　　　國人文學會, 2002), 24輯.

林春城, 「中國近現代文學中的大衆化與金庸作中人物的實用理性」, 『中
　　　語中文學』, 33호, 2003.

張基槿, 「當代傳奇에 나타난 女性(一)」, 『亞細亞女性硏究』, 제3호, 1964.

張良守, 『韓國義賊小說史』(서울: 文藝出版社, 1991).

全炯俊, 「무협소설을 보는 두 개의 시각에 대하여」, 『東亞文化』, 40
　　　호, 2002.

_____, 『무협소설의 문화적 의미』(서울: 서울대학교출판부, 2003), 서울
　　　대학교 한국학 모노그래프 4.

_____, 「'불꽃의 작가' 서효원. 깊은 절망, 뜨거운 소망이 낳은 자아
　　　부활의 武曲 [한국 무협소설 명인열전 ①]」, 『신동아』(서울:
　　　동아일보사, 2004), 1월호.

_____, 「'변신의 귀재' 야설록. 고독, 허무, 퇴폐로 무장한 자학적
　　　반항의 변주곡 [한국 무협소설 명인열전 ②]」, 『신동아』(서울:
　　　동아일보사, 2004), 2월호.

_____, 「'新무협' 선구자 용대운. 평범한 로맨티시스트들이 축조하
　　　는 비범의 美學 [한국 무협소설 명인열전 ③]」, 『신동아』(서
　　　울: 동아일보사, 2004), 3월호.

_____, 「실존주의적 무협작가 좌백. 기존 질서 거부하는 하위주체
　　　의 데카당스 [한국 무협소설 명인열전 ④]」, 『신동아』(서울:
　　　동아일보사, 2004), 4월호.

_____, 「치열한 비극적 서정의 화신 진산. 삶의 결핍 속에서 감정의

진실 찾기 [한국 무협소설 명인열전 ⑤]」,『신동아』(서울: 동
아일보사, 2004), 5월호.

_____, 「前衛에 선 신세대 무협작가들. 서술 실험으로 영웅주의 뛰
어넘다 [한국 무협소설 명인열전 ⑥]」,『신동아』(서울: 동아일
보사, 2004), 6월호.

정동보, 「金庸 武俠小說 初探」,『어학연구』, 11호, 2000.

_____, 「淸代俠義小說硏究」(광주: 全南大學校, 1995).

정동보, 임성래, 김창식 외,『대중문학의 이해』(서울: 청예원, 1999).

丁　方, 「武俠小說: 臥虎騰龍」,『韓中文化』(韓中文化編集委員會, 1978), 1
월, 통권40호.

정재서, 「중국 환상문학의 역사와 이론」,『中國語文學誌』, Vol.8 No.1,
2000.

조희웅 편, 고전소설 연구자료총서 1『고전소설 줄거리 집성 1·2』
(서울: 집문당, 2002).

진　묵,『해외신무협소설론』(운남: 인민출판서, 1994).

진　산(강붕구 역),『중국무협사』(서울: 동문선, 1997).

진　산,『중국무협사』(상해: 삼련서점, 1992), 269쪽.

車上瓚, 「朝鮮俠客傳其一. 三國篇: 魏將을 刺殺한 高句麗의 紐由」,『朝
光』(경성: 朝鮮日報社出版 部), 1936년 11월호, 2권 11호.

車上瓚, 「朝鮮俠客傳: 新羅義俠劍君」,『朝光』(경성: 朝鮮日報社出版部),
1936년 12월호, 2권 12호.

차혜영, 「특별기획 프로그램6 희귀 잡지로 본 문학사의 이면: 우리 근
대의 프랑켄쉬타인 혹은 계몽의 변증법 「월간야담」, 「야담」의
숨겨진 문학사」,『문화예술』(서울: 한국문화예술진흥원, 2001), 6
월호.

천핑위안, 「'아속(雅俗)'을 초월하여」,『민족문학사연구』(민족문학사학
회 민족문학사연구소, 2000), 16호.

翠雲生, 「朝鮮俠客傳(3) 列女際厚를求한新羅義俠兒金蘭, 高麗의 怪俠
　　　　仁傑, 鄭圃隱의 錄事金慶 祚」, 『朝光』(경성: 朝鮮日報社出版部),
　　　　1937년 1월호, 3권 1호.

한명환, 「무협소설의 환상성 고찰-김광주 <정협지> 화소 분석을
　　　　중심으로」, 『현대소설연구』(한국현대소설학회, 2000), 12호.

咸敦益, 『朝鮮英雄名人傳』(서울 : 新朝鮮文化社, 1947).

胡文彬主編, 『中國武俠小說辭典』(石家庄: 花山文藝出版社, 1992).

황순룡, 「韓國新聞連載小說 일러스트레이션에 관한 硏究」(서울: 弘益
　　　　大學校 학위논문, 1992).

＿＿＿, 「<3大娛樂連載> 東南亞 휩쓰는 最高의 武俠小說: 中原의 龍
　　　　爭虎鬪」, 『週刊스포츠』(서울: 서울신문사, 1975), 제1권 제1호.

■ 신문자료

「5공초 '이적' 규정 2년 복역; 무림파천황 재출간 박영창 씨; 81년 대
본소용 출간 후 금서판정 '무협소설은 답답한 현실 탈출구'」, 『조선
일보』, 1993년 7월 20일자, 15면.

「가상소설 대도무문; 정치사 풍자한 무협소설; 한국 현대 정치가들
이 모델」, 『조선일보』, 1994년 8월 13일자, 11면.

「검사가 무협지 출판; 창원지검 임무영씨 장편소설 검탑 2권」, 『조선
일보』, 1994년 12월 1일자, 30면.

「인기 높은 「성인만화」. 바탕은 고전-무협소설에 젊은 세대에 맞게
재구성」, 『조선일보』, 1974년 5월 21일자, 5면.

치칭푸 중국 중앙민족대 교수, 「연개소문 중국의 문화 속 끈질긴 생
명력, 고구려 명장 '연개 소문' 다시보는 한-중 문화교류③ 연개소
문」, <인터넷 한겨레 한민족네트워크>, 2002년 11월 2일 편집기사.

■ 인터넷 사이트 자료

舊雨樓・至尊武俠(중국권 무협소설):
<http://www.oldrain.com/wuxia/wols/wols.html>
김용문학관: <http://kimyong.new21.org>
김용의 무협소설: <http://zuwon.com>
꽃어름눈물의 한국무협: <http://www.muhupin.x-y.net/mu.htm>
나만의 무림커뮤니티 IMURIM: <http://www.imurim.com>
瀟湘書院: <http://61.132.88.205:7751/www.xxsy.net/wx/1_8.html>
와룡생 사랑: <http://www.joongmoo.com>
좌백의 무림기행: 전자뉴스 사이트 참조
<http://www.etnews.co.kr/news>
좌   백, 「중국무협사(1)-발자취를 좇아서」, <나만의무협커뮤니티 I
        MURIM>.
_____, 「중국무협사(2)-발자취를 좇아서」, <나만의무협커뮤니티 I
        MURIM>.
_____, 「중국무협사(3)-발자취를 좇아서: 규염객전」, <나만의무협
        커뮤니티 IMURIM>.
_____, 「중국무협사(4)-발자취를 좇아서: 대만무협약사」, <나만의
        무협커뮤니티 IMURIM>.
_____, 「중국무협사(5)-일단락을 지으며」, <나만의무협커뮤니티 I
        MURIM>.
_____, 「중국무협사(6)-사마령」, <나만의무협커뮤니티 IMURIM>.
_____, 「중국무협사(7)-유잔양」, <나만의무협커뮤니티 IMURIM>.
_____, 「중국무협사(8)-무협작가 고룡」, <나만의무협커뮤니티 IMU
        RIM>.
_____, 「중국무협사(9)-무협작가 와룡생」, <나만의무협커뮤니티 I

MURIM>.

_____, 「한국무협사(1)−걸작을 찾아서: 마탑(魔塔)」, <나만의무협커뮤니티 IMURIM>.

_____, 「한국무협사(4)−걸작을 찾아서: 조풍연의 유성검」, <나만의 무협커뮤니티 IMURIM>.

中華武俠文學網: <http://www.knight.tku.edu.tw>

진산의 삼라만상: <http://www.murimpia.com/tt/mars>

好讀書櫃: <http://www.megaton.com.tw>

한국 창작 무협소설 정보: <http://www.mani.co.kr/share/mani>

한국 영화 데이터베이스: <http://www.kmdb.or.kr/>

박영창, 「한국에서의 번역무협의 역사」, <http://www.newmurim.net>.

박영창, 「작가 중심으로 본 번역무협소설」, <http://www.x-zine.com/to/blue2.html >.

야설록, 「한국무협소설의 역사−그 德과 誠」, <http://joongmoo.com/wasa>.

찾아보기

도움 주신 곳들

국일문학사   새터
교학사   생각의나무
김영사   서울대학교 출판부
돋을새김   시공사
동광출판사   예림기획
동문선   정신세계사
드래곤북스   중원문화
스카이미디어   청목출판사
문학동네   청솔출판사
문학수첩

중국무협소설동호회
조선일보
동아일보
국립중앙도서관